好烦、
好想吃萧雪酥啊

枫雪

有爱的青春陪伴者

雪落春山

杯雪 著

四川文艺出版社

图书在版编目（CIP）数据

雪落春山 / 杯雪著. -- 成都 : 四川文艺出版社,
2025. 10. -- ISBN 978-7-5411-7412-4

Ⅰ. I247.5

中国国家版本馆 CIP 数据核字第 2025DG5441 号

XUELUO CHUNSHAN

雪落春山

杯雪 著

出品人	冯 静
责任编辑	陈雪媛
特约编辑	听 听 雪 人
装帧设计	Insect 姜 苗
责任校对	段 敏

出版发行	四川文艺出版社（成都市锦江区三色路 238 号）		
网 址	www.scwys.com		
电 话	0731-89743446（发行部） 028－86361781（编辑部）		
排 版	长沙大鱼文化传媒有限公司		
印 刷	天津睿和印艺科技有限公司		
成品尺寸	145mm × 210mm	开 本	32 开
印 张	10	字 数	370 千字
版 次	2025 年 10 月第一版	印 次	2025 年 10 月第一次印刷
书 号	ISBN 978-7-5411-7412-4		
定 价	42.80 元		

目录

CONTENTS

目录

CONTENTS

第一章 重逢

『你……是谁？』

1

沈望春出关的那一日，望乡城中连下了三日的大雪终于停歇。

山河皑皑，碧空如洗。

有十三只灰色的大鸟从长空掠过，领头的那只落在沈望春的肩上，尖利的鸟喙张张合合，叽叽喳喳了好一会儿。沈望春嫌它吵闹，挥手赶走了它。

大鸟扑腾着翅膀，向着远处的高楼飞去。

沈望春翻开皇历，今日是冬月初五，忌动土，宜远行，宜嫁娶。

他的目光在“嫁娶”二字上略微逗留，随后托着下巴深沉地想，他孤家寡人许多年，的确是该给自己找一位夫人了。

要找夫人，自然是该把自己好好拾掇一番的。沈望春挑挑拣拣，给自己换上一身新衣，里面是一件白色竹纹的长袍，外面罩着玄色的大氅。他站在镜子前端详良久，总觉得还是不够好。

他的属下陆鞅从外面进来，拍他马屁说什么君上芝兰玉树、风流倜傥，实乃魔界中最英俊的魔君。

魔界加上他也就四个魔君，其中一个是秃驴，一个从没露过面，剩下的那个脑子有点问题，若说比他们英俊些，也实在不是一件很值得骄傲的事。

他自幽冥狱出来，至今已快有一年。他出来时，此地的魔君魔功大成，正到处找人吸取他们的修为，可惜运气不大好，第一个就找了沈望春。他吸了三次都没成功，反被沈望春一剑戳了个对穿，然后沈望春就很荣幸地接替那老倒霉蛋，成为幽冥宫的新主人，魔界四君之一。

诸神保佑。

……

茫茫黄沙连绵数百里，昏昏然然，不见天日。

林砚已经逃了六天五夜，他从祁连城一路逃到鬼哭山，身上深深浅浅的伤口不计其数，原本浅色的衣服被血浸染，已经干涸成锈色。他向来胆小怯懦，这是他第一次违背宗门，他希望师姐可以像过去那样拍拍他的肩膀，但背上的人已经很久没有跟他说过话了。

他转头看了眼肩上的萧雪睢，青丝凌乱地垂落下来，苍白的脸颊上溅了许多血污。林砚心里难受得厉害，他的师姐何曾有过这样狼狈的时候。

林砚深吸一口气，他一定可以带着师姐活下去的。

只再一回头，前方的路已被一群修士堵死，带头之人正是昔日的同门，落玉峰的大师兄赵问机，他冷声道："林砚，交出萧雪睢，饶你不死。"

林砚擦去嘴角的血，死死瞪着来人，吐出两个字："休、想。"

"冥顽不灵！找死！"

赵问机话音一落，数道银白剑光如闪电般向林砚甩来。林砚极力闪避，只是他的灵力耗尽，又背着萧雪睢，动作难免笨重，一时不慎，又中两剑。

鲜血染红脚下的黄沙，林砚踉跄了一步，"咚"的一声单膝跪在沙地上，随之萧雪睢绵软的身体从他的背上滑落。

赵问机立即抬起手来，七把长剑飞于半空结成七星剑阵，漫天银芒似流星抖落，直取萧雪睢的命门。

林砚转身扑在萧雪睢的身上，想以肉身挡下这一击。

天地昏暗，风声飒飒，千万银芒已近在咫尺，林砚紧紧抱住萧雪睢，闭上眼睛。而就在白光要落到他身上之时，无尽黄沙掀地而起，回旋起舞，霎时化作一堵高墙，将那银光悉数格挡。银光轰然碎裂，散作流光簌簌，黄沙四起，高墙耸立，岿然不动。

众人惊疑不定，环顾四周。

"哗啦——哗啦——"

赵问机耳朵动了动，有流沙滚落，随后只听一声霹雳巨响，那高墙崩塌，黄沙如浪扑面而来。

待到黄沙平息后，沈望春从远处悠然走来。

赵问机眯眼仔细打量。来人鹤氅白衣，身姿颀长，眉眼锋利，似一把刚淬炼过的剑。只是他搜寻自己的记忆，确定自己从来没见过这号人物，张口问道："阁下是谁？为何要出手？"

沈望春微笑道："本座是来接本座的夫人回家的。"

赵问机问："你夫人在哪儿？"

此处似乎只有一位姑娘，沈望春指了指躺在沙地上的人，道："这不就是吗？"

赵问机"呵"了一声："笑话！她若真是你夫人，我等怎会不知！"

沈望春面不改色道："什么笑话？未来的夫人也是夫人。"

赵问机立即知道眼前这人就是来找碴儿的，他高声问道："阁下莫非是要与我青霄宗作对？"

若是从前听到这话，沈望春必然是要㞞上一㞞的，然如今他都是魔君了，入乡随俗，魔君自然是要与正道对着干的。

沈望春拔出银白长剑，笑道："作对又如何？"

他抬手，将剑朝着天空中的七星剑阵一挥。雪亮的剑光瞬间遍布头顶整片天空，那七把长剑剧烈抖动，发出尖锐刺耳的铮鸣，下一刻，铮鸣声戛然而止，长剑倏然坠地，崩裂开来。

沈望春收了剑，扫了赵问机等人一眼，淡声道："还赖在这里做什么？等着本座把你们一个个都宰了？"

来人虽只出了这一剑，但赵问机心中清楚，他们十几个加在一起也完全不是眼前之人的对手，而且此处位于魔界边缘，再惊动其他魔族，他们此行怕是有来无回。萧雪睢的剑骨已毁，就算活下来，也是一个废人。

他不能拿自己十几个师弟的性命冒险。赵问机念及至此，果断做出决定道："我们走！"

青霄宗的这些弟子很快就消失在这片沙漠上，沈望春抬步向他未来的夫人走去。

林砚提剑护在萧雪睢前面，像是只护崽的老母鸡，见沈望春行至眼前，仰头道："多谢阁下出手相救，不知阁下——"

他话没说完，忽然整个人一僵，"扑通"一声扑倒在眼前的沙地上，再没了声响。

沈望春收回手，"啧"了一声，好了，安静多了，这下没人能打扰他和未来夫人的二人世界了。

他低头看向脚边的人，一出门就捡到一个新夫人，可见新买的皇历果然不错。

黄沙漫漫看不到尽头，长风温柔地拨开眼前人脸上的长发，这张脸终于在沈望春面前完整地显露出来，半边洁白如玉，倾国倾城，另外半边却是遍布龟裂狰狞的疤痕，宛若修罗恶鬼。

“萧……雪睢。”沈望春缓缓叫出这个名字。他的声音像是从粗糙的沙砾堆里挤出来的，艰涩异常。

纵然她不复往日的光彩，他还是一眼就认出了她。

沈望春站在原地，就这样无声地看着地上的萧雪睢，一动不动，仿佛化为一座千万年都不会腐朽的雕像。

许久许久后，他咧了咧嘴，像是笑了一下。

这哪里是新夫人，分明是个老冤家。

等他回去就把那皇历撕了烧了烤个红薯。

萧雪睢，青霄宗长陵剑尊首徒，万中无一的绝世天才，同辈中当之无愧的正道魁首。

周朝五十九年的除夕，就是她亲手将沈望春封印进幽冥狱的。

她提剑转身，翩然而去，任他怎样呼喊她的名字，再没有回头看他一眼。

幽冥狱暗无天日，上古大妖留下的残魂四处肆虐，残杀魔族，燃烧的湖面上弥漫的白雾里生出无数可怕的幻象，他不得不在这幻象里忍受人世间的所有痛苦，周而复始，无止无休。

在那里，他将萧雪睢的名字咀嚼了千万次，他凭着对她的恨意熬过了三千多个日夜。

老天有眼，他没有死在里面，而是在十年后冲破封印，得见天日。

风水轮流转，现在萧雪睢落到他手里了。

果真是天理昭昭，报应不爽。

他要报复她、折磨她、凌辱她，要她为他流出悔恨的泪水，以偿还他被封印在幽冥狱里的那些无望的岁月。

只是不用他出手，萧雪睢已经半死不活了。

真是太遗憾了。

萧雪睢的脸上没有一丝血色，双目紧闭，嘴唇青紫，裸露的手腕上是纵横交错的伤痕，他甚至感受不到她的呼吸了。

从前每一次见她，她都是高高在上、不染尘埃的仙子，而今她寥落一身，衣裙上沾满灰尘与血污，终是被拖入这肮脏的尘世间。

真狼狈啊，萧雪睢，你竟也会有这一天。

沈望春看了她很久，仿佛要这样亲眼看着她死去。

漫天的黄沙遮蔽了日月，幽冥狱里的那些声音又一次在他耳边响起。他曾遭受过的痛苦好像被无限拉长，随着时光之河一直流淌蔓延到此时此刻的心脏，变得再不能忍受。

她凭什么能这样轻易死了？

沈望春双手微抬，却又收回，如此反复了几次，他突然俯下身，将地上的萧雪睢一把拦腰抱起。

怀中的萧雪睢好轻，好像一阵风吹来，就能将她带走。

沈望春心下一颤，抬头看向远处的望乡城。

随后，他听到跟来的陆鞅问他：“君上，您的手抖得好厉害，要不让属下来吧？”

沈望春低头看去，他的双臂抖如筛糠，这的确有些不合常理。他咬牙道：“本座这是高兴的！”

西风猎猎，黄沙奔流。

陆鞅沉默地跟在后面，他疑惑地看了一眼沈望春，过了一会儿，忍不住又看了一眼。

君上这是在高兴吗？

可他明明是一副快要哭出来的表情。

2

沈望春当然是高兴的。

他必然是高兴的。

萧雪睢把他害得那般凄惨，今日落得这般下场，他不高兴，难道还要为她哭上几声？

望乡城占地辽阔，东及天门山，西至龙熄海，一条黑河贯穿南北。幽冥宫建在望乡城的中央，其中千重宫阙连绵，群山在氤氲雨雾中若隐若现。

幽冥宫换了几位主人，这里就重建过几次，他们从各地搜罗来和璧隋珠、奇花异草，将这里的一座座宫殿装点得金碧辉煌。

待到沈望春沾血的靴子踏上那通向王座的石阶，这里的魔族们都做好了要把幽冥宫推倒重建的准备。

然而沈望春什么也没做，他就这样在幽冥宫里住了下来。

魔界中人好享乐、纵声色，然沈望春实在不是一个合格的魔族。或许他在幽冥狱里被封印得太久，连同对世间万物的感知也都退化得几近于无，美酒佳肴、美人歌舞，于他而言，同这天上的一轮明月、山间的一缕清风，也无甚分别。

属下们总觉得这位君上的生活过于艰苦朴素，简直比珞珈宫里的那位魔君还像个和尚。

绿鬓年少金钗客，缥粉壶中沉琥珀。只是回想起来，都是很久之前的故事了，漫长得好像已经过了一生。

从幽冥狱出来后，沈望春一直不知道自己要做什么、该做什么，直到今日与故人重逢。这山这河还是旧时的模样，可他不是过去那个无能的沈望春，萧雪睢也不再是过去那个高不可攀的萧雪睢了。

他要报复萧雪睢。

他恨了她那么久，他要萧雪睢尝一尝他受过的每一分苦。

沈望春似走了很久，他回过神来，发现自己已经抱着萧雪睢来到寝宫中，他的床榻就在不远处，只是……

他低头看了看怀中的人，她仍在昏迷，不知何时才会苏醒。

陆鞅说，这里是整座幽冥宫内最好的宫殿。

萧雪睢是他的仇人，是他的俘虏，是他的阶下囚，焉能住进他的寝宫？该把她关进水牢，送进黑狱，要她日日夜夜都向自己求饶。

可等沈望春再低下头时，萧雪睢已经在他的床上躺好，甚至连被子都盖得仔细。

沈望春看着自己僵在半空的两只手，随即便若无其事地将手收了回去。他这么做有充足的理由，这萧雪睢天生剑骨，剑术卓绝，关在其他地方让她逃了怎么办？他亲自看着她才能放心。

合情合理，合情合理。

他站在床边，凝望着床上的萧雪睢，胸腔里的那颗心脏莫名地发胀，流了一地又酸又涩的汁水。

他要报复她，就不能让她这样轻易死了。

他身负魔气，与她功法相克，自是无法为她疗伤，况且她何德何能让他出手？

幽冥宫内被历代魔君掠夺来的天材地宝不计其数，沈望春还从来没有用过，这下倒是便宜了她。

那些琼花玉露、灵丹妙药，沈望春似不要钱般灌入萧雪睢的口中，只是做完这些，萧雪睢仍是没有醒来。

沈望春站在床边，端详了她很久，又觉着她身上的衣服破破烂烂实在碍眼，脏了他的床榻。

他伸出手，却在半空收回，难道要他来伺候萧雪睢不成？

他转身出了寝宫，叫来陆鞅，吩咐道："去给本座找两个魔女来。"

陆鞅听了这话略感意外，君上向来不近女色，这是终于开窍了？

但刚才不是抱回来一个吗？

从前陆鞅的某位好友还活着的时候，曾跟他一起探讨过，他们一致认为，做属下的一定要学会揣测上意。

陆鞅前后一共跟过三位魔君，自认已经将此技练得炉火纯青，然面对比出家人还要无欲无求的沈望春，陆鞅终于踢到铁板，无从下手。

沈望春的心思委实难猜，在此之前，他甚至从来没有主动做过什么，直到今日，他看过皇历，说要找一位新夫人。

陆鞅以为终于到了自己大展身手的时候，结果他还什么都没做，君上就抱着新夫人回来了。

可君上现在又要再找两个魔女来……不该问的不要多问，这是陆鞅从自己那些在地下做花肥的好友那里得到的教训。

只是该问的还是要问一下的，毕竟他还想成为君上最看重的属下。陆鞅问："君上要找什么样的？"

找什么样的？换衣服用得着什么样的？

沈望春道："有手有脚的就行。"

君上这胃口未免也太好了吧。陆鞅腹诽，想再确认一下沈望春的态度，只是不等他开口，沈望春就道："你看本座做什么？快去找啊！"

陆鞅赶紧行动起来。幽冥宫中魔女并不多，从前倒是有一些的。沈望春生得俊美无俦，还有不少魔女自荐枕席，然他是个不解风情的，来一个赶一个，到后来他嫌烦了，干脆开了杀戒，此后就再没人敢爬他的床。

陆鞅动作很快，不到半个时辰就带了两个魔女来。一个生得美艳妩媚，眼波流转间，俱是风流；另一个清纯可人，满脸羞涩——如果她没有在光天化日之下对着沈望春宽衣解带的话，她脸上的羞涩或许会更真诚一点。

沈望春："……"他嘴角抽了抽，世风日下！世风日下啊！

是时候打击魔界的这股不正之风了！

沈望春不为所动，冷声道："把衣服穿好，去里面给床上的人换一身干净衣服。"

魔女们顿觉失望，这位君上找她们来就为这事？他自己不能换吗？

不过……得是什么样的美人能躺在君上的床上？

魔女们怀着好奇的心走进寝宫，却在看清床上人的那张脸时，发出一声短促的尖叫。

那是怎样可怕的半张脸，仿佛被烈火焚烧过、野兽撕咬过，又在剧毒里浸泡了许多年。

魔女彼此对视了一眼，掩去喉咙间余下的惊呼，小心剥去萧雪睢的衣服。

衣服下刀剑留下的纵横交错的伤口几乎覆盖了她每一寸皮肤，不过因为刚刚服下许多丹药，此时正在缓慢地愈合。

两个魔女不知此人的身份，但是能躺在沈望春床上的人，不是她们能够轻视的。她们老老实实地给萧雪雎换好衣服，出来后对沈望春恭敬道："君上，衣服换好了。"

沈望春挥挥手，让她们走了。

陆鞅将这一切看在眼里，知道自己又一次没能与君上的想法同步。不过好在君上并没有放在心上，也没有要责罚他的意思，只是他现在非常好奇寝宫里的那位究竟是君上的什么人。

沈望春没有为陆鞅解答困惑的爱好，他理了理自己的衣襟，回到寝宫。

萧雪雎仍没有醒来，就这样静静地躺在床上，呼吸倒是平稳，神色安详，仿佛只是在熟睡，并且做了一个温柔的梦。

沈望春往香炉里加了些安神的香料。香炉明灭间升起袅袅的青烟，魔界中一年到头少有晴日，天空总是阴沉沉的，他的寝宫没有上灯，就这么一直昏暗着。

沈望春将那香炉看了半晌，直到金乌西坠，暮色四合。他来到床边，昏睡中的萧雪雎不知何时皱起眉头，他下意识地伸出手，想要做些什么。

可最后他的手悬在半空，许久没有落下。

他是恨着萧雪雎的。

恨得咬牙切齿，夜不能寐，仿佛要将萧雪雎整个人吞吃入腹，才能平息他在幽冥狱中一年一年累积的怨恨。

沈望春收回手，正要离开，却见床上的萧雪雎睫羽微颤。

她终于要醒来了。

沈望春胸腔里的那颗心脏猛地剧烈跳动起来，在他的耳膜上重重捶打着，从此不分昼夜地轰响。

他转身想走，只是脚下仿佛生出粗壮根条，深深扎进土地里。

沈望春转念一想，他走什么？这是他的宫殿，要走也该是萧雪雎走！

床上的萧雪雎已经睁开眼。她身负重伤，灵力枯竭，可那双眼睛依旧黑而明亮，里面闪烁着永不熄灭的星火。

一如多年前，他第一次见到她的那个夜晚。

她的眼珠缓慢地转动，带着一丝对陌生环境的茫然。最后，她的目光平稳地落到沈望春的身上。

冷冷淡淡的，不含任何感情。

沈望春与她视线交会的一瞬间，一阵酥麻顺着脊柱一下蹿到他的头顶。

他心觉不妙，不等萧雪睢有所反应，便冷笑道："萧雪睢，没想到吧，有朝一日你也会落到本座的手里。当年本座对你心慈手软，这一次不会了。萧雪睢，本座很想知道，你后悔吗？

"不过你现在后悔也晚了，本座绝对不会放过你的。"

萧雪睢平静地望着他，沉默着，确定他将话说完了，寝宫里寂静一片，才出声问道："你……是谁？"

她的声音干涩而沙哑，不带愤怒，不带恶意，却比沈望春听过的这世上任何一种声音都要难听刺耳。

你是谁……

沈望春怔在原地，像被人狠狠扼住咽喉，连呼吸都变得艰难起来。

耳边的轰响声在这一刻骤然平息。

对着这双略带疑惑的眼睛，那些还没有说出口的话，沈望春再也没法说出来了。

3

萧雪睢除魔卫道十余载，被她亲手封印过的妖魔不计其数。那时的沈望春刚刚入魔，既没有撼天动地的强大力量，也没来得及为祸人间，不过是万千妖魔中再寻常不过的一个。

她凭什么记住自己？

凭什么呢？

他侧过身，望着桌上的香炉，似有些出神。良久，他发出一声轻嗤，问萧雪睢："知道望乡城幽冥宫吗？"

萧雪睢答："我知道。"

沈望春回过头，看向萧雪睢。他神色冷酷，沉声说道："本座沈望春，幽冥宫之主，萧姑娘可千万要记住了。"

那是在很多年以前，暮春时节，白凤山下紫红色的杜鹃花开如海。

沈望春和众多道友站在试剑台下，高高的试剑台上，萧雪睢一袭白衣，手持一柄悬光剑，临风而立，风姿无双。

彼时的沈望春修为平平，连登上试剑台的资格都没有。他暗暗设想过，有朝一日自己可以站到萧雪睢的面前，对她说出那句："在下岳阳城沈望春，请教萧姑娘高招。"

也许萧雪睢只用一招就能将他打败，也许他能在她的剑下多走上几招，最后狼狈地滚下高台，台下响起一片哄笑。

沈望春如何能够想到，多年后他第一次对萧雪睢说出自己的名字，会是在这样的情境下。

天意难测，物是人非。

他听到萧雪睢问他："是你救了我吗？"

沈望春瞬间像是一只被踩了尾巴的猫，浑身上下的毛都奓了起来。他瞪着萧雪睢，讽刺道："救你？萧雪睢，你做什么美梦呢！"

萧雪睢盯着他那张脸看了许久，最后淡淡"哦"了一声，垂下眸去。

沈望春颇为不自在地捻了捻手指，眼神也有些飘忽，"哦"就结束了？她就没有其他想说的吗？

"你……"沈望春看回躺在床上的萧雪睢，又不知道自己该说什么。

寝宫内亮起两盏琉璃花灯，他的影子落在床榻上，折了下，另一半映在对面的墙壁上。

这座寝宫总是冷清，如今多出一个人来，好像也无甚变化。沈望春转身，向外走去。

只是走到门口时，他不知为何，心下一动，回过头去，映入眼中的是萧雪睢惨白的脸，像覆了一层湿透的白绫。

没等他想明白她是怎么了，双脚就先一步冲到床边。床榻上的萧雪睢左边身体冷如寒冰，右边滚烫如烈火，脸上的疤痕下面似有虫蚁在无声涌动，极为可怖。

她双目紧闭，身体微蜷缩着，不停地痉挛，脖子下数条青筋暴起，额头渗出涔涔冷汗。

沈望春急忙把裴素问召来。

裴素问是在十年前来到望乡城的，没有人知道她从哪里来，也没人知道她一个医修为什么会来魔界。她是望乡城里唯一的大夫，虽然这里的魔修大多数是没有脑子的，但在生死之事上，一般情况下还是比较谨慎的，不会得罪医修这种稀奇又珍贵的生物，而特殊情况裴素问也能自己解决。

裴素问来得很快。她进了寝宫，一看到萧雪睢的那张脸，便知道是怎么一回事。她转头对沈望春说："这位姑娘是中了相思夜。"

夜来入梦，相思断肠，我心忡忡，一日三秋。

见沈望春面带疑惑，裴素问同他解释："此毒甚烈，除了会在中毒者的脸上留下这么一片痕迹，每至日落，中毒者如被百虫噬心，又置于冰火之上，痛不欲生。这位姑娘倒是个能忍的。”

萧雪睢的牙齿咬得咯咯作响，可除此之外，她没喊过一声疼，也不曾说过其他的话。

沈望春看她一眼，胸腔里的那颗心脏就钝钝作痛，不看她，那痛也没有消失。

他问裴素问：“要如何解毒？”

裴素问道：“若要解毒，倒也不难，只需两滴千年玄龟血，配以雪萼芙蓉的花蕊，只是那花蕊摘下后必须立即服用，不可耽误片刻。”

雪萼芙蓉生长在魔界西边的琅山顶上，山上迷障繁多，要上山并非一件易事，不过对沈望春来说，应当不是一件难事。

“本座知道了。”沈望春顿了一顿，问，“能让她不这么疼吗？”

说完后，他又觉得不妥，显得自己多爱护萧雪睢似的，便又跟了一句：“本座怕她疼死。”

“当然可以。”裴素问笑了一笑，然后抬手点了萧雪睢身上的几处穴道，随即萧雪睢便失去意识，昏睡过去。

沈望春：“……”

裴素问用的手段与他设想的差得有点大。

他漫不经心地道：“来都来了，你再看看她身上还有没有其他伤吧。”

裴素问依着沈望春的意思把人检查了一通。过去的很长一段时日里，萧雪睢受了不少折磨，身上几乎没有一块完好的皮肉，好在都没有危及性命，用着上好的丹药养上一段时间，应当都能恢复。

突然，裴素问手下的动作一顿，抬眸将床上人的那张脸仔细端详了一番，而后回头向沈望春，问：“君上，这位姑娘可是青霄宗萧雪睢？”

“你见过她？”沈望春问。

裴素问摇头道：“那倒没有，只是我知道这世间身负剑骨的修士，只有她一人。”

沈望春“嗯”了一声，没说其他。

裴素问不是很摸得清楚沈望春此时的想法，他的态度有些奇怪，眉眼间居然还有两分骄傲。裴素问话锋一转，对他说：“只不过可惜了……”

“什么可惜了？”沈望春不明所以。

裴素问轻轻叹气：“她身上的剑骨已被人抽去，修为尽散。”

沈望春愣住，一张脸阴沉沉的，好似能滴出水来。他厉声道：“你说什么？”

裴素问虽为医修，脾气却不大好，被沈望春吓了一跳，当即不满地回道：“您这么大声干什么！”

沈望春定了定神，又问了一遍："你说她的剑骨被人抽去了？"

裴素问略为惊奇地问："君上不知道吗？"

前段时间萧雪睢与魔族人勾结一事传得沸沸扬扬，魔族众人也很好奇，这位声名远播的正道弟子到底是与哪个魔族人勾结在一起。

今日在这里见到萧雪睢，裴素问下意识地以为那个魔族人就是沈望春了。

这位魔君，有点东西。

只是……

"她的剑骨真的……没有了吗？"沈望春问。

裴素问起身给沈望春腾了块地方，对他说："君上若是不信，您亲自来探一探。"

沈望春沉默良久，说："不必了。"

"那没其他的事，我先告辞了。"

沈望春摆摆手："去吧。"

裴素问离开已经很久，沈望春仍是站在床边，一动不动。

他背着光，所有的表情都隐匿在阴影之中。许久许久后，他轻声问她："萧雪睢，你到底做了什么……"

萧雪睢昏睡着，没有回答他。

当年他被人挑断手筋、毁去丹田，生不如死。

萧雪睢如他当年一般，受尽折磨，她被抽去剑骨的痛苦定然不会小于他，沈望春却没有感到一丝一毫的快活。

为什么？

是没能亲手为自己报仇的缘故吗？

他抬起手，缓缓落在萧雪睢修长的脖颈上，他清晰地感受到指腹下脉息的跳动。

他什么也没有做，转身离开这座寂静的宫殿。

墨色的天空上挂着一轮银色的月亮，清冷的银辉倾洒在千重宫阙间。正道与魔道向来势不两立，不死不休，依着萧雪睢从前的性子，知道自己的身份后该立刻同自己划清界限，但她并没有。

或许这一番遭遇让她明白了人在屋檐下不得不低头的道理。沈望春坐在石阶上，头疼得厉害，仿佛冥冥中有一只手将他的记忆搅成一团，好的坏的全都挤在那个小小的匣子里。

"君上……"

沈望春撩开眼皮，见是陆鞅，又懒懒地收回目光，继续发呆，问他：“有事？”

陆鞅小心地问：“君上和新夫人吵架了？”

晚风吹来几片枯叶，沈望春托着下巴，百无聊赖地看着那些叶子飘向远方，问道：“本座哪儿来的新夫人？”

陆鞅道：“就是您寝宫里的那位啊。”

沈望春“呵”了一声，道：“谁说那是本座的新夫人？”

“那她是？”

她是什么？

月光笼罩在沈望春的身上，像是在他身上凝了一层冰，他的影子顺着那石阶流淌下去。

沈望春想了想，对陆鞅道：“本座的仇人。”

陆鞅：“……”说实话，看不大出来。

陆鞅脑子转得飞快，得什么样的仇人才会让君上这样紧张？还特意安排进君上自己的寝宫……他压低声音问：“她欺骗过您的感情？”

“她——”沈望春刚说了一个字，忽然意识到不对，不冷不热地道，“跟你有什么关系？”

陆鞅干笑了一声，道：“君上，既然她与您有旧怨，您何必救她？”

听了这话，原本看着脚下残雪的沈望春忽然抬起头，直直看向对面的陆鞅，他的那双眼睛乌黑乌黑的，像是一湾深不见底的冰冷潭水。

陆鞅被他看得心里发怵，试探地问：“属下说错什么了？”

随后他便听到沈望春冷笑道：“本座救她？你在开什么玩笑？”

傻子才会想救萧雪雎。

4

沈望春觉得陆鞅近来实在多话，早知道他如此八卦，当初就该把他也打发出去的。

后悔，实在后悔。

陆鞅却觉得他们君上不太对劲得太过明显，作为一个合格的下属，就该想君上心中所想，忧君上心中所忧。

他并不知道自己不仅没能为君上分忧，君上还想把他轰出幽冥宫。

闻者伤心，见者落泪。

沈望春沉默了一会儿，问他：“那人呢？”

陆鞅愣了一下，才意识到沈望春问的是被他敲晕在沙漠里的青年，答道：“已经送到酒方郡了，君上要去看看吗？”

“本座看他做什么？”沈望春轻嘲道，说完低下头，继续发呆。

那君上让自己把人送过去又是做什么？

落叶翩跹，在沈望春的面前转着圈儿。月光映着远处的几处残雪，明晃晃的，像是上古的神明落在魔界的眼泪。

陆鞅等了很久都没有等到沈望春的指示，主动唤了一声：“君上？”

沈望春抬头看他，面色透出几分困惑，问他：“你怎么还在这里？”

“……”

陆鞅腹中打好的草稿因沈望春这一句话尽数泡汤，他一边在心里默默叹气，一边行礼道：“那属下告退。”

沈望春“哦”了一声，再没有说其他话。

陆鞅下了石阶，将要离去时，他回头看了一眼。朦胧的月光下，沈望春仍坐在那冰冷的石阶上，垂着头，耷拉着肩，好似一只被主人丢弃的大狗，有些可怜。

月上中天，四周静悄悄的一片，沈望春回到自己的寝宫中。他站在萧雪睢的床边，床上的萧雪睢还在昏睡，她眉头紧锁，那些疼痛没有远离她。

裴素问骗了他。这个庸医！

沈望春转过身，背对着床上的萧雪睢，缓缓坐下。

“萧雪睢……”他唤出她的名字，却在说出口的一瞬间忘了自己想要说些什么，最后只剩下浅浅的叹息。

紫金的香炉里飘出袅袅白烟，那只藏在记忆深处的匣子就这样无声无息地被打开。

当年很多人都以为他是在白凤山的试剑台下对萧雪睢一见钟情，然后就昏了头，当着人家未婚夫的面倾情告白。但其实他与她的孽缘要追溯到更远的从前，只是连萧雪睢也不知晓。

沈望春的父亲沈照是岳阳城沈家的家主，他是沈照的独子，是他们夫妻期盼许久才盼来的孩子，所以打小被娇生惯养，要风得风，要雨得雨。

沈望春在修炼一途的天赋并不高，只是那时候他所见过的天地只有岳阳城及附近的几座小镇，见到的修士也只有父母和几位叔伯。他以为自己无所不能，是话本里能“挽狂澜于既倒，扶大厦之将倾”的主角。

十二岁那年，他父母去世，沈家虽然由他的五叔沈廷接管，但沈望春仍是做着他的少主。沈廷待他也不错，对他有求必应，怕他孤单，还特意安排了一群同龄人做他的玩伴。

玩伴们个个是人才，说话又好听，捧得沈望春不知天高地厚，以为自己是这个世界的中心。他和这些玩伴在岳阳城整日吃喝玩乐，春风秋月，花谢花开，一年一年。

沈望春十七岁那年的夏天，他心血来潮，带着他那一帮玩伴登上了一艘大船出海，去寻找传说中的鲛人。

那是一艘有三层船舱的豪华楼船，船身上涂满精致明艳的彩绘，有着最坚固的龙骨和宽阔的走廊，可以容纳上千人。傍晚的时候，常有孩子在甲板上玩闹。

沈望春住在最上层，吃的用的都是最好的。他有些晕船，吃了药还是觉得不大舒服，所以大多数时间在床上躺着。

玩伴们大多是带着女郎一起上的船，船上的隔音不是很好，他们在隔壁的房间里颠鸾倒凤，淫靡的声音断断续续地传到沈望春的耳中，他听得直犯恶心。

他离开房间，去了下面的甲板上，趴着栏杆，面带忧郁地眺望远方。晚霞将天际染成一片瑰丽的红，深红、浅红、朱红、绯红，这些红色和着金光被糅在一起，汇成一条汹涌的河流。海风撩起他乌黑的发丝，海鸟在他的头顶盘旋，此情此景，沈望春真的很想赋诗一首。

奈何沈望春心比天高命比纸薄，看了没两眼，诗还没作出来，人就不行了，弯腰干呕起来。

“哥哥，你不舒服吗？”一个清脆的声音在沈望春的身后响起。

他回过头，眼前是个六七岁的小姑娘，用红绳扎着两个小辫子，只有他大腿高，怀里抱着一个布娃娃。沈望春敷衍地说：“有一点。”

“给你糖吃，吃了糖就好了。”小姑娘将握成拳头的那只小手缓缓打开，她的掌心里是一颗白色方糖。

小姑娘的眼睛亮晶晶的，映着漫天的霞光，沈望春想到小时候自己藏在木盒里的那些琉璃珠子。

这种廉价的糖平日里他连看都不看一眼，此时却鬼使神差地伸出手，接过糖。

小姑娘对他笑了一笑，转身向她的母亲跑去，两个小辫子一上一下地翻飞，快活得好像一只刚出笼的小鸟。

夜幕沉沉地压下来，燃烧的云海最后一点尾巴都被黑暗吞没。沈望春将嘴里的方糖嚼碎，咽了下去。他的那些玩伴应该也坚持不了多长时间，现在该安静下来了，他可以回到房间好好睡上一觉。

他一转过身，就有凉凉的水珠落在他的脸上，他下意识地抬手去抹，霎时风云变色，狂风骤起，原本平静的海面掀起滔天巨浪。

沈望春停下脚步，正要感叹自己果然是天选之子，一出门就有奇遇，下一刻，一条墨色蛟龙从雪白的浪花中猛地腾起，吐出的冰冷海水喷了他一脸。

沈望春无语地擦了擦脸，隐约觉得天选之子不该这样登场吧。

随即他又安慰自己，这勉强也能算是龙涎吧，不是很拉低自己的身份。

嗯……

蛟龙涎。

沾了两个字，怎么不算呢？

蛟龙粗壮的尾巴横空扫过船身，一声“轰隆”巨响过后，船舱碎裂，破碎的木材“噼里啪啦”地掉了一地。

眼看着蛟龙要再次撞上船身，沈望春抽出腰间长剑，飞身而上，向着蛟龙的脑袋劈去。夜空中划过的银白闪电将他的身影笼罩其中，他想这绝对会是载入史册的一幕，待他宰了这恶蛟，他的故事至少得在岳阳城里流传个四十年。

然而沈望春实在高估了自己的剑术，出师未捷身先死，蛟龙一个猛甩头，就将他掀回船上。

墨色海浪翻涌起白沫，闪电熄灭，天地归于一片浓稠的墨色中，只剩下蛟龙那双猩红滴血的眼睛。

船舱进了水，船身剧烈地摇晃，脚下的船板“吱嘎吱嘎”地响着。蛟龙如同游戏一般，从船上随意抓取两人，吞入腹中。船上的人已乱成一团，惊声尖叫，四处逃窜，从船头跑到船尾，又从船尾跑到船头，他们是如此弱小，连一点挣扎反抗的能力都没有。

沈望春抱着剑呆坐在原地，他向来被保护得很好，从没有经历过这样的事。

他身上带了许多救命的宝贝，想要从蛟龙口下逃脱并不是一件难事，只是他想要像故事里那样，救下这一船的人，但他做不到。

玩伴们找到他，祭出御风的法器，催促他：“快走啊，少主！”

沈望春抬起头，傻傻地问：“那他们怎么办？”

“还管他们做什么！快走啊！”

“可是……”

“可是什么啊？再不走您就走不了了，快把手给我！”

沈望春迟迟没有伸出手。身后人群拥挤，在黑暗中奔跑着、推搡着，祈求一条生路。

“救救我！救救我！”

“我不想死，救救我吧！”

“不要抓我！不要抓我！我娘还等着我回去！”

“啊——”

“……”

他们的哭喊声在沈望春的耳边此起彼伏，直到多年后，他还会在梦里听到这些声音。

沈望春总以为自己是能救苍生于水火的英雄，直到这一刻，他才猛然发觉，原来他什么都做不了。

那个在不久前还给了他一块糖的小女孩眨眼间被龙尾卷到天上，甲板上只剩下一个湿透的布娃娃，她的母亲跪在地上哭求哀号，求上天怜悯。

她的声音与众人的哭声混在一起，上天要如何才能听到。

沈望春颓然起身，他的眼睛里落了“水”，雾蒙蒙的。

恍惚中，他好像听到那个小姑娘在空中叫他“哥哥”。他握紧手中长剑，上前一步，犹想挺身而上，却被玩伴死死抓住手臂。

电光石火之间，剑破长空，流星飒沓，一剑斩断蛟龙的尾巴，鲜红的血如雨般倾洒而下，顷刻间染红了海面。

海上蛟龙发出震耳的咆哮，狂怒地拍打断尾。

沈望春仰头望向来人，他站在千万人中，听着千万人的惊呼，却觉得这片天地间只剩下那一人的身影。

她一袭白衣，乘风而来，踏着滔天的雪浪，滴水不沾。

长剑如虹，横贯沧海。

仿佛有浩荡春风扑面而来，抖落万千星辰，沈望春一时竟觉得自己置身梦中，只听得心脏跳动如擂鼓。

惊鸿一影，胜却人间无数。

5

刚才嚣张得不可一世的蛟龙眨眼间在凛冽的剑光下变成了肉段，跟随白衣女子而来的同门们纷纷落到海面上，将蛟龙的血肉收拾进各种各样的小瓶子里。

砍成肉段的蛟龙不要扔，裹上鸡蛋液炸一炸，隔壁的宗门都馋哭了。

白衣女子收起手中长剑，从天而降，小姑娘还趴在她的怀中，哭得直打嗝。女子弯腰将小姑娘放到甲板上，安抚地拍拍她的脑袋，然后吩咐身后同门开始修理脚下的这艘大船。

她站在船头，表情寡淡，沈望春偷偷观察了她一段时间。

清冷的月光下，海风吹拂着她乌黑的长发，她眉目如画、神色冷淡，像是从天上来的仙人。她很少说话，也很少笑，如同一座玉雕。

沈望春穿过拥挤的人群，在心里把自己要说的话打磨了几十遍，保证等会儿能让她对自己印象深刻，一辈子都忘不掉。

然而他精心准备的对白并没能说出口。在他终于要走到那女子面前的时候，女子已先一步带着自己的同门御剑而去。

沈望春站在原地，望着她离去的身影，直到再也看不见她，仍不愿收回目光。

玩伴走过来，叫了他两声，沈望春完全没反应，玩伴不得不伸出手，在他的眼前晃了晃，扯着嗓子叫他："少主，别看了，人都走了。"

这下沈望春终于回过神，他动了动唇，犹在嘴硬："我没看。"

玩伴笑了一声，道："得了吧，您眼睛都看直了。"

直了吗？

有没有镜子啊？难不难看啊？

沈望春看了看左右，佯装随意道："你知道她是什么人吗？"

玩伴故作不解道："谁呀？"

沈望春瞪了他一眼。

玩伴道："我听那些人说，他们是青霄宗的弟子，刚才带头的人应该就是萧雪睢吧。"

"萧雪睢？"沈望春轻轻念出这个名字。从前他在茶楼里听书的时候似乎听到过这个名字，但她具体做过什么，他却是一点都不记得了。

沈望春好奇地问："她很厉害吗？"

玩伴点头，对沈望春道："青霄宗长陵剑尊的大弟子，万中无一的剑修天才，您说厉害不厉害？"

若是从前，沈望春听了这话高低得贫上两句，然眼下他却是老老实实地听着。

船上的人大多数回了船舱，玩伴打着哈欠也要回去睡觉，刚转过身就听到沈望春道："我们回去吧。"

"回哪儿啊？"玩伴问。

沈望春理所当然地道："回城啊。"

玩伴一脸莫名其妙的表情，说："怎么突然要回城了？少主，我们不找鲛人了吗？"

沈望春道："都看到蛟龙了，看不看鲛人也无所谓了。"

玩伴："……"

他觉得这两个物种差得有一点大，不太适合放在一起比较，不过沈望春是老大，自然老大说什么是什么。当天夜里，他们几人便用上御风的法器回了岳阳城。

回到岳阳城后，沈望春四处打听萧雪睢的消息。修真界关于萧雪睢的故事有很多，只是真假无从分辨。那段时间，沈望春开始频繁做梦，梦里萧雪睢总是站在最高处，低头俯视众生，他是众生中的一个。

她强大而冷漠，从不会施舍他一个多余的表情。

每次醒来，沈望春都会对着眼前的虚无长吁短叹。都说日有所思夜有所梦，他脑子里的想法也太单调了，做梦都要这么谨慎吗？

如此过了两个月，沈望春终于痛下决心，他要拜入青霄宗。

“青霄宗啊……”他五叔知道他的想法后，拍拍他的肩膀，良久后说了一句，“有志气，好好修炼吧。”

后来沈望春才知道他五叔其实还有半句话没有说出来——“好好修炼，争取在八十岁前混进青霄宗的内门。”

岳阳城虽好，但毕竟是一座小城，就算沈望春是沈家的少主，在这里他能得到的修炼资源也非常有限。为了能顺利拜入青霄宗，沈望春决定要积极参与修真界秘境试炼活动，热情投入丹药法器的购买当中。

只是离开岳阳城，来到更广阔的人间，沈望春方才知道人外有人、天外有天。与那些真正的天之骄子比起来，他一点都不起眼：论天赋，他勉强只能算中等；比财力，他一个小小的沈家少主根本上不得台面。

第一次离开岳阳城的沈望春被打击得不轻。不过，那个时候他总是盲目自信，觉得虽然眼下自己比他们差了一点，但日后定有奇遇，让他一飞冲天，横扫整个修真界。

他从许许多多人的口中听到关于萧雪睢的消息，他跟随她的脚步在半年内走过了上百座城池，只是大多数时候他都晚了一步，等他到了地方，萧雪睢早已走了，他只能靠那些人的只言片语去补全那些从头到尾没有自己一丁点影子的故事。

即使这样，沈望春仍听得津津有味，好像亲眼看到萧雪睢诛杀群魔的风采。

周朝五十七年夏，萧雪睢夜上黑霞山，诛杀此地魔修三十四人。

半月后，有青霄宗弟子被困鸿蒙洞，萧雪睢孤身前往，救下同门。

又过两月，无名城内有妖魔作乱，残杀百姓，萧雪睢以身作饵，深入魔营，将此地妖魔一锅端了。

……

一路走来，沈望春知道了萧雪睢是个孤儿，出生不久便被父母抛弃，后被长陵剑尊捡回青霄宗，收为亲传弟子；知道了她有一个师妹和一个师弟，都是天赋绝佳的剑修；知道了她的剑叫“悬光”，来自东海深处的剑冢；知道了她有一位未婚夫，是明虚门门主的独子，传说中风靡万千少女的翩翩君子，不出意外的话，日后老门主一定会把门主之位留给他。

啊……沈望春痛苦地薅了薅头发，这种事还不如不知道。

他难受得一宿没睡，第二天看着镜子里邋里邋遢的自己，安慰自己只有不努力的锄头，没有挖不动的墙脚。

只是未婚夫而已，以后能不能成亲都不一定，而且就算成亲了结契了，也不一定可以白头到老，他还是有很多机会的。

沈望春找来笔墨，认真地分析策划，他这墙脚该从哪里挖起，然而忙活了半天，就憋出三个字。沈望春放下笔，托着下巴默默感叹，自己真是个人渣。

人渣如果能够和萧雪睢在一起，也没有什么不好的。

只是人渣又怎么能配得上萧雪睢呢？

他把她梦了千百次，可最接近她的那次，也不过是挤过一圈一圈的人，来到她面前，他还没来得及把那些藏在心里的话说出口，梦就醒了。

他就这样跟随着萧雪睢的脚步游历了小半个修真界。有那么两三次，他有幸亲眼见到她，她或是站在人群里平静地听着凡人的哀哭，或是提剑斩落妖魔的头颅，或是孤零零地站在高楼上，孑然一身。

他见过她悬光剑下满怀怨恨的亡魂，也见过她染着血的衣襟。

可他从来没能去到她的面前，与她说上一句话。

很多时候，当你在某个刹那对某个人一见倾心，之后随着对那个人的了解增多，往往会越来越失望，那些喜欢也会蹉跎在往后的岁月里。

沈望春的爱意从来不曾消减，只是在他的心底沉默地累积。

这世上怎么会有人不喜欢萧雪睢呢？

他这样追逐着萧雪睢追了将近两年，像是追着一轮永远无法触碰到的月亮，不知疲惫，不问结果。

直到周朝五十九年春，沈望春一直在等的奇遇始终没来，既没有秘境让他洗髓锻骨，也没有老爷爷传授他一夜飞升的功法。这一年，青霄宗举行了三年一次的收徒大典，沈望春好不容易混进拜师的队伍，才发现自己是给人垫脚的命。

他堂堂岳阳城沈家少主，何曾受过这样的委屈。

他此时的修为比在岳阳城的时候已经提升了许多，只是能拜入青霄宗的都是百里挑一的天才，家世背景少有比沈望春差的，这委屈他不想受也得受着。

沈望春也想过要挣扎一下，只是前脚刚说了“大丈夫生居天地间，岂能郁郁久居人下”，后脚就被发疯灵兽追得满山乱跑，引得众人哈哈大笑。

不过凭借着超凡的狗屎运，沈望春居然坚持到了入门试炼的最后一关。这一关，要求他们在规定时间内从浮图塔中找到三十枝金盏莲。

结果有魔修作乱，导致关押在塔里的魔兽暴动，他们这些小鸡崽差点给魔兽加了餐。

好在青霄宗及时派了人进来，才没有酿成人间惨剧。

沈望春站在人群里，正要惋惜来的人为什么不是萧雪睢，忽然听到有人叫了一声：“师姐，这里有魔气。”

沈望春下意识地抬起头。漫天的飞雪纷纷扬扬地落下，枝头红梅绽放，萧雪睢踏过皑皑白雪，向他们走来。在这一瞬间，沈望春甚至想好了日后他们成亲宴上的菜单。

然而，此时萧雪睢的身后还多了一个碍眼的未婚夫。

沈望春赶紧环顾左右。

锄头呢？锄头呢？

急用！重金求购！

第二章 过往

真的吗？我不信

1

“师姐，我怀疑那个魔修就藏在他们中间。”

萧雪睢点了点头，没多说什么。她走过来，微凉的手指一一扫过他们的眉心。

最后，她在沈望春面前停下脚步。沈望春眼睛一眨不眨地看着她，她今日仍旧是一身白衣，大部分头发被扎成高高的马尾，余下的披落在脑后。她表情冷淡，不苟言笑。

她笑起来会是什么样子的？

沈望春忽然想到，自己要怎么做才能让她笑一笑呢？

雪白的流光和冬雪一起落在沈望春的额头上，他没来得及察觉，雪就已经悄然融化。

虽然萧雪睢待他们都是一样的，但此时沈望春仍旧觉得受宠若惊，他希望萧雪睢能够在自己面前稍稍多停留，哪怕只是短短的一刻也好。

也许是上天听到了沈望春的心声，他的愿望实现了。

萧雪睢真的停在他面前，没有离去。

沈望春心里简直要乐开了花，她这是注意到自己的出众之处了吗？

自己确实是有两分姿色的，综观整个浮图塔，这里的男子都不如他。

想到这里，沈望春下意识地挺了挺胸，却见萧雪睢的未婚夫唐云承站在不远处，正盯着他看。唐云承的目光阴沉沉的，像是一只凶狠的恶狼，但再看去时，他的目光温柔地凝望着萧雪睢，仿佛刚才那些只是沈望春的错觉。

哼，不过如此。

无所谓，只有不自信的男人才这么小肚鸡肠！

沈望春想要好好表现一番，争取给萧雪睢留下一个深刻的印象。他刚要抬手弄一弄头发，却猛地想起来，不对呀，萧雪睢好像正在找魔修。

那……萧雪睢不会是在怀疑自己是魔修吧？

自己怎么可能是魔修！绝无这种可能！

只是萧雪睢站在这里不说话，表情也冷冰冰的，沈望春莫名其妙地跟着不自信起来。

他是魔修吗？

应该不是吧……

沈望春像只刚刚拆过家的心虚小狗，虽然小狗也不确定自己是不是真的有拆过家。他小心观察萧雪睢的表情，结果自然是什么也没能看出来。

别说是泰山崩于前，就算是天塌地陷，好像也不能让她变脸色。

沈望春自认不是魔修，他从出生到现在都没跟魔修说过话，此时却突然不确定起来，难道自己练的功法真的有问题？

沈望春顿时有点慌，他这两年修的是什么功法来着？

随即，沈望春见到那柄悬光剑不知何时已出现在萧雪睢的手中，剑身雪白，剑气凛冽。

沈望春大骇，后退半步。这个剧情跟他想象中的完全不一样，容他辩解两句可以吗？

然没等他张开口，他身旁的那个兄弟先急了眼，蹦了出来，挥刀向萧雪睢头顶砍去。

青霄宗的弟子叫道："是魔修——"

萧雪睢不躲不闪，举起手中悬光剑，接下这一刀。她衣袂翻飞，身若游龙，凛冽剑光横扫而过，枝头的红梅如雨纷纷飘落。刀剑相击，发出清脆的鸣响，不过几招，这魔修便显露败势。顷刻后，他同过去的许多魔修一般，倒在地上，有温热的血溅在沈望春的脸颊上。

沈望春呆呆地站在原地，心里感叹真是太美了、太强了，但萧雪睢大概以为他被吓到了，非常熟练地拿出一张帕子递到他面前。

沈望春看到萧雪睢动了动唇，却没听清她说了什么。

"啊？"他迟钝地叫了一声。

"擦擦。"萧雪睢平静地又说了一遍。

"哦哦。"沈望春傻傻地接过萧雪睢递来的帕子，却没舍得用它。

萧雪睢也不在意。她收了剑，转身对着师弟师妹们嘱咐了几句，就与唐云承一起离开了。

沈望春攥紧手中的帕子，望向她离去的背影，更加觉得挖墙脚这项工程还是很有前途的，可以继续下去。

只是他的好运大概也在这里用尽。在浮图塔中，他没有找到一枝金盏莲，无缘拜入青霄宗。

那时的沈望春并不气馁，因着过几日就是修真界大比，他在白凤山下的小镇找了一家客栈小住了几日。

暮春之时，白凤山下的杜鹃花盛开，连绵不尽，灿若烟霞。

试剑台上，萧雪睢白衣胜雪，长剑如虹，无人能敌。

萧雪睢能夺得头筹在所有人的意料之中，只是不知从哪个山沟里冒出一个叫秦弈的新人，居然能够力压那些名门正派精心培养出来的弟子，打到最后一场。

他最后还是倒在萧雪睢的剑下，也不觉得羞愧，对萧雪睢龇着一口小白牙，然后吹了一声轻快的口哨。

轻浮！

台下的沈望春咬了咬牙，恨不得冲上台把那个蠢蛋拖下来。

萧雪睢不为所动，脸上不见丝毫恼怒。长风拂过她的发梢，夕阳的光好像在她的身上披了一层薄纱，金乌西坠，她不似此间中人。

大比过后，几大门派合办了一场晚宴，让弟子们彼此认识一下，多交流交流。沈望春跟一个和尚套了个近乎，混了进去。

晚宴上觥筹交错，言笑晏晏，沈望春为人幽默爽朗，很快就与周围的人熟络起来，甚至称兄道弟，推杯换盏。

他酒量尚可，喝了几杯没什么感觉，只是心里突然涌上一股热切汹涌的情感，让他迫切地想要见到萧雪睢，与她诉说心里的爱意。

他探着脑袋东瞅瞅西瞧瞧，一点都不安分。

身边的道友见他像是在找什么人，出声问他：“你找谁呢？”

“萧姑娘。”沈望春答道。

“萧雪睢？”

沈望春“嗯”了一声，目光扫遍整个庭院，始终不见萧雪睢的身影。

道友道：“那你是找不到人的，她一般不会来凑这种热闹——”

打脸的是，这位道友的话都还没说完，就听到不远处有人问萧雪睢怎么来了。他们顺着声音传来的方向看过去，果然见到萧雪睢正从外面走来，明亮的灯光落在她的脸上，映得她面颊如玉，湛然若神。

她进了内厅去见其他门派的几位师长，不知在商量什么，好长一段时间都没有出来。

沈望春盯着那月洞门发呆，身边的道友叫了他几声，他敷衍地应了两句，只觉得心里那股澎湃的感情如滔滔江水决堤而出。就在他要控制不住自己闯进内厅之时，萧雪睢终于从里面出来。

沈望春的眼睛一直粘在萧雪睢身上，看她穿过热闹的人群，最后走到庭院角落。

那里灯火阑珊，梨花满地如残雪，萧雪睢孤身一人站在树下，像是一尊冰冷的玉像。

修真界中多的是想要结交萧雪睢的道友，但不知为何，这大好的机会近在咫尺，他们却都不敢上前。沈望春放下手中酒杯，猛地起身。

“你干什么去啊？”道友觉得沈望春有点不太对劲，关心地问道。

“我……”沈望春深吸一口气，他的心脏正在“怦怦”跳动，从来没有跳得这样快过，仿佛随时会跳出他的胸膛，他说，“我忍不住了。”

道友还以为他这是急着去上茅房，按理说他们修炼之人已经脱离五谷轮回，不过沈望春一时喝大了忘了不是没可能，结果却见他一路狂奔到萧雪睢的面前。

道友心中一紧：“他、他这是忍不住什么啊？”

很快，这位道友就知道了答案。沈望春在距离萧雪睢两三步的位置停下来，不知是喝多了酒还是其他缘故，他脸颊通红，眼睛有些湿润，映着四周的灯火格外明亮。他的嘴唇张合几番，终于叫出一声：“萧姑娘……”

原本垂眸的萧雪睢听到他的声音，撩开眼皮，沉默地回望沈望春，等着他的下文。

沈望春是第一次在萧雪睢的眼睛里看到自己的影子。

花灯如昼，梨树摇雪。

沈望春说不清自己是怎么了，在这一刻，他想要抱住她、亲吻她，想和她做天下间最亲密的一对爱侣，永生永世都不分开。

可他想了那么多，最后只对萧雪睢说出一句：“萧姑娘，我喜欢你。”

萧雪睢却好似没有听到他的话，面无表情地从他身旁走过，只余下一股清风。

但她听到了。

沈望春知道。

他僵在原地，脑中生出无数个要将萧雪睢留在这里的念头，只是最后他什么也没做。

萧雪睢离开后，沈望春的身后立刻传来一阵哄笑。

刚才结识的道友们纷纷走过来玩笑道：“人家未婚夫还在这儿呢，你是活得不耐烦了呀！”

“幸好唐公子为人大度，不会难为你，不然你得被抬回岳阳城。”

“抬回去？就地找块地方埋了吧。”

好久之后，沈望春才快快不乐地道：“她不喜欢我。”

那些道友笑道：“这也不是出人意料的事吧，她喜欢你才是见了鬼吧。”

道友们的话实在很有道理，让人无法反驳。沈望春想了想，挣扎道：“这世道也不是见不到鬼。”

这些道友也懒得跟个酒鬼计较，对他说：“你赶紧回家睡一觉吧。”

沈望春抬头：“啊？”

“睡着了梦里什么都有。”

“没有，”沈望春又垂下头，闷闷地说，“梦里她也不喜欢我。”

2

沈望春抬起头，看着树梢那一簇雪白的梨花，目光茫然。他的心脏正胀得发疼，那些声音在他的脑海里呼啸，质问他为何不把萧雪睢留下。

他如何能把她留下？

年龄大一些的道友看着沈望春这副模样，“啧”了一声。这世上爱而不得的人到处都是，他还年轻，等过两年就明白了，就算一辈子都不能和自己所爱的人在一起，也是很正常的，不必太过伤怀。

“她为什么不喜欢我？”沈望春不知道是在问谁。

旁边的道友叹了口气，问他：“她为什么要喜欢你？”

萧雪睢为什么要喜欢他？

她是青霄宗长陵剑尊首徒，是修真界年轻一辈的魁首，是金光灿烂、气势雄浑的万里朝阳，是悬在天上的皎皎明月。

沈望春呢？

他天赋普通、修为一般、家世平平，好像没一样能在她面前拿得出手。

“我……”沈望春越想越觉得没希望，到最后只憋出一句，“我长得比唐云承好看。”

“……”

道友沉默了，长长叹了一口气，点评道："我算是看出来了，你真是一点数都没有啊。"

沈望春按着发疼的额角，靠在树干上，默然不语。这场欢乐的宴会不知什么时候散了，道友们也早去瞧其他的热闹，最后这里只剩下沈望春一个人。他拍了拍脑袋，摇摇晃晃地走出这座庭院。

回去的路上，沈望春在心里安慰自己青霄宗不是一天建成的，这墙脚也不是一天就能挖倒的。

萧雪睢今日只是无视了他，总好过亲口拒绝他。

待他来日得到奇遇，修得神功，定要让萧雪睢对他刮目相看。

深蓝的夜空中只剩下一轮弦月，蒙着淡淡的光晕。四周寂静无声，眼前的巷子幽深而寂静，好像永远都走不到头。

沈望春脑子里全是萧雪睢从他身边走过的身影，他在这条巷子里转了大半个时辰，总算察觉到此处的异常——这什么巷子这么难走出去？

他敲敲脑袋，想让自己更清醒点，蓦地，身后传来一声阴恻恻的冷笑。

真见鬼了？

沈望春浑身一震，顿时精神万分，这是上天觉得他与萧雪睢缘分未尽！

他连忙转过身，见一个男子正向他靠近。沈望春一眼就认出对方，说实话，不如见鬼。

他眯了眯眼，叫了一声："唐云承？"

唐云承，明虚门的少主，萧雪睢的未婚夫。

他生得一点不丑。他五官周正，剑眉朗目，温润如玉，若不是他早与萧雪睢有了婚约，追求他的女修怕是早就排满白凤山下的长街。

"你知道我？"唐云承手中拿了一柄折扇，上面画了两只张牙舞爪的灵兽，沈望春认不出那是什么东西。

他向沈望春缓缓走来，点着头道："很好。既然知道我，还敢在雪睢面前胡言乱语，你是一点没把我放在眼里啊。"

这话说得很没道理，沈望春笑道："本公子要是没把你放在眼里，又怎么会看到你？"

"嘴皮子倒是利索，就是不知道你的功夫是不是一样利索？"唐云承边说边摇了摇手上的折扇。

沈望春心说这也不热啊，装什么呢？然后他就看到那扇子上的灵兽竟然活了过来，从那扇子上一跃而出，变成两只草庐大小的巨兽，低吼着向他扑来。

沈望春惊呆。他还没见过这种情形，赶忙抽出随身佩剑，举剑格挡，只是以他那三脚猫的功夫，实在为难。见情况不妙，沈望春想要遁走，可唐云承早已在四周布好结界，他无路可逃。

没过多久，他一个失手就被灵兽扑倒在地。灵兽张着血盆大口，在这千钧一发之际，沈望春甚至还有闲心去想，都这个时候了，他的奇遇也该来了吧!

唐云承一步一步走来，随后他一脚重重踏在沈望春的胸膛上，用了十成十的力气，低头看着脚下面容扭曲的沈望春，唐云承心中的郁气总算消散了几分。

今年这场大比他没能打过萧雪睢也就算了，居然还败给了那个叫秦弈的野小子，以至于像沈望春这种货色都敢来挑衅他。

想到这里，唐云承面色愈加阴沉，出声讥讽道："也不撒泡尿照照自己，你是什么身份，也配喜欢雪睢？"

沈望春心想，凭他的姿色，他要是照了镜子，可能会更骄傲的。但唐云承脑子不好，这话暂时不能对他说。

唐云承不知他心中所想，将手中扇子一摇，两只灵兽立刻乖乖跳回他那扇中。他俯下身，合上扇子，对着沈望春挥去，一道银光闪过，沈望春手腕登时传来一阵锥心剧痛，他倒吸一口凉气，想要看看手腕怎么了，却发现自己的双手一点力气都使不出来。

"人贵有自知之明，沈望春，你这么个废物，凭什么敢到雪睢面前胡言乱语？"唐云承转动手中折扇，冷笑不停，"癞蛤蟆还想吃天鹅肉？别做梦了！"

他正要直起身，忽见沈望春深蓝色的衣襟里露出雪白的一角，唐云承双眸微微眯起，用扇子把那抹白色挑了出来，是那日在浮图塔中，萧雪睢送给沈望春的帕子。这是萧雪睢唯一送给他的东西，他没舍得用，一直小心放在怀中。

唐云承明显也认出了这张帕子的前任主人是谁，他的脸色顿时更加难看，阴云密布，好似可以滴出水来。

他冷声道："今日我就来告诉你，有些人不是你能招惹的。"

话音落下，他折扇一挥，又挑去沈望春的脚筋，这还不是结束，随后唐云承的掌心聚起一团白光，对着沈望春的下腹狠厉拍去。

沈望春恍惚间好像听到自己的丹田发出窸窸窣窣的微小声响，漫出一片蛛网般的裂纹，然后在那片盛大的白光中轰然破碎，灵气从他的体内不断涌出，很快就归于眼前的这片天地，任凭他用尽全力，再也抓不到一丝一缕。

唐云承看到眼前狼狈凄惨的沈望春，勉强满意，他收回手，警告沈望春道："下次再让我看到你用那种恶心的眼神看雪睢，我就把你这对眼珠子挖了，我说到做到。”

尖锐的疼痛遍布沈望春的全身，仿佛有浸过剧毒的冰冷木刺顺着他的血液流淌，将他的血管划破，又刺进他的骨头里。沈望春眼前模糊一片，大脑几乎无法思考，他隐约感觉自己的魂魄正在出窍，根本听不清唐云承对他说了什么，总归不会是什么好话，不听也罢。

许久后，唐云承终于大发慈悲松开了踩在沈望春胸口上的那只脚，沈望春蜷缩在地上，不停地抽搐痉挛，鲜红的血从他的四肢流出，他张着嘴发出“嗬嗬”的喘息，像是在拉一只快要散架的破风箱。

月华如水，无声映照惨淡人间，过往的许多画面在沈望春的眼前闪现，他似乎听到唐云承又叫了他一声“癞蛤蟆”。

他是只癞蛤蟆吗？

也许吧。

现在还是一只被挑去了手筋脚筋、废去修为的癞蛤蟆。

唐云承说他是癞蛤蟆，可他自己为人虚伪狠毒、心胸狭隘，比起萧雪睢，又何尝不是一只癞蛤蟆呢？

瞧着依唐云承今晚这个架势，他可能是见不到明天的太阳了。他想起春天里岳阳城满城纷飞的杨花，想起幼年时从他手中滑落的那支小木剑，又想起试剑台上萧雪睢的最后一式，流光簌簌，花落满身……

他的嘴角不自觉地扬起一抹微小的弧度。

“你笑什么？”唐云承问他。

都这个时候了，他居然还能笑出来，怕是伤到了脑子？

沈望春掀开眼睑，回望唐云承，他决定死前也要过把嘴瘾，冷嘲道：“本公子瞧不起你。”

唐云承被沈望春逗笑了，笑完后“呸”了一声，轻蔑道：“你瞧不起我？你有什么脸瞧不起我？”

他将那张帕子在沈望春的眼前晃了一晃，随后那帕子就在跳跃的火光中化作灰烬，落在沈望春的脸上，只是晚风一吹，散得无影无踪，什么都没有留下。

唐云承笑起来，他的笑声越来越大，沈望春听得难受，好像这条巷子里有千百个唐云承在一起发笑。

他闭上眼睛，实在不想看到唐云承这张丑恶可憎的脸。

或许是怕脏了自己的手，沾染上因果，唐云承最终没有要沈望春的性命，他把他留在那条走不到尽头的巷子里。

听着渐渐远去的脚步声，沈望春彻底失去意识。

许久以后，他清醒过来，天还未亮，眼前的巷子露出本来的面目，原来他再往前走个三步，就能看到这条巷子的出口。

只是他到底没能走得出去。

沈望春疼得整个人都麻木了，他艰难地从地上坐起来，身边是一摊摊黏稠的血，映着月光，缓慢地干涸。

沈望春低头看着身上各处的伤口，默默安慰自己，只是被挑断了手筋脚筋而已，只是被废去修为而已，没关系的，没事的，故事里的主角们都有过被恶毒炮灰打压的经历，马上就会有奇遇让他从头再来。

就算他成不了主角，从此断了修仙之途，他还有几十年的时光可以挥霍。

没什么的。

3

沈望春两只手哆哆嗦嗦，花了好半天工夫，终于掏出怀中的玉瓶，把里面的丹药囫囵吞下。

他的身上好像有了一点力气，能从地上爬起来，只是走了两步，他“扑通”一声摔倒在地上，剧烈的疼痛登时直蹿到头顶，好像全身的骨头都长出倒刺，刮去上面的每一块筋肉。

沈望春趴在地上缓了好一会儿，才渐渐习惯了这疼痛，他爬到巷口，靠墙坐下，长长叹了一口气。

青石板的地面上满是他留下的干涸血迹，夜色沉沉，星辰寥落，不知何时才会天亮，也不知要等多久会有人来。

不知不觉间，沈望春昏睡过去，醒来已经是两天后，有人把他连夜送回岳阳城，他连告状的机会都没有。

他五叔站在床边，低头看着他，神色凝重，眼中带着沈望春还不能理解的挣扎。见沈望春醒了，他终于开口，对他说：“春儿，这些年是五叔太纵容你了，才让你犯下如此大错，我对不起你的爹娘。”

沈望春睡得太久，身体也伤得太重，整个人都迟钝了许多。他反应了一会儿，根本没懂他五叔的意思，哑着嗓子问道：“五叔，我犯了什么错？”

他五叔叹道：“都这个时候了你竟然还不知道犯了什么错，春儿，你太让五叔失望了。”

沈望春微微皱眉，他是被唐云承毁去丹田，挑了手筋和脚筋，但他的脑子没坏，他五叔这是耍什么花活儿。

“是明虚门的人送你回来的。”他五叔说。

沈望春心想唐云承这是怕他向其他人说了那晚的事，怕人知道众人口中宽容大度、与人为善的唐公子其实是个伪君子。

萧雪睢怎么会与这样的人有婚约？她什么时候才能知道他的真面目？

见沈望春不说话，他的五叔继续说：“你得罪了明虚门，五叔也没有办法。为了沈家，五叔只能牺牲你了，春儿，你不要怪五叔。

“你的手脚我已经找人帮你治好了，只是丹田碎得太厉害，五叔没有办法，就这样了。以后你不是沈家的少主了，在外面须得谦虚谨慎，别再胡闹了，再有下次，你……”

“好自为之吧，”他叹道，抬起手，擦了擦眼角并不存在的眼泪，然后冲门外道，“来人，把少主送出去。”

沈望春为自己这一次莽撞的告白付出了代价。

那天晚上，沈望春被赶出沈家。他坐在石阶下面，月光冰凉，像是落了一层冬月的霜雪。

好像再也不会融化了。

后来沈望春才知道，那天晚上的宴会上，他的酒水里被人下了两包黄粱散。这种药倒是不会要了人的性命，只是会极度激发潜藏在人心里的爱欲，背后的人想让沈望春在萧雪睢面前失态出丑，让萧雪睢彻底厌恶他。那人却没想到沈望春是个尿包，在宴上憋了那么久，最后只是对萧雪睢说了一句“我喜欢你”。

下药的人除了唐云承，沈望春想不到第二个人。

对这件事，沈望春心中没有太多怨恨，如果不是这两包黄粱散，恐怕等到萧雪睢与旁人结成道侣，他都不会同她说那些话。

那时他嘴上说得威风，其实却是个胆小鬼，到了萧雪睢面前连一句完整的话都说不明白，不然也不会连一个名字都要等到十余年后才对她说出口。

现在不会了。

但他现在也不会同萧雪睢说那样的话了。

天将破晓，遥远的东方天际扫出一抹淡淡的白。

人间日夜交替，白日赤乌洒金，落向山河，留给魔界的日光其实只剩下寥寥，这里从早到晚都是昏昏沉沉，很适合睡觉。

沈望春在幽冥狱里待得太久，刚出来时，连魔界的这点阳光他也不适应，时常要遮住那些光亮。

他弹指熄灭殿中的琉璃灯，然后回过头去，床榻上的萧雪睢仍在昏睡，一直皱起的眉头终于舒展开来。

他盯着她脸上的那块痕迹发呆，过去的许多年里，修真界中爱慕萧雪睢的人数不胜数，向她告白过的人估计数不胜数。

沈望春总是会想，她会为什么样的人驻足？又会与什么样的人共度此生？

他不知道。

直到今日，他仍旧不知道。

不过这些也不重要了，他现在只想让萧雪睢痛哭流涕，让她后悔莫及。

床上的萧雪睢不知何时清醒了过来，她睁开眼，坐起身，看着趴在床边的沈望春，乌黑的眼眸中透出几分困惑。

似乎是不解沈望春为什么会在这里，也可能是不解他怎么坐在地上。

沈望春一怔，他赶紧站起身，沉下脸，他要力保自己此时的表情一定是足够冷酷、足够无情，能让小儿啼哭、老汉求饶，让萧雪睢惊惶失措、魂不附体。

他低头俯视她，发出阵阵冷笑，萧雪睢抬头迎上他的目光，他们二人就这么对视了很长一段时间，谁也没有开口。

万丈金光喷薄而出，人间天色大亮，魔界这边只能看到一盏红灯挂在天边，吝啬地施舍一点光和热，敷衍了事。沈望春感觉自己的脸都有点僵了，再这么下去，萧雪睢会不会被吓到不好说，但他极有可能要先一步面瘫，实在得不偿失。

殿中鸦雀无声，窗影无声摇动，那双眼睛里又一次装下了沈望春的身影。沈望春心脏一抽一抽地疼，他想，也不是第一次疼了，都怨萧雪睢，看见她就烦。

他抿了抿唇，问她："萧雪睢，你的剑骨呢？"

萧雪睢垂下眸，没再看沈望春。

沈望春没能得到萧雪睢的回答，加重语气又重复了一遍："你的剑骨呢！"

萧雪睢的表情冷淡，仿佛失去剑骨的那个人并不是她，又或者说，那不过是一件无关紧要的东西。她平静地问："与你有关吗？"

沈望春顿时感到无比愤怒，愤怒中还夹杂着许多他无法言说的情感。

与他有关吗？

当然没有。

他恨不得萧雪睢落得个更加凄惨的下场。

她的剑骨就算被人抽去又如何？待他找到那根剑骨，他还要把那剑骨磨成粉末冲茶喝！他还从来没喝过剑骨泡的茶呢！

沈望春笑了两声，笑声中尽是嘲讽。

“本座高兴，本座高兴啊！”沈望春嘴角咧开，阴阳怪气道，“若是让本座知道是谁抽了你的剑骨，本座定要大摆筵席，好好酬谢他一番！”

把他的八辈祖宗全都谢上一遍。

萧雪睢再次抬眸，深邃的目光长久地停留在他的身上。

沈望春不知道她在看什么，更无法猜透她心中所想，他莫名觉得殿中空气很是燥热，干脆转过身去，把一堆装着丹药的瓶瓶罐罐扔到萧雪睢的床上，然后冷冰冰道：“明日你陪本座到趟琅山。”

萧雪睢“嗯”了一声，捡起床上的丹药，一一服下。

沈望春往香炉里添了香料，回头见她吃完药，又问她：“你不问问本座为何要去琅山？”

萧雪睢看了他一眼，只说：“不必。”

“你若是不想去——”沈望春对着她发出一声狞笑，凶狠道，“也得去。”

萧雪睢淡定地看他，一言不发。

这是在挑衅自己吧！他昨晚没睡，今天没有发挥好，下次定要让她落下泪来。

沈望春哼了一声，拂袖离去。

出了寝宫，他立刻找来陆鞅，交代道：“本座明日要去琅山。”

陆鞅蒙了一下，去就去呗，他堂堂魔君还用跟自己报告吗？

不怪他会这么想，此前沈望春要去哪里可从来没通知过他们。

但很快陆鞅就反应过来，上前狗腿问道：“是要属下跟您一起去吗？”

沈望春本想拒绝，不知想到什么，又改口说：“跟着也好。”

陆鞅一惊，他只是例行问一问，没想到沈望春真的会答应，他们这位魔君总是独来独往，这次竟然叫上自己，不会是想要一统魔界吧！

沈望春顿了一顿，继续同他道：“你去准备一套御风的法器，要快。”

什么法器能有他们君上自己的御剑快？

陆鞅想不明白，问道：“除了属下，君上还要带其他人去吗？”

沈望春“嗯”了一声，看了一眼不远处的寝宫。

陆鞅瞬间懂了，他赶紧依着他的吩咐找来几套法器，结果沈望春转了一圈，开始挑剔起来：“里面空间太小了，不要。

“这还漏风，不行。

“太硬了，再换。

“这个也不好，颜色太重，看着不吉利。”

陆鞅听得越多，脸上的表情越是古怪起来，等沈望春说完，他问：“君上，这飞舟是您要自己坐的吗？”

沈望春转了一圈，正要指出其他毛病，听到陆鞅这话，他停下脚步，阴沉着脸，半晌没有说话。

得，陆鞅知道答案了。

“君上……”陆鞅看着沈望春欲言又止，最后还是忍不住问他，“您还记得您跟属下说过，里面的那位可是您的仇人？”

陆鞅原本不该说这话的，这明显是在打沈望春的脸，只是这一刻对八卦的热爱超过了他对生命的重视。

当然是他的仇人！

沈望春转过身，抿唇眺望远山。

陆鞅心中叹气，就在他以为这段八卦就这么结束的时候，突然听到沈望春冷笑一声，对他说：“你懂什么？本座这叫捧杀。”

4

“捧杀？”陆鞅怀疑自己出现幻听，他们君上是怎么想的呢？

沈望春回头看他，一脸认真地点头，道：“对，捧杀。”

陆鞅：“……”

如果不是沈望春现在就站在自己的面前，陆鞅保证自己能笑出声来。

捧杀倒也不是不行，问题是他们幽冥宫里的魔族剩了没几个，一只手都数得过来，君上这捧是捧了，谁来杀啊？

陆鞅从前见过嘴硬的，但还是第一次见到像他们君上这么嘴硬的，死鸭子在他面前都得甘拜下风。

他心中有好多话想说，但为了能亲眼看到他们君上还能玩出什么新花样，又默默将这些话全部压下。他对着沈望春心悦诚服道：“君上英明。”

沈望春向来对他的马屁不感兴趣，把剩下的法器一一检查，比画了一会儿，指着一座飞车，对陆鞅道：“就这个了，但里面的坐榻有些高了，你调整一下。”

陆鞅不想说话，老老实实地上前干活。

他现在换到其他魔君手下干活还来得及吗？

人家属下跟着他们的君上吃香的喝辣的，有事没事的时候还能来一场惊险刺激的奇遇，他在望乡城兢兢业业伺候了一任又一任魔君，结果最后混成个木匠。

天道不公！天道不公啊！

沈望春见陆鞅干得不错，手脚麻利，便没再多管，转身回了寝宫。

寝宫里，萧雪雎正在床上打坐。沈望春的丹田碎过，知道这个时候打坐其实没有多少用处，最多就是让心情更平静些，不过萧雪雎现在的情绪已经够平了，用不着如此。

沈望春动了动唇，终是什么也没说。

关他什么事？

沈望春在桌旁坐下，看着眼前的香炉，托着下巴，思索明日去琅山还要准备什么。那雪萼芙蓉长在哪里？那么大的一座山，他总不可能一寸一寸地找，得提前找人问问大概在什么方位。

裴素问说那雪萼芙蓉的花蕊要配上千年玄龟血，这个倒是好办，今晚他就去抓只倒霉的王八放血。

还有什么呢？

山上风大，要多备两件衣服。这不是给萧雪雎的，是他自己怕冷，沈望春说服自己后，愉快地把这一项加入计划当中。另外，萧雪雎现在没有修为，是不是会觉得饿，紧接着又想起他昨天把萧雪雎带回来后，她一直没有吃东西，这样不太行，之前给她的那些丹药好像也没有管饱的。

他不是关心萧雪雎，只是她若是这么饿死了，他就没法报复她了。

但魔界里能吃的东西不是很多。

不知道萧雪雎能吃什么。

沈望春转头，却发现床上的萧雪雎早已睁开双眼，正看向他。沈望春不知道她这样看了自己多久，也看不懂她此时眸中的情绪。

她现在终于看到他了。

可惜晚了很多年。

“你在看什么？”沈望春开口问。

“在看阁下。”萧雪雎答道，她的语气平淡，丝毫没有被抓包的尴尬。

沈望春嗤笑一声，拢了拢鬓边垂下的发丝，问道：“看本座做什么？”

萧雪雎没有回答沈望春的问题，而是问他：“阁下为何会救我？”

沈望春一下子站起来，直直看向萧雪雎，语气强调说：“本座说过了，本座没有救你，也绝不可能救你，萧雪雎，你不要自作多情了。”

萧雪睢从善如流地点了点头，又问：“阁下为何要带我来这里？”

沈望春冷笑道：“当然是为了报复你！”

萧雪睢沉默了，有些困惑地看着沈望春。良久后，她问：“报复我？为什么？”

沈望春继续呵呵冷笑，早知道萧雪睢不会在意他，今日听她这么问，还是觉得一股火气直冲天灵盖。

果然是冤家！

他死死瞪着萧雪睢，咬牙道：“萧雪睢你真是——”

他的话停在这里，剩下的他不知该如何去说。

偌大的寝宫里，他们二人这样僵持着，青烟袅袅，流光飞舞。萧雪睢等了他很久，他都没有再开口。

终于，萧雪睢问他：“我真是什么？”

沈望春嘴唇抿成一条直线，过了好一会儿，他说：“你真是讨人厌。”

萧雪睢微微一愣，没想到他会这样说。昏沉的日光透过窗户照射进来，落在她半边如玉的面颊上，她的睫毛微颤，不言不语。

可能是被萧雪睢气得很了，这位魔君撂下这话转身就走了。

待他走后，萧雪睢低下头，轻声道：“……讨人厌？”

还从来没人这样说过她。

沈望春出了寝宫后立刻抓到刚修完飞车的倒霉蛋陆鞅，问他：“厨房在哪儿？”

陆鞅：“？”他没听错吧？厨房？幽冥宫还有这玩意儿？

但现在君上问了，没有也得马上有，陆鞅赶紧找人张罗，要建厨房其实不难，置办些锅碗瓢盆，添上柴米油盐，就算是成了，毕竟都是修炼之人，烹饪时不必受烟熏火燎之苦。

厨房有了，却没有厨子，九成九以上的魔族就没听说过“厨艺”这个词，沈望春比起他们也强不到哪里去。看着眼前刚出锅的炒菜，沈望春转头环顾四周。正好陆鞅这个倒霉蛋又撞上来，沈望春叫他：“过来尝尝。”

陆鞅一脸激动，这可是君上第一次赏赐他。他赶紧小跑过来，然后看见盘子里的东西，傻眼了。

他记得他交给君上的明明是一把绿色的青菜，这怎么变得黑乎乎的一团？他小心地问道：“君上，这里面没毒吧？”

沈望春睨了他一眼，道：“本座杀你用得着这么麻烦？”

陆鞅心说这倒是，他拿起筷子，慎之又慎地尝了一口，这一瞬间他仿佛看到了魔界中高高升起的耀眼太阳，与太阳下千万个吐着舌头的自己，他整个人都得到了前所未有的升华。

他觉得沈望春不如直接下毒，至少能给他一个痛快。

“怎么样？”沈望春期待地问道。

陆鞅勉强挤出一点笑，对沈望春说：“君上做得很好，有很大的进步空间。”

“是吗？”沈望春看着盘子里那坨形状和颜色都很诡异的菜肴，缓缓说道，“萧雪睢很长时间没吃东西了吧，本座把这个送给她如何？”

陆鞅嘴角抽了抽，是属下误解您了！原来您是真的恨那位萧姑娘啊！

他可能是被刚才的那口菜毒坏了脑子，所以没有在第一时间称赞他们君上英明，于是他的报应来了，他听到沈望春又道：“算了，她怎么配吃本座做的东西？陆鞅，你是本座最信任的属下，这盘菜就赏给你了，等回去给她一瓶辟谷丹就行。”

陆鞅：“……”大可不必。

“多谢君上。”陆鞅脸上的表情极为真诚。

沈望春“嗯”了一声，转身向外走去，行至门口，他停下脚步，交代陆鞅说：“去给本座找几本菜谱来。”

陆鞅应下，等到沈望春离开后，他看着盘子里的那坨东西，生无可恋。

这可能是沈望春从幽冥狱出来后过得最充实的一天，白天做饭、炼器、打王八，傍晚的时候还去了一趟裴素问那里，裴素问同他说了那雪萼芙蓉的大致范围，只是具体在哪个犄角旮旯里，还需要他们亲自寻找。

解决了这一桩心事，沈望春匆匆赶回寝宫，萧雪睢的相思夜刚刚发作，或许是这两天吃了许多丹药的缘故，她现在倒是比昨晚好了一些，虽然依旧是面色雪白，冷汗涔涔，但至少人是清醒的，见到沈望春过来，还能说出一句：“我没事。”

寝宫里一片漆黑，她的呼吸声听在耳中格外粗重急促，沈望春站在床边，回她：“你有没有事跟本座有什么关系。”

他的声音听起来有些沙哑，萧雪睢看向他，却只能看到一道模糊的影子，她“嗯”了一声，没有反驳，寝宫再次陷入沉寂，外面狂风呼啸，漫天飘雪。

萧雪睢闭上眼睛，将牙齿咬得咯咯作响。

沈望春双手紧攥成拳头，深深地凝望着她。他想，今天没给她饭吃，已经折磨过她了，可以允许自己短暂地放过她，只在今晚。

他说服自己，然后抬手迅速点了萧雪睢的睡穴，又一次坐在了冰冷的地面上。

"萧雪睢……"

沈望春叫着她的名字，他好像听到了萧雪睢的回应，又好像什么都没有听到。

5

长夜漫漫，终有尽时。

第二天一大早，沈望春早早起来，带着陆鞅一起折腾，等到天稍微亮时，他回到寝宫，对萧雪睢丢下一句"该去琅山了"，转身就走。

不久后，萧雪睢从寝宫里走出来，她今日穿了一身深色的衣裙，走得不快，没了修为，没了剑骨，可也不至于真就沦为一个什么都做不成的废人。

沈望春看了她一眼，起身进了寝宫。

陆鞅疑惑地看向他的背影，不久后沈望春出来，手里多了一件雪白狐裘，扔到萧雪睢身上，淡淡道："披上。"

怕他们误会，他嫌弃道："你那衣服颜色太刺眼，本座看得心烦。"

萧雪睢低头看了一眼身上的衣服，到底没多说什么。

披上斗篷后，她走到飞车前面。飞车不大，只能容纳一两个人，但内部软榻桌柜、茶水点心，无一不有，又加置取暖的阵法，一股暖意扑面而来。

萧雪睢停下脚步，回头看着沈望春。

沈望春见她不动，抿了抿唇，沉吟片刻，便冷嘲道："怎么，还要本座抱你上去不成？"

萧雪睢定定地看着他。沈望春脸上的讥笑都快要维持不住了，他压下嘴角，横眉竖眼，对她凶狠道："别做梦了！"

萧雪睢："……"

她抬步上了那辆飞车。飞车里锦绣成堆，淡香萦绕，软榻旁边有书架，上面放了两排解闷的话本，中央放了一张小小的桌子，上面除了茶水点心，还有一只半尺多高的天青色玉瓶，里面插了几枝开得正好的红梅。

萧雪睢在榻上坐下，掀开一侧的帘子，看向外面的沈望春。

沈望春低着头，百无聊赖地把玩着手中的落叶，没过多久，他似有察觉，一抬头，正好对上她的眼睛，他有些怔忪，随即别过头去，走到别处，一副完全不想看到萧雪睢的模样。

萧雪睢放下帘子，收回目光，葱白的手指在那狐裘上轻轻抚过，脸上的表情一如既往的平静。

陆鞅站在不远处，看看萧雪睢，又看看沈望春，实在好奇他们二位过去到底有着什么样的恩怨情仇，他们君上这么憋在心里不难受吗？不想说给他听听吗？

沈望春明显是不想的。

在魔界，飞车只能用鬼车鸟来拉，沈望春和陆鞅御剑跟在后面，晃晃悠悠，连头发都飞不起来。

陆鞅已经有很久没飞得这么慢了，他觉得再这么下去，他都能在剑上睡一觉了。他望着前方沈望春的背影，犹犹豫豫，最后赞叹道：“君上行事真是越发稳重了。”

沈望春回头看了陆鞅一眼，陆鞅这话说得莫名其妙，有病吧这是？

陆鞅叹气，对沈望春道：“君上，我们照这个速度飞下去，今晚怕是都到不了琅山。”

再加上找雪萼芙蓉的时间，萧雪睢身上的相思夜不知道要等到什么时候才能彻底解除。

沈望春下意识侧头看了一眼空中的飞车，不知里面的萧雪睢此时在做什么，他找的那些话本……一定可以恶心到萧雪睢的吧！

陆鞅顺着沈望春的目光看去，登时明白他心中的想法，赶紧道：“您放心，这鬼车鸟都是最好的，拉了几十年的车了，就是再快个几十倍，也不会颠簸了车里的那位。”

沈望春像是看傻子一样看着陆鞅，对他说：“谁说本座担心这个了。”

对对对，您没担心，您一点都没担心。

陆鞅连忙说：“是属下失言，属下的意思是说，咱们的鬼车鸟今日早上吃得太多，飞这么慢容易积食，要不让它们再飞快些？”

这下沈望春总算满意了，矜持地点了点头，吐出一个“嗯”字。

鬼车鸟挥舞着巨大的翅膀，拉着飞车，驶向西方，昏黄的日光在它们的背上抹出一片五颜六色的光，不断变幻。

沈望春他们在午时前来到了琅山上，昨天裴素问告诉他，雪萼芙蓉喜阴，多生长在山腰处，也就是说他们要在山北去找雪萼芙蓉。琅山占地近二十万亩，要找一株花草谈何容易。

况且琅山之上多异兽、多迷障、多怪异，至今千百年过去，没有人能说得清楚琅山上面到底还有多少不为人知的危险。

飞车落在山北的山腰处，四周部分草木凋零，也有参天高树仍旧郁郁葱葱、枝繁叶茂，将那原本就没劲儿的日光尽数遮蔽，显得此处又有几分阴森恐怖。

狂风呼啸，摇动枝叶，有形状奇怪的黑色叶子纷繁落下，隐约可以听到风中夹杂的异兽吼叫，似乎是在哭泣，又似乎是在狂笑。

那几只鬼车鸟离开后，沈望春看向陆鞅，吩咐他说：“陆鞅，你在最前面走。”

“是，君上。”陆鞅应下。

紧接着，沈望春又转头对萧雪睢说：“你跟上去，在他后面。”

萧雪睢一句多余的话都没说，安静地走在陆鞅的身后。

她应该并不知道此次来琅山是为了雪萼芙蓉，沈望春走在最后面，好似无意道：“萧雪睢，本座不会给你任何逃跑的机会。”

萧雪睢没有任何反应，倒是走在前面的陆鞅听着这番话，轻轻叹了一口气，君上的这张嘴真的是太硬了！

他很想问问他，君上您这是何必呢？您觉得快活吗？

沈望春当然是快活的，只要一想到自己报复了萧雪睢，他就觉得快活得不得了。

因为要搜寻雪萼芙蓉，他们走得不快。按理说有三个人，肯定是分开走效率更高一些，但沈望春心有顾忌，只能这样慢慢地来。

沈望春看得仔细，确保不错过一丁点的角落。正在此时，被树枝草丛遮挡的地方生出一小团白雾，那白雾像是拥有了自己的意识一般，变换出各种叶子的形状。它从林子深处游荡而来，无声无息，不知不觉间已经将沈望春等人全部笼罩在里面，只听得风声猎猎、树叶沙沙。

沈望春看着眼前的白雾，恍惚间以为自己又回到了幽冥狱中，这是那终年燃烧的湖面上从来不曾消散的白雾，白雾里他受尽了人世间所有的折磨。

只是这一瞬的失神，再一抬眼，他前方的萧雪睢与陆鞅已不见了身影。

沈望春脚步顿住，微蹙起眉头，环顾四周，眼前的白雾愈加浓郁，像是一团凝固的牛乳，他双目可见的只有他周身。

“陆鞅？”他叫了一声，却没人回应。

“萧——”他的声音像是卡在喉咙里，顿了一顿，还是叫出那个名字，“萧雪睢？”

同样没有人回应，就好像他独自踏入了另一个世界当中。沈望春抬手掐诀，召来大风，眼前的白雾被轻易吹散，他还在刚才的林子里。

沈望春留意四周，往前方走去，寻找陆鞅和萧雪睢的身影。他走了两步，突然听到身后有人叫他：“沈道友。”

沈望春回过头，见是萧雪睢站在自己身后，她还是刚才的样子，雪白的狐裘披在她的身上，那张脸好像更加苍白了。

“你……”沈望春眯了眯眼，打量着眼前的萧雪睢，半晌后，他“啧”了一声，讥讽道，“道友？萧雪睢你还真叫得出口。”

那个与妖魔势不两立的萧雪睢，有一天居然会称呼魔界的魔君为道友，真有意思啊。

萧雪睢站在原地，听到他的嘲讽也不生气，站在那里脾气很好地问他：“那应该叫什么？”

叫什么？

沈望春愣了一下，也说不上来。曾经他做梦都想萧雪睢能唤他一声“夫君”，过了这么多年，发生了这么多事，现在要是听到萧雪睢这么叫他一声，他估计要恶心得把十多年前吃的酒都给吐出来。

没有听到沈望春的回答，萧雪睢轻声说：“沈道友，我很感激你的救命之恩。”

沈望春立即纠正道：“本座说过，本座没有救你。”

萧雪睢反驳他：“我知道你喜欢过我，现在也喜欢。”

沈望春眉头紧皱，看看左右，问：“谁说的？要是让本座知道谁在外面传本座的瞎话，本座定要他好看！”

脚下的落叶铺了厚厚一层，萧雪睢微微歪了歪头，不解地问他：“你总是这样言不由衷，为什么呢？”

“呵……”沈望春笑了起来，勾着嘴角道，“本座言不由衷？是你太自以为是了。”

“那你为何要救我？”她问。

沈望春不耐道：“本座不是说了，本座要报复你的吗？”

“我不信。”

沈望春嗤笑道：“本座管你信不信。”

萧雪睢上前一步，似有温柔春风拂过沈望春的面颊，他想起那一年在海上的初见，不过也是眨眼间的事罢了。

她问他：“你为什么不愿意直面自己的心？你觉得喜欢我是一件可耻的事情吗？”

沈望春闭上眼睛，不再看她。

“你不敢看我了，”萧雪睢靠得更近，她进一步逼问他，“你来琅山究竟是为了什么？”

沈望春仍旧不为所动，主要是跟她说话太费力了。

怎么就是听不懂呢？

“是为了找雪莩芙蓉，为了救我，对不对？”她问。

那声音好像是贴在他耳边的呢喃，若有若无的香气萦绕在沈望春的鼻尖，他没有应声，装死到底。

萧雪睢似也觉得无趣，沉默下来，于是天地间只剩下无休止的呼啸风声，长风凛冽，纷飞的枯叶落在沈望春的肩头。

似乎过了很久，又似乎只是一个弹指，她又说：“其实……我记起你了。”

靠着树干闭目养神的沈望春听到此话猛地睁开眼，他直勾勾地看着眼前的萧雪睢，表情冷酷，目光锐利。

“那年在赤勒滩，是你救了我，对吗？”萧雪睢的脸上满是愧色，她低下头，说，“是我辜负了你的心意，我心中内疚，我对不起你，你想怎么报复我，都是应该的。”

“是吗？”沈望春笑了起来，原本耷拉的眉眼瞬间生动起来，这一瞬间连四周的风好似都温柔下来。

萧雪睢以为自己终于打动他了，她又进了一步，抬起手，正要拂去他肩上的落叶，忽听到他说：“但你不是她，也不像她。”

她表情一僵，动作凝滞在半空：“什么？”话音刚落，一柄长剑毫不留情地刺进她的胸膛。

“你不是她。”沈望春说，他冷冷地看着她，“看你的第一眼我就知道了。”

第三章 治疗

呵，男人

1

与此同时，林中的另一处角落，萧雪睢在白雾中摸索着前进。

她知道自己丹田破碎，修为散尽，故而走得十分谨慎缓慢。

这雾气来得莫名，不知何时会消散，也不知消散后一切是否正常。

“睢儿……

“睢儿……

“睢儿……”

她听到身后有人在唤她的名字，有很久没有人这样叫过她了。

那声音越来越近，萧雪睢停下脚步，回过头，只见那浓稠的白雾中逐渐显露出一道熟悉的身影。

那人四五十岁的模样，穿着一身灰扑扑的衣服，头发半白、胡子拉碴、不修边幅，腰间挂了一个破旧的葫芦。随着他走来，隐约可以听到那葫芦里酒水晃动的声音。

白雾消散，日光穿过头顶浓密的枝叶照射下来，在他的身上留下几块小小的光斑，上下跳跃着。

他总是这副邋里邋遢的模样，一如多年前。

萧雪睢恍了一下神，似有诧异道：“师父？”

那人走到她的面前，笑眯眯地说：“睢儿，你终于来了，可是让师父我等得好苦啊！”

萧雪睢没有回话，只是沉默地看着他。

“哎呀！这么看着为师做什么？”他揉了揉自己的脸，又挠了挠头发，“真儿也在等你呢，我说你要来了，她这两天整天跟我念叨你，烦都烦死了。”

他嘴上说着厌烦，脸上却满是疼爱。

他口中的“真儿”是她的师妹宋宜真。多年前，萧雪睢第一次下山历练时，她抱着她的胳膊，泪眼汪汪地说：“师姐，你要早点回来呀，我会想你的。”

后来的后来，萧雪睢从血魔宫里抱回她冰冷的尸体。

“为师还记得你小时候，只有这么高，一天也说不出一句话，只知道练剑，一点也不像个小孩子，哪像你那师妹，皮得跟个猴儿似的，上树掏鸟，下水摸鱼，就没有她不能干的……”他一边比画，一边说着过去的那些事。

萧雪睢安静地听着这些往事，从前的画面在她的眼前一一浮现，长陵峰上，她的师父、师妹和师弟都在那里。

他说得口干，舔了舔嘴唇，解下腰间的葫芦，仰头把剩下的半葫芦酒一口全干了，打了个响亮的酒嗝，感慨地说：“时间过得真快啊，一眨眼你们都已经这么大了。”

萧雪睢听得认真，点了点头。

时间的确过得很快。

老头长叹了一声，心疼地问她：“这些年，你受了很多苦吧？”

萧雪睢垂下眸，看着脚下，轻声回道：“没有。”

“又骗师父？”老头叹了一口气，“你这孩子总是这样，受了委屈也不与师父说，每次师父想给你出气都找不到人，师父知道，师父都知道。”

萧雪睢没有应声，老头叹道：“跟师父走吧，睢儿。”

“去哪里？”萧雪睢问。

老头道：“当然是回家啊！你这是怎么了？练剑练得糊涂了？”

萧雪睢抬起头问他：“回家？”

“是啊，走吧走吧，真儿该等急了，这回去又要念叨了，为师被她念叨得耳朵都要起茧子了，回去你说说她。”

“是要说说她。”萧雪睢说。

“这才是师父的好徒弟。”老头满意地笑起来，转过身，在前面给萧雪睢带路，他的脚步轻快，口中哼着不成调子的小曲儿，听起来心情很好。

下一刻，他的声音戛然而止，低下头，只见一柄匕首穿过他的胸膛，雪白的刀刃上染着鲜红的血。

四周的风好像都静止了，他艰难地转过头，看见萧雪睢那张毫无表情的面孔，疑惑地问她：“为什么？”

“五十九年仲夏，我的师父长陵剑尊，与申屠烈鏖战血魔宫，遭到暗算，万箭穿心，魂归天地。”萧雪睢盯住他的那双眼睛，“你又是谁呢？”

那老头“轰”的一声向前倒下，震起了满地的枯叶。

萧雪睢俯下身，抽出插在他背上的那柄匕首，这匕首是她在飞车里发现的，放在不是很显眼的地方，只是一坐到那榻上就能感觉到。

她看向脚下的尸体，尸体瞪着一双大大的眼睛，死不瞑目。

萧雪睢伸出手，想要合上那双眼睛，然在她的手将要触碰到尸体的一瞬间，那尸体就化作白雾，随风散去，投在脚下的斑驳日光隐入阴影之中，匕首上面的血迹也都消失不见了。

她收起匕首，起身离去。

刚才老头哼起的小曲儿在她耳边不断地回响。

天空阴沉，前路茫茫。

沈望春这边也是刚刚处理了冒牌货，那冒牌货死前气急败坏地跟他放了狠话，说她一定会回来的。

沈望春琢磨着，就这个水平，还回来做什么？等着被二次羞辱吗？

还是回去修炼个十年八年再出来混吧。

他加快脚步继续寻找萧雪睢和陆鞅的身影，那东西不安好心，若是没认出来，被缠上肯定没好事。

他心中一慌，赶忙安抚自己，他这不是担心萧雪睢。

他是担心陆鞅。

身后再次传来脚步声，沈望春回过头，见到是萧雪睢，皱了皱眉：“这么快就又来了？”

萧雪睢停下脚步，面露狐疑。

沈望春单手环胸，另一只手摸着下巴点评道：“这次倒是比刚才像得多了，这下又要怎么诱惑本座？是要叫本座夫君，还是——”

“夫君？”萧雪睢眉头微蹙。

沈望春的声音猛地停下，他呆呆看着眼前的萧雪睢，嘴巴半张，像个傻子。当他意识到她说了什么，一张脸霎时间红得跟猴屁股似的，匆忙背过身去。

明明知道她不是在叫自己，只是一声询问而已，沈望春的心脏还是难以抑制地剧烈跳动起来。

果然是恶心！

他按着胸口，五官扭曲，一会儿咧嘴，一会儿闭眼，看起来实在滑稽。半晌过去，他终于调整好自己的表情，回过身，以拳抵唇咳了一声，对萧雪睢郑重道：“本座刚才是认错人了。”

他想了想，感觉这样说还不够，补充了一句：“本座以为是陆鞅。”

萧雪睢奇怪地看了他一眼，但是最后只是“嗯”了声，没说其他的。

沈望春盯着她那张脸，试图从她的表情中找出什么来。

她信了吗？

她真的信了吗？

他心里忐忑，自己刚刚看到她来的时候到底说了什么呀！

过了一会儿，这件事仿佛已经彻底过去，沈望春从枝头拽下一片叶子，佯装无聊，随口问她：“你刚才看到什么了？”

她看到的会是谁呢？是唐云承，是秦弈，还是他不知道的其他什么人？

萧雪睢缄默着，那首曲子好像又在她耳边响起。

那是她师父从前常哼的曲子。

就在沈望春以为萧雪睢不会回答自己的时候，忽然听到她道：“我师父。”

沈望春“哦”了一声，被撕成蝴蝶形状的黑色叶子从他手中掉落，他的嘴唇动了动，又想不到自己还能说什么。

他们两个人一前一后沿着小路往前走去，远远地看到陆鞅站在树下，正在重重捶打树干。

陆鞅察觉到他们，转身快步向沈望春走过来，道：“君上。”

沈望春应了一声，看了一眼他在树干上捶出来的深坑，随口问他：“你看到什么人了？”

“那个……”陆鞅五官皱起，表情有些为难。

沈望春本就是随口一问，也不勉强：“不想说就算了吧。”

他停了一下，有些好奇地问：“不过你是怎么识破他的？”

“我问了他一个问题，他没有回答我。”陆鞅失望道。

沈望春颇为同情，眼前又是一个可怜人，便对他说了一句：“节哀。”

陆鞅叹气，这件事压在他心里几十年了，本来以为今天能够得到一个确切的结果，没想到又是一场空梦。

“走吧。”沈望春说，他们依着之前的队形，重新上路。

有了不久前的教训，这下沈望春不敢走神了，只是望着萧雪睢的背影，又忍不住回想起刚才的事。萧雪睢那个时候到底在想什么呢？她信了自己没有？

耳边传来某种轻微的异响，像是在咀嚼新鲜的血肉，沈望春神色严肃，凝神细听。

“咔嚓”——

霎时，一道水幕凭空出现在他们面前，沈望春眼疾手快，伸手拦腰将前面的萧雪睢往后一带，最前面的陆鞅却是反应稍慢，闪躲不及，被那水幕喷了一脸黏稠的液体。

水幕以极快的速度向两侧延展，眨眼工夫横断整个前路，水幕之上浮出一颗颗硕大的眼珠，无声地看向来人。

沈望春折断一根树枝投向眼前的水幕，水幕荡起涟漪，将树枝整个吞入，咀嚼的声音再次响起，不久后喷出一坨木渣来。

沈望春：“……”

他又试着攻击那些眼珠，眼珠会像水泡一样破裂，但是马上会有新的浮出，无穷无尽。

沈望春看了看四周，短时间内怕是找不到其他的路。

“想要从我这里过去，你们中必须留下一个人陪我。”水幕中忽然有声音道，这声音像是千百个人一起发出来的，有哭有笑，又无悲无喜，它怀着深深的恶意问道，“你们谁要留下？”

沈望春听了这话，转头看看陆鞅，又看看萧雪睢。

他的目光转了一圈后，回到陆鞅的身上，深沉道：“陆鞅，你是本座最看重的属下。”

陆鞅听到沈望春这么说，一点儿都不觉得开心。

这话听着实在耳熟，好像前不久刚听过。

没啥好事。

2

陆鞅自以为已经明白了沈望春话中的意思，善解人意道：“君上是要属下留在这里？”

沈望春惊讶道：“本座怎么会把你留在这里？你可是本座最得力的属下啊。你怎么会这么想？”

陆鞅是不太相信沈望春这话的，但这种时候，他也不好拆他们君上的台，只能暂且捏着鼻子认了。

“至于要留下哪一个……”沈望春声音微沉，他眯眼瞧向萧雪睢，似乎是在琢磨是否要把她留在这里。

萧雪睢平静地回望他，黝黑的眼睛像是一湾深潭，她根本不在意自己是否会被沈望春丢下。

沈望春的心脏像是被银针狠狠扎了一下，他避开萧雪睢的视线，他想他还要报复萧雪睢，不能把她单独留在这里，不然以后找不到人怎么办。

他思索片刻，摩挲下巴，最后认真道：“要不就本座留下吧。”

说完他又看了萧雪睢一眼，他觉得好像从她的眼睛里看到了些许无奈，紧接着她转头看向那水幕，千千万万的眼珠在那里眨巴眨巴，倒映出他们的身影。

听到沈望春提出的解决方法，陆鞅脑中只剩下一个想法：不愧是君上。

虽然知道沈望春应当不至于真要跟这些眼珠子做伴，可作为一名忠心的属下，表面功夫还是要做一做的。陆鞅拿出十二分的真诚，劝说道：“君上不可啊。”

沈望春淡淡道：“有何不可？”他边说边走向那水幕。

水幕里的怪物“哧哧”笑了一会儿，问他：“你们决定好了？”

“差不多了，但还有点细节需要再敲定一下。”沈望春说。

怪物沉默，它不能理解，这个问题需要细节吗？

沈望春拿着根树枝在水幕上这儿戳戳，那儿戳戳，没过一会儿，树枝就生生地短了一大截。

见沈望春如此磨磨蹭蹭，拖延时间，怪物的脾气不大好，这就急了，对着他们三人“噗噗噗”喷出好几坨黏糊糊的液体，像是鼻涕。

沈望春动作神速，扔下树枝回身带着萧雪睢闪避。

陆鞅就跟在他的身后，沈望春转身动作太快，正好挡住他的视线，他根本不知道前面发生了什么，于是他很不幸地再次被那东西糊了一脸。

沈望春在闪避那些液体时还不忘提醒陆鞅说：“陆鞅，回去后你该勤加修炼了。”

“是。”陆鞅有气无力道。

看着边说自己是他最看重的属下，边紧紧抱住萧雪睢的沈望春，陆鞅此时心里有一大堆话要说，很想问一问沈望春：您说的是真的吗君上？

您敢不敢看着我脸上这鬼东西说话！

为了自己能在幽冥宫多混几年，这些话在陆鞅的舌尖转了一圈，又都作罢。陆鞅从衣摆上撕下一截布条，擦去脸上令人恶心的黏液，又向沈望春所在的方向看了一眼。

水幕里的怪物已经都不“噗噗噗”了，君上还抱着他最恨的萧雪睢不撒手。

演的吧。这一定是演的吧。

呵，男人。

颜色各异的眼珠浮在水幕上面，或愤怒，或失望，它们在等待新伙伴的加入，新伙伴都很好看，那对抱在一起的男女的眼睛格外好看。

有风吹过，水幕上却没有荡起丝毫涟漪。

“可以放开我了吗？”萧雪睢忽然开口问道。

沈望春一震，随即意识到自己的双手还环在萧雪睢的腰上，他像是摸到了灼烫的火炭，立即放下手，连退两步。

“本座、本座……”他红了脸，一时找不到合适的理由。

萧雪睢没有纠结这个问题，转头望着水幕问他：“能把这里的水冻住吗？”

沈望春还在搜肠刮肚、绞尽脑汁，没听清萧雪睢的话，等到她说完才反应过来，抬头蒙蒙道：“啊？”

萧雪睢说：“把水冻成冰，不用全部，先来一小部分试试，然后看看能不能破开。”

沈望春听完萧雪睢的话，情绪已经初步稳定下来，点了点头。

转身来到水幕之前，沈望春指尖泛起一道白芒，往上一点，水面迅速结冰，附近转动的眼珠也顺便被冰封，失去神采，空茫地向四周看去，很是好笑。

怪物发出愤怒的吼叫，是千百个人一同在尖叫咆哮，那声音几乎要穿透人的耳膜，黏稠的液体像是流星一般“噗噗”射来。

沈望春道了一声“聒噪”，随手撑起一道结界，将那些鬼东西全部挡在外面。

陆鞅看得目瞪口呆，有这招不早点用，他们君上的心是真黑啊。

他又偷偷看了萧雪睢一眼，见萧雪睢站在原地，看到眼前的一幕神色如常，没人能够猜透她心中的想法。

沈望春在撑起结界的一霎莫名有点心虚，他刚才确实是忘了还能这么做。他敛去脑中多余的想法，弯腰在地上捡起一块石头，朝着冰面狠狠砸去，结果那冰面安然无恙，连一丝裂纹都找不见。

水幕里再次传来欢快的笑声，似乎是在嘲笑沈望春蚍蜉撼树，不自量力。

沈望春扔下手里的石头，嘴角勾起，“呵”了一声，他抬起手，一柄长剑出现在他的手中，随手挽了个剑花，然后向着眼前的冰面挥去，刹那间剑光大盛，如同熠熠白日，照亮天地。

萧雪睢注视着沈望春这一刻的身影，深邃的眼眸好似一汪春水，游荡着终年不会消散的薄雾。

陆鞅愣了一愣，他觉得萧雪睢似乎在透过沈望春看向别的什么。

他挠了挠头，重新把目光放回沈望春的身上。

“咔嚓”——“咔嚓”——

平滑如镜的冰面上瞬间出现数道长长的裂纹，那些裂纹快速蔓延，彼此交错，只听“哗啦”两声，冰面碎裂开来。

沈望春再次挥剑，只听“轰”的一声，大大小小成千上万的冰凌散落在半空，映出一片迷离的七彩华光。

做完这些，他下意识地回头向萧雪睢的方向看去，对上萧雪睢那双黑漆漆的眸子，他似从梦中惊醒一般。

那冰面上已经被沈望春贯穿出一人高的圆洞，透过圆洞，可以看到水幕另一侧茂盛的草木，水幕里的怪兽见识了厉害，可能怕被沈望春整个端了，一时间也识趣地偃旗息鼓，装着鹌鹑。

沈望春收了剑，他在幽冥狱里度过了十年，出来后的第一天就宰了幽冥宫的上任魔君，这些蠢货怎么会以为他是靠“比谁长得好看”才成为幽冥宫的主人的？

沈望春叫了陆鞅一声，对他说：“你在前面。”

陆鞅应了一声，任劳任怨地走上前来，谁让他是君上最信任的下属呢。

沈望春照常走在最后面，接下来的一路还算平静，没有遇见奇奇怪怪的东西，只是同样不见雪萼芙蓉的影子。

萧雪睢的身体不好，即便这两日服下了大量的丹药，额角还是渗出细细密密的汗珠，苍白的脸上泛着不正常的红晕。

沈望春看了她一眼，便将目光投向别处，随口道：“本座有些累了，停下歇一会儿吧。”

沈望春发了话，剩下的二人自然是没有异议的。

萧雪睢找了块干净的地方坐下来，沈望春靠着身后的一棵老树，他不知从哪里变出坐垫、水囊，甚至还有毛毯这些本不该出现的东西，然后一股脑地扔到萧雪睢那边。

萧雪睢照单全收。

陆鞅无聊地数着地上的蚂蚁，看见萧雪睢周围的那堆东西，忍不住在心中感慨这就是君上表达恨意的方法吗？

实不相瞒，他也想有个人这么恨他。

陆鞅那颗八卦的心蠢蠢欲动起来，他看了看沈望春，觉得要从他们君上嘴里打听出点东西来，跟他飞升成仙的难度不相上下，于是他轻手轻脚凑到萧雪睢的身边。

沈望春扔来的东西太多，萧雪睢没那么娇贵，大部分她都用不上。

陆鞅捡起地上的毛毯道：“萧姑娘，我来帮你收拾吧。”

萧雪睢抬头看了他一眼，淡淡道：“多谢。”

陆鞅套着近乎问道：“萧姑娘还有什么需要的吗？”

“不必了。”萧雪睢说。

陆鞅正琢磨着要怎么拉近与这位萧姑娘的距离，满足一下自己的八卦之心，沈望春冰冷的声音突然在他的背后响起：“陆鞅。”

陆鞅后背一阵发凉，登时就觉得有些不妙，转身硬着头皮道：“君上。”

沈望春面无表情道：“既然你这么多话，不如跟本座说说在白雾里面看到的到底是谁。”

陆鞅瞬间蔫了，讷讷不作声，嗫嚅道：“是那个、那个……”

沈望春冷声道：“陆鞅，你最好不要想着蒙骗本座。”

陆鞅也没办法，只好认命般小声说：“是方无极。”

方无极，幽冥宫的前前任魔君。

沈望春听到这个名字微微一怔，实在没想到陆鞅见到的会是这个人。

自己见到的是萧雪睢，他见到的却是方无极，有点意思。

沈望春的表情有些古怪。好一会儿过去，他沉声对陆鞅道：“陆鞅，你太让本座失望了，你在白雾里看到的居然是你从前的主子。”

陆鞅也觉得这很不妥，所以之前沈望春问他的时候他根本没敢说，没想到沈望春会翻旧账重提此事，他忙道：“君上，您听我解释。”

沈望春道：“本座不想听。”

不远处的萧雪睢听到他们两人的对话，抬头看了他们一眼，沈望春登时动作一僵。

3

陆鞅觉得再不澄清，自己多年经营的良好口碑可能就要毁于一旦了。

他趁着沈望春失神之际赶紧解释道：“回禀君上，当年方无极从万仞城回来后没多久，他的肚子就莫名大了起来，怎么也消不下去。他从人间抓了好几个大夫，诊断过后，都说他是怀了孩子。”

沈望春听到这话，转过头来。他神色又变了变，目光里透着几分刮目相看的味道。没等陆鞅想明白他这个表情是什么意思的时候，就听到他问：“你的？”

陆鞅：“……”

他嘴角抽搐，想要骂人，但最后只是窝窝囊囊地说了一句：“不是。”

沈望春“嗯”了一声，不知信没信。他缓缓说道：“本座记得，方无极是个男人吧。”

陆鞅点头：“是的是的，正因如此，属下一直没法忘记这件事。”

男人怀孕哎！多稀奇啊！一千年也见不到一个！

当年知道方无极怀孕的大部分魔族都被他给埋进园子里做花肥了，只有陆鞅仍留在方无极的身边。方无极觉得陆鞅看起来还算忠心，嘴巴也够紧，更重要的是，他现在身边需要个人来帮他想法子除去肚子里的孩子，陆鞅因此暂时保住一条小命。

陆鞅想着，等到方无极那孩子没了的那一天，自己怕是也要跟着陪葬。

幸运的是，方无极比他的孩子先一步去往极乐世界了，孩子自然是胎死腹中。

不幸的是，陆鞅永远都没办法知道方无极到底是怎么怀上的孩子，这对一个八卦爱好者来说是何等沉痛的打击！

这么多年过去，挺着个大肚子的方无极还时常在陆鞅的梦中出现，每次见到这人，陆鞅都忍不住冲上去使劲摇晃他的肩膀，逼问他肚子里的孩子到底是谁的，却始终没有问出答案。

方才那白雾化成的方无极从白雾中出来后，低头看着自己的肚子，表情扭曲了一下，很是奇怪，随后听到陆鞅的问题，更是抽搐不止，直接消失在他的面前。

发生这种事情，他这么多年念念不忘，也不能全怪他吧。

沈望春沉默良久，再次问他："那孩子真不是你的？"

陆鞅咬了咬牙，他给这么多魔君当过狗腿，还是第一次产生了想取而代之的想法。

沈望春其实并不是很好奇方无极的孩子，只是随口一问，见萧雪睢的脸色恢复过来，他道："本座歇好了，走吧。"

后面的路上出现过几头异兽，实力一般，不用沈望春出手，陆鞅一个人就能解决。

天空愈加昏暗，金乌归巢，夜晚无声来临，他们还是没能找到一株雪萼芙蓉。萧雪睢身上的相思夜发作，她的半边身体冰凉，散发着森森的寒气，另外半边则好似置于烈火之中。

相思夜发作后，萧雪睢没有倒下，也没有叫喊，只是缓缓蹲下身，默默忍耐着这股剧烈的疼痛。

沈望春站在她的身后，垂着眸子看着她将自己缩成一团，淡淡月光透过头顶繁茂交错的枝叶，在她的背上留下几点斑驳的光影，她看起来像是一只离群索居的小兽。

萧雪睢，你怎么会变成这副模样呢？

你身上的剑骨，又到底是被谁给抽去的？

这些年……

这些年，你过得好吗？

看起来是不大好。

知道你过得不好，我就开心多了。

沈望春开心得一整颗心脏都在发疼，他站在黑暗里，目光复杂，张了张嘴，好一会儿才发出声音，叫住走在前面的陆鞅，对他说：“陆鞅，你在这里看着她，本座自己去找吧。”

陆鞅犹犹豫豫，对沈望春道：“君上，要不还是让属下去吧。”

找雪萼芙蓉固然不易，但留在这里照顾萧雪睢也未尝是件好事，目前这位萧姑娘的身体如此脆弱，她如果在自己这里出了差池，君上绝对能让他吃不了兜着走。

“不用，”沈望春却是一口拒绝，理由张口就来，“本座不想单独和她在一起。”

陆鞅无奈地看着他，他们君上也不小了，什么时候能学着诚实一点？

沈望春抬步向前方密林走去，陆鞅心中默默倒数五、四、三、二、一，结果他刚数到三，就见到沈望春停下了脚步。

“算了。”沈望春说。

他走回来：“你看着她，本座不放心，她要是跑了怎么办。”

陆鞅看了看蹲在地上疼得全身都在发抖的萧雪睢，只能感叹，他们这个君上啊，就算有一天人死了，那嘴也是硬的。

沈望春弯下腰将地上的萧雪睢一把抱起，她的脸颊靠在他的胸膛上，如果萧雪睢此时足够清醒，她一定可以听到沈望春剧烈的心跳声。

犹如阵阵春雷，惊蛰起，万物生。

好多年以前，他也这样抱过她，只是最后，他并没有得到他想要的结局。

时光荏苒，他不会再期待任何与她有关的结局了。

怀中的萧雪睢睁开眼，看到沈望春那张模糊的脸，嘴唇微动，好像说了什么，只是谁也不会知晓。

沈望春就这样抱着萧雪睢踏入那片伸手不见五指的密林，头顶树木郁郁森森，遮天蔽日，不见星月。他也不知道这样走了多久，怀中的萧雪睢气息微弱，冷汗湿透了她的衣衫，夜里风大，沈望春用狐裘将她裹得更严实。

靴子踩在树叶上，发出一片窸窸窣窣的声响，好似夏虫的私语。这几天的夜晚总是格外漫长，他要等好久才能等到天亮。

他希望今夜可以快点过去。

黑夜里的琅山比白日更加危险，沈望春不记得自己破除了多少幻境迷障，也不记得杀过多少魔兽。他的脸上溅了不少血，怀中的萧雪睢倒是没有沾染半分。

这一路格外漫长，不知何时才能抵达终点。

终于，沈望春在一个极不起眼的角落里找到了那株传说中的雪萼芙蓉。巨大的石头下面，浅黄色的花蕊在黑暗中发出淡淡的荧光，人间晨曦已至，遥远的东方天际泻下一线天光，那雪白的花瓣舒展开来，迎着风轻轻招摇。

这真是天下间最美丽的花了，沈望春弯着眼睛笑了起来。

连带着守护在雪萼芙蓉四周的两只丑陋魔兽，沈望春都觉得它们有些可爱，只是它们张着血盆大口向他扑过来的样子就不是很可爱了。

两只魔兽遭到痛击，夹着尾巴一瘸一拐地逃进林子深处，沈望春抱着萧雪睢靠近那株雪萼芙蓉，蹲下了身。

他叫醒怀中的萧雪睢，她纤长浓密的睫毛颤了颤，如同振翅的蝴蝶，萧雪睢睁开了眼。

见她醒了，沈望春这才摘下雪萼芙蓉的花蕊，送到她浅色的唇边，对她道："来，吃了。"

萧雪睢疼了一晚上，没什么精神，说不出话，只能疑惑地看着他。

沈望春粲然一笑，眉眼间都是喜悦，他催促道："快点，这可是能让你求生不得、求死不能的好东西。"

萧雪睢听完他的描述后，倒是直接张开唇，咬住那雪萼芙蓉的花蕊，沈望春立即把早已准备好的玄龟血喂入她的口中，他的动作有些急，玄龟血顺着萧雪睢的嘴角蜿蜒滑到脖颈，衬得她的皮肤格外苍白。

沈望春等她把血都饮完，又拿出帕子，仔细擦去她身上的血迹。

萧雪睢怔怔看着他。沈望春动作一顿，低下头恶狠狠地说："看什么？本座是怕这血脏了本座的衣服。"

他自己脸上的血可比萧雪睢多多了，萧雪睢看了他一眼，闭上眼睛。

玄龟血的药性比较强劲，沈望春之前问过裴素问，她说萧雪睢服下解药后，应该会昏睡个一两天，不用担心。

见她睡了，沈望春收起帕子，将她抱起。

这回去后还要调理一段时间，才能将体内的毒性全部清除出去。

只是，相思夜虽然解了，她的丹田还是碎着的。

沈望春转念一想，自己操这个心做什么。左右现在她死不了了，自己可以放心折磨她了。

不过，自己的丹田当年是怎么修复的来着？

沈望春微皱起眉头，一瞬间回忆起好几株灵药的名字，幽冥宫里好像还缺点，回去得找人备上。

他这绝不是为了萧雪睢。

这是未雨绸缪，说不定哪一天他自己的丹田就又碎了。

萧雪睢一时半会儿醒不来，沈望春低头看了她良久，最终没用鬼车鸟，就这样抱着萧雪睢回了幽冥宫。

陆鞅在后面被甩开一大段距离，等他进入望乡城的时候，发现路边有不少魔族都在看着自己。

怎么了这是？没见过他这样的美男吗？

有魔族稍作踌躇，走上前来，向陆鞅问道：“陆鞅大人，您知道君上回幽冥宫的时候怀里抱着的是什么人吗？是未来魔后吗？”

原来是为了这事，可以理解，八卦是人的天性，魔族也不能例外。

陆鞅心里呵呵，这话要是拿到他们君上面前说，君上准要气得跳脚，他深沉道：“那是君上的仇人。”

“啊？”魔族们面面相觑。

仇人？这个词在他们魔界是不是还有其他的含义啊？

他们不懂。

4

寝宫内一如既往地安静，淡淡的檀香味飘浮在空气中。

沈望春踏过地毯上薄薄的光影，来到床前，俯下身将萧雪睢轻轻放到床上，抖开被子为她盖好。

他犹豫了一下，还是将裴素问叫来。裴素问正在药庐里给魔族配药，听说君上有召，扔下一群哼哼唧唧的魔族，来到幽冥宫。

给萧雪睢诊过脉后，她对沈望春道：“萧姑娘明早应该就能醒了，我写个方子，一日两次，能把她体内的毒清除得更干净些。”

沈望春“嗯”了一声，裴素问把方子留下，正要告退，见沈望春在看她，似有话要说。

裴素问停下来，问道：“君上是还有其他事吗？”

沈望春仰头看着寝宫穹顶的彩绘，好一会儿，才慢吞吞地问她：“你那里有没有修复丹田的法子？”

“有是有的，只是……”裴素问看了床上的萧雪睢一眼，即便她的丹田修复好了，也要重新开始修炼，更何况，她应当再也达不到过去的境界了。

裴素问继续道：“萧姑娘没有了剑骨，肯定不能像从前那般了。”

就算是普通的修士，丹田被毁，从头开始，都可能生出心魔来，何况是萧雪睢这样的天之骄子。这从云端坠落到淤泥里的滋味可不好受，不知道她能否稳住自己的道心。

“若是本座找到她的剑骨……”沈望春话只说了一半就停了下来。

裴素问等来等去没等到沈望春后面的话，这位站在那里，望着头顶发呆。她抬起头，学着他的样子看了半天没看出什么门道来，只觉得这玩意儿有什么好看的。

她药庐里还有一群嗷嗷叫的魔族，没时间在这里陪他欣赏这些画作，她开口问：“君上？”

沈望春收回目光，问：“若是，有一天她的剑骨回来了，她还能像过去一样吗？”

裴素问行医这么多年，虽然没见过被抽掉剑骨的，但是见了不少缺胳膊断腿的，道理都是相通的，那些都能接上，想来剑骨也是一样的。她点头道：“应该可以的。”

沈望春“哦”了一声，解释说：“本座随便问问。”

裴素问简直想要翻白眼。是够随便的。

裴素问离开后，沈望春回到床边坐下，萧雪睢虽然已经解了毒，但睡得并不安稳，不知道是做了什么样的梦，她一会儿叫着“师父”，一会儿又叫着“师妹师弟”。

沈望春知道，她的师父，青霄宗的那位长陵剑尊早已仙逝。

当年长陵峰上他们师徒四人，如今还在人世的就只剩下她和林砚。

她自己其实差一点也……

谁能想到，修真界中威名赫赫的长陵峰在几年后变成了这个样子。

沈望春闲着没事又进了厨房，照着陆鞅送来的菜谱，一点点摸索。

过程中不知道用了什么香料，浓郁的香气顺着风弥漫了大半个幽冥宫，陆鞅这个倒霉悲催的又自己撞了上去，然后很荣幸地被沈望春留在这里试菜。

陆鞅看着眼前五颜六色的炒菜汤羹，深深地吸了一口气，趁着沈望春不注意，偷偷嗑了两颗解百毒的药丸。

君上恨不恨萧雪睢这事可能还有待商榷，但他是真的恨自己啊！

不用陆鞅开口，沈望春只看他的表情就能大致判断出自己做得怎么样。

这么多菜肴里，也就那盘水煮青菜勉强还能入口。

陆鞅仿佛看到自己眼前飞舞了无数颗金光闪闪的星星，他灌了自己好几壶茶水，才把嘴里的那股怪味压了下去。看着还在忙活的沈望春，陆鞅忍不住出声问：“君上，您怎么不自己尝尝啊？”

沈望春闻声停下手，回头冷漠地看向他。

陆鞅被看得心里"咯噔"一下，忙道："属下的意思是，属下同萧姑娘的口味可能不太一样，属下喜欢的，萧姑娘不一定喜欢。"

沈望春道："谁说本座要选她喜欢的？"

"属下失言。"

沈望春又转过头去，良久后，他淡淡道："本座尝不出来。"

好吃的难吃的，到了他嘴里都是一个滋味，很久以前在幽冥狱里就已经是这样了，后来出了幽冥狱，他也没有在意。

陆鞅听了这么个回答，再不敢多舌，沈望春上什么菜，他就老老实实吃着，结果到最后沈望春拿了两个水煮蛋谋害萧雪睢去了。

陆鞅瘫在椅子上，摸摸自己的肚子，他们君上是会自欺欺人的。

他眼前的哪一盘菜不比鸡蛋毒性大？

他这样到底能骗得了谁呢？

沈望春回到寝宫的时候，萧雪睢仍旧昏迷着，如今她身上的相思夜也解了，该好好斟酌斟酌接下来要怎么折磨她了。

玄龟血的药性猛烈，萧雪睢浑身都在发热，她的嘴唇有些干裂，她张开唇说了什么，沈望春正在走神，没听清楚，又低下头仔细听了听。

"水……

"水……"

沈望春赶紧拿了水壶过来，将里面的白水稍热了热，然后才喂给萧雪睢。

见她喝足了水，人也安静了，沈望春把水壶丢了回去，继续冥思苦想折磨萧雪睢的法子。

浓郁的夜色笼罩着这座巨大的幽冥宫，夜风不知是吹动了哪里的铃铛，"叮叮当当"响个不停。

这一晚，萧雪睢身上的相思夜终于不再发作，她可以睡一个好觉了。

也许在睡梦中，她可以回到过去的长陵峰上，她的师父和师妹师弟都在等她。

她的脸还没有完全恢复，但看起来没有之前那样可怕了，像是覆了一块深色的胎记，裴素问说再过个三五天应该就能完全消除。

沈望春盯着萧雪睢脸上的那块印记发呆，不知怎么的又想起了一些旧事。

幽冥狱里那些上古大妖的残魂向来喜欢捉弄人，他刚被封印进幽冥狱的那会儿，什么都不懂，被那些大妖折断手脚，塞进坛子里，然后它们好像是将滚烫的热油倒进他的口中，他的舌头开始融化，流经喉管，五脏六腑跟着一起燃烧，从那以后，他就再也尝不出味道了。

这也不是一点好处都没有，至少后来他在吞噬掉那些残魂的时候也不会觉得特别难吃，甚至还品尝过幽冥狱中的其他特产。

沈望春翻过这篇记忆，跳到更久的从前，萧雪睢不喜热闹，改日他就办一场大大的宴会，丝竹歌舞全都备齐，还要杂耍的、说书的、唱戏的，全都找来，在幽冥宫里闹个三天三夜，她肯定会受不了的。

沈望春歪着头，单手支颐，目光深沉，他真的很想知道，她的剑骨到底是被谁给抽走了。

还有青霄宗的弟子说她与魔族勾结，这件事究竟是真是假？

当年那个立誓要诛尽天下邪魔的萧雪睢，居然也会和魔族勾结吗？

真是太有趣了。

他被封印了十年，就错过了这么多。

沈望春轻轻叹了口气，萧雪睢的这张嘴太硬了，要不等她醒了严刑逼问一下吧。

“热……

“好热……”

萧雪睢低声喃喃着，将手脚挣扎出被子，沈望春忙拿了一床稍轻薄些的被子过来，又拿帕子擦去她额头上的汗珠。

然后他找来一把扇子，坐在床边，一边扇着扇子，一边继续思考什么样的酷刑适合萧雪睢。

外面的风不知何时已停息，铃铛的声音也听不见了，只剩下三两星子在夜空中闪烁。

……

那日林砚醒来后，发现自己身处酒方郡的一家客栈当中，他身上的伤好了大半，只是，他找不到他的师姐了。

回忆起那日在沙漠中看到的男人，林砚表情有些凝重，他不知男人的身份，但他能感觉到男人很强，即便是全盛时期的自己也不是男人的对手。

是他把师姐带走了吗？他要对师姐做什么？

林砚没时间去想这些，他必须尽快找到师姐。

他一连追查了几日，终于来到望乡城，此地来往的都是魔族，他身上带有掩蔽气息的法器，倒是没有引起太多的注意。

城东的一家酒馆里，四五个魔族围坐了一桌，说起魔界近来发生的趣事。有人打了个饱嗝，眼珠子转了一圈，神秘兮兮地问道：“你们听说了吗？前不久君上抱了个美人儿回了幽冥宫。”

坐在角落里的林砚端起水杯，竖起耳朵细听。

“这倒是稀奇了，咱们君上向来都是不近女色的，得是什么样的美人能入君上的眼？”

“我怎么听说是个丑八怪啊？紫雯那丫头亲眼见到了，跟我说的。”

“丑八怪？君上怎么可能看上个丑八怪？”

“谁知道呢？也许君上的眼光跟我们不一样呢。”

“你们别瞎猜了，陆鞅大人都说了，那是君上的仇家。”

“仇家？仇家用得着抱回幽冥宫吗？这世道真是疯了。”

该魔族的话音一落，周围立即响起一片猥琐的笑声，这抱回幽冥宫里肯定是要做点什么啊。

“听说那美人儿是个正道修士，君上可能是打算用她做诱饵，引那些个正道来，杀他们个片甲不留！”

这话说得总算有了几分道理，周围魔族们纷纷感叹：“君上英明啊。”

林砚握紧手中佩剑，他无法确定他们说的人是否就是他的师姐，他须得亲自去那幽冥宫里看一下。

5

望乡城的魔君沈望春突发奇想，要在幽冥宫办一场盛大的宴会，日期就定在冬月十三。

宴会这等事在魔界里不稀奇，若是其他的魔君，即便是鹿城珞珈宫的那个和尚发出请帖宴请众魔，魔族都会欣然前往，而不是这样惊讶且担忧。

魔族们私底下一度怀疑沈望春会不会在宴会上发个疯，把他们一个个全都宰了。

毕竟他们魔界也不是没发生过这种事。

望乡城里的多数魔族对沈望春的印象还停留在他刚出幽冥狱的那一日，明明看起来平平无奇的一小白脸，动起手来却是干脆利落，似乎还没怎么出力，前任魔君就倒在了血泊里，抱恨黄泉。

沈望春抬起头，身上带着无边的煞气，围观的魔族们自觉退避三舍，生怕被波及，给前任魔君陪葬。

自那天起，望乡城里的魔族们便知道，这位魔君不是他们能够轻易招惹的。

他们想着，望乡城有这样一位实力强盛的魔君未尝不是一件好事，如此一统魔界便指日可待。

只是他们没想到，沈望春不仅没有带领他们征战四方，反而十分怠惰，他入住了幽冥宫后，连望乡城的事也没管过。

怎么就心血来潮要开宴会了？

沈望春来到望乡城也快有一年了，但这里能被他叫出名字的魔族一只手都数得过来，他将这事直接交给陆鞅操办。

陆鞅一头雾水，找到裴素问跟她抱怨说："也不知道君上怎么会突然想要办宴会了，我都好久没干过这个了。你说这要邀请谁啊？总不能就咱们几个围了一桌打牌九吧？"

裴素问想了想，猜测道："君上许是想让萧姑娘开心些吧。"

她话一说完，就见对面的陆鞅对她竖起大拇指。

陆鞅点点头道："有道理。"

这宴会若是为萧雪睢办的，他应该多问问萧姑娘的喜好，只是君上将人看得紧紧的，他要是敢私下里找萧雪睢，不用等到明天，今晚脑袋多半就得搬家。

可若是问君上……

君上那嘴硬的，估计也问不出什么有用的东西来。

算了，从前怎么办就怎么办吧，既然是要博美人一笑，他尽可能办得热闹些就是。

只是魔族们大多没什么廉耻之心，可不能脏了萧姑娘的眼，他得把来人好好筛选一番。

陆鞅颇为头疼地抓了一把头发。

转眼间便来到冬月十三这一天，幽冥宫已经有很久没有像今天这样热闹了，许多美丽的魔女在宫殿间穿梭，丝竹管弦的声音一早上就响了起来。

萧雪睢起床后被灌了一大碗苦涩的汤药，她站在寝宫门口，听着远处传来的乐声，表情有些许困惑。

沈望春靠着一侧的红柱，双手抱胸，对她哼了一声，那模样像极了话本里会"桀桀"怪笑的大反派。

萧雪睢不以为意地收回目光，回到寝宫里，刚要盘膝打坐，听到沈望春对她道："等会儿有个宴会，你跟本座一起过去。"

萧雪睢点头应道："我知道了。"

沈望春盯着萧雪睢那张脸猛瞧，却瞧不出任何为难的神色。

她知道了？她知道什么了？

知道自己是在折磨她吗？还是说这些年过去，她转了性了？

那他这个宴会岂不是白开了？

萧雪暭淡定自若，任由沈望春打量。

见沈望春嘴唇微动，似有话要说，萧雪暭主动问他：“阁下还有其他事吗？”

“没有。”沈望春转过身，语气生硬。

玉瓶里红梅的影子落在他的背上，微微颤动着。

萧雪暭仰头看他，默不作声。

今日勉强能算是一个好天气，日光昏沉，不见风雪。

虽然知道幽冥宫的这场宴会可能会带来生命危险，但也挡不住魔族们的热情，他们前赴后继地来到幽冥宫外排起长队。

林砚杀了个落单的魔族，冒用了他的身份，混进这庞大的队伍当中。

陆鞅为了今日这场宴会可是熬掉了不少头发，生怕放了个棒槌进去，惹得君上不高兴。

所以他不仅要确定这些魔族的身份背景，还要盘问他们最近干没干过缺德事，简直比人间凡人相亲查得都要仔细，那些魔族好不容易过了这一关，结果接下来还要答题，顿时哭天喊地起来。

林砚心中惴惴，也不知道那是些什么样的问题，连这些土生土长的魔族都不能回答正确，自己一个假冒伪劣的，怕是难了。

他看到一个刚被拉出去的醉醺醺的魔族不服气地嚷道：“凭什么不能脱裤子？姑娘都同意了，兴之所至，就该如此！”

前任魔君十分荒淫，时常办一些比较不雅的宴会。因为沈望春总不管事，望乡城里一些魔族的心态还没有从前任魔君在时转变过来。

林砚不懂，林砚大为震撼。

这里的魔族着实可怕，他要尽快找到师姐，带师姐离开。

直到暮色降临，西方的山脉蒙上了一层浅浅的金色，陆鞅才将这些魔族安排进了宴会厅里。

这些魔族嘴上说得好听，一坐下后就原形毕露，但好在一听到魔君要来，一个个正襟危坐，他们的爹娘这辈子大概都没见过他们这般乖觉的模样。

沈望春从正门走进来，萧雪暭跟在他的身边，看到满座的魔族，表情倒是无甚变化。

沈望春用眼角余光留心着她，这要是放在过去，这些魔族加在一起，都不够她一剑砍的。

大殿布置得不错，灯火通明，花香馥郁，数十张桌案摆放得十分整齐，中间用花灯花扇间隔开来，外面还搭了台子，有四五位魔女在上面跳舞。

沈望春踏过九层玉阶，来到最上面，指了指自己身边的位置，对停在下面的萧雪睢道："你坐这儿。"

按理来说，他身边的这个位置是该留给魔后的，不过沈望春光棍一条，哪有什么魔后，这里空着也是空着。

况且要是萧雪睢离自己远了，趁着自己酒醉跑了怎么办？

沈望春经过重重的考量，认为这里就是最适合她的地方。

萧雪睢仰头，看向玉阶上的沈望春，两人僵持片刻，她最后还是依着沈望春的心意，来到他的身边。

她一坐下，沈望春心中舒坦不少。

萧雪睢肯定是不乐意坐在他身边的，她不高兴了，自己就高兴了。

下面的魔族们看见这一幕，不敢吱声，一个个挤眉弄眼，用眼神交流。

这女子到底是什么人？同他们君上又是什么关系？

虽然萧雪睢脸上的痕迹还没有完全消退，算不上特别难看，但也不算好看，君上这啥眼光啊？

也有见多识广的魔族认出坐在他们君上身边的女子乃是曾经的青霄宗的大师姐，他们早听说萧雪睢与魔族有勾结，原来那魔族是他们君上吗？

这别的不说，他们君上确实是有几分姿色在身上的。

林砚坐在众魔族间，自然一眼认出了他的师姐，也认出沈望春便是那日出现在沙漠上的男人，但他不明白，眼下这是怎么一回事。

魔族行事如此随心所欲吗？

沈望春端起酒杯，目光扫过宴会上的众多魔族。

若是萧雪睢真与哪个魔族有联系，对方应当不会错过今天这么好的机会。

但对方是个傻子也说不定。

他正思索间，余光见到旁边的萧雪睢竟也拿起了酒壶——就她那身体还想喝酒？

沈望春当即喝道："不许喝！"这样的好酒怎么能给萧雪睢喝？

萧雪睢的手僵在半空，她没说什么，老老实实将酒壶缓缓放下，坐在那里。

沈望春看着她，抿了抿唇，拿起酒壶倒了一杯，送到她面前。

"只能喝一杯。"他说。

萧雪睢点了点头，举起酒杯，抿了小小一口，就将酒杯放下，过了一会儿，又端起那酒杯，喝了一口。大半天时间过去，小小的一只酒杯里还剩下一半的酒水。

陆鞅安排了两场折子戏，魔族们看得哈哈大笑，若不是顾忌沈望春在上面，估计都能跳上台唱上一段，只是萧雪睢从始至终没有露出一点笑容。

这是正常的。

她本来就不喜欢热闹。她要是笑了，自己才要气死。

沈望春心不在焉地喝着酒，只是不管是多好的酒水，在他嘴里都跟白水一个味，没劲儿。

有魔族站出来，大着胆子问道：“君上，您身边这位姑娘可是未来的魔后？”

沈望春掀开眼皮，看了他一眼，懒懒道：“怎么会？这可是本座的仇人啊。”

魔族干笑道：“看起来不太像。”

沈望春托着下巴，侧头看了眼身边的萧雪睢，萧雪睢端坐在那里，微微垂首，仿佛他们说的与她完全无关。

沈望春收回视线，深沉道：“本座自有打算。”

那魔族面露疑惑，然不知道他自己脑补了什么，随后露出恍然大悟的表情。

毕竟以萧雪睢现在这副模样，君上除非是眼瞎了，才看得上她。

君上此举必有深意，想来多半是要借萧雪睢打正道的脸。

陆鞅看着这人的表情，心想不会真有人信了他们君上的鬼话吧。

应当不会吧？

他看了一眼宴会上其他人的表情，顿时觉得信了这话的人可能还不少。

悲哀！真是悲哀！

就魔族这个智商，早晚得被正道全灭了。

魔族自以为领悟到了沈望春的精神内涵，立刻表忠心道：“君上若有需要属下的地方，尽管吩咐，属下为君上赴汤蹈火，万死不辞。”

沈望春放下手里的酒杯，这话听着怪恶心的。

魔族不知他心中厌烦，仍是不知死活地继续问道：“待君上事成，不知可否将这萧雪睢赏赐给属下。”

“哦？”听到下面魔族的话，沈望春似来了兴致一般，身体往前倾了倾，嘴角微微翘着，问他，“你要做什么？”

魔族回道：“回禀君上，当年就是萧雪睢在黑霞山杀了属下数十位好友，坏了属下的大事。”他的表情逐渐变得扭曲狰狞，咬牙切齿道，“属下要用她的血，祭奠死去的好友们。”

他死死盯住萧雪睢，恨不得当场将其扒皮抽筋、敲骨吸髓，要她求生不能、求死不得。当年黑霞山上若不是萧雪睢横插了一手，待他神功大成，今日坐在这幽冥宫王座之上的，还不一定是谁呢！

“好！”沈望春拍手道，他站起身，居高临下地俯视下面的魔族，笑眯眯地说，“本座很欣赏你。”

“君上是答应属下了？”魔族一脸激动道。

其余魔族见状，暗自可惜，早知如此，他们也向君上讨要萧雪睢了，试问魔界中人，谁不想折辱这位曾经高高在上的正道弟子。

席间的林砚握紧拳头，若师姐的修为还在，这些魔族焉敢在她面前放肆。

沈望春垂眸看了萧雪睢一眼，她还是那副模样，捧着酒杯，时不时低头小抿一口，完全没有把那魔族的话放在心上。

这世间还有什么是她在意的呢？

沈望春笑了起来，他的目光落到庭下那魔族的身上。

他脸上带笑，目光却是阴沉沉的。

魔族隐隐察觉到有哪里不对，他没来得及细想，只觉得心脏一痛，下一刻猛地炸开，鲜红的血喷洒一地，像是开了一朵艳丽旖旎的舍子花。

他倒在地上，眼睛瞪得老大，鲜血从他的嘴角溢出，他艰难地发出声音，问沈望春：“君上，属下做错了什么？”

沈望春看着这一幕，“呀”了一声，道：“真是不好意思，本座太高兴了，一时失手了。”

他语气中却是没有一点歉意，那魔族至死也没有合上眼。

萧雪睢杯中的酒水已经见了底，她静静地坐在那里，看到有魔族惨死在她面前，连眼皮都没动一下。

沈望春环顾了一周，问道：“太可惜了，你们中还有谁想跟他一样？”

跟他一样？是跟他一样想要折辱萧雪睢，还是跟他一样死在这里？

那些魔族哪里还敢冒头，一个个几乎恨不得把脑袋埋进地下。

这位君上实在喜怒无常，不过这在魔界漫长的历史洪流当中，属实算不上稀奇。

每十个魔君里有七个没事的时候就会发个疯，杀杀人，剩下的三个精神也不会太稳定。

习惯了。早就习惯了。他们魔族就是这样野蛮生长。

见没有人说话，沈望春似失望般叹了口气，转头对陆鞅道：“陆鞅，给收拾一下。”

陆鞅也跟着默默叹气，动作迅速地把尸体处理了，短暂的沉默过后，席间又恢复了刚才的欢声笑语。

陆鞅警惕地看着周围的魔族，生怕再蹦出来个不要命的傻子，他已经把望乡城里的这些魔族筛了一遍又一遍，居然还是有傻子敢往君上的刀口上撞。

也不排除他筛选的条件有问题，净挑了些傻子来。

下次君上再想办这种宴会，他干脆找些哑巴来捧场就好了。
沈望春没了兴致，冷淡道："好好的日子见了血，晦气，这宴不如散了吧。"
众魔族："……"这血也不是他们想见的。
"走吧。"沈望春看了眼萧雪睢，对她道。

第四章 旧识

『你说……她会回来吗？』

1

眼见着沈望春带着萧雪睢离开，剩下的魔族们也都散了，林砚趁着混乱，偷偷潜入幽冥宫的内部，陆鞅有所察觉，但想起君上交代过的话，只当自己没有看见。

今晚的月色不错，月亮就快圆了，银色的月辉如轻纱一般笼罩下来。沈望春把萧雪睢送回寝宫后，又去裴素问那里取了新配的药。

他刚一回来，走在石阶下面，突然听到他的寝宫里传来其他男人的声音，那声音叫道：“师姐。”

紧接着是萧雪睢略带惊讶地道：“阿砚？”

沈望春脚步一顿，稍作犹豫，转身向着相反的方向走去。陆鞅刚把那些傻子魔族处理好，见到沈望春站在檐下，问他：“君上，您怎么又回来了？”

“本座看着萧雪睢心烦。”

陆鞅心想，幽冥宫里没人居住的宫殿有的是，要真是心烦，把萧雪睢随便打发到哪座宫殿里就行了，或者他自己搬到别处也行，结果还不是整天颠颠地跑过去。

他现在看着他们君上也挺心烦的。

月色朦朦，深色的夜空飘下许多细细的雪粒，映着灯火，随风飘飞，像是夏日里的萤火。

寝宫里，林砚的一双杏核眼迅速聚了一层薄薄的水雾，好像一眨眼就会有眼泪掉下来。

他就是这样的性子。长陵剑尊一共收了三个徒弟，两女一男，偏偏小徒弟林砚，这个唯一的男弟子是这三个徒弟里性子最柔软的那个，平日里最喜欢在长陵峰上喂他养的两只小兔子。

那时他最大的烦恼也不过是师父教的剑法太难，他总是学不会，他以为他们可以永远这样下去。

可是……最先离开他的是二师姐，再是师父，长陵峰上的兔子年纪大了，蹬蹬腿，也走了，他将它们埋在屋子后面的那棵桃树下面。

他生命中最重要的人一个接一个地离他而去，长陵峰上，只剩下他与大师姐了，可是大师姐差一点也走了。

向来听话懂事的林砚第一次反抗宗门，偷偷救下萧雪睢，带着她亡命天涯。他想，如果上天能够听到他的声音，他什么也不要了，只求可以留下她。

“我总算找到你了，师姐，”林砚紧紧抱住萧雪睢，哽咽道，“吓死我了。”

他的眼泪落了下来，映着琉璃灯光，比得过这世间所有的珍宝。

他怕自己再也找不到师姐了，怕长陵峰最后只剩下他孤零零的一个人。

昏迷的那段时间，他做了很多的梦。梦里，他抱着萧雪睢冰冷的尸身，走在白茫茫的雪原上，他茫然四顾，却再也找不到回长陵峰的路。

若大师姐也不在了，即便还能回到长陵峰，又如何呢？

“我带你走吧，师姐。”林砚说，他知道从幽冥宫带出萧雪睢可能很难，但他想试一试，他不能把师姐留在这个地方。

那些魔族对她恨之入骨，眼下她过得尚可，可谁也不能保证那魔君能一直这样待她，不将她送与旁人。

林砚本以为萧雪睢会直接答应自己，却见她摇头：“等一等。”

还等什么？再等下去该有魔族发现他们了。

林砚紧皱眉头道：“师姐，你不想跟我走吗？”

“我还有件事。”萧雪睢说。

琉璃灯转，薄纱轻摇，林砚问她：“你还要做什么？我替你做。”

萧雪睢却没有开口。

林砚抓住她的手，苦求她说：“跟我走吧，师姐，再不走来不及了。”

“现在已经来不及了。”沈望春冰冷的声音从殿外传来，仿佛夹杂了无数冷冽的冰凌。他踏进自己的寝宫，视线在林砚握住萧雪睢的手上停顿了一瞬，而后冷笑道，“想带她走，你经过本座的允许了吗？”

林砚受惊闻声回头，见是沈望春，虽不知他的意图，仍极有礼貌道：“多谢阁下救了我师姐，阁下大恩，日后我——”

“等一下，”沈望春打断他的话，“本座再说一次，本座没有救她。”

林砚只能将到嘴边的话咽了回去，他干巴巴地问：“那你为何带我师姐走？”

沈望春咧着嘴角，满怀恶意道：“当然是要折磨她。”

“你——”

“本座怎么了？”沈望春笑容越发灿烂，琉璃灯冷白的光落在他的左边脸上，使他整个人看起来更加危险。他向林砚一步步走去：“本座辛辛苦苦把萧雪睢带回幽冥宫，难不成你以为是为了给她治病疗伤，等着她来日再封印本座一次？”

萧雪睢抬起头，看向沈望春。

林砚同样死死瞪着沈望春，沈望春凉凉地回望着他。

寝宫沉寂下来，如同一潭死水，悄无声息。

“我确实要回一趟青霄宗。”萧雪睢突然开口，打破这一室的平静。

正在对峙的两人齐齐转过头来看向她。

萧雪睢道：“青霄宗有先师的遗物，我要取出来。”

沈望春有些怔忡，她既然要走，刚才为什么没有同林砚离开？

“你刚才说，你还有事要做？是什么事？”他问。

“见你一面。”萧雪睢说。

“见本座一面？”沈望春“哧哧”笑起来，讥讽道，“真是好笑，你以为见了本座，本座就会放你走？”

“不会吗？”萧雪睢平静地问。

琉璃灯内的火焰不停地跳跃着，那些影子无声无息地掠过他的眉间，沈望春沉默，嘴角的笑容渐渐消失，许久后，他对萧雪睢说：“萧雪睢，你可知你现在是本座的人？”

“我知道。”萧雪睢道。

“你的丹田还没有完全恢复。”

“我知道。”

“你没有任何修为，动用不了灵力。”

“我知道。”

沈望春沉默下来，良久后，他对她问出最后一个问题：“你一定要去？”

萧雪睢点头。

“好吧。”沈望春话音落下，他手中不知捏了一粒什么东西，趁着萧雪睢没反应过来，迅速将之塞进她的口中。

收了手，他不自在地搓了搓手指，刚才给萧雪睢喂药的时候没注意碰到了她的嘴唇。

林砚在一旁怒道：“你给我师姐吃了什么！”

“噬心蛊，”沈望春悠悠说道，他盯住萧雪睢那双漂亮的眼睛，对她道，“萧雪睢，本座只给你半个月的时间，半个月后，你若是没有回来从本座这里拿到解药，你体内的噬心蛊便会发作，到时万虫噬心，五脏化为脓水，痛上个三天三夜，最后七窍流血而死。”

萧雪睢点了点头，应道：“我记下了。”

“记下就好。”沈望春垂下眸，在宽大的袖子里摸索了一会儿，找出一只小小的灵物袋，系在萧雪睢的腰间，而后收了手，对她道，“行了，你们走吧。”

林砚茫然不解地看着沈望春，这么轻易就放他们离开了？那刚才他还说要折磨师姐的？

不过想到他给师姐吃了那劳什子的噬心蛊，好像又能说得通了。

但林砚还是隐隐觉得有哪里不对。

“萧雪睢。”身后的沈望春忽然再次开口，叫住她。

萧雪睢停下脚步，回头看他。

寝宫内的灯盏随着她离开一一熄灭，沈望春隐藏在阴影里，萧雪睢看不清他此时的表情，只听到他说：“本座不希望你死在……除本座以外的任何人手上。”

萧雪睢“嗯”了一声。

她就这样离开了。

这偌大的寝宫中再次只剩下沈望春一个人。

从前是这样，以后……多半也会这样。

沈望春低下头，看向自己的指尖，许久许久后，他发出一声低低的嗤笑。

所有的灯盏都已熄灭，长风卷起漫天的飞雪，他的笑声在寝宫内回荡。

2

萧雪睢变了一副样貌，带着林砚离开幽冥宫。今日魔君在幽冥宫内设宴，有人出入也是正常，不会引起其他魔族的注意。

他们沿着林间僻静的小路离开望乡城，雪越下越大，走出这片林子时，林砚回头望去，那座巨大的幽冥宫在月光下像是一头沉睡的巨兽。

夜风吹拂着萧雪睢乌黑的长发，上面落了些许雪花，林砚伸手拂去她肩上的落雪，问她：“师姐，那个人到底是什么人？”

“望乡城的魔君。”萧雪睢停下脚步说道。

“我不是问这个，”林砚挠挠头，“他……师姐，你从前认识他吗？”

萧雪睢抬头，眺望远方。魔界与修真界的交界处已经可以看到了，地面上覆了一层皑皑的雪，在黑夜中好似发出淡淡荧光。她轻声说：“我也不知道。”

林砚“哦”了一声，叹了口气，自言自语：“他到底想对师姐你做什么啊？”

他嘴上说着要报复萧雪睢，可是就萧雪睢现在的样子，实在看不到他报复在哪里。

林砚想不明白，干脆不想了，如今找到了萧雪睢，他的心多少也安定了些。

他想了想，对萧雪睢道：“师姐，要不我们先找人把你身上的蛊毒解了吧？”

师姐既然要回青霄宗，半个月的时间怕是不太够用，中途如果再出了什么差池，她师姐难不成真要因这一粒蛊虫丢了性命。

“不用，”萧雪睢说，“只是一颗蜜饯罢了。”

“啊？”林砚一时没反应过来，过了一会儿才意识到萧雪睢说的蜜饯是指那蛊虫。

他疑惑问道：“蜜饯？师姐你确定吗？”

萧雪睢“嗯”了一声，就是平日里沈望春常拿回寝宫里的那种。

“他……”林砚本想问他是不是脑子有点问题，又觉得这样说未免有得了便宜还卖乖的嫌疑，不管怎么样，他都要好好谢一谢那位魔君。

他改口道：“师姐，我们往哪儿走？”

萧雪睢想要回青霄宗，可是现在她和林砚两个都被青霄宗通缉，走在路上都可能被抓到，何况是到了青霄宗。

过几日便是青霄宗沧溟境开启的日子，当年长陵剑尊临水悟道，于沧溟境之中留下三道剑诀，引得众多修士争相前来。

众人不知道的是，除此之外，她师父还在沧溟境内藏了一部功法，萧雪睢此去青霄宗，便是为了这部功法。

那功法古怪，她师父参悟了多年也不能完全参透，遂将之放在沧溟境中，等待有缘人。

萧雪睢失了剑骨，没了修为，但至少还有这条命，不过是从头开始罢了。

她转头看向身边的林砚，对他说：“我们从白萍洲横穿过去。”

林砚想了想，道：“那边倒是好走，只是我们要怎么进青霄宗？”

“找秦弈帮忙。”萧雪睢道。

“秦弈？”林砚看看萧雪睢，表情有些古怪，要知道之前萧雪睢与唐云承的婚约作废后，他一度以为秦弈日后会成为自己的姐夫，后来不知何故两人又冷淡下来，他问，“秦弈他能帮我们吗？”

“会的，”萧雪睢道，“前些年他欠了我一个人情。”

萧雪睢这一出事，秦弈就成了年轻一辈的正道魁首，他运气向来不错，手上有各种天材地宝，又懂些旁人不会的手段，与各大门派的关系都很不错。原本青霄宗内有几位长老是瞧不上他的，嫌弃他的出身不好，后来得知他是秦家流落在外的血脉，就什么都好了，还曾极力撮合他和萧雪睢。

“走吧。”萧雪睢说。

寒风呼啸，大雪纷飞。

直到天色熹微，这场风雪才停息，天与地白茫茫的一片，夜里留下的足迹到天亮时都已消失不见。

沈望春在殿中枯坐了一夜，陆鞅前来送药，见这里只剩下沈望春一个人，好奇地问他：“君上，萧姑娘呢？”

沈望春撩开眼皮看了他一眼，冷冷地问他：“你找她有事？”

陆鞅赶紧摇头：“没、没有，就问问。”

“话真多。”

陆鞅无语泪流，他在幽冥宫里干了这么多年，沈望春还是第一个说他话多的魔君，从前的魔君都是嫌弃他不善言辞的！

“本座要闭关了。”沈望春站起身，忽然道。

每月十五，月圆之夜，沈望春体内的魔气便会暴动，经脉逆行，最严重时，他会完全失去理智，脑中只剩下杀人这一个念头，他会把眼中所见的所有活物都杀个干干净净，一个不留。

若不然，他必定是要随萧雪睢一起到青霄宗看一看的。

但眼下快到十五了，他实在是怕自己一失手，把青霄宗全给屠了，到时候修真界联合起来打他怎么办？

毕竟修真界有那么多人，他不一定能打得过。

陆鞅对此早已习以为常，这件事也算不上什么机密，望乡城里的大半魔族都听说过，他们一度怀疑这位君上是不是有什么隐疾，又或者他的功法存在缺陷。

不过目前为止，还没有魔族敢趁着月圆夜来给沈望春找不痛快。

萧雪睢不在的第一天，沈望春一个人坐在空旷的寝殿里，无所事事。

陆鞅离开时，回头远远地看了他一眼，只觉得君上好像又变回从前那个无欲无求的君上了。

他再来时，沈望春没来由地问他：“你说……她会回来吗？”

他的声音很低，陆鞅没听清他问了什么，只好问道：“什么？”

“算了，没事了。”沈望春摆摆手，让陆鞅退下。

他那么恨萧雪睢，想要她受尽折磨，要她余生悔恨，要她流出泪水，她是疯了才会再回来。

沈望春很是后悔，那时情况比较急，所以他随便喂了一颗蜜饯给萧雪睢，冒充是噬心蛊，早知道该等一等，向裴素问要点毒药喂给她才好。

但愿萧雪睢没有发现那蛊虫是蜜饯冒充的，若是发现了，她更不可能回来了。

其实没什么，大不了自己多跑个几千里，把她抓回来。

沈望春开始琢磨等把萧雪睢抓回来要怎么折磨她，结果想了一天一夜没想出个明确的结果来。

月圆夜就要到了，他要提前布置好结界和法器，他可不想明天一早就看到望乡城里的魔族都被自己杀光了。

这修真界知道了还不得乐死。

沈望春同陆鞅交代了几句，走进结界之中，盘膝坐下，等待夜晚的到来。

皓月当空，明辉千里。

结界内的沈望春赤红着一双眼睛，状若癫狂，似哭似笑。

他看到无数大妖的残魂在他的周身游荡，他仿佛回到了岳阳城，又好像是在幽冥狱中。

沈望春头痛欲裂，过去的许多记忆混在一起，像是有一根烧红了的铁杵在他脑海里不停地搅拌，附着记忆的皮肉在一串“嗞啦嗞啦”的声音过后，从此粘连在一起。

是幼年时候的桃木剑、少年时候的琥珀杯，还有……

“我终于……抓到你了……”他伸出手，好像抓住了一段过去的光阴。

那是幽冥狱外，萧雪睢雪白的衣角。

可哪里有萧雪睢呢？

沈望春呆呆地看着自己空荡荡的掌心，两行血泪从他的眼中缓缓滑下。

幽冥狱中惨烈的景象在他的眼前一一重现，他曾经拥有的，都已失去，他将要得到的，也化作云烟，不可再得。

刹那之间，狂风呼啸，魔音灌耳，沈望春彻底失去理智，沦为一只疯魔的怪物，他不知疲倦地在过去的长河里打捞一枚月亮，都是徒劳。

这一夜漫长得好似永远不会结束。

翌日日出之时，一切复原，沈望春踏出结界，面上一片冰冷。

不知为何，陆鞅明显感觉出眼前的君上比之从前更加可怕了。

沈望春把他打发走，回到寝宫里，独自坐了一会儿，想着自己刚发过一次疯，萧雪睢凭什么能在外面逍遥？

萧雪睢身上带着他的灵物袋，要找到她倒是不难。

他要看看萧雪睢现在在做什么。

沈望春动作十分迅速，不到半天工夫，他就离开望乡城，来到白萍洲。

他还没有找到萧雪睢，就先看到一张让人非常讨厌的脸。

秦弈？

沈望春眯了眯眼，摸着下巴。

不应当啊，月圆夜还没过去吗？他怎么又想杀人了。

3

秦弈收到林砚的消息后，立刻动身前往白萍洲，他知道萧雪睢与魔族勾结一事有古怪，毕竟以萧雪睢在修真界的身份地位，与魔族勾结能有什么好处？

当年在卧龙谷，秦弈一时心软，遭人暗算，命悬一线，是萧雪睢救了他。

那时候他本来是打算以身相许报答萧雪睢的，奈何萧雪睢不要，他欠了萧雪睢一条命。

刚传出萧雪睢与魔族勾结的消息时，秦弈根本没放在心上，以为这只是个谣传，这么多年死在萧雪睢手上的魔族成百上千，就这还能和魔族勾结？那魔族是多想不开啊，不怕萧雪睢反手给他一剑？

但后来又听说萧雪睢的确是私放了关押在青霄宗天一牢里的魔族，没等青霄宗查明此事，林砚又从明月窟中劫走了萧雪睢，他带着萧雪睢一路跑到魔界。

青霄宗的弟子们一直追到修真界与魔界的边界处，结果遭到魔族伏击，空手而归。

青霄宗宗主听闻此事，勃然大怒，把自己最喜欢的那扇屏风都给震碎了。他向修真界中的各大门派放了话，不管是谁，只要能将萧雪睢与林砚带回青霄宗，生死不论，青霄宗必有重谢。

秦弈断断续续听了这么多消息，到最后他也迷惑起来，这些消息真真假假，无从判断。

那时他想着，萧雪睢还是要救一救的，但不是现在，一是他手头有一桩事没有了结；二是他得弄清楚这件事的始末，萧雪睢是否跟魔族有过接触，若真的有，那魔族是谁？为的又是什么事？

还有，萧雪睢的性子太高傲了，经此一劫，若是能将她的性子磨一磨，未尝不是一件好事。

他这等来等去，终于打算动身前往魔界，结果还没动身，就收到林砚给他传话，约他到白萍洲见面，说有事相商。

林砚是与萧雪雎一同消失的，如今林砚现身，萧雪雎极有可能就在他的身边。

说不定真正要找自己的人就是萧雪雎，虽然修真界到处都在传萧雪雎与魔族勾结，但过去那些年萧雪雎也不是一个朋友都没有交到，这修真界里愿意帮她的人应该不在少数，她偏偏选中了自己。

秦弈心中暗暗得意。她果然还是对自己旧情难忘。

左右眼下无事，秦弈想知道当日在青霄宗到底发生了什么，便没有推托，欣然赴约，连夜前往白萍洲。

林砚与秦弈约在白萍洲骧阳城南边的一家不起眼的小酒馆见面，这两日骧阳城的城主嫁女，大宴宾客，又请了许多江湖艺人搭了台子唱戏表演。

快到年底，手上农活不多，周围几座城池的百姓们也都纷纷赶到骧阳城，街道上行人熙攘，摩肩接踵。

所谓大隐隐于市，这个地方选得倒是不错。

沈望春跟在秦弈的身后，没有现身。

他望着秦弈的背影，不太高兴，秦弈最好不是来见萧雪雎的。

人生往往就是这样，越不想什么，就越来什么。

沈望春见秦弈走进一家名叫“迎客来”的酒馆中，而他掐算出来的萧雪雎的方位也在这里。

这不巧了嘛。

果然，没过多久，他就看到易容后的林砚从楼上下来，把秦弈引到二楼。

很好。很不错。

沈望春默默跟了上去。

此处人声鼎沸，混乱不堪，林砚与秦弈好不容易找了张空桌坐下。

沈望春没理会他们两个，他在附近搜寻了一番，果然发现了萧雪雎，她穿着一身灰色的长衫，做男子打扮，坐在不远处的屏风后面。

两日未见，她好像还是离开那日的模样，脸上的痕迹应该已经完全褪去，不过现今她改变了样貌，旁人也看不出来。

她端着酒杯，侧头看向楼下。

沈望春腹诽，她身上的伤都没有好全，还敢喝酒？那天幽冥宫晚宴上自己的话她是一点都没听进去。

萧雪雎是会让自己生气的。

沈望春靠着栏杆，轻轻地抬一抬手指，萧雪雎面前斟满的一杯酒水瞬间只剩下了一点底子。

萧雪睢低头看向杯底自己的影子，怔了怔。

她拿来酒壶又倒了一杯，沈望春一抬手，酒又没了。

萧雪睢对着空空的杯子发了一会儿呆，她抬头看了看四周，没说什么，将手中酒杯放下。

沈望春翘起嘴角，又是让萧雪睢不痛快的一天，开心。

当然，如果不是遇见了秦弈，他定然会更开心些。

"要上青霄宗啊……"另一边的秦弈看看眼前的林砚，"确实有些麻烦。"

其实如果只是上青霄宗的话，并不算难，他只说他们是自己的随从就可以了，青霄宗的弟子看在他的面子上不会为难他们，但是要进沧溟境的话，就得从长计议了。那里毕竟有长陵剑尊留下的剑诀，不是随便什么人都能进去的。

秦弈呼了一口气，问林砚："你师姐在哪儿？我同你师姐说吧。"

林砚犹豫间，萧雪睢已经主动从屏风后面走了过来。

秦弈看到来人，吃了一惊，压低声音问："雪睢？"

萧雪睢颔首，在林砚旁边坐下。

秦弈上下打量着她，他有好久没有见过萧雪睢了，她看起来似乎与过去没有太大不同。

只是……

"你的修为呢？"秦弈问道。

"出了意外，丹田破碎。"萧雪睢淡淡说道，语气里听不出任何哀怨或者气馁。

秦弈追问："什么意外？是你们宗主做的？"

萧雪睢道："不是。"

秦弈继续问她："他们说你与魔族勾结，这到底是怎么一回事？"

萧雪睢垂下眸，看着眼前的杯盏，没有说话。

知道从萧雪睢口中问不出东西来，秦弈便道："我这里有修复丹田的法子，等你的事情解决了，我帮你调理一下。"

萧雪睢拒绝："多谢，但不用了。"

秦弈叹道："雪睢，你跟我何必见外。"

萧雪睢没有反应，沈望春倒是不乐意了，随手抓了两根筷子。

什么见外？秦弈他做过萧雪睢的内人吗？

想起那年修真界的那些传闻，沈望春的脸色顿时难看了几分。

萧雪睢什么破眼光，怎么看上秦弈的？

上菜的小二路过沈望春的身边，当即大吃一惊，哪个缺德的把筷子插进柱子里了？

萧雪雎沉默，秦弈便自顾自道：“其实这些年，我一直记挂着你。”

这些年，他与萧雪雎也不是完全断了联系，修真界若有什么大事，他们还是会见面，可也仅限于此了。萧雪雎待他，与待众人没有任何区别。

当年，他也以为他和萧雪雎能成就一段佳话，但是后来萧雪雎莫名其妙地疏远了他，他们的关系回到一开始的时候。

秦弈也有自己的脾气，他不是死缠烂打的人，既然萧雪雎无意，他自然不会厚着脸皮凑上去。

现在是萧雪雎有求于他，秦弈琢磨着，觉得他们很有希望再续前缘。

两根筷子都被插进了柱子里，沈望春手里空了下来，就想杀杀人，泄泄愤。他越看秦弈越觉得不爽，这世上记挂萧雪雎的人多了去了，他算老几？

自己在幽冥狱里还记挂着要报复萧雪雎呢。

目前秦弈对沈望春的杀意还毫不知情，他把小二刚上的点心推到萧雪雎的面前，对她道：“我点了你喜欢吃的糖蒸酥酪，不知道这里的味道怎么样，尝尝。”

萧雪雎拿起勺子，尝了一口，点头道：“不错。”

秦弈笑道：“不过肯定是赶不上天香楼的，以后有机会我们去吃。”

小二端着盘子转身要下楼，突然打了个冷战，奇怪，他怎么听到磨牙的声音，大白天的怪瘆人的。

还有这柱子里怎么又插了根筷子！

忒缺德了！

萧雪雎并不打算与秦弈有什么感情上的牵扯，她找秦弈帮忙，只是因为如今修真界中有能力帮她的，大概只有秦弈一人。

秦弈为人轻佻，但算不上坏，他对女子带有一股天生的保护欲，极重情义，言出必行。

只凭萧雪雎对他的救命之恩，这个忙他是一定会帮的。

萧雪雎不搭话，秦弈便主动提起进沧溟境的事。

他们商量了一会儿也没商量出一个明确的结果，最后决定先上青霄宗再说，到时再谋划要如何进沧溟境。

说罢，三人离开酒馆，前往青霄宗。

沈望春不远不近地跟在他们后面，无声无息地搞些破坏，在路上刨个坑、刮阵怪风、让路过的行人不小心扑倒在献殷勤的秦弈身上，对他来说，都是轻而易举就能做到的小事。

秦弈“嘶”了一声，疑惑地看着手中的花。

这花他本来是想送给萧雪睢的。

“怎么了？”林砚转头问他。

“总感觉有人在跟着我们？”秦弈说。

林砚皱了皱眉，担忧地问：“是青霄宗的弟子吗？”

“不知道，”秦弈放出神识，将方圆几里扫视了一遍，却没有发现任何异常，他摇头道，“也可能是我感觉错了。”

萧雪睢站在那里，看了眼被秦弈丢弃的那朵已经凋谢枯萎的花，转过头淡淡说道：“走吧。”

4

秦弈带着萧雪睢与林砚很容易就上了青霄宗。

眼下青霄宗的人正在修真界各处搜寻萧雪睢的身影，却想不到在这种情况下，萧雪睢居然敢自己送上门来。

秦弈分到了一间山腰处的小院，因过两日沧溟境就要开启，这段时间青霄宗来了不少其他门派的道友，就住在秦弈的隔壁，他们大多跟秦弈是有点交情的，听到他来了，纷纷过来打个招呼。

往日里，秦弈身后总跟着一二美人的，这次他带来的却是两个平平无奇的男人，大家心中不免好奇，有道友上前打听道：“这二位是？”

秦弈笑着说：“近来事多，我便向爷爷要了人来帮忙。”

道友在萧雪睢的身上感受不到灵气的波动，想着她若不是个普通人，就是位他得罪不起的高人。既然是秦家那位老爷子派来的人，多半就是后者了。而且，即便这人什么都不做，只简单站在那里，也能让人不由得产生些许惭愧之意。

他看向萧雪睢的目光里顿时多了三分敬意，道：“原来如此。”

秦弈“嗯”了一声，与那道友又闲聊了一会儿，出去后还小声叮嘱说：“我爷爷派来的这两位道友脾气古怪，不擅与人交谈，你回去跟其他道友说说，千万别惹他们。”

道友连连点头：“明白。”

他顿了一顿，似是想到了什么，向秦弈问道：“那两位道友此来青霄宗，可也是为了沧溟境中长陵剑尊留下的剑诀？”

秦弈道：“那倒不是，只是他们二位还从来没有进过沧溟境，有些兴趣，想进去一观。”

虽然说青霄宗给每个门派的名额都是有数的，但凭着秦弈与青霄宗的关系，他想要加一两个人是不成问题的。

但问题是，为了防止有魔族混入其中，加人的话青霄宗那边肯定是要好好调查一番的，时间紧急，他们根本没来得及造出经得起调查的身份。

秦弈苦思良久，最后来了一句："雪睢，今晚你们就跟我一个房间吧。"

这样既能一起想想办法怎么混进沧溟境，也能与萧雪睢追忆往昔，增进感情。

秦弈的话音刚落下，还没听到萧雪睢的回复，先听外面传来了"咔嚓"一声，抬头一看，一棵百年的老树树干断裂，轰然倒下。

秦弈道："这不刮风不下雨的，好好的树怎么断了？"

他跑出去检查一番，那树像是被人给一巴掌拍断的，环顾左右，这哪里还有其他的人？

这一路上确实发生了不少怪事，难不成真有高人在跟着他们？

若是高人还好，若是个魔族，那麻烦可就大了。

秦弈转过身，看向不远处的院落，脸上的神色晦明不定。

沈望春盯着秦弈的背影，思考自己能不能一巴掌把秦弈拍到山下去。

午后，微醺的日光洒满群山，秦弈带着在山下买的糕点和首饰去找任雨瑶，她是青霄宗宗主的独女，秦弈想看看她能不能帮上忙。

任雨瑶见秦弈主动来找自己，本来还挺高兴的，结果听到秦弈是有事相求，脸色立刻冷淡下来，等秦弈说完，她道："这种事你直接跟我父亲说就好了，他不会为难你的。"

秦弈笑道："你父亲太忙，我不想麻烦他。"

任雨瑶怀疑地看着他，问道："那两人到底是什么身份？你是不是还有事瞒着我？"

秦弈求饶道："我怎么敢瞒着大小姐你啊！"

"这倒是，"任雨瑶抿了抿唇，道，"但这事我做不了主。"

秦弈道："我的大小姐，你可是青霄宗宗主的爱女，你说的话还有人敢不听？"

任雨瑶犹豫道："那你让我想想。"

秦弈见她态度有所软化，赶紧乘胜追击道："等从沧溟境出来，我带你去七星城看打铁花，可好看了。"

秦弈哄了大半天，又答应她晚上陪着她一起到山下的天香楼吃饭，这才哄得任雨瑶松了口，愿意帮他一把。

回去的路上，秦弈摸了摸自己的脸蛋，长叹了一口气，自己这也算是为了萧雪睢牺牲男色了。

秦弈同萧雪睢交代了事情的经过，今晚他怕是不能早些回来，有点可惜，不过好在解决了一桩心事，他与萧雪睢往后的日子还长。

沈望春在听到“天香楼”的时候，挑了挑眉。

傍晚时分，霞光在长空上铺出一片五彩的织锦，沈望春闲着无事，跟在秦弈的后面，一起下了山。

山下的街市车水马龙，繁灯如昼，美妙的歌舞彻夜不息。

等到秦弈进了天香楼后，沈望春才现出身形来，站在街口张望了几眼。

他有好多年不曾见到这样热闹的人间了，走在路上，竟有一种恍若隔世的感觉。

他一踏进天香楼，就有小二热情地迎上来，询问他：“客官要点什么？”

沈望春的目光扫过整个大堂，秦弈不在这里，估摸着是在楼上，他道：“来一份糖蒸酥酪吧。”

说完顿了一顿，又补充说：“打包带走。”

“好嘞！”小二一口应下，见沈望春不要别的了，就跑去招呼其他客人了。

眼下后厨正是忙的时候，他至少要在天香楼里等上两刻钟。沈望春上了楼，果然见到秦弈带着任雨瑶坐在一群修士中间，他们推杯换盏，好不热闹。

沈望春无意在此地逗留，正要离开时，忽听到他们说起萧雪睢来，当年她与秦弈的那段往事，道友们皆有耳闻。

见到秦弈来了，众道友纷纷向他打听萧雪睢是不是真的与魔族勾结，她现在到底藏到哪里去了？

秦弈只道自己与萧雪睢已经很多年不联系了，对这件事并不清楚。

道友们听罢，纷纷感慨，真是想不到，萧雪睢有一天居然会与魔族勾结，真是人不可貌相啊。

也有道友对此事持怀疑态度，目前他们知道的消息大多是青霄宗故意透露出来的，真相到底如何，怕是只有萧雪睢和那青霄宗的宗主知道了。

“你们与其问他，还不如问我！”一道男声从楼下传来。

沈望春抬头，向声音传来的方向看去，只见一位蓝衣公子摇着扇子，大摇大摆沿着楼梯走了上来。

“唐、云、承……”沈望春无声地叫出这个名字。

他狭长的眼睛微微眯起，目光在唐云承的身上稍作停留。

这货居然还没死呢？可见祸害遗千年是一点不虚。

指望着老天开眼，惩戒恶人，果然是不靠谱啊。

当年萧雪睢与唐云承的婚约作废，青霄宗与明虚门的关系多多少少受了点影响，待到萧雪睢沦为与魔族有勾结的罪人，明虚门这才又与青霄宗走动起来。

青霄宗的宗主以及几位长老其实是很不赞成萧雪睢退了这门亲事的，但萧雪睢决定的事，谁又能逼得了她？

唐云承走到秦弈旁边，斜睨了他一眼，安稳坐下，他抬起下巴，收起扇子，颇为骄傲地道："毕竟我才是萧雪睢名正言顺的未婚夫。"

秦弈冷笑反驳道："什么未婚夫？你们的婚约早就没了。"

唐云承轻哼道："那也总比某些连个名分都没有的人强吧。"

"名分这玩意儿重要吗？你们的婚约对雪睢来说只不过是个累赘罢了，只有没有本事的废物，才会总喜欢以雪睢未婚夫自称。"秦弈挑衅道，"雪睢对你笑过吗？握过你的手吗？与你说过她小时候的事吗？你知道她喜欢什么不喜欢什么吗？承认吧，唐云承，你于她而言，跟路上遇见的一只猫一只狗，没什么区别。"

唐云承气得脸通红，怒道："那又如何？你到最后不也一样什么都没有吗？她与我的婚约虽已作废，但全修真界的人都会记得我曾经是她的未婚夫！"

周围的道友们简直看得目瞪口呆，这好好的怎么还争风吃醋起来？这等下不会打起来吧！

要不大家让一让，给他们腾点地方出来？

人群之外的沈望春垂下眸，抬手按了按自己的胸口，他们三言两语间，他觉得自己被插了好几刀。

够莫名其妙的。

这俩人有病吧，都是萧雪睢人生的过客罢了，有什么好吵的？

一点都不稳重。

真该让萧雪睢过来亲眼看一看，让她知道她当年的眼光是多么差劲，后悔死她。

还对着秦弈笑？还握手？还说小时候的故事？

呵。

萧雪睢今晚没有糖蒸酥酪吃了！

5

眼看着秦弈与唐云承就要打起来了，终于有正直的道友站出来劝架道："二位这是在吵什么？如今萧雪睢与魔族有勾结，你们二位过去与她关系这么亲密，莫非也与魔族有关系？"

若是以往，秦弈根本不会把这话放在心上，清者自清，他们查也查不出任何确凿的证据来。

问题是他现在不是那么清了，萧雪睢现在正在青霄宗，就是他带上去的。

秦弈冷声道：“笑话。”

唐云承也跟着道：“别瞎说啊，我跟她可是好些年没联系过了。”

被这一打岔，秦弈与唐云承之间剑拔弩张的氛围顿时削减了许多，围观的道友们纷纷发出失望的叹息。

唐云承冷笑了一声，道：“当年我就察觉到萧雪睢不对劲，才会同意她的退婚，她果然与魔界贼人有勾结！”

周围的道友立刻把目光投向唐云承，想知道萧雪睢这些年都有哪里不对劲。

唐云承正要往下说，一直沉默的任雨瑶突然开了口，对着他冷冷笑道：“唐少主，当年萧师姐为何要退婚你我心里都有数，今日这么多道友在这里，你要是想给自己留点脸面的话，最好还是闭上嘴吧。”

唐云承转头不忿地瞪向任雨瑶，但到底是没有再说话。

任雨瑶这番话又勾起了在座道友们的好奇心，究竟当年萧雪睢是因为什么退了这桩亲事？

只是唐云承闭了嘴，任雨瑶便也没有再提那些往事了。

秦弈侧头看了身边的任雨瑶一眼，有些惊讶。据他所知，任雨瑶与萧雪睢的关系并不算好，她居然会为萧雪睢说话，真是稀奇了。

任雨瑶对上秦弈的目光，扬眉一笑。

之后席上便再也没有人提起萧雪睢了。

后厨的糖蒸酥酪已经做好了，沈望春拎着打包好的食盒，走出天香楼。

成排的花灯连绵成一条发着光的河流，他仰头看了眼夜空中的月亮，又低下头看了看手里提着的食盒。

就是扔进臭水沟里也不给萧雪睢，他想。

等他找到臭水沟就扔。

半山腰的小院静悄悄的一片，原本零星的几盏灯火没过多久也都全熄了，林砚出去打探消息，回来的时候看到萧雪睢面前放了个食盒，他“咦”了一声，走过来问道：“糖蒸酥酪？秦兄回来了吗？”

“还没有。”萧雪睢说。

“那这是谁送来的？”林砚问。

萧雪睢道：“不知道，放在门口的。”

林砚皱眉：“难不成还有其他人知道师姐你的身份？”

萧雪睢垂眸，看着食盒里的糖蒸酥酪，林砚叫了她好几声她都没反应，直到林砚提高音量，又叫了她一声“师姐”，她才回过神，问：“怎么了？”

林砚问她："你想什么呢？"

"没什么。"萧雪睢说。

林砚莫名觉得他师姐可能是知道这份糖蒸酥酪是谁送来的，只是她不愿意说，自己也没有办法。他想了想，对萧雪睢道："等我们从沧溟境出来了，师姐还要回魔界吗？"

萧雪睢没有回答，林砚赶紧道："师姐，且不说魔界有多少魔族对你虎视眈眈，想要你的性命；也不说若是你主动回去，青霄宗肯定会更加坐实你与魔族勾结的罪名；单就魔界灵气稀薄这一点，你要怎么办？

"重新修炼本就不易，若是灵气不足，便是再用功也是无济于事，师姐你不会不明白这个道理。"

"我心中有数。"萧雪睢道，她低下头，看向腰间的灵物袋。

灵物袋里装着她每日要吃的药、各种各样的法器，还有数以万计的灵石。

沈望春在外面等了很久，始终没有等到萧雪睢的回答。

林砚说的实在很有道理，萧雪睢除非是个傻子才会再回到望乡城。

可沈望春很不开心，特别不开心。

要不出去杀杀人吧？在青霄宗的地盘上杀人肯定很刺激。

月黑风高夜，杀人放火时，可惜今晚的月亮还是太亮了些，气氛还是差了点。

时间早已过了子时，天香楼里的道友们喝倒一片，唐云承喝得不多，只是脸颊微红，沾了些酒气。

他不习惯跟乱七八糟的人挤在一间院子里，所以沧溟境开启前的这段日子，他并没有住在青霄宗，而是住在与天香楼距离不远的客栈，穿过两条长街就能到了。

只是不知为何，他觉得今天这街道格外长，总也走不到头。

街道两侧的灯火不知从什么时候起都已灭了，只剩下一轮皎洁的月亮悬挂在夜空之上，银白的月光洒满眼前的街道，唐云承眯着眼睛看了又看，看不到尽头。

夜风微凉，吹去唐云承身上仅剩的一点醉意。他隐约察觉出来，自己是被人暗算了。

雕虫小技，唐云承勾起嘴角，轻蔑地笑了笑，不屑道："装神弄鬼。"

他"唰"地展开手中折扇，扇上的两只异兽一跃而出，仰头长啸，一如多年之前。

然而随即两道剑光从远处射来，只一眨眼，便有鲜血迸溅在唐云承的脸上。

唐云承惊愕地看着倒在自己面前的异兽，他踉跄着后退，已知大事不妙，转身拔腿就跑，但下一刻，他发现自己的身体被定在原地，完全动不了了。

他听见黑暗中有人正向自己走来。

“哒、哒、哒”——

那脚步声越来越近。

恐惧如同一张大网将唐云承紧紧包裹，他是网中之鱼，无路可逃。

不久后，借着淡淡的月光，一道颀长瘦削的身影映入唐云承满是惊骇的眸中。

那身影的主人停下脚步，站在凉薄的月色里，对他说：“唐公子，好久不见啊。”

唐云承终于看清眼前人的脸，这是一个非常好看的男人，穿了一身玄色长袍，头发半披着，积石如玉，列松如翠，但是唐云承不记得自己与此人有过节，他颤声问道：“你是谁？”

“我是谁啊……”沈望春轻轻叹了一口气。

唐云承是他一切苦难的开始，到头来却根本不记得他。

这世道真令人心痛。

“这个问题还真不好回答，不过，也不是很重要。”沈望春说，他伸出手，指尖聚起一团白芒，轻声说，“今天本座来这里，是为了还唐少主一样东西。”

“什么？”唐云承的声音与他骨头断裂的脆响同时发出。巨大的疼痛猛烈袭来，疼得他眼泪都出来了。他像是被抽去全身的骨头，“咚”的一声瘫倒在地上。

沈望春俯视着脚下的唐云承，过去在那条黝黑巷子里发生的一切都颠倒过来。

月色依旧。

他笑了笑，却没有感受到多少快意。他说：“唐少主，回去告诉你的父亲，若是你还留在唐家，那就为你们唐家多备上几副棺材吧。”

第五章 剑骨

她回来了

1

转眼间便来到了沧溟境开启的日子，萧雪睢与林砚跟在秦弈的后面，站在人群之中。

若想要进沧溟境需要通过两重门禁，第一重由青霄宗弟子看守，只等每年的这个时候才会放人进去；第二重则是长陵剑尊当年布下的，需特定的法诀才能开启，且非青霄宗弟子不得开。

他们已经过了第一重门禁，在正式进到沧溟境前，青霄宗的池长老拿出一份长长的名单，挨个对照上面的名字，生怕出现一丁点疏漏。

这位池长老行事向来是一丝不苟，刚正不阿。

即使有秦弈和任雨瑶两人说情，池长老也坚持他们两个进沧溟境可以，但是必须检测身上是否有魔气。

任雨瑶转过头对秦弈道："那就测一下吧，大家也都放心。"

秦弈抿着唇，萧雪睢的身上没有魔气，但是也没有灵气，到时深入一查，她的身份必然会暴露。

他对任雨瑶道："雨瑶，你怀疑我？我们这样的关系你怀疑我？"

任雨瑶委屈道："我不是，只是这……"

她看了看池长老，对着秦弈耸耸肩，池长老执意如此，她也没有办法。

"那就测吧。"萧雪睢忽然开口道。

秦弈回过头，吃惊地看向她。

萧雪睢看起来毫不担心，池长老的要求并不过分，一味推托只会引起更多的怀疑。她走上前来，到沧溟境入口的旁边，只是没等池长老拿出检测魔气的法宝，山下猛地传来一声霹雳巨响。

池长老动作一顿，只见下方魔气冲天，似有魔族大军浩荡而来。

秦弈下意识地往萧雪睢的方向看了一眼，萧雪睢站在原地，面不改色。

“怎么回事？”池长老问道，眼前的众多道友纷纷摇头，向山下眺望。

趁着众人的注意力都被魔气吸引，萧雪睢一只手抓住林砚的胳膊，另一只手在沧溟境入口处迅速结出法印，直接进入沧溟境中。

秦弈倒是一直在关注萧雪睢，见她进了沧溟境后，他就故意凑到池长老的身边，山下的魔气既遮挡了池长老的视线，也彻底转移了池长老的注意力。

林砚进到沧溟境还是一脸的茫然，他看了看左右，确定自己真到了沧溟境后，向萧雪睢问道：“山下的魔气是师姐你做的？”

萧雪睢道：“我做了一部分，有人帮了我。”

她毕竟在青霄宗生活了二十余年，熟悉这里的一草一木，想要弄出点动静来不成问题，只是凭她现在的能力，还造不出这么大的气势来。

她之前已经做好了打算，若是这些魔气也不能给自己制造出机会，必要的时候她会动用射日弓，只是她的丹田没有完全修复，勉强使用射日弓，后期必会遭到反噬。

“师姐知道那个人是谁吗？”林砚问。

萧雪睢沉默了一会儿，对林砚道：“也许知道。”

“也许？”林砚不解。

萧雪睢没有再说下去，她抬步向前走去，口中道：“走吧，该去找师父留下的东西了。”

林砚“哦”了一声，乖乖跟在萧雪睢的身后。当年他们说起沧溟境的时候，他忙着喂兔子，都没有仔细听，现在能做的就是老老实实听他师姐的话。

青霄宗山下的那股魔气出现得莫名其妙，消失得也是毫无道理，别说是魔族大军了，他们连一只魔兽都没有发现，倒是发现了失踪两日的唐云承，他的手脚被人折断，丹田破碎，瘫倒在一条死胡同里，好不凄惨。

等他醒来，问他发生了什么，他只说什么都不知道，他要回明虚门去。

沧溟境外，池长老见山下的魔气都消失干净，收回了目光，然后就发现刚才要检测魔气的两个人居然不见了，秦弈忙解释说，刚才见山下有魔气，他们二位下山查看去了。

池长老沉着脸“嗯”了一声，也不知道是信还是没信，他没再说什么，抬手掐诀，结出法印，除去沧溟境上的禁制。

等沈望春在山下搞完事回来，沧溟境已经关闭了。

萧雪睢要在沧溟境找什么呢？

是长陵剑尊留下的剑诀，还是其他能恢复她修为的灵药？

沈望春背靠着冰凉的石头，仰头望着天空，忧愁地想，虽然魔族总是作恶多端，伤天害理，但修真界里的这些修士也不是个个都是慈悲为怀、高风亮节的好人，萧雪睢在沧溟境里出了事可怎么办，他还没报复得痛快呢！

但眼下他破不了沧溟境上的禁制。

其实也不是破不了，只是他要破的话，肯定要惊动青霄宗里的人，实在没必要。

随着太阳渐渐西落，他的影子没入更大的阴影中，再也找不到了。

日落月升，漫天繁星闪烁，仿佛在私语。

沈望春在沧溟境外的第三天，这里下了雪，落满了山林，也落满了他的青丝，他好像在这场风雪中快速地苍老了。

太阳升起又落下，满山的积雪无声无息地融化了。

沈望春一直在这里等待着沧溟境再次开启，他好像回到多年以前他被封印的那个晚上。

他等一个永远不会为他停留的人。

他认真地计算着天数，从她离开望乡城到今日，已有十五天了，她果然没有把自己说的话放在心上。

噬心蛊也该毒发了吧。

哎，噬心蛊可以毒发，但蜜饯不行。

真是讨厌啊，萧雪睢。

沈望春托着下巴，深沉地想，这世上怎么会有这样讨厌的人呢？

没有人能给他答案。

时光如流水，腊月已至，山下的城镇已经开始为新年做起准备，青霄宗还是往日里平静祥和的模样。

腊月初五，这一日天气晴好，万里无云，冬日的暖阳照得人身上暖洋洋的，沈望春却觉得这阳光过于刺眼，让他很不舒服。他站在树荫底下，一群毛茸茸的麻雀站在树梢，叽叽喳喳地说着他听不懂的语言。

好烦。

等他回了幽冥宫，就下令让望乡城内的麻雀全都说人话！

他靠着树干，眼睑低垂，一副昏昏欲睡的模样。萧雪睢总不出来，是打算在沧溟境里过年吗？

远方传来些异常的响动，沈望春掀开眼皮，懒懒地瞧了一眼，他的表情瞬间严肃起来，人也不复刚才那副慵懒的模样。

青霄宗的掌门任淮生带着落玉峰的峰主江鸿正向沧溟境走来，他们身后跟了数十个青霄宗的弟子。

沈望春皱了皱眉，他们怎么会来这里？

他很快就知道这个问题的答案了。

在进入沧溟境之前，池长老虽然没有看破萧雪睢与林砚的身份，但他怀疑这两个来历不明的修士不怀好意，所以暗中通知了宗主任淮生。

任淮生起初并没有把这件事放在心上，这里是青霄宗的地盘，即使真有魔族，他们也不敢现身。莫名出现的魔气，或许只是虚张声势，又或许只是想要引起他们的注意。

但他们的目的是什么？

任淮生一时想不明白，然后他就再次接到池长老的消息，说在沧溟境中发现了魔族，疑似与萧雪睢有关。

沈望春听了任淮生与江鸿的对话，脸上倒是没有露出惊讶之类的表情。

他早知道萧雪睢在沧溟境中动用了灵物袋中的法器。

这下好了，她怕是不能在沧溟境里过一个安稳年了。

真是遗憾啊。

沈望春坐在树上，望着下面严阵以待的众人。他从幽冥狱中出来的时间太短，收集到的法器其实没有多少，他还没有一一试过。那时萧雪睢走得匆忙，他只能分了一缕神魂附在上面。也正是靠着这一缕神魂，他才能准确知道萧雪睢的所在。

只是不知道沧溟境内到底发生了什么，萧雪睢的秘密几乎全部暴露了。

正思索间，沧溟境平静的入口突然出现了些微波动，外面围着的青霄宗众人齐齐转头，警惕地看向那里。

随后只见一道灰色身影从沧溟境中飞出，原本要布下阵法的青霄宗弟子在看到那人影的模样时，动作瞬间僵住，失声叫道：“萧师姐！”

萧雪睢！

萧雪睢居然出现在这里！

任淮生也有些失神，自萧雪睢与林砚叛出青霄宗后，他一直关注着他们，听闻她成为望乡城魔君的阶下之囚时，他还长长叹了口气，以为萧雪睢此番定然是凶多吉少了。

他怎么想不到，她会出现在这里。

她果真与魔族有勾结！

灰衣，乌发，凭空而立。

昔年岐海之上，她一剑斩杀蛟龙，撼动山海。

今日在这重重包围中，她手持弯弓，一如往昔。

她碎了丹田，抽去剑骨，却从未变过。

长风猎猎，吹过她的发尾。

“萧雪睢，束手就擒吧，你跑不掉的。”任淮生沉声说道。

无数双眼睛汇聚在萧雪睢的身上。

半空中的萧雪睢却是恍若未闻，她迅速拉开手中的大弓，那金光汇成的箭矢如同一颗流星划过天空，射向太阳。

霎时，整个世界陷入一片黑暗。

2

射日弓并不是真的可以将太阳射下来，只是会让一定范围内的修士在短时间内体验到失去太阳的滋味。

他们的世界陷入一片黑暗，任何光亮都会被吞噬，即使是修为高深的大能也不能看穿这片黑暗。

射日弓是多年前萧雪睢在某个秘境中得到的，如今除了林砚，再无其他人知晓。射日弓的威力不算大，伤不了人，但萧雪睢要的只是一个出其不意，现在看来，效果很好。

江鸿定下心神，欲将神识放出，辨别萧雪睢的方位，突然听到人群中有青霄宗的弟子高声喊道：“萧师姐在这里！”

江鸿下意识地抬头，向声音传来的方向看去，他自然是什么都看不到的。他抬步向那边走去，只是走了没两步，又听到另一边的弟子叫道：“萧师姐在我这儿！”

萧雪睢的动作倒是够快的，江鸿转身向后面走去，但是他的步子还没有迈出去，就听到其他方位的弟子扯着嗓子喊道：“她在这边！”

“快过来！我抓到她了！”

“在我这里！”

……

那些声音从四面八方传来，此起彼伏。

沈望春听得脑袋都疼，觉得青霄宗好像是养了几百几千只鸭子，他们今年过年也别杀猪了，吃点鸭子挺好的。

哪里来的这么多萧雪睢？

萧雪睢进了一趟沧溟境，出来就可以分身了？

但这分得是不是有点多了？

沈望春揉了揉自己的额角，他附在法器上的那一缕神魂在萧雪睢于沧溟境中动用法器后不久就已消散，他眼下根本找不到萧雪睢。

任淮生和江鸿同样没法从这些声音中判断出萧雪睢的确切方位，如今放出神识也无甚用处了。

更让江鸿感到愤怒的是，这些青霄宗的弟子因为什么都看不到，又急着抓到萧雪睢，不免会有磕磕碰碰，很快乱成一团，不是嚷着“你的剑戳到我了”，就是叫着“谁薅了我的头发”，没有半点名门弟子的风范。

“都安静——”

江鸿洪亮的嗓音响彻青霄宗上下，连山下小镇屋檐上的麻雀都被惊飞，他沉声道：“全都给我站在原地，不许动。”

原本喧闹的众人瞬间安静下来，随即一线天光撕裂他们头顶的黑暗，众人仰头看去，万丈金光如瀑布倾泻而下，瞬间填充了这个黑暗世界。

只是此时再看左右，哪里还有萧雪睢的身影。

任淮生皱了皱眉，没说什么，江鸿厉声问道：“刚才都有谁说抓到萧雪睢了？站出来。”

他话音落下，有几个青霄宗弟子从人群中走了出来，臊眉耷眼，如丧考妣，如果再仔细地看，就会发现他们的表情中似乎还透着几分心虚。

沈望春登时明白了，刚才在黑暗中，青霄宗的这些弟子并没有真的遇见萧雪睢，他们故意这样叫喊，只是为了干扰其他人，为萧雪睢的逃走创造更好的条件。

沈望春抬起头，仰望着头顶灰蓝色的天空，阳光使他的眼睛阵阵灼痛，他却好像失去知觉一般，眼睛一眨不眨地看着那一轮太阳。

萧雪睢走了。

她就这样走了。

即使青霄宗说她与魔族勾结，即使她在沧溟境里动用了属于魔族的法器，还是有人不求回报不计后果地帮她逃走。

“萧雪睢……”沈望春张着唇，无声地唤出她的名字。

而后他从树上跃下，没有惊动任何人，向着山下走去。

萧雪睢离开了青霄宗又会去哪里呢？

沈望春不知道。

天地这样大，他要怎么才能再找到她？

回头望去，长陵峰高高矗立，直插云霄，不知日后会由青霄宗的哪位长老接管。

沈望春来到无人的旷野，天高云阔，一棵即将枯死的老树立在天地中央，任由北风呼啸。

十三只灰色的大鸟在他的头上盘旋，沈望春伸出手，领头的那只便落在他的手背上。

他低声说了什么，随后扬起手，这些鸟儿便分散飞去，它们将去往东方尽头那片茫茫的大海，去往西方连绵无尽的沙漠，去往每一个萧雪睢可能去往的地方。

沈望春坐在树下，他看着太阳一点一点隐入群山之后，为山脉染了一层亮色的轮廓；他看着月亮从东方升起，挂在眼前的树梢上，仿佛只要一伸手，就够得到。

他的鸟儿们都回来了，却没有带回萧雪睢的任何消息。

沈望春笑了一笑，这场梦也该醒了。

他该回到望乡城，回到幽冥宫，那里的麻雀还等着他去教它们说几句人话。

人间就要新年，凡人们都开始准备年货，集市上多了许多沈望春从前没见过的新奇小玩意儿。他路过几个，边走边买，等走完这一路，低头一看，十分后悔，这买得多也就算了，还全是些没用的东西。

这些首饰衣裙看着好看，可惜都不是男人穿的；买的十几样糕点旁人都说味道很不错，可他的嘴巴又尝不出味道来，留着干吗？喂麻雀吗？

沈望春认真思考了一段时间，到底是没把它们随手扔进臭水沟里去。

在返回魔界的路上，他又听到一则新鲜出炉的消息，说是原来萧雪睢是与一魔族有了私情，所以才会先退了与唐云承的亲事，后又拒绝了秦弈，放跑了镇压在青霄宗天一牢中的魔族。

这种传闻实属无稽之谈，偏偏有人信誓旦旦拍着胸脯说是有道友亲眼所见的，当时萧雪睢被一魔族抱在怀中，两人关系暧昧。

沈望春听得感觉自己头顶都要着火了。

好气！说清楚了，到底是哪个魔族？！

直到回了望乡城，他仍未知道那个魔族的名字。

他离开的这段时日，望乡城里的魔族们还算老实，最多也就是发生了几场群殴，死了四五百魔族，不算大事。

陆鞅正在幽冥宫内巡视，见到沈望春回来，像个人间的小太监，颠颠地跑过来，笑得一脸谄媚。

沈望春看了他一眼，把自己从人间带回来的一包东西直接向他扔了过去。

陆鞅下意识伸手接住，他低头看向怀中的包裹，愣了一下，有些不敢相信，他们君上出去一趟回来还给自己带了礼物吗？

好感动，陆鞅感觉自己要哭了。

不过陆鞅也不确定君上是不是和他同一个想法，保险起见他还是多问了一句："君上，这些是？"

沈望春随口道："没用的东西，都扔——"

他的声音突然顿住，脚步也停了下来。

他看到萧雪睢了。

她站在他的寝宫前面，穿了一身白色的长裙，如瀑的长发披在脑后，神色淡淡，不言不语，好像从来都没有离开。

林砚站在她的身边，看到沈望春回来，眼神顿时变得难以言喻。

沈望春动了动唇，却不知自己要对她说些什么。

"抱歉，晚了几天回来。"萧雪睢说。

沈望春站在那石阶的下面，仰着头呆呆看着她，他半张着唇，好久都没有发出声音来。

萧雪睢轻声问他："现在吃噬心蛊的解药还有用吗？"

3

天色昏然，寒风呼啸。

远处蜿蜒的黑色山脉，恍若一条沉睡的巨龙。

许久之后，沈望春终于找回自己的声音，他答道："有用的。"

他顿了一顿，又向萧雪睢问道："你什么时候回来的？"

"回来两天了。"萧雪睢说。

他们应当是从沧溟境中出来后，就赶回魔界了。

沈望春干巴巴地"哦"了一声，不知道自己要说些什么。

其实他想问的有很多，譬如萧雪睢在沧溟境里遇见了什么，有没有受伤；譬如她找到她要找的东西了吗；再譬如，她为什么还愿意回来。

她不该回来，也没有理由回来的，就如那天林砚说的一样。

但她回来了。

沈望春轻轻咳了一声，觉得自己的嘴角好像有点不受控制，他转过身，背对着萧雪睢。看见陆鞅站在面前，沈望春的视线往下落了落，然后毫不犹豫地将自己刚扔到陆鞅手上的那包东西捞了回来。

陆鞅："……"所以这不是给他的是吗？

害得他白高兴一场。

寒心。

沈望春再次转过身，他脸上的表情总算没那么呆了，努力研究，还是能发现几分冷酷的，对萧雪睢说："你迟到了。"

萧雪睢点头承认："是。"

"本座要罚你。"沈望春沉声说。

旁边的林砚立刻警惕地看向沈望春，萧雪睢倒是十分淡定，应道："好。"

沈望春还没想好要怎么惩罚萧雪睢，这不急，萧雪睢的人已经在这里了，接下来他有足够的时间可以折磨她。

他微微抬起下巴，抬步踏上石阶，如果不是他的怀中还抱着那一大包本来要丢掉的东西，他的身姿本可以更加威风霸气。

他回到寝宫，这里的摆设与他离开时并无不同，他把那些小玩意儿分门别类，有的挂进高高的柜子里，有些摆进矮柜里，剩下的各种糕点则全放在了桌子上，他忙忙碌碌，像只快乐的小蜜蜂。

萧雪睢沉默地看着他，林砚眼中的防备也渐渐变成了迷惑。

等沈望春将这些都收拾好，他开口向萧雪睢问："你拿到你想要的东西了吗？"

"拿到了。"萧雪睢说。

既然拿到了，她是不是就可以重新修炼了？那她确定还要留在魔界里吗？

沈望春觉得自己考虑得有点多，她想留在哪里关自己什么事，自己就是要把她困在身边，要她痛不欲生。

他闭了闭眼睛，又出了寝宫。

林砚看着沈望春离去的背影，等到彻底看不见他的时候，他回过头问萧雪睢："他到底想要做什么？"

萧雪睢没有回答，大概她也不知道沈望春想要的是什么。

外面的天色已经完全暗下，萧雪睢坐在灯下，翻看那部从沧溟境中带出来的功法。

这部功法上卷名为《枯木春》，需要修士废去修为从头开始，对萧雪睢正合适；下卷名为《惊蛰落》，需引九天雷电锻体，稍有差池，轻则断绝仙途，重则神魂俱灭。

萧雪睢凝神打坐，林砚陪了她一会儿，见她没有什么需要自己的地方，便轻手轻脚离开了寝宫。

沈望春在寝宫外面站了有段时间，听到身后传来开门的声音，他回头看去。

林砚被沈望春看得鸡皮疙瘩都要起来了，最后实在受不了，主动开口问他：“阁下为何一直看我？有什么事吗？”

不等沈望春开口，林砚紧跟了一句：“如果阁下想要惩罚师姐，我可以替师姐受罚。”

沈望春心想他能替萧雪睢受什么罚，他凭什么替萧雪睢受罚。

“不是，本座只是想问你几个问题。”沈望春冷淡道。

“阁下请说。”

沈望春转过身，正对着林砚，他表情极为严肃，好似有重大的事情将要发生。

林砚被他感染，神色不由得也郑重起来，随后他听到沈望春问道：“你们回来的路上有没有遇见其他魔族？”

林砚不明白他怎么会问出这样一个问题，摇了摇头，道：“没有吧。”

沈望春狐疑问道：“真的没有吗？你一直跟在你师姐身边吗？”

林砚微皱起眉头，问道：“阁下到底想要说什么？”

沈望春抿着唇，月光将他的影子抻得细细长长，几片破碎的叶子落在他的肩上，他沉默良久，终于再次开了口，幽幽说道：“本座回来的路上，听到有人说，萧雪睢与一魔族关系密切。”

“怎么可能！”林砚下意识反驳道。

沈望春问：“真的没有？”

沈望春的表情太过认真，林砚一时居然也不确定起来了，他小心问道：“什么时候？他们是怎么说的？”

沈望春其实也不知道具体的经过，他只是听了那么两句，有些话还不好同旁人说。

沈望春挑挑拣拣，只说了那魔族为护萧雪睢，把某个正道修士的牙给打掉了。

他话说完，对面的林砚表情“唰”地就变了。

其实沈望春回来的时候就注意到陆鞅看自己的眼神不太对劲，眼下林砚看向自己的目光更加怪异了。

有问题！绝对有问题！

但林砚并没有回答他的问题，他皮笑肉不笑地“呵”了一声，转身回了寝宫。

怎么了这是？沈望春觉得林砚挺莫名其妙的。

要不找裴素问来给他看看脑子？

林砚气嘟嘟地回到寝宫里，萧雪睢睁开眼看他，问道：“怎么了？”

“没什么。”他说，只是停了一会儿，又忍不住向萧雪睢问道，“师姐，你到底为什么要回来？”

萧雪睢没有回答他，而是反问他：“我不该回来吗？”

林砚沉默，他回答不了萧雪睢的问题。

按理说，这里是魔界，沈望春是幽冥宫的魔君，他们打小接受的教育就是诛妖杀魔，如今是何等想不开才会再回到这里。

可是沈望春救过萧雪睢，不止一次。

他答应让萧雪睢离开的时候只提了一个条件——让她在半个月内回来。

这种情况下，怎好辜负他的信任？

林砚又想起沧溟境中，修士怀疑他师姐身份有异，千钧一发之际，他师姐动用了灵物袋中的法器，结果法器中还附送了一缕神魂。

那神魂的面容有些模糊，但十分霸气侧漏，一出场就把四周的道友全给震飞了，有位道友落地的时候没站稳，摔到石头上，把牙给磕掉了。

那些道友自然认不出沈望春，只能感受到身上的浓郁魔气，待把这些道友都解决了，他搂着他师姐的腰，翩然而去，好不潇洒。

林砚简直不敢想此番从沧溟境出来后，修真界内要如何传他师姐的绯闻。

刚才沈望春跟他提起此事，他总觉得这位魔君是故意的。

好黑的心肠。

沈望春若是知道林砚心中所想，必会大喊“冤枉”。

“我也不知道，”林砚低着头小声说，“师姐你自己决定就好，无论你做什么，我都会支持你。”

萧雪睢抬起头，望向一片虚空，轻轻道：“好啊。”

寝宫内的琉璃灯盏随着沈望春的脚步一一亮起，林砚早已离开，萧雪睢端正地坐在床上，像是一尊庙宇中供奉的神像。

沈望春又走近些，才发现此时她整个人面如纸色，冒着冷汗，浑身的衣服都湿透了。

他一个箭步冲到床边，一连叫了好几声她的名字，她总算有了点反应，睫羽轻颤着，眼眸微微睁开，黝黑的眼眸里倒映出沈望春焦急的身影，她微怔，安慰他说：“我……我没事。”

沈望春冷笑道：“没事？萧雪睢你当本座是瞎子吗？”

他来不及用更难听的话来讽刺她，伸手将床上的萧雪睢一把抱起，踏着雪白月光，乘着晚风，来到裴素问的药庐。

沈望春想不明白，她身上的相思夜明明早已解了，现在又是怎么了？

4

裴素问看到突然出现在自己药庐外面的沈望春，吓了一跳，手上的银针没落稳，扎得榻上的魔族全身麻痹，倒吸一口凉气。

好在很快缓过来，魔族一个鲤鱼打挺，从榻上跳起，对着门口就要骂人：“大晚上的，你找——”

“死”字还没吐出口，他就看到沈望春抱着萧雪睢从外面走进来，魔族的五官顿时扭曲起来，嘴角抽搐了好几下，才把下半句给补了上去：“找、找……找属下有什么事，君上？”

“没找你。”沈望春冷冰冰地说道。

“好嘞。”魔族再不敢多问，也不管后背上那排还没拔下来的银针，像只刺猬般灰溜溜地跑了，眨眼就不见人了。

这下轮到裴素问想骂人了，她诊费没收到也就算了，还搭上一套银针，这个魔界实在太没王法了。

她叹了口气，看向沈望春怀中的人，问道：“萧姑娘这是怎么了？”

“不知道。”沈望春的语气不大好，他若是知道了还用来找她吗？

他把萧雪睢放在窗边那张干净的榻上，萧雪睢半梦半醒，手脚冰凉，微微颤抖。

裴素问先为她把了脉，后又以灵力梳理她的经脉和灵府，却没发现任何异常之处。

她眉头紧蹙，跑去内室找来一摞医书，迅速查阅起来。好半天过去，裴素问终于放下手中的医书，她看着沈望春，只叹气，不说话。

“她到底是怎么了？”沈望春问。

裴素问叹道：“萧姑娘现在这样，可能是受到剑骨的影响。”

沈望春低头看了眼榻上的萧雪睢，不是很理解裴素问这话，问：“剑骨？她的剑骨不是已经不在了吗？”

“是啊，”裴素问点头道，“所以我怀疑是有人正在炼化她的剑骨。这事君上若是不想管，待剑骨炼化成了，彻底断了与她的联系，她应当就不会再有感觉了。只是如此，日后即便再找到她的剑骨，多半也不能再回到她的身体了。”

沈望春冷笑道：“本座怎么可能不管？本座还想喝她剑骨泡的茶呢。”

裴素问“哦”了一声，很是敷衍。

沈望春倒是也没有指望她能给自己捧场，只问她：“本座如何才能找到她的剑骨？”

裴素摇头：“这我哪里知道，君上不如问问萧姑娘？”

沈望春曾经问过萧雪睢是谁抽去了她的剑骨，那时的萧雪睢只回了他一句——“与你有关吗？”

现在沈望春可以很有底气地说有关了，他的茶就等着萧雪睢的剑骨来提味，实在不行，用来泡酒也可以。

然而这一次萧雪睢没再这么说。

外面的天似乎要亮了，她看起来也没有之前那样疼了，沈望春喂了她半碗水。

等她喝下后，沈望春见她张了张唇，应该是说了什么，于是他弯下腰，仔细去听，仍是听不见她说了什么，沈望春感觉自己被耍了。

他端着瓷碗起身，抬步正要离开，却听到她说：“不要去找了。”

她的声音很轻，像是烈日下的一片小小雪花，倏忽间便要融化。

沈望春断然拒绝道：“那不行，本座还没喝过剑骨泡的茶。”

萧雪睢听他这样说也没有生气，居然笑了起来。

她生得美丽非凡，艳若桃李，却很少会笑，如今这一笑，好似整间屋子都亮堂起来，苦涩的药味也都化作馥郁花香。

沈望春愣住，这么长时间过去，他好像还是第一次看到萧雪睢笑，他眨了眨眼睛，回过神来，又恼怒道：“你笑什么？你喝过吗？”

“没有。”萧雪睢说。

裴素问在旁边听了几句，觉得忒没意思，自己的牙都要酸了，她赶客道：“二位若是再无其他的事，可以走了吧。”

沈望春正要伸手将床上的萧雪睢抱起，又听到萧雪睢说：“我自己可以的。”

他的双臂僵在半空，悻悻收回，回道：“算你识趣。”

裴素问：“……”她多想提醒一下这位魔君，快去照照镜子吧，您这副可怜巴巴的样子放狠话过于违和了。

沈望春与萧雪睢离开药庐不久，望乡城内就传出新的故事来，说是昨天晚上萧雪睢被沈望春折磨得半死不活，命悬一线，连夜找了裴素问才把这口气续上，然后继续在君上手下受折磨。

陆鞅听到这些八卦的时候，都不知自己要摆出什么样的表情才好，他真的很难想象这些东西是怎么在望乡城传开的。

但凡眼睛没问题的魔族，都说不出这种话来。

哎，悲哀！

可能是那人暂时停止炼化萧雪睢的剑骨，也可能是她渐渐可以忍耐这种疼痛，回到寝宫后，她一心修炼，再没发生昨晚的事。

沈望春却没法忘记，萧雪睢不愿意说，他总有办法找到的，他今年是一定要喝上剑骨泡的茶。

那剑骨是从萧雪睢身上抽出来的，曾是她的骨中之骨。既然炼化时萧雪睢能有所感应，就证明他们之间的联系还没有完全断绝。

沈望春偷偷从萧雪睢的指尖取了三滴血，以此为引，寻遍这天上人间、四海八荒，他就不信他找不到。

为了避开萧雪睢，沈望春干脆给自己换了一座宫殿，那三滴鲜红的血化作细细丝线，在空中快速游动，下方是沈望春以魔气铸成的舆图，山海井然，万物肃穆。

三条丝线飞舞交错，逐渐汇成一股，向着舆图的西边一直延伸，直到最后重新化为血滴，落在舆图上面。

“找到了……”沈望春收回手，走近看去。

鹿城，珞珈宫……

原来是在这里。

他在那宫殿里待了整整三天三夜。

陆鞅知道此事，感慨万分，君上真有意思，说着不愿见到萧雪睢，然后自己把自己打进冷宫里了。

5

鹿城珞珈宫的魔君是个和尚，名叫薛孤禅。

若剑骨真在珞珈宫里，那多半是在他的手里。

可是怎么会在他的手里？

千年难遇的天生剑骨，堪比神器，炼化后用来锻造法器说不定能引得九天雷动。

当然了，泡茶应该也很不错。

沈望春挥袖，收起满室的魔气，离开这座偏僻的宫殿。

寝宫当中，萧雪睢盘膝坐在地上，闭目凝神，夕阳微弱的一点霞光染在她的眉眼间，乌黑的长发散落在身后猩红的毯子上。

沈望春推门进来，见到这一幕，脚步不自觉地放轻了一些。

可萧雪睢还是注意到他的到来，她睁开眼，抬头看他。

沈望春走过来，在距离她两步不到的地方停下脚步，低头问道：“你认识薛孤禅？”

萧雪睢：“是珞珈宫的那位魔君？听说过。”

沈望春：“哦。”

他的语气平平，听不出其他的情绪来，像是心血来潮，随口一问。

但薛孤禅……

萧雪睢问他：“怎么了吗？”

“没事。”沈望春说。

沈望春仔细观察过萧雪睢的表情，她在听到薛孤禅的名字时，并没有显露出任何异样，不过她向来如此，表情少得可怜，或许她是真的不在意这件事，也不无可能。

但以薛孤禅的能力，应当没狂妄到跑去青霄宗抽了萧雪睢的剑骨，不然他早就能踏平其他三城，成为魔界之主。

那萧雪睢的剑骨到底是被谁抽去的？

这个问题让沈望春抓心挠肝，成宿成宿地睡不着觉，他觉得如果自己得不到答案，日后就算死了都不会瞑目。

这不会是萧雪睢想出来的折磨他的办法吧？

要不然她为什么总是不愿意告诉自己是谁抽去她的剑骨。旁人拿了她的剑骨炼化成法器，他拿来泡茶，这二者有区别吗？没有吧。

萧雪睢啊萧雪睢，真是不见棺材不掉泪。

沈望春决定给她点颜色瞧瞧，不过一时间还找不到好看的染料，他想了想，问萧雪睢：“你从沧溟境里拿到的功法能用吗？”

“还好。”萧雪睢答道。

沈望春“啧”了一声，顿时露出失望的表情，感叹说：“真是遗憾啊。”

萧雪睢回望着他，没有说话，目光中带着些许无奈。

沈望春想看的可不是这个，他在萧雪睢的脸上找不到一点痛苦之色，只感到十分无趣，转过身，脚步轻快地在寝宫里巡视了一圈，给香炉里添了两小把拙贝罗香，将快要坏掉的糕点都收拾起来，又把床铺重新整理了一通，最后才迤迤然地离开。

萧雪睢凝望着他离开的背影，很久后才收回目光。

寝宫内的琉璃灯盏次第亮起，映得萧雪睢四周恍若白昼，外面的天空却是阴沉沉的，仿佛要坠到头顶，一场浩大风雪将至。

出了寝宫，沈望春站在檐下，向远处眺望了会儿，又召来陆鞅，跟他说：“本座要去一趟珞珈宫。”

陆鞅听到这话，眼睛一亮，心想他们的君上终于想起自己是幽冥宫的魔君，打算一统魔界了吗？

他连忙问道：“君上何时出发？”

“今晚。”沈望春说。

陆鞅道：“那属下这就去准备。”

沈望春狐疑地看了陆鞅一眼，奇怪地问他：“你准备什么？”

“啊？”陆鞅愣住，问道，“君上不带着属下一起去吗？”

“带你做什么？”

陆鞅终于意识到沈望春的意图与自己想的可能不太一样，他问：“君上去珞珈宫做什么？”

总不会是要同那薛孤禅把酒夜谈、回忆往昔吧？毕竟他们君上当上魔君还不满一年，跟薛孤禅也没什么共同回忆吧。

沈望春淡淡道：“找薛孤禅讨样东西。”

“什么？”陆鞅问。

“你话太多了。”

陆鞅道：“属下也是关心君上。”

“免了，”沈望春回头看了一眼身后的寝宫，对陆鞅道，“本座最迟明晚回来，这期间萧雪睢要是出了什么事，本座唯你是问。”

“属下明白。”

沈望春只交代了这么一桩事，便离开幽冥宫，前往鹿城去了。

群山连绵，黄沙远阔。

鹿城位于望乡城的西南方向，就气候的恶劣程度而言，与望乡城比起来也不遑多让。珞珈宫的魔君薛孤禅曾是八苦寺的得道高僧，后不知何故，一夜之间杀了寺中弟子三十余人，改修魔道，入了魔界。

虽已破了杀戒，薛孤禅仍旧是做他的和尚，光着脑袋，一袭灰色僧衣。他不仅每日要诵经念佛，闲暇的时候还会给鹿城的魔族们讲经，劝他们不要杀生。

沈望春来到珞珈宫外，这里的魔族不是很认得他，冲上前来将他拦下。沈望春只道：“去告诉你们魔君，沈望春来了。”

这些魔族虽然没见过他，但是他的大名还是听说过的，他们连忙跑进去通传。不久后，有光头魔族出来，说师父请沈施主进去。

薛孤禅看起来只有十六七岁的模样，眉清目秀，身材瘦弱，不像个魔君，倒像个在寺中打杂的小沙弥，不过小沙弥的脑袋上可不会有九个戒疤。

沈望春从外面进来，看到薛孤禅坐在蒲团上斟茶，他听到脚步声却没有抬头，只是悠悠道："沈施主的戾气似乎有些大，不如先坐下来，与贫僧品一品这从阆风阁带回来的茶叶。"

沈望春开门见山道："不必了。萧雪睢的剑骨可在你这里？"

薛孤禅："沈施主来便是为了此事？"

沈望春说："所以她的剑骨的确在你这里？"

薛孤禅放下手中的茶壶，从蒲团上起身，缓缓道："沈施主既然找到贫僧，即便贫僧说不在，沈施主怕也不会相信吧，况且出家人不打诳语。"

"本座要她的剑骨。"沈望春道。

薛孤禅笑道："沈施主未免太直接了吧。"

"本座时间有限，所以还是直接些好，"沈望春目光扫过眼前的宫殿，语气寻常道，"你不愿给也没关系，待本座杀了你，拿下珞珈宫，有的是时间慢慢找。"

薛孤禅微微笑着，一点也不生气，像极了他身后供奉的那一尊弥勒，他对沈望春道："沈施主的口气是不是太大了？"

沈望春平静道："大不大，大师等下不就知道了。"

将魔界中历任魔君扔进幽冥狱，能在里面活过十年的恐怕一只手都数得过来，而沈望春不仅熬过了十年，他还吞噬了不少大妖残魂，冲破封印出来了。

薛孤禅是真没把握能在他的手下占得便宜。

他叹道："罢了罢了，既然沈施主想要，贫僧给了便是。"

沈望春倒是没想到薛孤禅会这样痛快，他还以为今日必然是要见血了。

薛孤禅转过身，一边给那弥勒上了炷香，一边对沈望春道："贫僧听闻萧雪睢萧施主如今是在沈施主的幽冥宫里。"

沈望春看向那尊弥勒，不冷不热道："大师的消息真是灵通。"

薛孤禅上完香，回过身问他："算不上灵通，只是不知道沈施主打算把萧施主如何。"

沈望春皮笑肉不笑道："自然要狠狠地折磨她，让她求生不得、求死不能。"

薛孤禅劝道："沈施主，冤冤相报何时了。"

沈望春点点头，然后问薛孤禅："大师说的是，那当年大师在八苦寺，为何要杀那三十多名弟子？"

薛孤禅哑然，若是旁人问他这桩旧事，他得当场送他超度。只是面前的人是沈望春，他们打起来，被超度的不一定是谁，还有可能被万刃城天圣宫的那位看了笑话。

“是贫僧失言了。”薛孤禅从袖中取出一截白玉似的骨头，骨头只有成年男子的一掌长，拇指粗细。他原本是要把它炼化成一柄犍槌，敲木鱼用，现在看来是不能了。

他把剑骨送到沈望春的面前，道：“这便是萧施主的剑骨了，沈施主，得失随缘，心无增减。有求皆苦，无求乃乐。”

沈望春接过剑骨，问他：“这剑骨，你是从哪里得来的？”

薛孤禅面露犹豫：“沈施主问这个做什么？”

“他抽了萧雪睢的剑骨，本座自然是要好好谢谢他，重重奖赏他啊。”沈望春满面笑意道。

薛孤禅对他了解不多，只察觉出他的语气不大对，但是因为有人替他抽去萧雪睢的剑骨太高兴，还是为没能亲手抽去萧雪睢的剑骨而遗憾，薛孤禅就不得而知了。

薛孤禅又笑了起来，道：“沈施主也不好总是白拿贫僧的东西吧。”

沈望春道：“本座这里有空相大师的经书两卷。”

“空相大师？”薛孤禅的表情有些恍惚，许久之后，他应了一声，“好。”

沈望春很快在珞珈宫下的地牢里见到了那个之前持有萧雪睢剑骨的魔族，那魔族名叫莫言思，长得平平无奇，但即使身处囹圄之中，也不见丝毫落魄与松懈，端坐在那里，像学堂里最听话的学生。

只是他的修为一眼就能看得到底，若是这样的人就能抽去萧雪睢的剑骨，那修真界怕是真的要完了。

沈望春缓步走近，问莫言思：“就是你抽去了萧雪睢的剑骨？”

莫言思闻言抬头看他，透过牢房的栅栏，他问：“你是谁？”

沈望春道：“不必管本座是谁，本座只想知道，萧雪睢的剑骨到底是被谁抽去的？”

莫言思问他：“与你有关吗？”

这话似曾相识，之前萧雪睢好像也是这样回他的。

呵。

沈望春猛地踹开牢房的门，走进去一把掐住莫言思的脖子，问他：“到底是谁？”

莫言思毫不畏惧地直视沈望春的眼睛。

他不怕死。

沈望春笑笑，语气温和下来，只是说出来的话却是让外面的魔族守卫都打了个冷战，他说：“你不说没关系，待本座杀了你，搜了你的魂，总会知道的。”

他的模样不像是在玩笑，莫言思终于开了口，他说："是……是萧姑娘自己。"

沈望春一怔，掐住他脖子的手松了松。

"你说什么？"他问。

莫言思答："她的剑骨，是她自己抽出来的。"

沈望春一时僵在原地，听着外面漫天风雪掠过长空的声音，那声音好似要将他淹没。

第六章 真相

小狗咬人

1

“她自己抽的？”沈望春松开手，低低笑了一声，笑声在空荡荡的牢房里回荡。

眼前的沈望春看起来实在不像个正常人，莫言思默默后退了半步，远离这个疯子。

沈望春“哧哧”笑了半天，把自己的话又重复了一遍：“她自己抽去了自己的剑骨？”

莫言思没有作声，沈望春也不需要他的回答，半晌后，沈望春抬起头，一双眼睛死死盯住眼前的莫言思，讥讽道：“是你疯了，还是她疯了？”

莫言思抿着唇，就眼下这个场面，明显是沈望春的精神不太稳定。

沈望春打量着眼前的莫言思，他长相普普通通，修为几乎等于没有。他开口嘲道：“即便是她自己抽的，又为什么要把她的剑骨给你？

“你凭什么？

“到底凭什么？”

沈望春像是在问眼前的莫言思，又像是在问远方的什么人。

但始终没有人来回答他。

莫言思长成这样，难道心灵比较美吗？

真是个好笑的笑话。

当年与萧雪睢定下婚约的唐云承会在多年后当着众多道友的面出言诋毁她，与她同生共死多次的秦弈会同样与别的姑娘交心，而她愿意将剑骨都交付出去的莫言思，也不过如此。

真该带着萧雪睢一起来看看。

让她亲眼看着，莫言思拿到她的剑骨，最后却沦为个可怜的阶下之囚。

若不是自己来得还算早，过段时间他怕是就要死在这地牢里面了。

萧雪睢的眼光真的是没救了。

沈望春简直要笑出声来了，然后他也真的笑了起来。

只是这笑声并不好听，其中没有喜悦，全是苦涩。

沈望春的模样太过怪异，以至于到后来莫言思都忍不住问他：“你与萧雪睢是什么关系？”

“什么关系？”沈望春唇角的笑意又深了两分，眸中却是冰冷一片，他说，“在这魔界里面的，自然都是她的仇人？不然还能是什么？”

还能是什么？

他说完，莫言思闭上了嘴巴，不欲再理会沈望春。

只是沈望春还没有问出答案，怎肯轻易放过他，他向莫言思问：“怎么不说话了？”

莫言思冷淡道：“我无话可说。”

沈望春是极讨厌莫言思这副模样的，他这样总是让他想起萧雪睢来，这应当就是所谓的恨屋及乌吧。

目前萧雪睢没在身边，他报复不了她，要是能从莫言思身上找些乐子，也是好的。

“无话可说？本座却是有话要问你。”沈望春笑着说，“萧雪睢到底为何要把她的剑骨给你？”

莫言思拒不交代，牢房再次陷入一片沉寂当中。薛孤禅从外面走进来，他故意加重的脚步声打破了牢房内的寂静。

莫言思一看到他便提声问道：“你将剑骨怎么了？”

薛孤禅摊手道：“如今剑骨可不在贫僧的手上了，你可以问问沈施主。”

沈施主？

莫言思把目光落到沈望春的脸上，他问：“你要她的剑骨做什么？”

这事沈望春琢磨有一段时间了，听他这么问，直接回道：“磨成粉泡茶喝。”

莫言思一脸震惊地看着沈望春，他一直平静的面庞上终于出现了几分愤恨。

薛孤禅打趣道：“怪不得沈施主不愿喝贫僧的茶。”

沈望春：“……”倒也不是这个原因，他那时单纯是不想和薛孤禅废话。

薛孤禅捻着手中佛珠，对沈望春道：“只是这剑骨千年难遇，用来泡茶是不是太可惜了些。”

沈望春则道：“本座就想喝一个新鲜。”

确实够新鲜，从古至今，还从来没人舍得用剑骨泡茶。

莫言思忍住心中恨意，问：“萧雪睢如今在哪里？”

沈望春笑道：“自然也是在本座的手上。”

“我要见她。”莫言思道。

沈望春挑了挑眉，问他：“凭什么？”

莫言思道：“你不是想要知道她为什么会把剑骨给我吗？等我见了她，我便告诉你。”

沈望春轻笑出声，回道：“莫言思，你以为，你现在有与本座讨价还价的资格？”

莫言思无言以对，他修为浅薄，孑然一身，他的确是没什么可以拿出手的。

就连这一点秘密，旁人若是搜了他的魂，也一样会知晓。

“这人本座就带走了，那两卷经书待本座回去便差人给大师送来。”沈望春转头对薛孤禅道。

薛孤禅双手合十：“麻烦沈施主了。”他说完，欲言又止地看着沈望春。

沈望春瞧了他一眼，问他：“大师还有话要说？”

薛孤禅道：“沈施主是福泽深厚之人，还望少造杀孽，日后福报无穷。”

福泽深厚？这位薛大师说话还怪好听的。

沈望春笑道：“大师，你可真会开玩笑。”

他带着莫言思回到望乡城的幽冥宫，却没有踏足寝宫，而是随便在边边角角挑了一座宫殿。

他挥手除去殿中的灰尘，慢悠悠地坐在摇椅上，托着脑袋对莫言思道：“说说吧，萧雪睢的剑骨为何会在你的手上，等你说完了，本座再考虑是否要带你去见萧雪睢。”

莫言思犹豫道：“你……你真的是萧雪睢的仇人？”

“不然呢？”沈望春反问，“莫言思，你没有别的选择。”

“也是。”莫言思苦笑道。

他终是同沈望春说起了那段往事。

那是三年前，周朝六十七年初秋的一个晚上，那天晚上无星无月，天降大雨，位于暝州之北的七星堡遭到魔族袭击，堡中男女老少被屠杀殆尽，破碎的尸体横陈一地。

大雨冲刷着地面上的斑斑血迹，雨水汇成浅粉色的溪流，顺着石阶奔流而下，魔族们在大雨中狂笑。

但是这些猖獗的魔族没有想到，青霄宗的宗主已得知此事，立即派出萧雪睢等弟子前来诛杀魔族。

魔族们见到萧雪睢来，霎时四散而逃，不见了踪影。

但是很快就被青霄宗的弟子找出，就地诛杀。

有一个魔族趁着混乱逃到七星堡的后山，他穿过嶙峋石林与曲折地道，他以为自己熟悉这里的地形，一定可以逃出这里，然而出了地道一抬头，就看到萧雪睢站在他的前方。

那时倾盆大雨，电闪雷鸣，她一身素衣，执剑站在雨中，闪电雪白的光映照在她的脸上。

最后这个魔族被萧雪睢带回了青霄宗，交由宗主亲自处置。

那个魔族便是莫言思。

2

七星堡的这一桩事对萧雪睢来说，不过是她这么多年诛妖杀魔路上很寻常的一桩，并不值得她留心。

然在数月之后，萧雪睢突然开始偷偷调查七星堡一事。

她翻阅典籍，查找资料，搜查那座废旧已久的七星堡，又访问了修真界里的许多前辈。

她意识到自己可能做错了一件事。

万年以前，天魔与人族结合，生下许多半人半魔的孩子，这些孩子看起来与常人无异，只是修炼时，若走正道，要比普通修士艰难许多，度劫时的劫雷也更为凶猛；但若选择修魔道，却能如鱼得水，一日千里。

因此那些孩子大多选择成为魔修，只有小小的一部分，保持本心，留在修真界中，脚踏实地地苦修。

沧海桑田，世事变迁，时至今日，经过一代又一代繁衍，那些孩子的后人体内的天魔血脉已经十分稀薄，对他们的影响也微乎其微。

可就在这时候，有人却发现，如果能够抓到他们，以魔气豢养，将他们转化为魔族，然后诛杀，便可以增长功德，日后度劫有金光护体，更加容易。

莫言思身上有天魔的血脉，七星堡的人一开始便是打着将他逼为魔族，最后杀掉换取功德的好算盘。

可惜，七星堡汲取魔气的手段有些过头，真把魔族给招来了，那些魔族来到七星堡，直接灭了堡主满门，再后来就是萧雪睢出现，把莫言思带回青霄宗，此后再没了莫言思的消息。

萧雪睢曾询问过宗主，宗主说他已被诛杀。

周朝七十年的春天，沈望春已经坐在幽冥宫的王座上，成为望乡城新的魔君。

而萧雪睢也终于来到青霄宗地下的天一牢，她看到了在这里被囚禁了将近三年的莫言思。

莫言思不久前刚遭受过一场折磨，他手脚无力，趴在地上，周身萦绕着浓郁的魔气。

他抬头看向声音传来的方向，他的眼神凶狠冷厉，像是一头恶狼，恨不能从萧雪睢的身上扯下一块肉来。

如果没有萧雪睢，在那个雨夜，他本是可以逃出七星堡的，从此天高海阔，再无人能将他当作畜生一般，任意羞辱折磨。

可偏偏萧雪睢出现了，在他刚以为自己得到自由的时候。

他恨萧雪睢，是她毁去了他的希望，让他的人生再次陷入无尽的绝望当中，再看不到一丝光亮。

“你是来杀我的？”莫言思轻蔑地问道，“你要度劫了？”

莫言思知道自己彻底化为魔族的那一日就是他的死期，所以一直咬牙保持灵台清明，但没想到他们已等不及他彻底化魔了。

从前他听过一些萧雪睢的事迹，都说她是万中无一的剑修天才，现在看来，不过是徒有虚名罢了。

萧雪睢站在结界之外，手里握着悬光剑，她平静地说：“我来救你。”

“救我？”莫言思脸上全是讽刺，他落得今日，全是拜萧雪睢所赐，她哪里来的脸说要救他。

萧雪睢没有与他多言，她抬手一剑破开眼前的结界，白色的流光散落一地，像是夜空坠落的星星。

莫言思愣住，呆呆看着那流光在自己身边渐渐消逝，表情复杂地看向萧雪睢。

她真是来救自己的？

为什么？

他将信将疑地跟在萧雪睢的身后，他无法得知萧雪睢心中的想法，曾一度怀疑她是又想在他得到希望时给他重重一击，催他入魔。

他几次偷袭萧雪睢，想要独自逃跑，却都被萧雪睢轻易挡下。她没有反击，也没有指责，甚至连一句多余的话都不说。

萧雪睢不清楚青霄宗内有多少人知道莫言思的事，宗主对此事的态度又是如何。

她破开结界的同时也惊动了在天一牢外看守的同门，很快落玉峰峰主江鸿带领数十弟子前来阻拦。萧雪睢本就不善言辞，何况江鸿根本不给她开口辩解的机会，一口咬定她被魔族蛊惑，与魔族勾结。

多年前，萧雪睢曾孤身前往赤勒滩，暗杀了血魔宫的魔君。江鸿虽比她多修炼了几百年，却不一定是她的对手。可在千钧一发之际，江鸿启动了天一牢外的囚龙阵，此阵与青霄宗的护山大阵连在一起，想要破阵而出，除非有撼动整个青霄宗的力量。

即便萧雪睢天生剑骨，到底不过是个只修炼了二十多载的年轻人，如何能与整个青霄宗抗衡。

萧雪睢与莫言思一同被困在囚龙阵中，她手执悬光剑，飞于半空，连斩数剑，囚龙阵却分毫未动。

她从半空落下，仰头凝望着囚龙阵上方的那一道天河。

“我们出不去的。”莫言思向她泼冷水道。

“可以的，”萧雪睢冷静道，“师父说过，要出囚龙阵，除了破阵，还可以借用未染上因果的神器，顺着天河离开。”

莫言思疑惑地看了她一眼：“你手上有这种神器？”

修真界的神器也就那么几把，没有沾上因果的怕是一把都没有。

萧雪睢道：“没有神器，却有可以代替的东西。”

“什么？”

莫言思话音刚落，便见萧雪睢闭上眼睛，张开双臂，她的身上笼罩了一层白色的光晕，随后，他看到一道刺眼的白光在她的周身游走，他听到细微的“咔嚓咔嚓”似骨头断裂的声音，听到血肉被撕扯分割的细碎声响，她的四肢开始流出鲜血，滴答在地面上，绽出一簇簇红色的血花，很快汇成了一片。

他瞪大双眼，不可置信地看着自己眼前的这一幕。

她正在将剑骨从自己的身体里剥离出来，那附在她身体里每一块骨头上的剑意被她悉数逼出，化作一块小小的骨头，落入她的手掌。

莫言思无法想象那是何等的痛苦，像是将一半灵魂生生扯下，萧雪睢却是从头到尾没喊过一声疼。

那雪白的剑骨发出淡淡荧光，如同一块皎洁的明月，又似乎比明月还要惑人。

萧雪睢毫不犹豫地把她的剑骨交到莫言思的手上。

“走吧。”她说，“剑骨应当可以压制你体内的魔气。”

莫言思握住冰凉的剑骨，犹豫地问她：“你不跟我一起走吗？”

萧雪睢道：“天河这里要有人留下做阵眼。”

于是，她的剑骨化作一叶小舟，载着莫言思顺着天河流淌。

莫言思怔怔地看着她的身影。

萧雪睢似有所感，回头看了他一眼，没有留恋，也没有悔意，只是淡淡道："时间不多了，快走吧。"

当年是她抓到莫言思，致使他在天一牢里遭受了无尽折磨，可三年后，也是她救他出了苦海。

此后，萧雪睢自抽剑骨的画面时常在莫言思的梦中出现，梦醒时仍是一阵心悸。

他不懂，萧雪睢到底为何要这样做。

"……后来我顺着天河逃出了青霄宗，寻找净化身上魔气的办法，不想遇见薛孤禅，又无意间得罪了他，遭他囚禁。"

莫言思终于将这一桩事的始末全部交代，他长长呼了一口气，抬起头看向沈望春。

北风呼啸，敲打着陈旧的窗棂，天已微亮，有光透过薄薄的窗纸照射进来。

沈望春的脸色极为难看，阴沉得好似可以滴出水来，他就坐在那摇椅上，一动不动，仿佛被抽去了魂魄，化成一座冰冷的石像。

许久许久后，沈望春终于有了反应，他抬手，连拍了三下，起身高声赞叹道："好！真好啊！她萧雪睢真有本事啊！"

紧接着他就笑了起来，笑得前俯后仰，笑得近似癫狂，笑到最后，连眼泪都快掉出来了。

怎么能不好呢？

萧雪睢为了个魔族把自己作贱成这副模样，还有哪里不好？

还有哪里不好呢？

沈望春的笑声越来越大，无尽煞气从他的身上溢散出来，充盈了整座宫殿，地面晃动，杯盏碎裂，他附近的空间仿佛都在扭曲。

原来有一天，她也会回头看一眼被她封印的魔族。

原来有一天，她也愿意去了解一个魔族的故事。

原来……

原来这些都与他无关。

"哈哈……哈哈哈哈……"沈望春笑得弯下了腰，眼泪顺着他的脸颊流淌，落在地上，映着惨淡的日光，像是凝成了冰霜。

这世上怎么会有这么好笑的事呢？

再这样下去，他真的不会笑死吗？

沈望春笑得咳嗽起来，好一会儿才停下，他高兴地道：“好极了，真是好极了，萧雪睢她自作自受，活该落到今日这般田地！”

莫言思抿着唇，他完全没想到在他说完这段往事后沈望春会是这样的反应。

他那是在笑吗？

可莫言思并不觉得他有多开心。

这些时日他关在牢中，断了与外界的联系，也不知道萧雪睢如今怎么样了。

不过既然萧雪睢落到沈望春这么个魔头手上，想来不会很好。

但愿她能收回自己的剑骨，但愿她可以做回从前的萧雪睢。

等沈望春好不容易停下笑声，这宫室恢复了之前的沉寂，莫言思踌躇了片刻，小心问他：“我已经告诉你她的剑骨为什么会在我这里了，我什么时候可以见她？”

沈望春掀开眼睑，面无表情，冷冷地看着面前的莫言思。他道：“想见萧雪睢？等下辈子吧。”

3

莫言思眉头紧皱，他不明白沈望春为何会突然间态度大变。

按理来说，作为萧雪睢的仇人，听了这桩旧事，应该会很开心的。可沈望春嘴上说着开心，看起来却不是那么回事。

他与萧雪睢之间到底有着怎样的过往？

这不是莫言思眼下该操心的事，他现在应该想办法尽快见到萧雪睢。

沈望春走出这座宫殿，莫言思跟在他的后面，想要与他一同出去，结果沈望春抬手一挥，随意结出一道结界，将他困在这里。

莫言思干瞪着眼前的这道结界，以他目前的能力毫无办法，他摇头苦笑了一声，从珞珈宫到幽冥宫，自己这是换了个地方坐牢，只是不知道这一次，他又要被困上多久。

黑云如鱼鳞般在天空排开，唯有交界处透出些微光亮，长风猎猎，吹动远处城墙上的旌旗。

沈望春快步穿梭在幽冥宫的重重宫殿之间，陆鞅见到他，犹豫着叫了一声：“君上。”

不知为何，他觉得眼前的沈望春比任何时候都要可怕。

沈望春闻声停下脚步，转头看了他一眼，对他说：“本座要闭关一段时间，这期间不许任何人来打扰。”

从前沈望春都是在每月的十五，月圆之夜闭关的，这次为何会提前？陆鞅不放心地问了一句："君上，现在吗？"

沈望春"嗯"了一声，他快要压制不住体内的那股煞气了。

陆鞅不敢多问，忙应道："是。"

天空飘下细小的雪粒，寒风迎面，利如刀割。

望乡城里的魔族们很快得知了他们的魔君又闭关的消息，此前他们就打听过，魔君每次闭关必会布置下重重结界，并且不允许任何人窥视。

他们猜想，一定是因为他的功法存在弊端，月圆之夜就是他最虚弱的时候，所以才会利用结界防止其他魔族的袭击。

那些魔族不免生出其他的心思来，毕竟只要他们杀了沈望春，就可以成为望乡城新的魔君，对于一个觊觎魔君宝座的魔族来说，实在是很难拒绝这样的诱惑。

虽然他们并不确定自己的猜想一定是正确的，而且即便那真的是沈望春最虚弱的时候，他们也不一定就能杀掉他，可还是很想赌上一把，这诱惑真的太大了。

望乡城中的几个大魔凑到一起，他们制订了一份相当详细的计划，幽冥宫里的魔族不多，其中有一部分还是他们的眼线。沈望春不知是没发现，还是不在意，从来没有管过这些魔族，这倒是省了他们不少事。

陆鞅应该是沈望春的人，不过他们有这么多人，不愁解决不了他。

这些大魔把这份计划打磨了多遍，当天晚上信心满满地潜入幽冥宫，而陆鞅根本没有守在沈望春这里，而是跑去看守萧雪睢，这就更方便了他们的行动。

沈望春设下的结界固然坚固，但主要针对的是他自己，他在内部花的心思比较多，所以从外面破开，要比从里面容易许多。

这些大魔费了一番力气，真让他们破开了。

幽暗而空旷的宫殿里，沈望春一个人坐在地上，手里抓着一块石头，自言自语着什么。

听到声音，他抬起头，狭长的双眼中泛着红光，无数的残魂在他的周身游走，他像是一只从地狱中爬出来的恶鬼。

这些大魔一见到沈望春，他们瞬间意识到自己可能犯了一个错误，这个错误会让他们有来无回。

这位魔君的模样明明和平日里一样，但被他的眼睛一看，他们的后背立刻冒出一层冷汗，四肢好似被钉子钉住，没法动一下。

几个大魔顿时话都说不利索，他们跪在地上结巴道："君君君君……君上……"

沈望春摇了摇头，眯着眼打量了他们很久，问道："你们来这里做什么？"

有人回答道："属下、属下听说君上出了事，担心君上，所以前来看望。"

"是吗？"

"是，是啊，我们——"那大魔的话没说完，便被一道银光削去了脑袋。

旁边的几个大魔见状，脸色惨白，抖个不停，他们知道沈望春很强，却没想到他会强到这个地步。

他们甚至都没来得及喊出一句"君上饶命"，就成为一具冰冷的尸体。

沈望春站起身，走过去，他低头冷冷地看着脚下的尸体。

他一连杀了七八个大魔，那些不断涌出的煞气没有得到丝毫的平息，就算是把整座幽冥宫踏为废墟，杀了望乡城里所有的魔族，也不会有任何改变。

这世上只有萧雪睢能消解他的恨意。

他早就该明白的。

一切因她而起，自然要她来终结。

从前他只能在幻象中去抓住一个虚假的她，现在不一样了，萧雪睢已经落到他的手里，他可以尽情地折磨她，让她感受到和自己一样的痛苦。

真好啊。

沈望春立即高兴起来，他晃了晃自己已经不是很清醒的脑袋，踏出了宫殿。

雪越下越紧，在地上覆了一层银白，远处传来树枝被折断的"噼啪"声响。

天地缟素，山河落色。

寝宫的门被人猛地推开，冰冷的风雪灌了进来，冲散殿内拙贝罗香的香气，那些浅色的纱帐随风翻飞，似鬼魅起舞。

萧雪睢睁开眼，看向门口，殿内的琉璃灯盏被风雪扑灭，只剩下门外的一点月色，一个高大的人影背着光，立在门口。

伴随着粗重的呼吸声，那高大的身影正向她渐渐走近。

他来到萧雪睢的床前，停在这里，眼睛一眨不眨地盯着萧雪睢看，像是一条饿了多年的恶犬，来享用他期盼已久的盛宴。

他伸出手，却停在半空。

想要触碰，又不敢触碰。

"……让我想想，让我想想，我要把你关进我的坛子里，扔到滚烫的湖水里，湖面冒着白烟，底下是好多好多一模一样的坛子，到时候你看着他们，就像看到自己，真难看啊……"

他嘟嘟囔囔了好一会儿，既没有去找坛子，也没有对萧雪睢做些什么。

他像是喝醉了酒，可是身上又没有丝毫酒气。

到最后，他絮叨完了，蹲下身，抓起萧雪睢的左手，挽起她的袖子，把她的手腕翻来覆去地看，像是在她的手腕上寻找什么。

可是他什么也找不到，她的手腕光洁如玉，就连之前在青霄宗留下的那些疤痕，都看不见了。

萧雪睢任由他摆弄着，也不生气。

沈望春找了很久，他终于意识到有些东西终究是丢失在时光的长河中，再不会回来，他发出一连串的桀桀怪笑。过了一会儿，那笑声停止，他低下头，张开嘴，龇了龇牙，然后突然对着萧雪睢的手腕一口咬了下去。

霎时鲜血涌出，将沈望春的嘴唇染得一片殷红。

鲜血沿着萧雪睢雪白的手腕蜿蜒而下，鲜红的血衬得她的手腕格外白，如玉一般。

沈望春低着头，看着伤口，似受到诱惑一般，他伸出舌尖，小心地舔了一口，大概是觉得味道不错，又或者这样伤害萧雪睢能让他得到片刻的安宁，于是就这样捧着她的手腕，专心地舔去伤口不断流出的鲜血。

萧雪睢似没有知觉一般，只是坐在那里，静静地看着他。

外面的风雪不知从什么时候起已停息，偌大的宫室里安静得可怕，仿佛有一只巨大的怪物把一切声音都吞噬。沈望春仔细地舔舐着，直到萧雪睢手腕上的伤口不再流血，他再尝不到鲜血的味道。

沈望春等了一会儿，抬了抬头，死死盯住那伤口。他张开嘴，想要在上面再咬上一口，咬得见了骨头，咬得血流不止，咬得这伤口一生一世都不会愈合，这样才好。

只是，很长的一段时间过去，他都没有再下口。他的嘴角还沾着萧雪睢的血，他呢喃着说：“萧雪睢，我恨你。

“我恨你，我恨你……”

这样的话他说了很多遍，萧雪睢也听了很多遍，他说出的话与他的行为总是矛盾的，萧雪睢无法完全看透他的心意。

她第一次在他的身上感受到如此沉重难言的哀伤。

这哀伤一直都存在。

萧雪睢应着，她说：“我知道。”

“你知道？”沈望春放开她的手，颓败地坐在地上，他仰头望着萧雪睢，有泪水顺着他的脸颊缓缓流淌下来。

淡淡的月光穿破漆黑长夜，在他的身上落下了一层虚无的冰雪，沈望春的眼睛泛着潋滟水光，像是幽冥狱里永不干涸的湖水，里面倒映着萧雪睢的影子。

他轻声问：“你怎么会知道？”

他像是在问萧雪雎，又像是在问他自己。

她怎么会知道呢？

她从来都不知道。

4

周朝五十九年的春末，沈望春被逐出沈家。

在离开沈家之前，他五叔找人接好他的手筋脚筋，虽然丹田实在没有办法恢复了，但这样至少可以让他一个人在外面活下去。只是每逢阴天下雨，他的手脚都要疼上大半天，像是骨头里长出尖锐的根刺，狠狠地扎了回去。

他从前的那些玩伴知道了他的事，大多对他避之不及，有零星几个心肠好的，给他送来许多金银财物，劝他以后做事小心点，多动动脑子，别再得罪什么人。

沈家少主在修真界固然算不得大人物，可他现在连这么个不起眼的名头都没有了，还没了修为，也不知道这位少爷能不能受得住这般变故。

好在沈望春从前没得罪什么人，落井下石的人不算多，最多就是让他在岳阳城中待不下去。

他有了这些财物，可以到别处找个太平的小镇，买一栋两进两出的大宅子，再买下几亩田地，做个富家翁，像个普通的凡人一样，找个媳妇，生几个孩子，度过这一生。

几十年时光倏忽而过，等着死后，尸体埋入地下，化作一抔黄土。

他的未来好像已经注定，这样一眼就能看得分明，算不得好，好像也算不得不好。

千千万万的凡人都是过着这样的生活，而他比他们中的许多人还要富有一些。

在夏天到来以前，沈望春离开了岳阳城，踏上这条他不知道终点的路程。

他在路上还是会听到关于萧雪雎的故事，故事里说她于何地诛妖杀魔，于何地临水领悟无上剑道，又于何地救下万千百姓。

他与萧雪雎越来越远，又好像一直都是这样。

这一年的仲夏，沈望春来到南边的一座小城。年初的时候城中发了一场瘟疫，城中百姓用活人做祭品，祭祀山神，于是这场瘟疫无声无息地消失了。

可是山神贪得无厌，要了十个不够，还要百个、千个，连周围城镇的百姓也不放过，若不满足他的要求，他就要再让瘟疫肆虐，到时死的人一定比现在多。

无数的活人被送进深山里，从此没了音信，连骨头都找不到一根，他们的亲人在城外的山坡上为他们立了衣冠冢，放眼望去，密密麻麻的一大片，看得人头皮发麻。

沈望春听完这些，心想这哪里是什么山神，这是魔神还差不多。

而且这城中也一定有他的帮手，才能蛊惑这么多的人前赴后继地去死。沈望春有心要查清楚此事，可他什么也没有，什么都做不了。

他只能眼睁睁地看着那些人被赶进深山里，他们神情麻木，毫无反抗，城中的百姓已经没有多少了，这一次竟是连牙牙学语的孩子也不放过。

沈望春试过各种办法，但他没法救下他们，他一个人都救不下。

总是这样。

这天的夜里，城门外突然传来一声轰隆巨响，紧接着便是无数凄厉的号叫，像是有妖魔作祟，刺穿人的耳膜。

沈望春推门走了出去，只见城门大开，那些在白日里离开的人，眼下却都毫发无损地回来了。

有一白衣女子走在他们的前边，手中高举着一颗明珠，将脚下的路照得明亮。

沈望春怔怔看着她。离开岳阳城后，他遇见了许多的人、经历了许多的事，他以为他对萧雪睢已经没有从前的爱意了，毕竟他现在已经可以心平气和地听完一段她与唐云承的故事了。

然而现在一看到她，他的心脏就剧烈地跳动起来。

“怦怦、怦怦”，仿佛要跳出他的胸腔，向着她飞去。

她是落入凡间的明月。

萧雪睢站在前面，有条不紊地安抚着归来的百姓，将他们送回各自家中，她的表情不算温柔，准确地说，是根本没什么表情，但做事却很有耐心。

萧雪睢在城中住了三日，将城外的妖魔尽数除去，待一切都平静下来，她留了个治瘟疫的方子，默默离开。

萧雪睢走了，沈望春自然也离开了。三天后，他在另外一座村子里，再次见到了萧雪睢。

从前他是岳阳城少主的时候，想要见她却总见不到。

如今他落魄了，无家可归了，他们的缘分反而多了些许。

他一次又一次地遇见她，他再不敢莽撞上前，也没法去到她的面前。

他的爱慕与日俱增，却只能深深埋在心里。他不怕唐云承的威胁，只是从前的他尚且配不上她，如今更不能了。

有时候，沈望春会想，如果能这样度过一生，也算圆满。

待他年华老去，她美丽如昔，熠熠生辉。

在这个夏天快要结束的时候，沈望春遇见了一个和尚，和尚法号空相，要前往枉死城去超度那里的亡灵，他与和尚结伴同行了一段路。

和尚每日必做三件善事，他跟沈望春说，他有个徒弟犯下大错，他做这些，也难赎其罪孽的万一。

他们分别时，和尚给了沈望春几株灵草，教他如何修复破碎的丹田。

直到这时沈望春才知道，和尚是八苦寺的高僧，他的徒弟则是魔界鹿城珞珈宫的魔君薛孤禅。

他们分别三日后，沈望春听闻了空相大师圆寂的消息。

八苦寺的弟子们火化了他的尸体，得到三颗舍利子。八苦寺留下一颗，剩下的两颗用来镇压无穷海下的妖魔。

沈望春向着八苦寺的方向，双手合十，低低地说了一声："阿弥陀佛。"

他本以为自己的命运已经落笔写定，不承想峰回路转，又得了一个春天。

他找齐需要的药材，在一座与世隔绝的小山村里修补丹田。

两个月后，他的丹田复原，可以重新修炼。沈望春高兴得绕着村子连跑了三圈，大半夜的惹得村子里的狗都叫起来。

他的高兴并没有持续多久，一出村子，他就听到了萧雪睢的消息。

在过去的两个月里，萧雪睢的师妹宋宜真被魔族掳到魔界，献给血魔宫的魔君申屠烈，最终死在血魔宫里。

长陵剑尊为给自己的二徒弟报仇，提剑杀入血魔宫，却再没有出来。

此事震惊了整个修真界，血魔宫的魔君居然已经强大至此，连长陵剑尊也折于他手。

青霄宗若是愿意倾尽门派所有，或许可以与申屠烈一搏，可之后青霄宗要在修真界中如何立足，此事还需从长计议，至少要先弄清楚申屠烈的修为到底如何。

那时萧雪睢站在议事堂里，听着青霄宗诸位长老挨个发言，她一言不发。

但是谁也没有想到，不久之后，萧雪睢会一声不响地孤身一人前往赤勒滩，刺杀申屠烈。

更让人没有想到的是，她成功了。

后来有人听血魔宫里的魔族说起那一夜，说起萧雪睢的那一剑。

似乎是将苍穹都撕裂，引下太阳，大地震动，群魔哀号，不久前还在大放厥词的魔君也颤抖地趴在地上，引颈受戮。

那一剑令山川失色、江海倒悬。

而萧雪睢自己遭到极大反噬，五脏破损，七窍流血。

她抱着宋宜真的尸体踏出血魔宫，她要带她的师妹回家了。

萧雪睢低下头，看着她怀中的宋宜真，她双目微合，神色平静，好像熟睡了一般。

而他们的师父，连一具尸体都没有留下。

黄沙漫漫，风里传来清脆的驼铃声。

魔界的魔族们疯狂地追杀萧雪睢，他们很快达成共识，谁若能杀了萧雪睢，谁便是血魔宫的新主人。

修真界的道友想要帮她，却不知她的下落，有心无力。

沈望春知道这一切后，立即动身潜入魔界，四处打探她的消息。他修为低微，也无法器可护身，有几次都差点死在魔族的手里。

为隐藏身份，他喝下绿衣魔蛇的血；为避免魔族的怀疑，他把自己当成一个疯子。他躲进死人堆里，在被烧得滚烫的炭火上缓慢爬行。他在赤勒滩找了七天七夜，终于在日落时，他看到了黄沙里的一点白色衣角。

是上天怜悯他。

他找到她了。

5

沈望春徒手挖出黄沙下的萧雪睢，她不知在此地昏迷了多久，嘴唇干裂，形容枯槁，血水混着泥沙干涸在她的脸上。

沈望春拿着帕子把她脸上的血迹擦拭干净，又脱下外袍，披在她的身上，然后背起她，向远方走去。

这里时常会有魔族经过，距离修真界还有好长的一段路要走，而他的丹田刚刚修复，没来得及修炼，不得不处处小心留意。

之前他自己一个人爬爬火堆、装疯卖傻也就算了，现在带着萧雪睢不能再这样做了。

他背着萧雪睢东躲西藏，终于在鹿城的东面找到一块勉强算是安全的地方，那是上古时期一位天神的埋骨之地，凡魔族到此，皆要承受万雷轰顶。

前不久，赤勒滩的魔族派人搜过这里，损失惨重，短时间内应当不会再来。

萧雪睢一直昏迷，沈望春不是大夫，在这个地界上，他也找不到大夫。

他只能割破自己的手腕，把自己的血喂给她，寄希望于他前段时间吃下的灵药没有完全被吸收，还在他的血液中流淌。

他检查了她身上的所有伤口，大多没什么问题，正在缓慢地愈合，只是左手的手腕上有一处伤口非常奇怪，不知道是被什么兵器伤到的，不仅一直在流出黑红色的血，还散发出微弱的魔气，给沈望春一种非常不祥的预感。

沈望春试过各种办法为她止血，都没成功，后来他想是不是把这些黑红色的血都吸出来就好了。

他低下头，嘴唇贴在她的手腕上，吸吮伤口中的瘀血，那些血液的味道很奇怪，带着腐烂的气息。沈望春吸了一口，没来得及把口中的血吐出，那血已经顺着他的喉管钻进他的胃中。

沈望春察觉到很不对劲，只是一抬头，看到萧雪雎手腕上迅速愈合的伤口，就把这事儿抛到脑后了。

自己难不成还是个神医？

只是如果必须要这么做才能治病救人的话……

好恶心啊。

算了算了，一代神医就此退出修真界。

半夜的时候，萧雪雎醒来过一段时间。不过她昏昏沉沉的，不是很清醒，根本认不出眼前的人是谁，她一会儿叫着“师父”，一会儿又叫着“师妹”。

沈望春一直以为她是不会流泪的，然而此时她的眼泪像是断了线的珠子，怎么也流不尽。

可她的师父和师妹都离她而去了，他没法子哄好她。

他只能轻轻地握住她的手，回应着她，直到她再次昏睡过去。

附近没有干净的水源，沈望春又不敢离开她太远，萧雪雎半梦半醒间喊着口渴，沈望春便把自己的血喂给她。

等到第五天的时候，萧雪雎彻底醒过来了，不过她的五感尽失，也说不了话。沈望春耐心地等她恢复得再好一点，才带她离开。

她总是安安静静地坐在角落，沈望春无法与她对话，不知她心里在想些什么，也不知她想要什么。

那时他觉得这样也没关系，他想接下来自己会有很长的时间陪伴在萧雪雎的身边，她总会看到他的。可是意外总是先一步到来，他不久前才修复好的丹田再次出了问题，有魔气渗进去，若不能及时处理，他必将走火入魔。

沈望春坚持了两日，最后实在没有办法了，只能把萧雪雎藏到神墓里面更安全的地方，然后找了个远离她的地方闭关。

他怕自己走火入魔，失去理智的时候会伤了她。

他越是想要逼出丹田内的魔气，就有越多的魔气聚集到他的丹田内，几乎要将他的丹田撑破。

沈望春咬牙强撑，无尽的魔气在他的体内运转，而此地灵气稀薄，若要强行对冲，他必死无疑。他唯一能想到的办法，就是利用这些魔气，转修魔道。

这并不是一个好办法，可是他没有别的办法了，他还没有带萧雪睢离开这里。

沈望春在吸收魔气的过程中闻到了一股奇怪的味道，这味道似曾相识。

他恍然意识到当时自己从萧雪睢手腕上吸出的血，可能就是引发这一切的诱因。

可那日若不如此，今日要入魔的便是萧雪睢了。

他得庆幸，他这个小虾米，即便成了魔族，对修真界也没什么损失，总比萧雪睢成为魔族要好很多。

况且，萧雪睢的师父和师妹刚死于魔族之手。

沈望春庆幸到一半，又担忧起来，她喝过自己的血，会不会受影响。

他没将自己体内的魔气全都梳理好就结束了这次短暂的闭关，可是待他回到神墓中，已经找不到萧雪睢的身影了。

沈望春望着眼前空空荡荡的神墓，不断地安慰自己，也许是她自己离开了，又也许是修真界的道友前来带走了她。

他的双手抖个不停，他看到原本披在萧雪睢身上的外袍被随意丢在地上，落了许多灰尘。

沈望春走上前去，捡起衣服，离开了神墓。

他四处打听萧雪睢的消息，得知目前还没有魔族找到她，稍稍放了心。不过前不久神墓发生了一件十分诡异的事，午夜时分，鹿城无星无月，一片漆黑，突然一道温柔白光从天而降，笼罩在神墓之上。

有魔族好奇发生了什么，前往神墓查探，结果被十方天雷劈得神魂消散，直到天色微亮，白光退去，一切如常。

那萧雪睢究竟去了哪里？

那天晚上的白光与她有关吗？

沈望春根本不知道自己要从何查起，而他身体里的魔气无时无刻不在折磨着他。

好在几天后，他得知了萧雪睢回到青霄宗的消息，与这个消息连在一起的是，她退了和唐云承的那桩亲事。

即使知道萧雪睢根本没看清自己的模样，也不曾与自己说过话，甚至不知道自己是男是女，沈望春的心中还是存了一点幻想。

也许呢？也许她就是为自己退的亲呢？

可是紧跟在这桩八卦后面的，是一个新的名字——秦弈。

其实也不算新，沈望春记得他，是那个试剑台上对着萧雪睢吹口哨的轻佻男人。

他们都说，萧雪睢之所以会退了明虚门的亲事，便是为他。

沈望春不信，他觉得那都是闲人们的谣传，萧雪睢凭什么会对那个秦弈另眼相待？

直到这一年的除夕。

沈望春跟随诸多魔族来到望乡城，寻找能让自己体内的魔气平静下来的办法。

他不想做魔族，可是他没有办法，他后来知道自己这是被种下魔心，从此以后，他只能做一个魔族了。

然而在望乡城里等待他和这些魔族的，却是一个巨大的陷阱。

萧雪睢与秦弈在这里等候多时，他们似一对认识多年的好友，配合默契，合力开启幽冥狱，要将这一座城池的魔族都封印进幽冥狱中。

正道与魔道向来势不两立，是生是死，各凭本事。而沈望春如今是个魔族，今日被封印进幽冥狱中似乎也无不妥。

可他做错了什么？凭什么要受这样的苦难？

凭什么要和这些魔族一起被封印进暗无天日的幽冥狱？

没关系，这些他都认了。从他转修魔道的那一天起，他就想过自己有一日可能要死在曾经的道友手中，今日望乡城的这一桩定然是修真界谋划多日的，可为什么是她萧雪睢呢？

什么人都可以，为什么偏偏是她萧雪睢呢？

沈望春大笑出声，周身魔气大涨，双眸通红，只是他的修为有限，在众多大魔中，他的怨恨与不甘都是如此不起眼、不足道，实在可悲。

沈望春仰起头，那片朦胧的月光里，萧雪睢持剑凭空而立，衣袂飘飘，美丽不可方物，像是传说中的姑射仙人。

为什么呢？他想问她。

她抬起另一只手，与秦弈合掌，于是，幽冥狱上方的封印缓缓落下。

“萧雪睢——

“萧雪睢——”

他大声呼喊她的名字，他的声音被淹没在千千万万的呼喊声之中。

从始至终，她都没有看他一眼。

幽冥狱外的那一抹皎洁月光，从此再也见不到了。

第七章 赎罪

探万刃城

1

沈望春从梦中惊醒，他睁开眼，环顾四周，有些茫然，这儿似乎是他的寝宫，不是他昨日闭关的地方。

外面的天早已亮了，昨晚到底发生了什么，他竟是一点都不记得了。

他揉了揉自己隐隐作痛的额角，从地上起身，寝宫之外一片寂然，沈望春寻思不会是他昨晚发了大疯，把整个幽冥宫都给毁了吧。

只是看寝宫内的摆设没有损坏，萧雪睢也好好地坐在床上，情况应该没有他想象中那样糟糕。

沈望春打量完四周，又看向萧雪睢，这一次他忽然注意到萧雪睢的袖子染了血迹，被袖子遮掩的手腕不知什么时候多了道伤口，沈望春没法看到伤口的完整模样，自然也不知道她是被何物所伤，不过似乎已经结痂了，不算严重。

他眯了眯眼，忍了半天终是没忍住，问萧雪睢："你的手腕怎么了？"

萧雪睢抬头看了他一眼，没有说话，昨晚见他的情况不太对，萧雪睢几乎是诵了一整晚的《清静经》，现在嗓子还是哑的。

没得到萧雪睢的回答，沈望春不满地问道："你被狗咬了？"

萧雪睢闻言，半张开唇，似乎是有话要说，但不知为何，最后一个字都没说出口，只是一言难尽地看着他。

沈望春皱了皱眉，干吗这么看着他？他怎么觉得今天早上的萧雪睢怪怪的，难不成是昨晚自己把她给吓到了。

真不错啊真不错，沈望春心里的小人默默给自己竖起大拇指，自己随便发个疯就能吓到萧雪睢，想来要让她后悔得痛哭流涕，也是指日可待的事了。

沈望春挺起胸膛骄傲地踏出这座寝宫，萧雪睢望着他的背影，陷入沉思。

沈望春出了寝宫，看到陆鞅站在石阶下面，他往前走了几步，低头问他："昨天晚上你一直在外面？"

陆鞅应了声"是"，他也没想到昨晚本该闭关的君上会出现在这里，看到沈望春的一刹那，陆鞅的后背瞬间冒出一层冷汗，他本该立即跑走的，又怕他们君上做出什么不可挽回的事，见他无视了自己，陆鞅便大着胆子守在外面。

结果他们君上自进了寝宫后，却是诡异地平静下来。

这就是他们君上发疯后面对仇人的态度吗？

学到了学到了。

沈望春"嗯"了一声，问他："你都听到了什么？"

陆鞅想了想，小声说："属下隐约听到了一点哭声。"

沈望春轻哼了一声，满意道："很好，昨晚萧雪睢一定过得非常凄惨。"

陆鞅张了张唇，他很想说他听到的那哭声应该是个男人发出的。

但想想外面的红烧蹄髈他还没吃够，而且至今都不知道方无极肚子里的孩子到底是谁的种，就把那些话都咽了回去。

算了吧，多活两年没坏处。

沈望春下了石阶，正要离开，却在最后一层停下脚步，又转头对陆鞅道："对了……"

陆鞅忙恭敬地问道："君上还有事要吩咐？"

沈望春冷淡道："幽冥宫里的杂鱼太多，也是时候该清理清理了。"

"属下明白。"陆鞅早觉得幽冥宫里那些根脚不干净的魔族应该解决一下，但君上没有开口，他也不好擅自动手。

今天早上陆鞅去了昨晚君上闭关的宫殿看了一眼，里面横七竖八倒了好些残破的尸体，死得那叫一个凄惨。

活着不好吗？非要来挑衅君上，他们是忘了望乡城的上一任魔君是怎么死的吧。

挑衅就挑衅吧，还挑这种时候。

自作聪明。

他们以为他们是萧雪睢啊。

自己想要找死，神仙来了也拦不住。

昨夜的风雪早已停了，覆盖着雪的宫墙连绵至远处群山脚下。

萧雪睢从床上起身，弯腰整理被褥的时候发现下面好像藏了什么东西。

她伸手掀开被子，见到一根手掌长的玉石，静静地躺在那里，正是她的剑骨。

萧雪睢愣住。

剑骨在阳光下闪烁着莹润的光，她看着剑骨，有些发呆，过了很久很久，她才伸出手，捡起那剑骨。

沈望春闲着没事在幽冥宫里转了一圈。昨晚自己到底对萧雪睢做了什么？今天早上她看自己的眼神有点奇怪，跟往常不大一样。

他琢磨了半天，决定回去再试探试探萧雪睢，待知道了自己昨晚是怎么折磨她的，以后可以经常这样干。

只是回到寝宫里，他还没开口，就听到萧雪睢问他："你见到莫言思了？"

沈望春擦拭香炉的手一顿，他放下帕子，转头看向萧雪睢，问她："你说谁？"

"莫言思。"萧雪睢道。

沈望春皱了皱眉，似乎仍是没听清楚，问她："莫什么思？"

萧雪睢又重复了一遍："莫言思。"

"莫言什么？"

萧雪睢轻轻叹了口气，她语气严肃了些，叫着："沈望春。"

沈望春咳了一声，抬手捏了捏自己的耳垂，漫不经心问："你叫本座做什么？"

萧雪睢把从被褥下面发现的那根剑骨递到沈望春的面前，对他说："还给他吧。"

沈望春低头看到萧雪睢手中的剑骨，脸色一变，停顿片刻后，他"咦"了一声，疑惑问道："这是本座的东西，怎么会在你这里？"

他的演技委实算不上好，估计以后落魄了到戏园子里唱戏，老板都能花钱请他离开。

萧雪睢："……"

她道："还给莫言思吧。"

沈望春嗤笑一声，挑了挑眉，语气带着嘲讽道："萧雪睢，你这是要拿本座的东西送人？"

"你想要吗？"萧雪睢问他。

沈望春哑然，一时没有接上萧雪睢的话，不过很快他就反应过来，对萧雪睢道："当然要，本座还从来没喝过用剑骨泡的茶，想来一定大补。"

萧雪睢说了一声“好”，抬手就要把剑骨折断，这是她的剑骨，旁人要炼化必然要花费长久的时间，但她若想毁去却是轻而易举的。

沈望春见状连忙冲上来一把抓住萧雪睢的手：“萧雪睢，你到底想做什么？”

“你不是要泡茶吗？”萧雪睢反问。

这么大块，用来泡茶不太方便吧。

沈望春“呵”了一声，“为什么？”他问。

“为什么啊？”沈望春目光里含着深切的悲伤。

萧雪睢看着他的眼睛，心脏似被温柔地戳了一下，她轻声问：“什么为什么？”

沈望春心里要问的“为什么”实在太多了，从被封印进幽冥狱的那一刻起，他就想要问她了。

最后他说出口的是：“为什么要把剑骨给他？他现在没有剑骨挺好的，做个魔修也没什么大不了，你要是怕他死了，本座可以跟你保证，只要本座活着，他绝对不会死。”

说完沈望春觉得不够严谨，补了一句：“寿终正寝不算。”

“他都跟你说了？”萧雪睢问。

“说啦，”沈望春满不在乎地道，“说你孤身一人前往天一牢，救他于水火之中，说你在囚龙阵里，为他自抽剑骨，渡他出去，真是情深义重、情真意切——”

“他骗了你。”萧雪睢突然打断他的话道。

“啊？”沈望春震惊地看向萧雪睢。莫言思那小子还敢骗人？不能吧，他的性命都在自己手上了。

萧雪睢道：“当年因我困在青霄宗天一牢里的人，不是只有他一个。”

不是莫言思一个，是很多很多的人。

他们被困在那里，或麻木或怨恨地看着她。

她当然可以不抽剑骨，带莫言思一人逃出囚龙阵，却无法让这一群人都安然无恙地离开。

她错得太多了，她必须要承担。

于是她的剑骨化作龙舟，载着他们，沿着天河，驶向远方。

漫天繁星坠入天河，愿他们每个人都能得到希望与自由，重获新生。

2

不止莫言思一个？还有谁，统统给他报上名来。

沈望春沉默了一会儿，他对萧雪睢道：“本座知道了。”

说完，他又笑了起来，亮出自己那一口小白牙，对萧雪睢笑着说：“但萧雪睢你是不是忘了？本座本来就是要报仇、要折磨你的，又怎会按照你的心意行事？”

萧雪睢平静说道：“可是把它还给莫言思，比起留在我这里，不是更能报复我吗？”

道理似乎是这个道理，但他不愿意。

至于原因……

沈望春想了想，脸上的笑容似乎比刚才更恶劣几分，他对萧雪睢说：“谁说本座把这剑骨留给你了？本座那是一不小心落在你这里的。”

萧雪睢“嗯”了一声，没有反驳，只是把剑骨往沈望春面前送了送。

沈望春低头看着她掌心的剑骨，始终没有伸手拿去，仅有的一点日光也被云层遮蔽，寝宫内昏暗一片，她掌中的剑骨依然蒙着一层华光。

沈望春轻声道：“萧雪睢，你真的太讨厌了。”

萧雪睢不是第一次听他这样说了。

目前她只知道当年是自己把他封印进幽冥狱中，除此之外，还有什么是她不知道，或者不记得的吗？

沈望春说完这句话，却转身离开。

长风吹散了头顶的积云，斑驳日光再次照射进昏暗的魔界。

莫言思在发现自己出不去这结界后，就盘膝打坐，专心修炼，祈愿某一天自己的修为能够突飞猛进，冲出这结界。

莫言思结束一周天的修炼，收起双手，然后一睁眼，就看到沈望春面无表情地站在不远处。

一刹那，魔气差点冲破经脉。

他对沈望春的到来竟是毫无察觉。一想到在自己不知道的时候，沈望春不知看了多久，莫言思便觉得后背一阵发凉。

他与沈望春的差距太大，如同天堑，莫言思的心头突然涌上一股巨大的绝望，他怕自己这一辈子都出不去沈望春布下的结界。

莫言思掩去万千思量，仰头问道：“阁下今日为何会到此？”

沈望春听见他开口，扔下手里把玩的树枝，幽幽说道：“本座是来取你的性命。”

莫言思听罢，脸上不见丝毫对死亡的恐惧，毕竟怕也无用，但是要他现在对着沈望春跪地求饶他也做不到。

只希望自己死后，会有新的族人能够带领他们得到真正的自由。

莫言思闭上眼睛，说："阁下随意。"

沈望春轻笑出声，他的笑声怪异，听不出他是高兴，还是不高兴。

不久后，莫言思听到他阴恻恻地道："行了，你不是要见萧雪睢吗，等下本座就带你去见她。"

他这语气好像是要带莫言思去给萧雪睢上坟似的。

莫言思抿了抿唇，从地上起身，问沈望春："阁下说的可是真的？"

沈望春反问道："本座什么时候说过假的了？"

莫言思嘴唇微动，最终还是把不该说的都憋回自己的肚子里，应了一句："阁下说的是。"

沈望春挥手去了此处的结界，带着莫言思来到寝宫外面，懒洋洋道："进去吧，萧雪睢就在里面。"

莫言思却奇怪沈望春为何会停下脚步，他不跟自己一起进去吗？他就这么放心自己和萧雪睢在一起吗？

沈望春抬头对上莫言思略带疑惑的目光，冷声道："看本座做什么？不想进去？不想进去就滚。"

他看萧雪睢一个就够烦了，加上一个莫言思，只会让他烦上加烦。

不如不看。

莫言思不敢多言，抬步走到门前，敲了敲门，听到里面有人回应，这才推门进去。

他没想到，他竟真的在这里看到萧雪睢。

他惊呼道："萧姑娘，真的是你！"

萧雪睢点了点头："是我。"

即使亲眼见到她，莫言思仍觉得不可思议。他问："萧姑娘怎么到这魔界来了？"

"此事说来话长。"萧雪睢只说了这么一句，没有过多解释，她把剑骨递到莫言思的面前，对他说，"收回去吧。"

莫言思看着她手里的剑骨，又是一惊，他委实没有想到沈望春会把剑骨还给萧雪睢。

他与萧雪睢到底是什么关系？

莫言思摇头道："萧姑娘，你把剑骨收回去吧，我们不需要了，我们找到其他可以净化我们身体中魔气的办法了。”

“什么？”萧雪睢问他。

莫言思答道：“帝休舍利。”

“帝休舍利……”萧雪睢轻轻重复这个名字。

传说中有不愁木化为人身，钻研佛道，行善积德，度化世人，死后肉身陨灭，只留下一颗妖珠，被世人称为“帝休舍利”。

“你们找到了？”萧雪睢再问。

莫言思道：“还没有。”

萧雪睢：“那你知道帝休舍利在哪里吗？”

“目前还不清楚，本以为会在鹿城，但我去过那里，没有找到。”

准确地说，是还没来得及找，就被薛孤禅给下进大牢里了。

莫言思的回答也在萧雪睢的意料之中，帝休舍利一直是传说中的宝贝，花上几十年，乃至几百年的时间都不一定能找到，即使找到了，也不一定能够拿到手。

萧雪睢道：“我让林砚去帮你们找一找，这剑骨你先带回去吧，待日后找到帝休舍利，再把它给我也不迟。”

莫言思拒绝：“萧姑娘，你不用这样。”

萧雪睢严肃道：“莫言思，不是只有你一个人需要它。”

莫言思道：“他们已经同意把剑骨交由我来处置，我一定可以找到——”

“可是他们在受苦，”萧雪睢打断他的话，“他们本可以不必承受这些，从一开始就不必。我自己犯下的错，我必须要承担，你不必怜悯我，或是为我感到惋惜。从一开始我就想到所有的后果，我既然做了这样的决定，就有接受这一切的准备。”

黄昏来到，留在寝宫里的光愈加微弱，但萧雪睢的眼睛里好似燃烧着永不熄灭的烈火。

她挥了下手，四周的琉璃灯盏亮了起来。

莫言思怔忡，他犹豫许久，终是接过萧雪睢手中的剑骨，低头道：“我明白了。”

莫言思正要离开，忽然想到什么，向萧雪睢问道：“萧姑娘，你与此处的魔君是什么关系？”

“他没跟你说吗？”萧雪睢反问。

莫言思答道：“说倒是说了，只是我瞧着不像。”

萧雪睢大概也能猜出来沈望春是怎么说的，他说来说去都是那几句，萧雪睢便“嗯”了一声，说：“他说什么就是什么吧。”

莫言思：“……”还能这样吗？

沈望春在寝宫外面等得有些烦躁，他们两个在里面怎么聊了这么长时间？天都要黑了，莫言思不会还想在这里留宿吧？

脸皮是不是太厚了点。

要不找个借口进去看看？

沈望春刚要给自己想个完美的借口，猛地反应过来，这不对呀，这是他的寝宫，他直接推门进去就可以了，找什么借口！

只是不等沈望春有所行动，莫言思先一步从寝宫里出来。

沈望春看了他一眼，将他无视，什么都没有做，任由他离开。

他走进寝宫里，萧雪睢正坐在椅子上，神色淡漠，见他进来，表情似乎柔和了一些，又似乎只是沈望春的错觉。

这世间凡人的错觉太多，魔族也不例外。

随后，她撕了一枚传音符，林砚没过一会儿就过来了。

沈望春托着下巴在旁边光明正大地偷听，他们两个也完全没想避开他的意思。

帝休舍利？沈望春的耳朵动了动。

萧雪睢是想要帝休舍利吗？

沈望春放下托腮的那只手，他想，既然她想要，那他偏偏要先把帝休舍利搞到手，然后等着萧雪睢到他的面前求他。

就不给她！

3

帝休舍利这种东西听起来就是跟和尚有关的，而魔界中的和尚大多聚集在鹿城中，问一问薛孤禅应当是最快的办法。

只是他不久前才从珞珈宫出来，现在就又过去，也不知道薛孤禅欢不欢迎他。

不欢迎也没办法，认了吧。

当天晚上，沈望春再次来到珞珈宫，他来的时候薛孤禅刚刚做完晚课，见到沈望春时略微吃了一惊，问道：“只是两卷经书而已，怎么还劳烦沈施主亲自送来？”

沈望春这才想起来经书还没拿给薛孤禅，好在他正好带在身边，他把经书拿出来，道：“顺便来向你打听件事，你知道帝休舍利吧？”

薛孤禅点点头道：“自然是知道的。”

“那你知道它在什么地方吗？”

“贫僧不知。”

见沈望春面带怀疑，薛孤禅无奈道：“出家人不打诳语，贫僧真不知道。”

沈望春“哦”了一声，时间过得太久，帝休舍利是否还存在于这世间都是两说。

薛孤禅继续道：“不过若是能再找到开了灵智的万年不愁木，借它一根枝条，或许可以感应到帝休舍利的所在。”

他这去哪里找万年不愁木，还要开了灵智的？

“行，”沈望春点头道，“本座记下了，多谢。”

“沈施主为何要找这帝休舍利？”薛孤禅好奇地问他，帝休舍利虽然是个宝贝，但既不能增加修为，也不能躲避灾祸，倒是可以净化魔气，所以若是魔族拿到手里，那跟引火自焚没啥区别。

沈望春道：“此事说来话长，本座还有事，先走一步了。”

薛孤禅抬眼望向沈望春踏剑而去的身影，双手合十，低低念了一声：“阿弥陀佛。”

被沈望春这一闹，薛孤禅没法睡了，干脆召来一群罪孽深重的魔族到珞珈宫里，听他讲经。

薛孤禅贴心地为这些魔族每人准备了一块钉板，让他们跪在上面，自己则坐在蒲团上，给他们讲《金刚经》。

膝盖下虽然是钉板，但对这些魔族来说并不会有太大痛苦，只是有新来的鹿城魔族不知道薛孤禅的脾气，听了两句就嚷着脑袋疼，吵着要离开，那声音几乎要把薛孤禅讲经的声音压了过去。

薛孤禅讲经的声音停下，垂眸看向嚷着头疼的魔族，巨大的金刚杵瞬间从天而降，砸向那魔族的脑袋，霎时脑浆四溅。

“善哉善哉，这下不疼了吧？”薛孤禅微笑地问。

人都死了，也没法回答他。

薛孤禅的目光又扫向在场的其他魔族，问他们：“现在可以安静听贫僧讲经了吗？”

下面的魔族哪里还敢说话，一个个点头如捣蒜，乖巧得不得了。

薛孤禅满意地点了点头，继续为他们讲解经文。

沈望春倒是从来不管望乡城里魔族们的夜生活，他回到幽冥宫，见萧雪睢居然破天荒地没在寝宫里，而是在寝宫外面的石阶上修炼打坐。

沈望春站在石阶下面，仰头看她。

月华如水，淡淡灵气萦绕在萧雪雎的周身。

沈望春没有再上前，他斜靠一侧的栏杆，沉默看着她，没有了剑骨，魔界中的灵气又极为稀薄，这次萧雪雎能修炼到什么地步呢？

要不他换个地方折磨萧雪雎吧？反正这望乡城他也有些腻味了。

沈望春摸着下巴，修真界里数青霄宗那块地灵气最为浓郁，但要抢过来，有点困难；要不回岳阳城吧，也能凑合凑合，而且他对那里比较熟悉。

月上中天，流星划过长空。

一股磅礴灵气从东方浩荡而来，涌向萧雪雎，萧雪雎双手掐诀，牵引着那些灵气流向她的丹田，她整个人仿佛都笼罩在一层光晕之中，像是皎皎明月。

沈望春眼睛一眨不眨地看着她，直到灵气尽数平息，他无声地笑了笑。

萧雪雎啊……

还是别回岳阳城了，这望乡城也挺好的。

三日后，林砚回到幽冥宫，他对萧雪雎道："师姐，我听你的话去了一趟阆风阁，孟阁主说，帝休舍利最后一次出现是在五百年前，被一位前辈带着去了万刃城，此后便再没了音讯。"

阆风阁以贩卖消息为业，萧雪雎从前在修真界降妖除魔的时候，经常与他们打交道，与那位孟阁主也算是朋友。

不过这消息也不是白来的，林砚按照萧雪雎的意思，用那日她在沧溟境中取得的功法名字做了交换。

"万刃城？"萧雪雎道。

魔界之中共有四个魔君，分别掌管望乡城、鹿城、万刃城，以及赤勒滩。

万刃城天圣宫的魔君名叫乐善，常常称自己为"乐大善人"。沈望春与他只见过一次，他的脸上始终带笑，看起来确实像个善人。

只是这魔界里能当上魔君的人，哪个会是善人？

林砚"嗯"了一声，对萧雪雎道："我回来就是跟师姐说一声，好让师姐你放心，等下我就到万刃城打探打探。"

要想问出帝休舍利的下落，怕是得找五百岁以上的魔修了，只是能在魔界活上五百年的魔修都非泛泛之辈，林砚多半不是他们的对手，况且那魔君乐善也不是个省油的灯。萧雪雎对这个人有些了解，他为人狡诈，最爱看人笑话。

“我也去吧。”萧雪雎说。

林砚刚要开口拒绝，沈望春却突然出声道：“萧雪雎，你是不是忘了，你现在是本座的阶下囚。”

“没有，我记得。”萧雪雎转头看向沈望春，请示道，“我能去吗？”

沈望春没想到她会这么直接问自己，他这张好看的脸又皱起来，半晌后，他问：“你去做什么？”

萧雪雎答：“阿砚一个人我不放心。”

沈望春心想，她要是跟林砚一起去，岂不是更让人不放心？

毕竟，她跟林砚一起跑了怎么办？

他的噬心蛊还没炼出来呢。

“只是这样？”沈望春问。

“倒也不是，”萧雪雎道，“我有一种预感，这一趟万刃城我必须要去。”

沈望春抿着唇，目光沉沉地看着萧雪雎。许久后，他露出一个别扭的笑容，对萧雪雎道：“本座和你们同去，不过你们要是出了事，本座可不会出手帮忙。”

他不仅不帮忙，他还要拍手叫好！

“知道了。”萧雪雎说。

沈望春点点头，但愿萧雪雎是真的知道。

他们当天便出发前往万刃城，路上居然还遇见莫言思，再一打听，他居然也是要去万刃城找帝休舍利的，四人结伴同行。

万刃城的城墙是以各种刀剑斧钺堆积而成，远远地走在路上，都能感受到那股凛冽的肃杀之气。

眼下万刃城的城门关着，城外聚集了许多年轻的男男女女，除魔族外，居然还有好多凡人。

“这是七夕了吗？”林砚看向人群，疑惑地问萧雪雎，“怎么都成双成对的？”

沈望春随口道：“除夕还没到，哪儿来的七夕？”

他说罢随便抓来个魔族拷问，随后便得知是魔族魔君乐善要在城内开启双喜境，接下来的半个月只有绑上红线的爱侣才能进城，若能在双喜境中度过三日，便可向魔君乐善提出一个要求，魔君乐善会尽力满足他们。

听完魔族的话，林砚皱眉道：“现在我们要怎么办？硬闯吗？”

若帝休舍利也在双喜境里，硬闯的话，双喜境开启不了怎么办？

“谨慎起见，还是想个办法正常进去吧。”莫言思道。

林砚道：“可是只有爱侣能进。”

沈望春不在意道：“什么才算是爱侣？他说是爱侣就是爱侣了？他话里的意思，难道不是绑了红绳就能进？”

林砚觉得沈望春说的也有道理，若是如此……

眼下他们都不清楚双喜境里有何阴谋，那红线又是否有问题，他师姐和莫言思的修为都不算高，林砚不想他师姐去冒这个险，反正没有规定必须要一男一女。

他转头问沈望春：“要不我与阁下一起吧？”

沈望春听到这话，忙退了半步。

有病吧。谁要跟他拉红线？

这要传出去了，他以后还能有娘子吗？

他还没调整好表情，又听到萧雪睢道：“我来吧。”

4

林砚立刻转头看向萧雪睢，问：“师姐你和我一起？”

萧雪睢道：“我与你一起，只怕沈魔君不会同意。”

“那是自然，”沈望春微抬起下巴，理直气壮道，“你们两个一起跑了怎么办？”

林砚叹气，沈望春说前半句的时候，他就已经猜到他后半句要说什么了。

真是一点都不让人意外呢。

如此就只能是萧雪睢与沈望春一起，林砚不想在城外干等着，便把主意打到莫言思的头上，问他：“那要不咱们两个一起吧？”

莫言思低头隐去眸中的失落，回道：“不一定能成。”

“试试再说吧。”

林砚穿过人群，从守门的魔族那里要来两根红线，将其中一根拿给萧雪睢。

他们并没有立刻把红线系上，而是打量周围的其他人，有人早已将红线系好，依偎在一起卿卿我我，也有人和他们一样，对红线报以怀疑态度，警惕地放在手中。

这里的情侣实在太多，而且每一对都表现得十分恩爱，好像天塌地陷、海枯石烂都不能让他们分开。

沈望春看着他们一点也不羡慕，只感觉自己的眼睛受到巨大的伤害。如果这里是他的地盘，他一定要把他们一对一对的全都拆开，一个也不放过。

不远处紧闭的城门突然打开，从里面走出一个年轻的银发魔族，这魔族有一双异色的眼睛，像猫的鸳鸯眼一样，一只蓝色，一只黄色。

他的肩膀上站了一只红黄蓝三色相间的小鸟，小鸟只有手掌大，身上布满细细的绒毛，橘黄色的小嘴一张一合。

看到城外乌泱泱的人群，小鸟黑豆似的一双眼睛一下子亮了起来，然后仰起头，伸长脖子，一连“嘎嘎”叫了好几声。沈望春离得不近，但这魔音平等地伤害了在场的每一个人。

沈望春算是知道诗里说的“呕哑嘲哳难为听”到底是用来形容什么样的声音了。

叫得很好，等会儿就给它毒哑了。

魔族拍了拍它毛茸茸的小脑袋，安抚说：“好了好了，马上就能开饭了。”

在城外等候多时的众人终于见到人来，纷纷开口，一时间，这里吵闹得简直像个菜市场。

“什么时候才能进城啊？我家卿卿等得都饿了！”

“这红线有什么用？能让我们白头偕老吗？”

“只要在万刃城里待够三天，魔君就能出手救下我的娘子，这是真的吗？”

“……”

魔族保持微笑，抬起双手，语气平稳地安抚众人道：“诸位不要急不要慌，我马上就能放诸位进去，至于我家主人答应诸位的，他一定会做到，不过在进城之前，我家主人要向诸位收取一点点费用。”

这就是魔界的大善人吗？进个城还要收费，魔界里的四个魔君中数他心肠最黑。

“费用？什么费用？”人群里有人出声问。

魔族道：“以后诸位会知道的，现在请诸位排好队，我会一一放行。”

虽然知道接下来可能要面对许多未知的风险，但来到这里的人都是有所求的，不会因为这一两句话就放弃。

城门前很快排起长队。一对年轻的男女站在最前面，女人的身体似乎不大好，脸色苍白，嘴唇发紫，一直靠在男人的怀中。

魔族低头看了眼系在他们手腕间的那根红绳，微笑道：“进去吧。”

“这样就能进了吗？”男人不放心地问。

魔族点头道：“当然。”

接下来的许多情侣同样这般顺利进到城中，沈望春仔细地看着他们的每一次交流，并开始怀疑魔族刚才说的收费是不是脱裤子放屁多此一举。

思索间，那银发的魔族突然伸出手，拦下眼前的一对有情人，对他们道：“不好意思二位，主人要的东西你们付不起，不能进城。”

女人问：“凭什么？他们都进了！”

“他们付过进城的费用了。”魔族回答道。

“付了什么？我怎么没有看到？”

“你们看没看到不重要，我家主人收到就可以了。”

被拦下的男人立刻跳脚道：“你们到底想要什么？我们怎么没有了？”

“没有就是没有，你叫得再大声，也不会有的。”

男人还想纠缠，魔族抬手召来一阵狂风，直接把这对男女刮出二里地。

林砚疑惑问道：“他们要的到底是什么？”

在场的其他人和他有同样的疑惑，这东西看不见、摸不着，神神道道的，乐大善人干脆改叫乐大仙儿吧。

而随着被放进城里的人越来越多，沈望春发现魔族肩膀上小鸟的羽毛比之之前更加丰茂，声音也悦耳了不少。

那东西与这鸟儿有关？

沈望春默默打量那只小鸟，小鸟似乎察觉到他的目光，一个猛甩头向他看来，随后跳了两下，仰天“嘎嘎”大笑。

他错了，还是好难听，毒哑了吧。

眼见前方的队伍越来越短，林砚把他与莫言思间的红线系好，道：“师姐，我与莫言思先过去看看。”

萧雪睢“嗯”了一声，叮嘱了一声“小心”。

“咱俩的红绳是不是也该系上了？”沈望春的声音带着三分慵懒、三分随意、三分凉薄，和一分几不可察的急切。

萧雪睢拿出红线，对他说：“伸手。”

沈望春“哦”了一声，漫不经心地把手送到萧雪睢的面前，萧雪睢低下头，把红线在沈望春的手腕上绕了一圈，然后开始打结。

传说中月下老人会给世间的有缘人系上红绳，祝福他们一生一世也不分开。

萧雪睢出声道：“别抖。”

沈望春反驳：“本座没抖。”

萧雪睢：“……”残影都出来了，还没抖呢。

城门口的魔族看到两个男人结伴向自己走来，明显愣了一下，随后看到绑在他们手腕上的红线，勉强维持住脸上的微笑，对他们道：“抱歉二位，你们不能进城。”

“为什么？”林砚问。

魔族耐心答道：“你们付不起进城的费用。”

莫言思问：“你说的费用到底是什么东西？”

“无可奉告，我只能说，二位真的没有。”

莫言思又问：“因为我们两个都是男人？”

魔族摇头：“不是。”

他们问不出任何有用的答案，只能退到一旁去，看沈望春与萧雪睢是否能进去。

不久后，排在最后面的沈望春和萧雪睢也来到城门口，魔族低头看向他们之间的那根细细红线，久久不语。

他和萧雪睢也进不去吗？要是这样的话，那似乎就只能硬闯了。

他也不想的。

沈望春仰头看了看眼前的城墙，估算要几掌才能打出一个窟窿出来。

两掌不够，三掌好像又有点多了。

魔族肩膀上那只风骚的小鸟在这时突然打了个响亮的嗝，它转着圈啾啾鸣叫。沈望春收回视线，魔族也似才回过神来，他脸上的笑容万分真诚，微微躬身，道：“二位请进。”

莫名其妙。

沈望春看了一眼身边的萧雪睢，萧雪睢同他点了点头，他们一起踏进眼前的万刃城。

进入万刃城的刹那，沈望春一脚踩空，只觉得天旋地转，世界被黑暗吞噬，他下意识想要抓住身边的萧雪睢，却是抓了一把虚无。

下一瞬，他失去意识。

不知过了多久，沈望春从黑暗中醒来，他睁开眼，发现萧雪睢并不在他的身边。

他转身要去找人，刚踏出一步，就觉得有哪里不对。

沈望春低下头，只见自己竟是穿了一身大红色的喜服。

再一抬头，原本漆黑的房间瞬间亮起，四周挂满大红的绸布，桌上的一对龙凤烛热烈地燃烧着。

凤箫声动，烛光摇曳。

他的新娘安安静静地坐在床榻上，头上蒙着红色的盖头。

5

沈望春抬手揉了揉额角，他万万没想到万刃城中竟有这么一出在等着自己。

那眼前这个蒙着盖头的人是谁？会是他心中想的那个人吗？

沈望春莫名有些不敢上前，他嘴唇微动，良久后，他轻声唤道：“萧雪睢？”

盖头下的人并没有回应他，依旧无声无息，像是一个没有生命的木偶。

沈望春终于缓步走上前去，只是他的手伸到半空，又突然停在那里，他自己也说不清他在担心或者恐惧什么。

就算这盖头下面真是萧雪睢又能怎样！

沈望春揭开大红的盖头。

映入他眼中的是一顶华丽的凤冠，上面镶嵌了许多名贵的宝石，长长的流苏垂下，遮蔽了新娘的大半张脸。

原本像是木偶一样的人在沈望春掀开盖头的瞬间，重新获得生命，她仰起头，脸上的流苏随着她的动作滑向两侧，温柔的烛光映在她的脸颊上，秋水剪瞳，明艳晃人。

这么多年来，沈望春还是第一次看到萧雪睢身着如此艳丽的华服，甚至她的唇上还涂了一点胭脂。

沈望春觉得这屋子里一定放了迷烟，要不然他也不会这般迷迷糊糊，脑子完全没法运转了。

萧雪睢看了他一会儿，面露疑惑，问他：“你是谁？”

沈望春怔怔看她，半晌后，他兀自笑了起来。

就知道进了这万刃城没啥好事，如今萧雪睢不认他也很正常。

等一下，沈望春皱了皱眉，他来万刃城是要做什么来着？此时竟是一点都想不起来。

沈望春想了半天也没想起来，他退了半步，坐在凳子上，一副毫不在意的模样，反问萧雪睢道：“你觉得眼下这个情形，我会是你什么人？”

环顾四周，屋内的布置明显是一对新人的婚房，他们身上穿的又是喜服，萧雪睢再傻也不至于分不清眼下是什么情况，只是她隐约觉得，不该是这样的。

她的记忆有些乱，一时找不到有用的线索。

她坦诚道：“对不起，我好像什么也不记得了。”

沈望春发出一声轻轻嗤笑，自嘲道：“没事，反正也不是头一回了。”

萧雪睢不解其意，只是看着他。

沈望春拿起桌上的酒杯，应当是给新人喝合卺酒用的，但他们怕是用不到了。

他把玩了一会儿，又把酒杯放下，深吸一口气，抬头对着萧雪睢正色道：“是你逼我娶你的，你现在倒是什么都不记得了，萧雪睢你可真行啊！”

萧雪睢狐疑地看着他。

“怎么，不信？”沈望春站起身，挺了挺胸膛，拿出十二分的气势来，决不暴露一点心虚。

萧雪睢摘下头顶繁重的凤冠，淡淡问道：“我怎么逼你的？”

“你……”沈望春卡了一下，但马上就反应过来，回答道，“你说我不娶你，你就杀我全家。”

萧雪睢：“……”

她道：“我不杀你全家了，你可以走了。”

沈望春冷笑道：“那不行，我们都拜过堂，也进了洞房，亲戚朋友们都在外面看着，就算你现在反悔了，我的清白也没了。”

萧雪睢静静看他，不想说话。

沈望春对上她那双如湖水般平静的双眸，半晌后，敛去脸上那些不合时宜的表情，对萧雪睢说：“我开玩笑的。”

他顿了一顿，道：“其实我也不太记得了。”

萧雪睢大概是觉得从他这里问不出什么有用的信息来，干脆站起身，看看能不能在婚房里找到一些线索。她把各个柜子、窗户，甚至床板都掀开，也没找出什么来。

一转身，就看到沈望春在后面正眼巴巴地看着她。

可能他本人都没意识到他现在这副模样有多可怜。

萧雪睢愣了一下，脑海中有段哭泣的画面一闪而过，对他说：“我们出去看看吧。”

沈望春“哦”了一声，跟在她身后，一起出了这间婚房，离开时沈望春还依依不舍地回头看了好几眼。

从他个人角度来说，这间婚房装饰得并不算华美，里面空间不大，各处细节做得不够完美，但到底是他的第一间婚房，意义重大。

奇怪的是，他们明明连合卺酒都没来得及喝，龙凤烛也只燃了一点点，外面的天却已经大亮，一轮耀眼红日悬在高空，大方地向人间播洒爱的光辉。

而原本空寂的街道一下子热闹起来，年轻的男女成双成对地从街上走过，屋檐底下一群老头老太太正一边嗑着瓜子，一边闲聊。

看到沈望春与萧雪睢过来，有老太太跟他们打着招呼道：“沈相公，你和你娘子出来逛街啊？”

沈望春一开始没反应过来，过了一会儿才意识到她口中的“沈相公”叫的是自己，他下意识地看了眼身边的萧雪睢，萧雪睢表情淡淡，好像并不在意。

沈望春咧开嘴角，一脸高兴地应和道：“是啊是啊。”

这群老头老太太听到沈望春的回应，表情更加兴奋起来，叽叽喳喳道：“这刚成亲的感情就是好啊！”

“现在感情好有什么用啊，这城里谁刚成亲的时候感情不好啊？”

“说的也是，过不了多久就会分开的，好点的一别两宽各自欢喜，这不好的，那叫个一地鸡毛啊！”

“一地鸡毛算什么？一地残肢都多了去了。”

沈望春脸上的笑容已经消失不见，他原本打算装乖卖巧在这些老人面前套点话出来，现在只觉得他们话真多。

能把这些人也给毒哑吗？

为什么是“也”？

他扭头想要换个地方打听，却被萧雪睢一把拉住，她道：“再听听。”

“你还不知道吗？城东周家的小儿子昨天晚上跳河了，人到现在还没捞上来呢。”

“好端端的，怎么跳河了呀？”

“好端端跳河的多了去了，有什么稀奇的。听说是他娘子不要他了，他受不了，就跳河去了。”

“当年他们那叫一个恩爱，说死都要死一块儿的，咱们全城的人可都看着呢！”

“谁不是呢？但有什么用？我看啊，沈相公跟他娘子，用不了多久也得分。”

沈望春深吸一口气，在心里一遍遍告诉自己，狗嘴里吐不出象牙，人不能跟畜生一般见识。

他们在这里听了半天没听到特别重要的信息，只知道这是双喜城，城中百姓感情特别充沛，一旦相爱就是山无陵天地合才敢与君绝，但爱意又会很快被消磨，这里的情侣没有一对是善终的。

哈哈，还好他和萧雪睢不是情侣。

沈望春忘了自己为什么会到这里来，而萧雪睢忘得比他还彻底，他们打算先出城看看，结果转了半天，连城门都没有找到。

萧雪睢站在街口，仰头看着楼上。

“你在看什么？”沈望春走过来，问她。

“这里有些古怪。”

沈望春点头道：“是很古怪。”

他话音刚落，有女子从楼上一跃而下，鲜红的血流了一地，一直蔓延到他们的脚下。

双喜城里到处都是痴男怨女，曾经海誓山盟，约定好永不相负，可是人心易变，终不能长久。

沈望春和萧雪睢来到茶馆，商量下一步要怎么行动。

沈望春说到一半，却见对面的萧雪睢失了神似的看向外面的街道。

他转头，顺着萧雪睢的目光看了过去，只见一灰衣男子提剑从街上走过，龙章凤姿，十分潇洒。

“你喜欢这样的？”他问。

萧雪睢回过神来，疑惑地看他：“嗯？”

“没事，本座随便问问。”

“本座？”萧雪睢偏头看向沈望春，“什么座？”

“啊……”沈望春伸手拉来一把椅子，搬到萧雪睢面前，对她道，“这里有椅子，你坐不坐？”

萧雪睢看着被沈望春拉来的椅子，坐了下来。

此事大概是糊弄过去了，不过如此看来，萧雪睢的记忆应该是保留在进入魔界之前，那会是在什么时候？是秦弈来到她身边之后，还是唐云承仍是她未婚夫的时候？

而刚刚从长街上走过的那个人，又是谁呢？

沈望春觉得自己心里藏了这么多的问题，很不利于他和萧雪睢接下来的合作，他在萧雪睢对面坐下，问她：“你认识刚才过去的那人？”

萧雪睢倒也没有隐瞒，直接回答道：“很像我师父。”

“谁？长陵剑尊？”沈望春迷惑地看向萧雪睢，怀疑萧雪睢的记忆是不是错乱了。

萧雪睢点了点头。

沈望春托着下巴，沉吟道：“我见过长陵剑尊，他好像不是这副模样的。”

沈望春见到的长陵剑尊总是一副老头模样，胡子拉碴、不修边幅，也不甚正经，一身的酒气好像从来没有消散过。

萧雪睢“嗯”了一声，道：“我师父年轻时，行事不羁，惹下诸多情债，其中有两位前辈因师父身受重伤，虽保住性命，却也断绝了仙途。师父听闻此事，深感内疚，便将自己容貌更改，故作荒唐，断了过去所有的桃花。”

沈望春是第一次听说长陵剑尊的故事，怪不得这位剑尊行事作风与修真界的其他大能很不一样，他道：“原来如此。”

“那个人很像你师父吗？”他问萧雪睢。

萧雪睢道：“一模一样。”

一模一样？

沈望春犹豫道：“那……要不我们跟上去看看？”

萧雪睢则淡淡道：“有什么好看的？假的终归是假的，我师父早已仙去，不会出现在这里。”

沈望春觉得萧雪睢的态度有些奇怪，随后他就听到萧雪睢道：“我在那些秘境里，见过很多次他了。”

秘境里的各种精怪似乎都知道师父师妹是她永恒的遗憾，所以它们总是变成他们的模样来迷惑她、引诱她。

到最后，她已经可以面无表情地杀掉他们。

沈望春不赞成地道：“可是这里莫名出现一个与长陵剑尊长相相同的人也很奇怪啊，或许我们能在他身上找到出城的线索。”

萧雪睢却道：“还会有别人。”

“嗯？”

萧雪睢抬抬下巴，示意沈望春向外看。沈望春依着她的意思转头看去，便见秦弈大摇大摆地从茶馆外面进来。

沈望春：“……”

他好像明白了什么，回过头严肃道：“萧雪睢。”

“怎么了？”

沈望春认真道：“先是长陵剑尊，后又来了个秦弈，他们都是为你而来的吧。”

萧雪睢却道：“为什么这些人一定是因为我出现的？你也认识，不是吗？”

“我——”

沈望春张嘴想要反驳，却觉得萧雪睢的话有些道理，也不是完全没有这种可能。

可是……不对劲儿呀。

沈望春道：“这里是双喜城，你品品这名字，秦弈能是因为我出现的吗？”

“那我师父呢？”萧雪睢问。

沈望春沉思片刻，不确定道：“高堂？”

萧雪雎望向秦弈，没有搭理他。

那秦弈虽然不是秦弈本人，却和他本人有着一样的厚脸皮，见萧雪雎在看他，便主动走过来，向萧雪雎打招呼道：“雪雎，真巧啊，会在这里遇见你。”

沈望春想骂人，忒晦气，不如刚才跟着长陵剑尊跑出去呢。

萧雪雎“嗯”了一声，态度并不热切，她向来如此。

秦弈来到她的面前，脸上略带讨好地低声问她：“雪雎，你还在生我的气吗？”

萧雪雎抬眸看他。

“我与姬姑娘只是普通朋友，我们什么都没有。”见萧雪雎没什么反应，秦弈又道，“你不信我的话，我可以对你发誓，以后我不会再和她见面了。”

沈望春竖起耳朵。这姬姑娘又是谁？他怎么从来没有听说过？

怪他在幽冥狱里待得太久，居然错过这么精彩的好戏。

见萧雪雎仍旧没理会自己，秦弈自顾自地把誓发完，然后一脸期待地看着萧雪雎，殷切问她：“雪雎，我们还能回到从前吗？”

“从前？”萧雪雎问。

秦弈定定看她，道：“像在落墟境中一样。”

落墟境？又是什么鬼？

刚才沈望春还只是想骂人，现在已经升级为想打人了。

萧雪雎沉默了一会儿，没有直接拒绝，她说：“我想想吧。”

沈望春猛地抬头看向萧雪雎，脸色不是很好，直到秦弈离开，他都没有开口说话。

第八章 爱恨

帝休舍利

1

出了茶馆，沈望春低头往回走。

“你是在生气吗？”走在后面的萧雪睢忽然开口问道，“你在气什么？”

“我……”沈望春回头看了她一眼，冷声道，“我哪里生气了？有什么值得我生气的吗？”

萧雪睢点头淡淡道：“确实，我也奇怪有什么值得生气的，左右都是假的。”

沈望春愣住，他眨眨眼，问萧雪睢：“你刚才不是被秦弈迷惑了？”

萧雪睢道：“有什么可被迷惑的？知道他们的意图，或许我们就可以出城了。”

“他们的意图是什么？”沈望春问。

“快知道了。”

沈望春“哦”了一声，过了一会儿，他又忍不住问：“那他说的那个姬姑娘是怎么回事？”

“没事。”萧雪睢道。

回去的路上他们再次见到长陵剑尊，他倒是没有当面与萧雪睢说话，只是用他们正好能听到的声音嘟囔着日后他的徒弟定要找个顶天立地的好男儿，好白菜绝对不能让猪拱了，否则他把猪腿打瘸。

沈望春忍不住低头看了一眼自己的双腿，然后问萧雪睢：“这些话你师父真的说过？”

“说过，”萧雪睢道，“但不是对我，走吧。”

他们两个回到家不久，唐云承拿着婚书上门，直言萧雪睢是他的妻子，沈望春该从这个家滚出去，然后他就被沈望春打出去了。

这一天真是够热闹的。

但也给了他们足够的提示，出现的所有人物都是为了能让他们分开，让他与萧雪睢同双喜城里的所有夫妻一样，结局潦倒。

所以他们分开就可以出城了吗？

可怎么才算是分开呢？

是同床异梦、见异思迁？是天各一方、永不相见？还是要生死诀别、长恨无期？

他们目前没有其他办法，只能先试试分开行动，顺便观察一下城中那些离散的夫妻有什么共同之处。

沈望春在城东城西跑了一天，刚停下来歇一会儿，就听到有老大爷在后面催他说："你家娘子都快跟别的男人跑了，你还有闲情在这里喝酒？"

沈望春端起水杯的手微微一顿，随后"喊"了一声，不在意地道："多稀奇啊！"

结果那老大爷一走，沈望春就奔着萧雪睢所在的酒楼去了，他晚了一步，他到的时候秦弈刚离开。

他佯装平静地走过去，和萧雪睢对照了一下，发现城中夫妻在成亲前全都是情深似海，而成亲后一方情深不悔，另一方或是变心，或是日渐冷淡，不复当初，无一例外。

情深者等不到无情人的回头，甚至等不到一点回应，要维持这桩婚姻就要忍受无爱又无望的未来。

到了再也无法忍受的那一步，要么毁掉对方，要么毁掉自己，似乎这样方算得上分开，也许到了这一步就可以出得去这双喜城了。

但如果是这样，那他和萧雪睢该是一进来就能出去啊。

或者说，从一开始他们就没法进来。

他们两个哪里来的爱呀？

谁是无情人？谁又是薄情人呢？

沈望春忧愁地想，难道不知不觉间萧雪睢已经对他情根深种了？

总不能是他对萧雪睢旧情难忘吧？

这怎么可能呢？

沈望春仔细端详萧雪睢的模样，妄图从她的脸上找出一丝能透露出她心意的表情。

萧雪睢忽然抬头，问他：“看我做什么？”

沈望春摇头道：“没什么。”

萧雪睢没再追问他，她抬头看向长街的尽头，疯狂的女人拿着砍刀杀死了变心的夫君，随后又杀死了自己。

双喜城中的人对此早已司空见惯，他们麻木地处理了尸体，擦干血迹，一切如常。

沈望春问她：“我们现在要怎么办？”

萧雪睢走出酒楼，对沈望春说：“跟上去，看看他们会把尸体送到哪儿去。”

双喜城每天都会死很多人，大多是少年夫妻，中年夫妻少之又少，白头到老的更是见不到。他们在这里待了两天，死在他们面前的人少说也有二三十了，可他们至今还没有看到一场葬礼。

这些尸体又是怎么处理的？若是给每个人都堆个坟出来，怕是要占去一块非常大的地方。他们几乎走遍整个双喜城，并没有看到这样的地方，甚至连一座坟丘都不曾看到。

沈望春与萧雪睢跟在那些人的后面，他们穿过几条街道，街上行人越来越少，天色渐渐暗下来，夕阳将他们的影子拉得又细又长。

那些人似乎完全不在乎是否有人在跟踪他们，只低着头往前走。一路上又有几个抬着尸体的人加入他们，从始至终，他们之间都没有任何交流。

最后，这些人来到城北的一口枯井前，合力抬起压在枯井上的石板，然后把尸体全都丢了进去。

待这些人离开，沈望春和萧雪睢走上前去，移开石板，里面黑黝黝的一片，深不见底。

沈望春想下去看看，却发现枯井井口处还有一道封印，硬破的话以沈望春的能力倒也能破开，只是怕打草惊蛇，影响他们出城。

沈望春回头，与身边的萧雪睢对视一眼，道：“我有一个想法。”

萧雪睢道：“回去再说。”

沈望春莫名觉得萧雪睢可能已经明白自己的意图。

回去后，沈望春把自己的打算与萧雪睢说了，他们两个人没法搞那些爱不爱的玩意儿，但是可以伪装，像双喜城中所有曾经恩爱的夫妻一样，感情破裂，求而不得，继而生怨，最后用生命结束所有的一切。

萧雪睢站在那里，听着沈望春絮絮叨叨地说起要怎么才能扮演得真情实感、催人泪下，要怎么才能感人肺腑，让双喜城里的人终生难忘，多年后还会被提起。

萧雪睢沉思片刻，道：“把他们都杀了？”

沈望春：“……”

诚然，萧雪睢说的也有道理，但是……这里是双喜城啊！

“开玩笑的。”萧雪睢道。

沈望春瞪着眼睛，震惊地看向萧雪睢，苍天啊大地啊，她这个人居然也会开玩笑。

萧雪睢没理会他这副见了鬼的表情，只道：“你继续说吧。”

沈望春表情恢复正常，把自己安排好的剧情娓娓道来，其实他们要演的并不多，只需让人知道他们是因爱生恨，害了彼此，将他们的尸体扔进井里就可以。

萧雪睢听后沉默了一会儿，不确定道：“我没经验，可能要拖累你。”

沈望春看了她一眼，不知为何停顿了片刻，然后闷闷地说：“你本色出演就可以了。”

萧雪睢向来冷情，沈望春也想象不出她为爱疯魔的模样。

有人爱慕她，她不会为此感到高兴；有人变了心，她也不会觉得失望。

她不在意，就只是这样。

也许也有那么一两个人是她在意的。

比如唐云承，再比如秦弈，总归不是他沈望春。

没关系，反正他现在已经不喜欢萧雪睢了。

“你呢？”萧雪睢问。

“我……”沈望春刚说了一个字，突然反应过来，反问萧雪睢，“你什么意思？”

萧雪睢这话是不是说他有经验啊。

他怎么就有经验了！

“嗯？”萧雪睢不明白眼前的沈望春怎么突然像是被踩了尾巴一般跳起脚来。

沈望春哼了一声，道：“我天赋异禀，演戏于我不过是信手拈来的事，萧姑娘不必担心。”

萧雪睢失去了一段记忆，不记得自己与沈望春是什么关系，但隐约感觉这个人并不擅长演戏。

但她也没有再提出其他疑问，只当他说的都是真的。

夜幕降临，天空上只剩下几颗寥落星辰，双喜城里也只剩下几户人家还亮着灯，激烈的争吵声里夹杂了两声犬吠在风中飘荡。

沈望春站在院中，深深望向屋檐下的萧雪睢，昏黄色的灯光下，无数细小的尘埃在缓慢浮游。

"萧雪睢……"他轻声叫出她的名字。

萧雪睢抬起头，回望他，却没说话。

"你为什么总是这样呢？"沈望春带着叹息问道，像是在问萧雪睢，又像是在问他自己。

"什么样？"萧雪睢问。

沈望春苦笑了一声，没有回答。

"我知道，我一直都知道，"他的目光中满是哀痛，"只是有时候，我还是会觉得困惑，为什么秦弈可以打动你？

"幽冥狱外，你们结下封印后，去了哪里？那时候，你有想过与秦弈结为夫妻，白头到老吗？

"或许我不该恨你，你只是不知道而已，若你知道了……"

沈望春的声音渐渐低了下去，他垂下头，看着灯下萧雪睢的影子，问："可是为什么偏偏是你？为什么呢？"

这句话他在心里问了千万遍，今日终于在萧雪睢面前说出了口。

只是萧雪睢仍不明白。

她就如同他们之前说好的那样，始终淡漠地站在那里。

沈望春的许多话对她来说都很奇怪，这些真是他演出来的吗？

周围的邻居们听到响动，前来凑热闹，他们趴在墙头说着各种风凉话。

而沈望春死死瞪着眼前的萧雪睢，一双眼睛通红得好像要滴出血来。

他恍惚中听到许多来自天外的声音，那声音微弱缥缈，沈望春却听得清清楚楚，他们在说萧雪睢不会喜欢他的。

从前不会，现在不会，以后也不会。

那声音无孔不入，无止无休。

其实他无所谓的，萧雪睢喜不喜欢他早已不重要了。

反正她现在落在他的手里了，他是恨着她的，他只想要她流出后悔的泪水。

沈望春抬起头，对着不远处的萧雪睢露出一个扭曲的笑容，然后缓缓举起自己的右手，他手中赫然是一把开了刃的尖刀。

围观的邻居没有一人上前阻止这场即将发生的血案，他们一个个眼睛放光，期待着接下来的好戏。

沈望春一步一步走上前来，刀刃反射出雪白的光亮，映在萧雪睢如玉的面颊上。

她站在那里，不为所动。

沈望春说她本色出演就足够了，他说的没错。

他举起手中尖刀，在制订计划时，他们说好的先杀死萧雪雎，然后沈望春自杀，当然并不是真的死去，只要骗过双喜城里的人便可以。

可他的手在颤抖，手中的尖刀怎么也无法落下，沈望春自嘲地笑了一声，随后把那把尖刀刺向自己的胸口。

汩汩涌出的鲜血霎时染透他胸前的衣衫，手中的尖刀“当”的一声掉落到地上，他退了两步，摇晃着倒下。

他看到萧雪雎微皱起眉头，大概是困惑他为什么没有杀掉她。

沈望春弯了弯嘴角，刚才那一刀刺得太重，却也让他的头脑清醒了些，那些凭空出现在他耳边的声音好像可以激发他心中的怨恨。

实在不必，他一直都在恨着她。

他伸出手，想要抓住什么。

在要触碰到萧雪雎裙摆的瞬间，沈望春看着指尖沾染的血迹，将手落下，他轻声叹道：“萧雪雎，其实你这样，也没什么不好。”

2

很快有人过来处理了沈望春的“尸体”。萧雪雎望着地上的血迹，沉默地跟上去，看着他们把沈望春投进枯井里。

她拿出那把沈望春用过的刀，擦干净上面干涸的血迹，然后毫不留情地将它插入自己的胸口。

耳边传来低低的叹息声与疑问声，似乎是奇怪她为什么会自寻短见。

萧雪雎闭上眼睛，眼前却出现沈望春那双流泪的眼睛。

他在哭什么呢？

萧雪雎的脑中一片纷乱，那些不久前失去的记忆猛地涌入进来，没等她梳理好这些记忆，她的眼前就只剩下无尽的白色。

双喜境中的一切都结束了。

天圣宫算是魔界里最为豪华的宫殿，这里的布局仿照人间的皇宫，雕梁画栋，飞阁流丹，处处透着金钱的气息。

魔君乐善坐在黄金打造的龙椅上，玩味地看着从双喜境里醒来的情侣们。

这里的双喜境是他亲手设计出来的，完美地符合他的喜好。看看这些人，在进入双喜境之前，他们海誓山盟，恩爱不疑，现在却如同仇人一般，多有意思啊。

他的目光从这些情侣脸上一一扫过，看着他们或是怨恨，或是后悔，乐善心中只觉得无比满足。

随即他的目光一顿，他居然在人群里发现了个熟人。

沈望春？他来做什么？

沈望春不是第一个醒来的，在他之前已经有很多情侣先一步反目成仇，闹出人命。

沈望春猜测，应该是进入双喜城后的情绪越激烈，就越容易受到城中氛围影响，也越早能从双喜境中醒来。

可是出来之后呢？

必须要面对变了心的爱人，甚至是被自己亲手杀死的变了心的爱人，有几个人能够当作什么都没有发生，一切如常地继续走下去？

沈望春侧头看了眼身边的萧雪睢，她正垂着头，不知是在想些什么。

乐善的目光在沈望春与萧雪睢两人之间转了好几个来回，他虽不曾见过萧雪睢，但大概也猜得出她的身份来。他们两个既然能进了双喜境，又从里面出来了，想来应当也发生了一桩缠绵悱恻、痛彻心扉的爱情故事吧。

居然还有意外收获，看到沈望春在这里被他算计玩弄，自然要比看到那些小鱼小虾更能让他满足。乐善笑得两眼弯弯，从龙椅上站起身，走下来，问沈望春："沈兄怎么有空，来我这天圣宫了？"

"找样东西。"沈望春说。

乐善好奇地问他："沈兄要找什么？"

沈望春没有回答他的问题，而是问他："进城前，你说只要谁能在城中待上三天，就能满足他一个愿望，可是真的？"

他的话音一落，四周原本沉浸在自己情绪里的人也都纷纷转头，看向乐善。

乐善扬起嘴角，道："自然是真的。"

他抬起头，提高音量道："不过，在帮大家实现愿望之前，我有一件事要告诉大家。

"在大家进入万刃城前，我曾吩咐我的爱宠向大家收取了一点点入城的费用，你们进了城，就是同意与我的交易，相信大家都很好奇，我收取的费用究竟是什么。

"其实也没什么，只不过是从你们每一对中挑选出一个人，拿走他的一部分爱。"

乐善的话刚一说完，殿中众人哗然，一切都有了解释，一切也都有了借口。

众人吵闹不停，向乐善讨要说法。

"安静。"乐善笑道。

他的声音被掩盖在更大的谩骂声中，这些人似乎完全忘记在他们面前的是魔界的四君之一。见他脸上始终带笑，就真以为他是乐大善人了。

但善人可做不出这么缺德的事来。

乐善抬手，一道闪电劈在殿中，只听“轰隆”一声巨响，喧闹的人群瞬间安静下来。

乐善不满道：“我都说要安静了，怎么听不懂人话呢？还不如我的小鸟懂事。沈兄你说是不是呀？”

沈望春没理他，他也不在意，他可以理解沈望春此时憋屈的心情，同为魔君，他愿意多包容一下。

“现在你们有一个机会把失去的爱找回来，”乐善笑盈盈地问，“你们是选择要爱，还是要实现你们的愿望？”

出现在城门口的那只小鸟扑腾翅膀飞到乐善的肩膀上，叽叽叫了两声，似乎并不想把已经吃进肚子里的东西再吐出来。

乐善在它的小脑袋上轻轻戳了一下，作为安抚，而后贱兮兮道：“不管做出什么样的选择，都必须要两个人都同意，才可以哦。”

是要爱，还是要荣华富贵，要万人之上，要长命百岁，到底要怎么选择呢？

来到这里的大部分人都是乐善精心挑选的，随后发出邀请。乐善最喜欢看这些人一步步走向痛苦的深渊，在里面挣扎悔恨。他们以为来到万刃城可以得到希望，却是陷入更深的绝望里。

就是不知道这位沈兄会做出什么样的选择。

他若是急了，要拆自己的万圣宫，那多少还是有些不太好处理的。

然而其实这对沈望春来说根本不必选择，什么爱不爱的，他都没感觉，所以那鸟吃的一定是萧雪睢的爱。

他看了眼萧雪睢，真是看不出来，萧雪睢对自己居然也会有爱吗？

乐善肩上的小鸟看到沈望春，眼睛一亮，明显是记得这个人的，它扑腾扑腾翅膀，绕着沈望春飞了两圈，回到乐善肩上，然后打了一个响亮的饱嗝。

乐善笑道：“看来它在沈兄这里吃得很饱啊。”

沈望春：“……”不会说话就别说话。

小鸟点点头，又打了个嗝。

沈望春再次转头看了眼身边的萧雪睢，萧雪睢正看着乐善肩上的那只鸟，脸上无甚表情。

如果萧雪睢想要把这只鸟给毒哑的话，自己是很愿意帮忙的。

沈望春正想着要用什么药合适，就听到那鸟打了进殿以来的第三个嗝。

沈望春回过头，对着那鸟阴恻恻地威胁道：“再敢在本座面前打嗝，本座把你的毛全给拔了。”

小鸟被吓到了，两只翅膀捂住嘴巴，钻进乐善的领口里面，露出个毛茸茸的小屁股。

乐善脸上笑容更深，他想沈望春这般定然是恼羞成怒了，看来在双喜境里他过得很不痛快啊。

就是不知道萧雪睢对他是什么态度。

乐善笑嘻嘻地问："沈兄怎的如此暴躁？"

沈望春淡淡道："暴躁吗？是你太敏感了吧。"

乐善："……"

殿中的其他人都在激烈地争吵和哭闹，沈望春与萧雪睢却是平静地站在这里，连一句简单的交流都没有，显得十分格格不入。

乐善怀疑是不是自己的鸟把沈望春的爱全都吞掉了，该留一点的，这样太过无趣，不好玩。

乐善拍拍怀中小鸟的脑袋，让它把沈望春的爱吐一点出来，小鸟非常不情愿地张张嘴。

乐善看了看殿中的其他人，等了一会儿，才把视线重新落回沈望春和萧雪睢二人身上，结果他们什么变化也没有。

乐善抿了抿唇，只能将一切归因于沈望春这个人心思太深沉，喜怒不形于色，下次他要研究研究如何看透人心中所想，不然白白少了许多乐趣。

"沈兄可是决定好了？"乐善开口问道。

沈望春早就做好决定，刚才他只是在想那只鸟为什么看到他就要打嗝。

思来想去，他觉得乐善的那只鸟大概是疯了，分不清爱恨，误把他的恨当成爱吞下，他对萧雪睢的恨又太多太多了，所以少了一部分，他也没感觉。

那就无所谓了，反正那是只要看到萧雪睢就可以产生的东西，吃了就吃了，他还有很多，取之不尽，用之不竭。

他对乐善道："本座要帝休舍利。"

3

"帝休舍利……"乐善歪头思考，"我好久没有听到这个名字了。沈兄要帝休舍利做什么？"

魔族向来对这种东西避之不及，这怎么还有上赶着的？这里面肯定有问题，乐善闻到了八卦的气息，他的眼珠滴溜溜地转了一圈，觉得自己又有好戏可以看了。

沈望春冷冷道："与你无关。"

乐善的内心似乎很受伤，埋怨道：“沈兄何必这样不近人情呢。”

沈望春的态度依旧冷淡，问他：“所以你能拿到帝休舍利吗？”

乐善叹了口气，沈望春这个人是真没意思，跟冷冰冰的萧雪睢倒是挺配，可惜进了他的双喜境，以后有的热闹可以看了。

乐善对沈望春和萧雪睢二人露出一个大大的笑容，然后坦诚道：“我知道帝休舍利在哪里，但我拿不到它。”

帝休舍利对魔族来说确实没什么用，但拿去修真界应当可以换来不少宝贝，所以如果帝休舍利有那么好拿的话，它早就不在魔界里了。

“要如何才能拿到？”沈望春问。

乐善回答道：“还请沈兄稍等，待我先帮这些有情人实现他们的心愿。”

“有情人”这三个字现在从乐善口中说出来，实在是讽刺。

看着曾经相爱的人，现在却几乎到了反目成仇这一步，原本乐善是可以很快乐的，但知道沈望春也进了双喜境，再看他们在那里又哭又笑，不免觉得不过瘾。

他更想看到沈望春的脸上出现痛苦的表情。

可惜好像真的看不到。

那些曾说过彼此永不相负的爱人，大部分都选择丢弃他们的爱。深情的人妥协了，坐在地上，失声痛哭。

再也无法回到从前。

沈望春冷漠地看着眼前这一幕，他和萧雪睢就不一样，他一如既往地恨着萧雪睢。

把这些人都送走后，他们与城外的莫言思和林砚会合，由乐善带路，去往百鬼窟，他说帝休舍利就在那里。

一路上，乐善先是用移魂大法把一对正在拜堂成亲的新人的灵魂互换；接着又把一头野猪赶进窑子里，陪里面的男人睡觉；还在茶水里下了药，让一群男人以为自己怀孕了，想尽各种办法要把肚子里的孩子打掉。其缺德程度，完全超乎正常人类的想象，当年被称为“铁皮顽童”的某位道友，遇见他也只能望尘莫及。

沈望春等人也差点中招，然后沈望春就把乐善狠狠捶了一顿，并放话给他，接下来他们中无论谁要再出事，第一个死的肯定是乐善。

乐善知道沈望春很强，但没想到他会强到这种地步，他完全被压制，一点还手之力都没有。

乐善白白嫩嫩的一张小脸如今已是鼻青脸肿，跟个包子似的，他不以为耻反以为荣，还跟他们炫耀。在很多很多年以前，那时候他还不是万刃城的魔君，只是一个不起眼的魔族，但他却让那时候望乡城的魔君方无极吃了个大亏，方无极到死的时候都以为自己真的怀了孩子。

林砚和莫言思听得目瞪口呆，沈望春则反应平平，他只是想着等回去后告诉陆鞅，将来陆鞅死的时候也能闭上双眼了。

这么鸡飞狗跳地走了一路，终于到了乐善说的那座百鬼窟，此处怪石嶙峋，柏木森森，拨开洞口的草丛树枝向里望去，漆黑一片，什么都没有。

“帝休舍利就在这里面吗？”沈望春问。

乐善点头，笑着说：“这帝休舍利是用来镇压上古时代残留在人间的恶魂，若拿走舍利，下面的恶魂必将出逃，为祸苍生。”

当然，魔族们大多没什么公德心，为祸苍生这种事他们向来是举双手双脚赞成的，他们没有拿走帝休舍利，主要还是因为他们拿不到。

他们没有耽搁，当即进到百鬼窟里，一股凉气猛地袭来，林砚没有准备，打了个冷战，刚要把外袍脱给他师姐，转头却发现萧雪睢的身上不知什么时候多了一件玄色的大氅。

目之所及只有一片黑暗，有奇怪的声音在耳边响起，仔细听去，像是有千百个和尚在这里一同诵经。

乐善走在前面，他抬手提起一只灯笼，借着灯笼的光，沈望春看到两侧的墙壁上画了许多画，连在一起说着上古时的故事。

乐善优哉游哉道:“即使进了百鬼窟，也不一定能找到帝休舍利，不是有缘人，是看不到它的。”

至今还没有一个魔族在这里看到过那玩意儿，以至于很多人都怀疑帝休舍利根本不在这里，沈望春这次肯定是要白忙活一场。

乐善心情颇好道：“沈兄也不要太难受，不如跟我说说你要那帝休舍利做什么，我给你想想有没有其他的办法。”

他话音刚落，就听到后面的林砚惊讶道：“我好像看到了，是五色的，铜钱大小。”

“我也看到了。”莫言思叫道，他看起来明显比林砚激动许多，只要拿到帝休舍利，他们就能变回从前的模样，回到故乡，回到一切都没有发生的时候。

沈望春和萧雪睢没有说话，但看他们的表情，似乎也看到了那颗帝休舍利。

乐善使劲眨了眨眼睛，没用，用手揉了揉，还是没有。

这些人演的吧？可是演他有什么好处呢？没有吧。

乐善怎么也想不明白，他们一行五个人，四个人都能看到，偏偏他看不到，怎么回事？歧视是不是？

没人在意乐善的想法。

帝休舍利就在眼前，莫言思正要上前，却被林砚一把拉住。

帝休舍利是用来镇压下面的恶魂的，擅自拿取，怕是会引发他们无法收拾的后果，这事急不得，必须先做好万全的准备。

就在这时，站在他们中间的萧雪雎忽然合上双眼，盘膝坐下，有金色的梵文从墙壁间流淌出来，在她的周身旋转。

“我师姐这是怎么了？”林砚紧张地问。

在场的几人除乐善外，都是第一次来这百鬼窟，沈望春只能确定萧雪雎目前死不了，其他的他也束手无策。

乐善走过来，围着萧雪雎转了一圈，又端详了许久，最后才迟疑地开口，道：“有缘人可观帝休舍利，慈悲者可得菩萨点化，原来这话是真的啊。”

“什么意思？”沈望春问。

乐善心里叹气，问这话的要是别人，他非要想个办法戏耍一番不可，但面对沈望春，他还真没那个胆子。他解释说：“大概是说她现在这个样子是受到菩萨点化了吧。”

沈望春：“……废话就不用说了。”

乐善：“那我也不知道。”

虽然他不是第一次来，但这个场面他是第一次见啊，更何况，他连帝休舍利都没看到。

几人一时安静下来，守在萧雪雎的身边，耐心地等萧雪雎醒来。

乐善是个闲不下来的，只老实了一小会儿，就又想搞点事。之前他问过沈望春与萧雪雎现在是什么关系，沈望春没搭理他，现在他又问了林砚同样的问题，结果林砚看了他一眼，又默默把目光放回萧雪雎的身上，表情不好形容，很有故事。

大半个时辰过去，四周流转的金色梵文全部融入萧雪雎的身体当中，她终于睁开眼，原本乌黑的眼珠泛着金光，不过眨眼间便消失不见。

她的目光淡然，扫过几人，最后落在莫言思的身上，她说：“可以把帝休舍利带回去了。”

“真的？”莫言思不可置信地瞪大双眼，他噌地站起身，手足无措地看着萧雪雎，他很少有这样失态的时候，只是短暂的喜悦过后，他担忧问道，“那这里的恶魂呢？”

萧雪雎道：“把剑骨留在这里，代替它来镇压百鬼窟下的恶魂。”

4

“不行！”林砚和莫言思异口同声道。

“如何不行？”萧雪睢问道，她从地上起身，看向眼前的两人。

林砚张了张唇，小声问：“师姐，如果把你的剑骨留在这里，是不是就再也没办法拿回去了？”

萧雪睢纠正他说：“那早就不是我的剑骨了。”

从在天一牢抽出自己剑骨的那刻起，萧雪睢就已经做好永远失去它的准备。

莫言思沉默良久，终于开了口，轻声道：“萧姑娘，我不要帝休舍利了，天下这么大，我们总会找到其他办法的。”

萧雪睢道：“人的一生很短暂，纵然还有其他的办法，又要花费上多少年呢？莫言思，在这件事上，你从来不是一个人。你一个人做出的决定，作不得数，把剑骨给我吧，我去把帝休舍利替下来。”

莫言思低下头，迟迟没有动作。萧雪睢催了他一声，他说：“你让我再想想。”

他知道他应该照萧雪睢说的办，拿到帝休舍利，他们所有人就可以得到解脱了。

只是萧雪睢没了剑骨，以后要怎么修炼？她要一辈子都留在魔界吗？

莫言思希望可以找到一个两全其美的办法，他想让所有人都能得到一个圆满的结果，可是他没有足够的能力，从前没有，所以会被抓进天一牢中，任人宰割；现在依然没有，所以他必须要做出一个选择。

“下面的恶魂没有其他处理办法吗？”林砚问。

萧雪睢平静道：“没有。”

“要不你们直接把帝休舍利拿走吧。”看戏看得津津有味的乐善突然插嘴道，“下面的那些恶魂出来就出来了，大不了死几个人，没事的，修真界的那群牛鼻子老道肯定会给处理掉的。”

见没人搭理自己，乐善也不觉得尴尬，他转头看向沈望春，问他：“沈兄你说是不是呀？”

沈望春站在原地，望着远处的那颗帝休舍利，始终没有开口。

不知道为什么，在乐善说出这里的帝休舍利是用来镇压下面的恶魂时，他就有了预感，萧雪睢拿不回她的剑骨了。

果然如此。

这样有什么不好呢？萧雪睢没有剑骨，对于想要报复她的自己来说，不是一件大大的喜事吗？

为什么他仍旧感受不到一点满足？

“沈兄在想什么呢？”乐善笑嘻嘻地问。

沈望春抬眸，看了乐善一眼，冷冷回道：“在想能不能把你给毒哑了。”

乐善噎住，不过随即又嬉皮笑脸道：“沈兄真会开玩笑。”

沈望春阴沉着一张脸道：“你可以试试本座是不是在开玩笑。”

乐善是喜欢看别人的乐子，但如果自己也变成乐子，那就一点都不好玩了。在绝对的实力压制下，他还是要夹着尾巴做人的，乐善悻悻道：“算了，沈兄看起来心情不太好，我就不打扰沈兄了。”

乐善不明白，沈望春生的哪门子气？自己惹他了吗？没有吧，他只是根据现实情况，提出了一个让所有人都满意的解决方案，他实在是莫名其妙。

不会吧，不会吧，不会有人做了魔界的魔君还会在意天下苍生的死活吧？

这群做魔君的，除他以外，精神好像都不太稳定。

乐善相信，只要他活得够长，这整个魔界迟早都会是他的。

沈望春对乐善心中的想法毫无兴趣，他看向萧雪睢，欲言又止。

萧雪睢似有所感，向他看来，四目相对，灯笼微弱的光亮映在深邃的眼眸中，萧雪睢问他：“你也有话要说吗？”

沈望春哼了一声，偏过头去，道：“没有。”

他说完顿了一顿，又阴阳怪气地跟了一句：“本座能有什么话说？”

他跟萧雪睢实在是无话可说。

况且，他说了萧雪睢会听吗？

既然可以用剑骨来代替帝休舍利，那萧雪睢必然会做出这样的决定，沈望春痛恨自己能这么了解她，了解也就算了，还总被她影响。

他真希望自己可以什么都不去想，什么都不管，只要报复萧雪睢，就能收获快乐和安宁。

他做不到。

到底要把萧雪睢怎么样，他才会觉得满足？

沈望春想不到答案，但没关系，他有的是时间，每一种方法都试一试，总能找到的。

“把剑骨给我吧。”萧雪睢又说了一遍。

莫言思抬头，犹豫许久，终是把那根剑骨拿了出来。

萧雪睢接过他递来的剑骨，转身就向帝休舍利走去。

莫言思看着她的背影，蓦地想起天一牢中，他们乘着她剑骨化作的小舟离去，她手持悬光剑，站在河畔，长风凛冽，白衣胜雪。

他忍不住出声叫她：“萧姑娘……”

萧雪睢回头问他："还有什么事吗？"

莫言思抿了抿唇，说："日后萧姑娘若有什么难事，尽管开口，我赴汤蹈火，在所不辞。"

萧雪睢没有应声，转过头继续向前走去。

莫言思失落地垂下头去，他想，既然剑骨可以代替帝休舍利在这里做镇物，那这世间会不会还有一件宝贝，可以代替她的剑骨，留在这里。天下虽大，他一定要找到。

而林砚的眼睛上面不知何时蒙了一层水雾，一眨眼就会有泪珠落下。长陵峰师徒四人里面，她这个小师弟心思最为细腻脆弱，此时他目光坚定地看向萧雪睢，说道："师姐，以后我一定会保护好你的。"

萧雪睢真不想说话了，她只是要把剑骨留在百鬼窟罢了，怎么一个个表现得她是要四肢瘫痪、病入膏肓了一般。

她身负剑骨，是上天的恩赐，抽去剑骨，也不比修真界的道友们少了什么。

萧雪睢收回目光，她离那块帝休舍利越来越近了。

"我相信你。"沈望春忽然开口道。

岑寂的山洞里，似乎可以听到他的回音。

萧雪睢再次停下脚步，回头看他，疑惑道："什么？"

沈望春也想问问自己是在说什么？！

他刚刚明明已经说了自己跟她没话说的，此时嘴巴却不受控制道："我相信即使是没有剑骨的萧雪睢，依旧可以成为修真界最厉害的剑修，和从前一样。"

萧雪睢愣了愣，似是没有想到他会说出这样的话来。

沈望春心想自己在说什么屁话，他赶紧勾起一边的嘴角，端出一副邪魅狷狂的模样，对着萧雪睢冷冷笑道："毕竟，只有这样，本座折磨起你来才会更有趣啊。"

没错！他就是这样想的！

萧雪睢哭泣吧！颤抖吧！他就是要狠狠折磨她！

他微抬下巴，很是得意，结果却见不远处的萧雪睢也弯起了嘴角，那一瞬犹如春风拂过，带走这一冬的寒冰。

这是这么久以来，她对自己露出的第一个笑容。

有多久呢？

从周朝五十七年，他在海上第一次见到她，到如今周朝七十年，她终于愿意对他笑一笑了。

沈望春僵在原地，久远记忆中的海风携着漫天花雨浩荡而来，在幽冥狱里枯萎腐烂的心脏，自这一刻“怦怦”跳动起来。

热烈的、澎湃的、汹涌的。

她在笑什么？

沈望春不知道，他说不出话，只能呆呆地看着萧雪睢。

萧雪睢将手中剑骨放到帝休舍利之下，白玉似的剑骨瞬间发出刺眼的光芒，将整个山洞照得亮如白昼。

下一刻他们脚下的土地颤动起来，土石纷纷滚落，两侧的壁画飞快地变幻，隐约间可以听到石窟之下恶魂们的嘶吼，狂风骤起，吹动萧雪睢雪白的衣袍猎猎作响。

不久之后，狂风停息，百鬼歇止，剑骨隐入黑暗，帝休舍利从半空坠下，落入萧雪睢的掌心，一切归于沉寂。

唯有沈望春胸腔里的那颗心脏仍在剧烈地跳动，宛若无尽春雷。

5

这一趟万刃城之行，大概算是得到了一个圆满的结果，他们来此的目的是帝休舍利，现在帝休舍利到手，可以离开了。

只是，原本找帝休舍利是为了代替萧雪睢的剑骨，现在却是她的剑骨代替帝休舍利彻底留在这里做镇物，到头来白忙活了一场。

林砚和莫言思走在后面，两个人都是耷拉着脑袋。

沈望春看了一眼，无趣地收回目光，再看看萧雪睢那张连个表情都没有的脸，顿时觉得更没意思。

他想他可以理解乐善整日到处找乐子的心态了，只是这世上能让沈望春感受到快乐的乐子少之又少，他能够想到的，就只有折磨萧雪睢了。

沈望春又不禁想到，在百鬼窟里，她为什么会对自己笑？

她是不相信自己说的话吗？

等回到望乡城，他非要给她点颜色看看。

沈望春思索间，从袖子里摸到一根红线，轻轻捻了两下。

这红线正是万刃城外，系在他和萧雪睢手腕间的那一根。从双喜境出来后，萧雪睢表情怔忡，她低头看了眼那红线，微微皱眉。

于是沈望春一把将那红线从萧雪睢的腕上扯下，仿佛一刻钟都不愿意与她有所牵扯。

这红线还留着做什么？早该扔了，沈望春捻着红线的手指搓了两下，又想起这红绳是乐善的东西，定有古怪，又系过他的手腕，要扔也不能扔到万刃城里。

沈望春松开手，面色如常地出了万刃城的城门。他们来的那日，城外人山人海，人人眼中都带着希望，如今却只剩下寥寥几个，泪流不止。

这一切的始作俑者乐善站在城门口，对他挥手，脸上洋溢着阳光灿烂的笑容，高声喊道："沈兄有空常来玩呀！"

沈望春："……"不是很想来了，如果万刃城能换一位正常点的魔君，他倒是可以考虑一下。

莫言思带上帝休舍利，回去为那些和他一起在天一牢中受苦的同伴清除魔气。他一个人离开，萧雪睢不太放心，毕竟前不久他还被薛孤禅关了好长一段时间，便让林砚陪他一起回去。

林砚走得依依不舍，三步一回头，一张脸都要皱成花了。他问萧雪睢："师姐，你一个人能行吗？"

没等萧雪睢开口，一边的沈望春先冷冷道："当本座是死的啊？"

林砚撇着嘴，一副敢怒不敢言的委屈模样。他这下走了，他师姐身边可就剩下一个沈望春了，且不说他根本不是沈望春的对手，就算他打得过沈望春，他现在也不能向他出手。

萧雪睢开口，对他说："快走吧，早去早回，注意安全。"

林砚点点头："师姐，你也是。"

莫言思深深地看了萧雪睢一眼，轻声说："萧姑娘，保重。"

"保重。"萧雪睢说。

林砚同莫言思一起御剑离开，两人的身影很快就消失在他们的视线当中。沈望春看了眼身边的萧雪睢，见她仍望着林砚他们离开的方向。

人都看不到了，还有什么好看的？

"走吧。"沈望春道。

眼下到了年底，再过几天就是除夕，望乡城倒是和往常没什么两样，就是沈望春不在的这几天，城里多死了几个魔族，这也算不上大事。

昨晚下了一夜的大雪，城内白茫茫的一片，几只麻雀站在树梢，叽叽喳喳叫个不停。

沈望春听得心烦，望乡城里的麻雀竟然还没学会说人话，真是令人心痛。

陆鞅知道沈望春回来了，一路小跑过来，扬着一张笑脸惊喜道："君上，您回来啦！"看起来非常殷勤。

沈望春不冷不热地"嗯"了一声，自顾自地往寝宫走去。他刚到寝宫门口，还没开门，突然听到萧雪睢道："我要闭关一段时间。"

沈望春转头看去。

闭关？他没听错吧？萧雪雎是不是忘记了她的身份？她一个阶下囚居然还想要闭关！这简直是赤裸裸的嘲讽啊！太看不起人了！

沈望春怒目而视，道："萧雪雎，你把本座的幽冥宫当成什么地方了？"

"不行吗？"萧雪雎淡定地问他。

沈望春冷哼了一声，行什么行？他深吸一口气，决定好好同萧雪雎讲讲道理，让萧雪雎明白她的处境，只是一说出口的却是："你要闭关多久？"

说完沈望春都想给自己一个嘴巴，这说的什么啊！下次说话前一定要先过过脑子。

萧雪雎说："半个月吧。"

"半个月？"沈望春咧开嘴角，眼中似乎全都是恶意，他对萧雪雎说，"行，半个月就半个月吧，只是等半个月后，你出关了，本座有一份大礼要送你。"

萧雪雎并没有被他的样子吓到，她说："好啊。"

她是笑着说的。

沈望春又愣住，一时也忘了自己还有什么话要说。

她怎么又对自己笑了？

沈望春无法理解，从前无论他怎么努力，连与她说一句话都做不到，如今他明明是在对她放狠话，她却对自己笑。

萧雪雎不是被什么奇怪的东西给附身了吧？

有机会该把薛孤禅请过来给她念念经。

沈望春待在原地，脑子里一堆乱七八糟的，一会儿想着要不再放句狠话试一试，一会儿又想薛孤禅来了得念什么经，他是鹿城的魔君，来他们望乡城的话，算不算是外来的和尚。

等他回过神的时候，萧雪雎已经不在了。

萧雪雎闭关去了。

沈望春"啧"了一声，转身在附近找了座闲置的宫殿，准备接下来要给萧雪雎的大礼。

他找来一个小罐子，又从裴素问那里打劫了一堆药材，算是万事俱备了。沈望春一边翻书，一边检查手里的药材，他要早日把噬心蛊炼化出来，以免某天萧雪雎招呼都不打就跑了。

他这还是第一次炼蛊，主打一个随心所欲，瞧着这个颜色漂亮，往里面加点，那个闻起来味道不错，也往里面加点，最后再来一个冰火混合，十分完美。

这些蛊虫都是陆鞅精心挑选过才送来的，沈望春这一套流程下来，就听到罐子里先是“砰砰”几声怪响，然后“嗞啦嗞啦”的。他打开盖子瞧了一眼，却见里面的虫子两腿一蹬，全都死了。

沈望春叹气，这怎么能全死了呢？

陆鞅这活儿干得不行，他原本是要把方无极怀孕一事的真相告诉他的，现在看来，还得再等一等。

沈望春把陆鞅叫来，让他再去找一批虫子来，最好跟之前的不一样。

陆鞅苦着一张脸，他已经把能炼出折磨人的恶蛊的虫子都找来了，还要找什么样的？

他问沈望春：“君上是想要什么品种？”

沈望春沉默片刻，对陆鞅道：“要坚强点的。”

坚强点的？蟑螂行不行啊？但没听说蟑螂也能炼蛊啊！

当然这话陆鞅只敢在心里说说，出了幽冥宫后，他直接去找裴素问，问问这位神医有什么想法。

裴素问听了陆鞅的来意后，问他：“他要炼蛊做什么？”

“不知道，”陆鞅顿了一顿，又道，“可能是给萧姑娘下蛊？”

他也不确定。

裴素问“扑哧”一声笑起来，问：“下什么蛊？同心蛊？”

陆鞅没说话，但他觉得裴素问说的极有道理。

他把从裴素问这里拿到的虫子送给沈望春，沈望春再次倒腾起来，之后倒是没找陆鞅要新的虫子了。

第九章 下蛊

讨厌你

1

腊月二十七的夜里，望乡城外沉睡的野兽们猛然惊醒，星辰震动，明月摇光。

数颗流星划过深邃夜空，东方的天际似有一把巨剑扫过，剑气奔流，顷刻散尽，陆鞅站在阶下，看着这一幕喃喃道：“这是……有人领悟新的剑道了吗？”

数千年来，悟道的修真者寥寥无几，屈指可数。

陆鞅记得，上一次出现这般异象，还是在长陵剑尊临水悟道的时候。那之后不久，魔界赤勒滩和万刃城的两个魔君联合攻打东皇城，长陵剑尊立于城墙之上，长剑一挥，上千魔族瞬间灰飞烟灭。

当年在东皇城中侥幸活下来的魔族们，现在听到“长陵剑尊”这四个字还瑟瑟发抖。

虽然都说能否悟道要全看个人的天赋和心性，与修为几乎没啥关系，只是陆鞅知道的那几位都是有名有姓的大能，所以悟道后杀伤力增长得尤为骇人。

这一次悟道的人又是谁呢？

陆鞅把修真界如今的几位大能都想了一遍，却也没能想出个头绪来，他看谁都像是那个悟道的高人。

话说，都这个时候了，他们君上还炼蛊呢？不出来看看吗？

宫殿里的沈望春不动如山，把罐子里的蛊虫喂得饱饱的。他原本还想要给那只母蛊上个色的，临了想起裴素问叮嘱的话，所谓盈满则亏，一只小小的蛊虫是很难做到十全十美的，不要给它太大的压力，反而能得到一个不错的结果。

沈望春克制住把罐子里的母蛊涂成粉色的欲望，只是刚调好的染料直接扔了实在浪费。沈望春想了想，开始给罐子上色。

他画得极为认真，仿佛与外界隔绝开来。

陆鞅等了一会儿没等到他们的君上出来，便离开了幽冥宫。在望乡城里，看到刚才异象的魔族不在少数，他们聚在酒馆里，猜测刚才悟道的修士是谁，能叫出名字的几乎都被提了一遍，最后也没能有一个定论，不过可以肯定的是，魔界多半要有难了。

有魔族忍不住开口问，也许悟道的是魔族呢，定能带领他们踏平修真界，再创辉煌！

众人纷纷转头看了那魔族一眼，从古至今，还没听说过哪个魔族能悟道，但这种事说出来不免太叫人尴尬，大家打个哈哈过去，聊其他的去了。

与此同时，修真界的许多道友也在打听是哪位前辈悟道了，然而几日过去，一点风声都没有传出来，众人不禁怀疑那天晚上的异象可能是其他原因，毕竟悟道这种事，实在没必要隐瞒。

日月变幻，光阴如梭，眼下这一年又要过去，只剩下两天就是除夕了，只是这望乡城不仅没有热闹起来，反而比平日更加冷清。每年这个时候，魔族们都更喜欢去人界热闹热闹，那里有意思的可比魔界多多了。

幽冥宫里，沈望春将罐子里的蛊虫们养得黑黑亮亮、圆圆胖胖，很有精神，以至于他有时候甚至会冒出烤一串尝尝味道怎么样的念头来。

除夕过后，沈望春的蛊虫也炼好了，他很是得意，觉得自己在这一术上算是颇有天赋的，以后可以适当发展一下。

他到处炫耀自己这次伟大的成功，然他刚出了幽冥宫就遇见裴素问，裴素问向他提出疑问："君上这炼的，似乎不是噬心蛊啊？"

沈望春非常油盐不进，道："不是噬心蛊是什么？"

裴素问把两只蛊虫拎起来，仔细打量一番，对沈望春道："看起来好像是不夜蛊啊。"

沈望春一脸不高兴，夺过罐子，对裴素问道："你看错了，本座炼的就是噬心蛊。"

裴素问："……"

沈望春这个才入门不到一个月的新手哪里来的底气敢这么说啊！眼前如果是个寻常魔族，裴素问定要破口大骂对方眼瞎，可惜沈望春不是，裴素问只能深吸一口气，平复下暴躁的心情。

噬心蛊？噬心蛊他个腿！

所以沈望春来她这里到底是想要干什么？是要宣布不夜蛊都改名叫噬心蛊

吗？

裴素问的心好累，跟沈望春讲道理比救十个魔族都累。不夜蛊又名嫁衣蛊，母蛊可以将自己受到的伤害转移到子蛊身上。沈望春没事炼这玩意儿有啥用？

裴素问很想了解一下沈望春的内心想法，但沈望春坚持称自己炼出来的就是噬心蛊，裴素问也没办法了，只希望他能赶紧从自己的眼前消失，越快越好。

在城中转了一圈，因为魔族们大多跑去人间玩耍，没有达到沈望春期盼的效果，他抱着自己的蛊宝宝们失望地回到幽冥宫。

望乡城与人间隔了一片辽阔的荒漠，从这里向人间眺望，也能看到漫天盛放的烟火。沈望春坐在檐下，明月被云层遮蔽，四周寂寥无人。在某个刹那，他以为自己还被困在幽冥狱中。

是不是只有看到萧雪睢后悔落泪，他才能得到真正的解脱？

只有这样就够吗？

沈望春其实也不知道，况且他连这点都没有做到。

正月初七，这一日望乡城内风雪交加，到人间快活的魔族回来了大半。待到傍晚，风雪平息，萧雪睢终于出关。

沈望春早已等候多时，他能明显感受到萧雪睢的修为精进许多。如果能一直这么下去，要达到她丹田被废前的境界，也就一两年的时间吧。

可是这一次她没了剑骨，终究是有些美中不足。

沈望春觉得自己的这个念头不太对，他应该担心萧雪睢修为大增后趁他不注意，逃出幽冥宫。还好他早有准备，炼了噬心蛊。

沈望春再次感叹自己的远见。

他把精心喂养大的蛊宝宝稍微处理了一下，送到萧雪睢面前，对她说：“这是为了迎接你出关，本座精心给你准备的大礼，相信你一定会喜欢的。”

萧雪睢低头看向他掌心那颗过了一层糖浆的丹药，问：“这是什么？”

沈望春微笑道：“噬心蛊，吃了。”

萧雪睢抬手拿起沈望春口中的那颗“噬心蛊”，直接含入口中，吞了下去。

过程太过顺利，把沈望春看得都愣住了，萧雪睢是不是闭关把脑子也给关上了，他忍不住出声问道：“你就这么吃了？”

萧雪睢抬头看了沈望春一眼，奇怪地问他：“还要配点什么吗？”

沈望春：“……”

从前他怎么没发现萧雪睢这个人这么幽默啊？是不是要再问一句配茶还是

配酒？

从前他好像都没跟萧雪睢说上话。

哦，那没事了。

明明事情都按照他的设想在发展，可沈望春莫名就是有种一拳打进棉花里的憋屈感。

他不能再在这个地方待下去了，他要先出去冷静冷静。

沈望春转身快步离去，他已经走到门口了，身后的萧雪睢忽然开口，叫出他的名字："沈望春。"

沈望春停下脚步，回头看她，他打了个哈欠，懒洋洋地问："叫本座做什么？"

萧雪睢问他："你恨我，是因为我把你封印进幽冥狱吗？"

沈望春怔住，萧雪睢怎么会问出这个问题来。他沉默了一会儿，反问："不然呢？"

宫室内一片寂静，灯盏的光亮照亮了她的眼眸。

萧雪睢又问："真的只是这样吗？"

沈望春眼神闪了闪，但马上挺起胸膛，很有气势地问："关你什么事？"

萧雪睢平静地道："若将来有一日我要死了，我想死个明白。"

沈望春"呵"了一声，冷笑道："本座不会让你死的。"

随后他又连忙压低声音，对萧雪睢阴沉沉地道："但本座会让你生不如死。"

结果萧雪睢不仅没害怕，还对他笑了一下。

怎么又笑了？

这、这……这是对他的羞辱！

沈望春告诫自己绝对不能被敌人的糖衣炮弹迷惑，他努力凶着脸问："你笑什么？"

萧雪睢脸上的笑意依旧，问他："不能笑吗？"

沈望春张了张唇，他总不能告诉她，她一笑起来，自己就变得很蠢吧。

最后他只能恼羞成怒道："笑吧笑吧，等会儿你的噬心蛊发作，你就笑不出来了。"

2

见萧雪睢一副不在意的模样，沈望春眯了眯眼，问她："知道噬心蛊发作时是什么样的吗？"

萧雪睢看着他，没说话，但沈望春莫名觉得自己好像可以读出她内心的想法，于是他嘴角咧得更大，对萧雪睢道：“过不了多久，你肚子里的蛊虫就会因为饥饿苏醒过来，先是将你的肠腹吃穿，然后开始啃食你的内脏，从你的肝脏到你的心肺，一口接着一口，遇见好吃的部位，它还会多吃上几口。不过你可以放心，它只有小小的一只，吃得不会很快，所以你不会立即死去，只会痛苦难当，生不如死……”

沈望春越说越来劲，噬心蛊本蛊要是听得懂人话，听到他的介绍都得吓上一跳。

他大概是把这段时间看的那些蛊书里的各种残忍描写都串在了一起，争取要在那噬心蛊发作之前，先把萧雪睢给吓个半死。

只是萧雪睢并没有因为他的话生出恐惧来，并且见他好像是一时半会儿说不完，萧雪睢直接开口打断他的话，淡淡说：“我知道了。”

沈望春正说在兴头上，听到萧雪睢的声音，他不禁一愣，傻傻道：“啊？”

“我知道了。”萧雪睢又说了一遍。

沈望春一时没明白她这话的意思，她怎么就知道了？

他问：“你知道什么？”

萧雪睢道：“知道你的噬心蛊很厉害。”

沈望春委实没有想到她会夸自己厉害，他感觉自己大概是被气到了，一股热气蹿到头顶，他张了张唇，最后干巴巴地说了一句：“你知道就好。”

他的脸颊微微泛红，萧雪睢看着他脸上的红晕，稍有疑惑。

大概是察觉到萧雪睢在看自己，沈望春的脸更加红了。他本人坚持认为这是被萧雪睢气的，所以干脆转过头去，屏蔽萧雪睢对自己的干扰。

被她这一打岔，他都忘了自己本来要说什么。

随后，他听到萧雪睢问他：“所以我体内的噬心蛊什么时候会发作？”

她能这么问，多半对噬心蛊还是有几分害怕的。沈望春微微一笑，肯定道：“很快。”

萧雪睢点了点头，然后……然后她就抬步走出门去。

沈望春站在原地，呆呆看着萧雪睢从自己身边走过，留给他一道背影。

他眨眨眼，确定自己没有看错。他不是说了，噬心蛊很快就会发作，萧雪睢这是要干吗？

他深吸一口气，跟在萧雪睢身后走出宫殿，他看到萧雪睢下了石阶，站在庭中，依旧是背对着他。

她抬起手，那柄悬光剑现于她的手中。

悬光剑，以赤月石与玄金龙鳞打造而成，剑身二尺四寸六分，剑刃雪白，剑柄镶嵌了一颗月色的宝石。

萧雪睢十六岁入东海剑冢，得此剑，取名为悬光。

悬光剑似一条游龙在她的周身游走，她身姿飒沓，行云流水，似有太阳轰然坠落，江海之上泛起茫茫剑光，凛冽霜雪扑面而来。

沈望春抬头，只见九天之上，似有威严神龙腾飞，与她共舞。

他抿着唇，嘴角微翘。

不久后，萧雪睢停下手，四周的风雪好像也随她的动作一起平息了，她抬头看向沈望春，双眸明亮，她问："比一下？"

沈望春下意识看了看左右，确定这里只有他和萧雪睢两人，才向萧雪睢问道："你要跟本座比？"

萧雪睢颔首。

"好呀。"沈望春缓缓走下石阶。

他是没有本命剑的，他现在用的剑还是从望乡城上一任魔君那里打劫来的，沈望春觉得还算称手，就一直用着。

两个人心照不宣地都没有动用灵力，只是普通过招，沈望春也完全没有要让招的想法。他这么恨萧雪睢，没想使些阴险手段让她惨败在自己剑下，已经是他的仁慈了。

他想起多年前，他站在试剑台下，希望自己有朝一日可以站在她的面前，与她堂堂正正比一场。

这个愿望在多年后终于实现，但他已经没有从前的心思了。

长剑相击，发出清越的声响，火星四溅，衣袂翻飞，转眼间他们已经过了上百招。在剑术上，沈望春到底不是萧雪睢的对手，萧雪睢虚晃一招，沈望春闪避不及，那雪白的剑尖便抵住他的咽喉，只要她再往前一送，他就会命丧当场。

沈望春止住动作，垂眸看着那剑，对面萧雪睢的声音与多年前试剑台上的重合在了一起。

她说："承让了。"

长风掠过，扬起纷纷的雪花，时光好像真的可以倒流，带着他回到从前。

只是如果能将一切苦痛的记忆也都抹平，才算是恩赐。

萧雪睢收了剑，她的脸上既没有胜利的喜悦，也没有战胜沈望春的得意，如同她过去的每一次比试。

理所应当，天经地义。

沈望春嘴角情不自禁又上扬了些许。

萧雪睢看了他一眼，对他说：“你的噬心蛊可能出了点问题。”

沈望春的表情顿时僵住，紧接着嘴角耷拉下去，他坚决道：“不可能！”

萧雪睢倒是没有同他争执，点点头，说了一句：“好吧。”

沈望春轻哼了一声，也没解释萧雪睢体内的“噬心蛊”为什么没有发作，提着剑转身走了。

萧雪睢握紧手中长剑，手腕一转，长剑刺出，迅如雷电，剑气纵横。

沈望春停下脚步，回头看她，剑光闪烁，她乌黑的长发在风雪中飞扬。

他站在原地，偷偷看了她很久。

至正月十五，沈望春又要闭关去，虽然上次闭关的结界被破开后，他不仅没把整个望乡城里的魔族都给屠了，还意外把萧雪睢给吓哭了，但总归还是不太可控，他还是老老实实在结界里面待着吧。

果然第二日他清醒过来，殿中已是狼藉一片，他设下的结界只剩下薄薄的一层。他昨晚疯得似乎有些过头，下一次这些结界也不一定能拦下他。

沈望春忧心忡忡地出了这座快要废弃的宫殿，思索下个月要不要把望乡城里的魔族们流放一下，救他们一命。他边走边想，等再回过神的时候，发现自己已经到了从前的寝宫里。

萧雪睢不在这里，她在外面练剑。

沈望春看着空荡荡的宫室，心脏莫名跟着空了一块。

从幽冥狱出来后，他用了不到一年的时间就找到萧雪睢，并让她成为自己的阶下囚，他可以任意折磨她了，将自己受过的苦都让她尝尝。

还有什么不满足的呢？

沈望春不断地问自己，却总也问不出一个答案来。

于是他不再为难自己，从最里面的柜子里翻出上任魔君珍藏的好酒，一个人自斟自饮起来。

待到萧雪睢练完剑，回到这里，一推开门就闻到一股浓郁的酒香，往里面看去，沈望春的身边已经倒了许多酒坛。

听到开门声，他放下手里的酒杯，转头看过来。

萧雪睢逆光而立，如梦似幻。

沈望春似是有些醉了，困惑地看着向他渐渐走近的萧雪睢，直到萧雪睢来到他的面前，他眨眨眼睛，放下手里的酒杯，双手放在大腿上，有些乖巧的模样。

良久后，他问道："萧雪睢？"

"是我。"萧雪睢道。

沈望春好像更加困惑了，他问："你怎么会来？"

萧雪睢没有回答他的问题，在他的对面坐下来，然后就听他嘟囔着："……你真讨厌。"

这应该是萧雪睢第三次听到沈望春这样说她，世间恨她的人不计其数，说她讨厌的，倒是只有沈望春一个。

萧雪睢倒了一杯酒，问他："为什么这么说？"

沈望春歪了歪头，他重复萧雪睢的话："为什么啊……"

"为什么？"萧雪睢问。

"不知道，"沈望春的眼睛雾蒙蒙的，看起来有些委屈，过了一会儿，他恨恨道，"看见你就烦。"

然后抬起手，捶了捶自己的胸口，小声说："这里疼。"

萧雪睢的目光落在沈望春捶打胸口的那只手上，她的嘴唇微动，问他："是看到我就疼吗？"

烛火摇曳，青丝垂落，她此时的模样好像比他记忆里的任何一幕都要温柔。

沈望春呆呆地望着她，有些分不清眼前到底是真实还是梦境。

是过去的梦，是现在的真实。

他放下手，低下头，缓缓道："看不到的时候，想你也疼。"

萧雪睢问他："经常想我吗？"

沈望春缄默，宫殿里陷入寂静，好像所有的声音都被此间的长夜吞没，良久后，他轻轻说："一直。"

他一直想着萧雪睢，十几年过去，从没有变过。

他面前的酒杯里盛了半盏酒水与半盏明光，他从前爱慕她，如今痛恨她，他总放不下她。

如果不是萧雪睢亲手将他封印进幽冥狱里，让他在里面煎熬了三千多个日夜，他应当不会这样对她念念不忘。

都是萧雪睢的错，是她让自己变成这副模样的，他想。

"为什么？"萧雪睢问。

她还要问为什么？

真是残忍。

他不想再说爱她，但可能是酒喝得多了，要说恨，一时也说不出口。

他陷入沉思，对面的萧雪睢静静看着他，耐心地等待他的回答。

她的眼睛里倒映出他此时的身影和几盏明亮的灯火，时光好像在这一刻短暂地停留过，然后继续流淌。

如果这一幕是发生在他被封印进幽冥狱以前，下一刻就算是要为她上刀山下火海，他都会愿意的。

可惜那时的萧雪睢根本不会看到他。

一股沉重的哀伤由他的心室渐渐蔓延开来，将他整个人笼罩在里面，他像是梅雨季里生长在石阶阴暗角落里的厚厚苔藓，浑身散发着潮湿的气息。

半晌过去，他说：“讨厌你。”

萧雪睢对他的回答一点都不意外，他在她面前一直都是矛盾的，平日里是这样，喝醉了酒也还是这副样子。

爱她的人很多，恨她的人也不少，可从来没有沈望春这样的。

“讨厌我还要想我？”萧雪睢问。

她的提问很有道理，讨厌一个人最好的办法就是把他忘得干干净净，当他从来都不曾出现在自己的生命里。

沈望春歪着脑袋，认真思考，好半天过去，回答说：“我要报复你。”

“你要怎么报复？”萧雪睢轻声问他，只是她的语气不像是在问沈望春，反倒像是在问自己。

沈望春的嘴唇几乎抿成一条直线，他望着萧雪睢，眼神中似有两分委屈，好像萧雪睢问了什么过分的问题。他看了她好久，但没有开口。

“要我死吗？”萧雪睢问。

可他却从青霄宗的弟子手中将她救下。

“要我生不如死？”

可他却想方设法解了她身上的相思夜。

“要我痛不欲生？”

他找到她的剑骨，偷偷放回她的身边。

“还是要我——”

对面的沈望春终于开了口，他皱着眉头，打断萧雪睢的话：“萧雪睢，你好烦啊……”

萧雪睢闭了嘴，直直看向沈望春，她目光锐利，好像可以穿透那一层又一层的伪装，抵达他内心深处那只被他封锁的匣子。

沈望春心虚地低下头，选择避开她的目光。

而萧雪雎长久地凝视着他，偌大的宫室再次陷入沉寂当中，落针可闻，他们的影子随着烛焰轻轻摇摆，偶尔有那么一瞬会重叠一部分。

萧雪雎对他说：“沈望春，你喝醉了。”

“才没有，我很清醒。”沈望春反驳道。

不然他早就被眼前的萧雪雎迷惑了，可他再也不要像从前那样喜欢萧雪雎了。

萧雪雎来的时候就给自己倒了一杯酒，直到现在她都没有把这杯酒饮下。

她的影子落在地上，无声地摇动，她轻声问：“沈望春，我们从前是不是见过？”

萧雪雎不觉得自己的记忆出现过差错，只是她确实记不起沈望春这个人。

“幽冥狱。”沈望春回答道。

萧雪雎继续问：“除此之外呢？”

“除此之外……”

她当真是一点都不知道，沈望春自顾自地笑了一会儿，拿起酒壶，把剩下的半壶酒全都灌进口中，紧接着他站起身，只是摇晃了两下又坐下来，他对萧雪雎笑得像个坏事做尽的大反派，他说：“我是不会告诉你的。”

就让萧雪雎绞尽脑汁地琢磨去吧！

“咚”的一声，酒壶从沈望春的手中掉落，他趴在桌子上，合上眼睛，好似睡着了一样。

萧雪雎静静地看着他，见他的眼角渗出一滴晶莹的泪珠。

她在那颗泪珠里看到了自己的身影，她微微怔神，随即伸出手，想要拭去他眼角的泪。

沈望春似有察觉，浓密的睫羽颤了颤，他睁开双眼。

眼前像是隔了一层厚厚的雨幕，他快速地眨眨眼，模糊的景象逐渐变得清晰，他的眉头又皱起，眼睛里全是困惑。

萧雪雎对上他的那双眼睛，而后面色如常地擦去他眼角的泪水。

“你在做什么？”沈望春问，没等萧雪雎开口，他自己喃喃道，“……我可能真的醉了。”

“睡吧。”萧雪雎说。

沈望春“嗯”了一声，然后眨眨眼睛，竟是又挤了一滴眼泪出来，仰着头巴巴地望着萧雪雎。

萧雪雎：“……”她拿出一张帕子，送到沈望春面前。

沈望春低下头看了眼那帕子，有些失望，但最终还是攥进手里。

不想了，不想了。

不如睡觉。

他再次趴在桌子上，合眼睡去。

萧雪雎知道今晚从他的嘴里依旧问不出任何答案，她打算出去打坐修炼，只是刚一起身，就听到沈望春问她：“萧雪雎，你想离开吗？”

“离开？”

沈望春还是趴在那里，仿佛刚才说的只是梦话，他又说道：“离开幽冥宫，离开望乡城。”

萧雪雎刚喝了口酒，酒的味道不错，怪不得沈望春能把自己喝成现在这副模样。她没有直接回答他的问题，反而问他：“你觉得呢？”

沈望春又没了声音，久久没有回应，就在萧雪雎以为他已经睡去的时候，忽听到他道：“你走吧，我不想看到你。”

“真的？”萧雪雎问。

沈望春双手紧紧攥拳，他含糊不清地道：“……真的。”

萧雪雎放下酒杯，起身便走，沈望春听到远去的脚步声，小心翼翼地抬起头，目不转睛地看着她的背影。

她果真要走。

哈，真是太好了！她终于要走了！他根本不想看到她，他看到她心里就烦！

他按住自己发疼的胸口，五官皱成一团，一副快要哭出来的模样。

萧雪雎走到门口时，忽地停下脚步，回头看他。沈望春坐在那里，直勾勾地盯着她，他的眼泪已经在眼眶打转。

只要萧雪雎出了这个门，他的眼泪就会落下。

果然是喝醉了，萧雪雎想。

她的小师弟也爱哭，只是沈望春与他不同，清醒的时候，沈望春绝不会在她面前落泪。眼下这般，他说自己没醉，幽冥宫外的野猪都不信。

萧雪雎从不是多话的人，今天晚上在这里同沈望春说的话已经够多了，只是到最后，她也没有问出一个答案来。

从到望乡城的那一天起，无论沈望春嘴上说得如何坚定，但事实上他一直都在救她。她欠他良多，然而只怕她欠下的比她目前知道的还要多。

他想要的到底是什么呢？

萧雪雎长呼了一口气，回到沈望春对面坐下，沈望春此时又睡过去了，趴在那里像只鹌鹑。

萧雪睢连喝了两杯酒，看着沈望春头顶的发冠，低声叫道：“沈望春……”

沈望春哼哼两声，过了一会儿，又慢吞吞地吐出一句：“萧雪睢，我讨厌你。”

“我知道。”萧雪睢说。

可她不知道，在他对自己浓烈的感情中，他的讨厌究竟占了几成。

3

沈望春终于彻底睡了过去，他趴在那里，安安静静，再没有说那些违心的话。

原本萧雪睢是要出去继续修炼的，眼下倒也没有必要了，她的心不静，今晚也修不出什么结果来。

萧雪睢拿起酒壶，接连喝了几杯，她看向对面沉睡中的沈望春，她眸若秋水，波光潋滟。

萧雪睢没有进入过幽冥狱，却也听说过那里面极为艰苦，凶险异常，被封印进里面的魔族会恨她十分正常。

然而说这话的人是沈望春，这么长时间过去，萧雪睢也分辨得出来，他在她面前说的话大多是不可信的。

所以应该不只是这样，这其中一定还有其他她不知道的事情。

只是沈望春不愿意说，平日里他清醒的时候，同他稍稍一提起，他就像是被踩了尾巴的猫，浑身的毛都要奓起来，现在喝醉了，他的这张嘴也是紧得很。

将自己的记忆再往前推进，她艰难地在里面寻找沈望春的身影。

她这一路遇见的人太多太多，有的惊鸿一瞥，有的平淡无奇，有的只是不经意间的一个对视，最终大都汇入茫茫人海之中，再不相见。

沈望春是哪一种呢？

她到底是一个人，而不是神，不能永远地记住她见过的每一个人的模样。

正道与魔道向来势不两立，不死不休，那时她所知道的魔族只会残害生灵、虐杀百姓，她也曾被孩童似的魔族迷惑过，并为此付出了不小的代价。

然而总有些魔族并非自愿沦入魔道，也不是每一个魔族都嗜杀如命。

她叛出青霄宗，抽去剑骨，受尽折磨，既是偿还对莫言思等人的亏欠，也是惩罚自己的自大与无知。

那么如今，她欠沈望春的，又该如何去还？

月出东山，银白的流光倾泻下来，洒满连绵的山脉，嶙峋巨石矗立在高高的山巅上，似一尊亘古不变的雕像。

沈望春醒来时已经是第二天的中午，他按着有些发疼的额头从床上坐起来，看了看四周，突然愣住。

眼前的一切他都熟悉无比，毕竟他在这里住了快有一年，正因如此，他才会奇怪。

他的寝宫已经被萧雪睢占据，他不想见到萧雪睢，不想与她有过多的接触，所以干脆搬到其他宫殿去，这怎么又回来了？

更重要的是，他怎么到床上来了？

沈望春微微蹙起眉头，努力回忆，昨天他回寝宫来是想找出前任魔君藏在这里的酒水，小酌两杯，那酒实在不错，怪不得老魔君藏了那么多年都舍不得喝，沈望春忍不住当场就开了一坛，本想喝一两口尝尝，结果却是一杯接着一杯，喝个没够。

后来……萧雪睢回来了，她在自己对面坐下，她的嘴唇张张合合，好像是对他说了什么，可他记不起来了，而再后来又发生了什么，他更是一点印象都没有。

所以，是他自己爬上的床？

那总不可能是萧雪睢把他抱到床上的吧？

沈望春毫不犹豫地选择前面的猜测，毕竟后者有点吓人。

不过他还有另外一个问题：萧雪睢昨晚睡在哪里？

此时寝宫里空空荡荡的，只有他一人，说话大点声都可以听到回音。沈望春敲着脑袋，冥思苦想，仍旧一点印象都没有。

低下头，他的衣服倒是都好好挂在身上。

沈望春给自己施了道清洁术，除去衣物上的脏污，随后起身下床。桌上倾倒的酒杯和酒盏，连同桌底的酒坛都已经被收拾干净。沈望春挠挠头，这也是他做的？

不确定，再看看。

他走出寝宫，仍是不见萧雪睢的身影，总不可能昨晚她趁自己酒醉逃跑了吧。

他长长叹了口气，喝酒误事！喝酒误事啊！

沈望春在长廊下慢慢悠悠地走着，动作不见丝毫急切。萧雪睢离开他这幽冥宫又能去哪儿呢？她要回青霄宗吗？要找这个弈那个弈帮忙吗？

陆鞅远远地看到他，颠颠走过来，行过礼问他：“君上，您怎么了？”

沈望春掀开眼睑，看了他一眼，凉凉问道：“什么怎么了？本座挺好的。”

陆鞅腹诽，他敢不敢照照镜子再说这话。

不过，经过这段时间，陆鞅多少也算看明白了，君上情绪若出现波动，必然是与萧雪睢有关。他问：“君上是在找萧姑娘吗？”

“谁要找她！”沈望春道。

陆鞅“哦”了一声，继续说道：“属下看到萧姑娘在黑河边上练剑。”

沈望春冷冷道：“本座都说了，本座没在找她。”

陆鞅：“……”

他心想以后真该随身带一面镜子了，好让他们君上能够随时注意到他自己的表情变化。

什么叫喜怒无常！什么叫说变就变！

沈望春转头向西边走去，那正是黑河的方向。

陆鞅跟在后面，盯着沈望春的背影，有一肚子的话想说，但到了嘴边，又觉得算了，很没必要。

沈望春察觉到陆鞅的小动作，回头看了他一眼，淡淡道：“看什么呢？本座昨晚喝得太多，要吹吹风，醒醒酒。”

陆鞅殷勤应道：“君上说的是，这黑河边上的风格外凉爽。”

沈望春飞了个眼刀给他，转过身继续向前走去。

黑河边上，萧雪睢一身白衣，长剑如虹，搅动江海，云烟翻涌，日月变色。

无边剑气汇聚于悬光剑上，她长剑一挥，仿佛有千军万马浩荡而来；她再一挥剑，剑气消散，收放自如。

陆鞅看得简直后背发凉，萧雪睢不愧是曾经的正道魁首，她的修为现在明明还不如自己许多，但要这么直接对上她，自己还真不一定是她的对手。

再这么下去，用不了多久，如果萧雪睢想要离开这幽冥宫，他联合宫里除君上以外的魔族可能都拦不下她。

当然，也有幽冥宫里已经不剩下几个魔族的原因。

所以，君上就不担心一下吗？

他偏过头，看了一眼身边的沈望春。

沈望春站在原地，他的目光长久地凝望在萧雪睢的身上。

他的眼睛在发亮，嘴角微微上扬。

他们君上这小表情看起来怎么还挺骄傲的？

还搁这儿骄傲呢！

4

青霄宗，千纵峰，议事堂。

掌门任淮生坐在最上头，他身穿一身玄色道袍，三十多岁的模样，留了一把乌黑的长髯。

他看了一眼下方的各位长老，沉声问道：“可查出那晚感悟剑道的是哪位道友？”

有长老开口答道：“我已派了弟子去往几大门派问过了，他们都不知情。”

他对面托着下巴的师妹开口道：“这么看来，应当是一位散修了。掌门师兄，你认识的散修道友多，依你看，会是哪位？”

任淮生面色深沉，他道：“我已问过几位道友，不是他们。”

此前任淮生一直很自信地认为，修真界若再有人感悟剑道，必然会出现在他们青霄宗。然结果却是，那人不仅不是他们青霄宗的，甚至他们连个人影都没有找到。

“我怀疑根本就不是悟道，许是其他的什么。”落玉峰的峰主江鸿突然开口道。

任淮生点了点头，道：“也有这个可能。”

江鸿扫了眼身边的几位元老，又问道：“师兄，那萧雪睢的事要怎么处理？”

“这个……”任淮生面露犹豫，“让我再想想吧。”

江鸿皱眉道：“掌门师兄，我们就这样任由她在外面逍遥？”

任淮生看了江鸿一眼，又看了看在座的其他几位长老，长长叹了一口气，颇为感伤道：“薛师弟就只剩下这两个徒弟了，我想着要不就算了吧，萧雪睢如今身在魔界，少不得有魔族对她虎视眈眈，此时怕是自顾不暇，若她再在修真界现身，到时派弟子去捉拿也不迟。”

江鸿立刻反驳道：“师兄你糊涂呀！真到了那个时候，什么都晚了！况且咱们宗门里的这些弟子，一个个全都被她给迷惑了，我一直怀疑，上次在沧溟境外，根本不是萧雪睢本事通天，而是那些弟子在故意干扰视听。”

任淮生对着江鸿摆摆手，示意他不要那么激动，道：“没那么严重，她丹田已毁，剑骨也不在了，不用太担心。”

江鸿道：“丹田毁了还能补上，剑骨不在也能再找回来，要不是前不久见过她，我都怀疑悟道的人是她。”

任淮生脸色一变，沉了下来，他道：“江鸿，你多虑了。”

江鸿冷笑：“但愿吧。”

他对面的程鸳长老突然开口道：“我一直都想不明白，雪睢怎么会突然与魔族勾结？”

青霄宗内，有此疑问的人不在少数，放眼整个修真界，萧雪睢都是首屈一指的人物，那么多的道友追着她、捧着她，她一呼百应，要风得风，要雨得雨，她与魔族勾结，她图什么呀？

图个刺激吗？

江鸿听到这话有些不满，拍着桌子道：“我们亲眼见到的，难不成能是假的！”

程鸳瞥了江鸿一眼，淡淡道：“江师弟，你这火气也忒大了，我不过就是好奇罢了。”

江鸿刚要开口，却被任淮生打断，这位掌门痛心疾首道：“我想雪睢一定是被魔族给迷惑了，此前修真界也有道友受了魔族蛊惑，投靠魔界，只是没想到我们青霄宗的弟子也会如此，若是薛师弟泉下有知，不知要多伤心。”

江鸿急切道：“难不成咱们真就放着不管了？前不久她可是当着那么多弟子的面混入咱们青霄宗，其他宗门都看咱们青霄宗的笑话呢！”

任淮生又是叹气，道：“好了好了，此事容我再考虑考虑吧。”

“师兄——”江鸿对这个结果仍不满意。

任淮生看了他一眼，不耐道：“那你要怎么办？让弟子们去魔界把萧雪睢找出来？你知道魔界是什么地方吗？到时候别是萧雪睢没抓到，咱们的弟子反倒让人给抓了。”

江鸿抿着唇，这下终于没话说了。

“没有其他事的话，诸位就先回去吧。”

在场的数位长老起身行礼，而后陆续离开，江鸿走在最后面。他刚要踏出门，听到身后的任淮生叫住他道：“江师弟，你留下来，我还有事要交代你。”

任淮生倒也没什么特别重要的事，只是上一次是秦弈把萧雪睢带上青霄宗的，他怀疑萧雪睢与他还会有联系，所以让江鸿派几个值得信任的弟子去跟着秦弈，一有消息立刻回复。

江鸿保证道：“放心吧，师兄，这事包在我身上。”

任淮生点了点头，目送江鸿离开，很快，这偌大的议事堂中就只剩下他一人。

春寒料峭，万物复苏。

萧雪睢的修为提升得实在神速，加上她那一手出神入化的剑法，陆鞅总觉得说不定哪一日，她就会悄然无声地离开幽冥宫。

可对此他们君上都不操心，他操哪门子心？毕竟他是真的对萧雪睢没有任何想法。

至于他们君上……

他嘴上说着要报复，可看看他都做了些什么。要是人人都像他这样报复，这个人间早就变成和谐友爱的大家庭，我为人人，人人为我。

他这般纵容，等到哪天萧雪睢真的走了，有他哭的。

不过都这么久了，望乡城里居然还有傻子相信，他们君上是真的恨萧雪睢，想通过这事讨他们君上的欢心，看来提高望乡城魔族的智商迫在眉睫。

一声沉闷的春雷惊落满庭黄叶，长风掠过，将地上的枯叶卷至半空。

沈望春正在树下小寐，听到雷声，他拿开盖在脸上的话本，打了个哈欠，又眨了眨眼睛，望着头顶一直阴沉沉的天空，而后转头问陆鞅：“惊蛰了吗？”

陆鞅木着一张脸，回答道：“回君上，应当没有。”

上元节这才过去两天，没那么快。

黑河边上，萧雪睢一身素衣，剑舞长空，滔滔河水奔流不息。她手中长剑劈落，河水分列两侧，萧雪睢站在中央，那凛冽剑气化作罡风，河水迸溅，似落下了一场瓢泼大雨。

沈望春与她的距离并不算近，但是一抬眼就能看到，她高高举起手中悬光剑，磅礴剑气朝天而出。

那雷声“轰隆”，越来越近，似乎是一场暴雨将至。

沈望春站起身，遥望着萧雪睢，她等会儿不会要在雨里练剑吧？

风云变色，黑河翻涌，数条银白的闪电在云层间快速穿梭，忽明忽暗。

萧雪睢凭空而立，冷风吹动她的衣袍，一剑万钧。

而那九天之上，数道闪电汇聚成一股，横跨半个天空，如同天裂，只听数声震耳雷鸣，粗壮的闪电如巨龙一般，照亮天地，直直向着萧雪睢而去，她站在河面之上，竟是一动不动。

萧雪睢是吓傻了吧？

沈望春目光紧紧跟随那道从天而降的银色闪电，下方的萧雪睢好似被定在原地。

她怎么还不避开？她不会是想尝尝被雷劈的滋味吧？沈望春想，他才不会管她的，她这么吃点苦头挺好的。

可萧雪睢是真的一点不躲，等着那一道闪电的降临。

在那巨大的闪电就要击中她的刹那，沈望春突然出现，将萧雪睢整个人护在身下，刺目的光亮里，他们两人的身影好似凝固在这一瞬的时光当中。

下一刻，沈望春的后背一阵灼痛，仿佛全身的骨头都在碎裂，他闷哼一声，只将怀中的萧雪睢护得更紧，滴水不漏。

待到闪电的光芒散去，沈望春才缓缓松开双手，他死死盯住面前的萧雪睢，咬牙切齿道："萧雪睢，你疯了是不是！"

萧雪睢有些怔忡，大概是没想到他会突然出现，他在剧烈地喘息，整个人都在发抖，她甚至听到他胸腔里心脏"怦怦"跳动的声音。

"没事的。"她说。

"没事？这叫没事？这叫没事？"沈望春怒极反笑，"萧雪睢，你不想活了也不要死在本座的地界上！"

春风微冷，黑河两岸不见丝毫绿意，只有几块白石依偎在一起，远远看去，像是还未融化的冰雪。

萧雪睢的情绪比较稳定，她看着眼前的沈望春，轻声安慰他说："没那么严重，我心里有数的。"

沈望春冷笑道："有数？你有什么数？有傻站着任由闪电劈过来的数？萧雪睢，我是真不知道你都在想什么！"

他的语气实在算不得好，手指到现在都还微微颤抖着，萧雪睢低头见了，心下一软，对他说："沈望春，你冷静一点。"

沈望春冷眼瞧她，只道："本座不冷静吗？你能好好地站在这里，说明本座已经够冷静的了。"

萧雪睢看他的样子一时半会儿是没法交流的，也没与他争辩，只是道："你转过去，我看看你背上的伤。"

沈望春却是站在那里完全不动，他哼道："本座后背哪有伤？本座好得很，就是再劈两道雷下来，本座也扛得住。要不你再召两道雷来看看？"

萧雪睢看着他，有些无奈，又有些好笑，她对沈望春道："你好好说话，别阴阳怪气。"

结果沈望春又笑起来，道："好笑，本座阴阳怪气了吗？萧姑娘你还要本座怎样说话？是要本座给你拱手作揖，还是要跪下跟萧姑娘你说话？"

萧雪睢淡淡道："要是这样能让你心里舒坦点，也可以。"

沈望春没想到她会这样说，皮笑肉不笑接连"哈"了几声，道："真好笑啊，萧雪睢，是我想这样的吗？你怎么不看看自己都做了什么？要不你把整个幽冥宫都给劈了吧，反正你早就想离开这里了。"

萧雪睢回他道："我若是想离开，现在也不会站在这里。"

"你……"沈望春刚刚有些平复的心跳好像又躁动起来，那声音在耳膜上鸣响，吵得人头疼。他停了一会儿，才说出一句："你那是顾忌你体内的噬心蛊。"

萧雪睢看着他的眼睛，那里面的恐惧到现在都没有完全消散，她低声说："噬心蛊有没有用，你我心里都明白。"

晚风带雨，河面泛起涟漪，远处青山在烟雾中若隐若现。

他恨死萧雪睢了，看见她就生气。

沈望春抿了抿唇，干脆转过头看向别处，哼了一声，道："本座不明白。"

萧雪睢笑笑，没再说什么。

见她不说话，沈望春大概也觉得没意思了，两人都沉默下来。

细细的雨丝从天空飘落，萧雪睢仰头看天，但随即一把素色纸伞遮挡了她的视线。

萧雪睢转过头，看向不知何时悄悄走到身边的沈望春，沈望春的个子比她高出一些，天色昏暗，他的侧脸仿佛盈着一层浅浅的光，鼻梁高挺，下颌锋利，他目视前方，一脸冷酷，手中的伞好像只是在不经意间落在她的头顶。

萧雪睢就这么瞧着他，没过多久沈望春自己忍不住，看她一眼，问道："还愣着干什么？回去啊！你不会是想趁着下雨再召一道雷吧？"

萧雪睢确实是这么打算的，她开口同他解释道："刚才我是在引天雷锻骨，真的没事。"

"还真是你招来的？"沈望春气得笑起来，笑了一阵儿，才开口道，"萧雪睢，你让我说什么好？你现在什么修为你自己不清楚吗？刚才那道雷要是落在你的身上，你……"

沈望春嘴唇几次开合，到最后也没有把那些可怕的话说出口。

他恼怒地转过头，只觉得自己的后背如火烧一样疼。

萧雪睢却毫不在意地道："不至于，我应当可以受得住。"

沈望春回过头，直直望向她的眼睛，一字一句问她："若是受不住呢？受不住你又当如何！"

那么粗的闪电，若是个普通人站在那里，怕是要当场灰飞烟灭。

距离萧雪睢丹田修复才过去多久，她就敢这么胡来？

真是有本事！

不愧是她萧雪睢啊！

她已有此意，只怕日后少不了还要引雷下来。

沈望春一时间只觉得呼吸困难，他头疼得厉害，心脏也疼，全身的骨头都碎过一遍，密密麻麻的疼遍布他身体的每一处。

萧雪睢却道："刚才那道，我应当能受住，你我不同，雷电对我们的伤害也是不一样的。"

不一样？怎么不一样？那雷电写了她萧雪睢的名字了？

沈望春狭长的双眼微微眯起，问她："什么意思？"

萧雪睢问："你记得我去沧溟境里找到的那部功法吗？"

沈望春冷着一张脸，不悦道："那功法就是叫你过来挨雷劈？"

萧雪睢："……"这话好像没错，就是听起来有点怪。

她对沈望春把那两卷功法简单说了一遍，运转功法时，她便可以借助雷电威力，达到锻骨洗髓的目的。

沈望春听得云里雾里，只知道功法很厉害，但是也十分凶险，他问："你能保证自己受得住你引下来的每一道雷吗？"

"不能。"萧雪睢说。

她答得倒是坦诚，坦诚得沈望春倒是不知道该说什么好了。

他深吸一口气，正要再开口，却被萧雪睢抢了先，她伸出手，凉凉的雨丝落入她的掌心，她对沈望春说："我还有很多事要去做，青霄宗的事远远没有结束。"

萧雪睢顿了一顿，抬头眺望远方。河面上落下一只灰色大鸟，扑腾翅膀，像一支离弦的箭冲入云霄，她的视线追随着那只大鸟，直到再看不到。她轻声说："我一直怀疑，当年我师父的死，还有其他原因。"

沈望春侧头看着身边的萧雪睢，有些雨水飞入伞下，落在她雪白的面颊上。沉默良久，他说："既然你知道自己还有许多事要做，在天一牢里还把剑骨送给莫言思，你有想过自己会是什么后果吗？"

在天一牢里，她能毫不犹豫地抽出剑骨，独自面对青霄宗众人，现在又是引九天雷电，以命相搏，她是真的不在意自己的生死吗？

他刚才实在多此一举，就该任由那闪电劈在萧雪睢的身上。

自己怎么想的？非要犯这个贱！

那时候好像脑中是一片空白，等反应过来的时候，已经把萧雪睢护在身下。

沈望春越想越气，身上的骨头疼得好像更厉害了。

萧雪睢回答道："在那个时候，已经没有其他的选择了。"

想了想，她又对沈望春道："你觉得我将剑骨送与他人，是愚不可及，可我若是不将此事了结，日后必有心魔缠身。”

沈望春是想好好嘲讽她一番的，可身体里那一根根骨头仿佛被巨石一遍遍碾过，疼得他笑不出来，最后只能说了一句：“你总有道理。”

他声音沉闷，有股说不出的委屈。

萧雪睢轻笑了一声，问他：“那我的道理，你愿意听吗？”

沈望春一怔，动了动唇。半晌后，他色厉内荏道：“萧雪睢，本座是要报复你的，你的道理关本座什么事？”

萧雪睢的眼睛好似在发着光，她从善如流，点头道：“好，不关你的事。”

听她这样说，沈望春的脸上也没有显露出丝毫高兴的神情。

潇潇雨下，黑河上白沫翻涌，远处有魔族斗法，各色神光交织在一起。

沈望春将手中纸伞往萧雪睢的方向偏了偏，对她道：“你不是要引雷吗？这天正好。”

萧雪睢没有回答，而是问他：“你不回去吗？”

“呵，”沈望春冷笑，而后恶狠狠道，“本座回去做什么？本座要在这里亲眼看着你是怎么被雷劈的。”

萧雪睢打量了他一眼，道：“算了，今天不引了，先回去，看看你背上的伤。”

大雨倾盆而下，沈望春与萧雪睢同撑一把伞回了寝宫，一路上，沈望春大半个身子都在雨里，衣服都湿透了。不过毕竟都是修炼之人，这也不算什么，稍抖一抖，衣服上的水汽也就没了。

萧雪睢有些担心沈望春的伤，那一道闪电威力不小，他又是魔族，本来就受天道不喜，这么生生接了下来，想来绝对不会好受。

沈望春停在门口，背对着她，听到她的声音，回头看着她，一双眼眸含着愁绪，他说：“本座都说了没事。”

萧雪睢不好勉强，总不能在这里强扒了他的衣服，只是过后她向陆鞅询问过，陆鞅却是一脸茫然，什么都不知道。

沈望春撑起伞，再次走进这场大雨里，回到他最近常住的宫殿，原本陆鞅想要找人把这里重新修葺一番，他没同意，他就是不想总看到萧雪睢，随便找个挡风遮雨的地方就可以了。

现在他看不到萧雪睢，后背上的伤果然没那么疼了。

沈望春坐在陈旧的地毯上，望着门外，高矮错落的宫墙与宫殿在雨幕里不甚清晰。

萧雪睢想要引下九天神雷助她修炼，可这千百年来多少道友都死在雷劫之下，如她所说，她要锻骨就肯定不会只引一次雷，那要多少次？是几次，还是几十次，甚至几百次？

她以为天道钟爱她，每次都能留她一命？

不对，她没这么以为，她是明知道可能会在雷电下灰飞烟灭，她还是要这么做。

还能说什么呢？

他还能说什么！

就算他说了，又有什么用呢？他是萧雪睢什么人？他说的话萧雪睢要是能听，那太阳都得从西边升起来。

况且，他为什么要劝萧雪睢？这不挺好的吗！

她想要引雷锻骨，那就由着她呗，他正愁没法子折磨她呢。

不过最好是把萧雪睢送到个偏僻的地方去，省得真把他这幽冥宫给炸了。

到时炸了还要重修，劳民伤财，有伤天和，实在不好。

沈望春想着想着就笑了起来，只是笑了一会儿，就再也笑不下去。

他抬手摸了摸自己的唇角，慢慢转过头去，看向镜子里的自己。

他是高兴的，他明明都要笑出声了，可镜子里的人却是一副要哭不哭、要笑不笑的鬼样子。

沈望春扯了扯嘴角，镜子里的人做出同样的动作。半晌后，他嗤笑道：“真难看啊。”

他抬手覆在自己的双眼上，于是他的世界陷入一片漆黑。

第十章 寻珠

小狗摇尾巴

1

这场雨直到第二天早上才停下，雨停后没多久，林砚回来了，只是还不等他坐下喝一杯茶水，又被萧雪睢派出去跟着莫言思等人一起到人界去，帮他们找一块山明水秀的地方，建造新家园。

林砚临走时本想拜托沈望春多照顾一下他的师姐，但见他面色阴沉，又想起他往日的态度，悻悻将到嘴边的话全都咽了回去。

林砚来得快，走得也快，完全不知道他师姐现在在做多么不要命的事。

沈望春坐在盘踞的树根上，看着那银白的雷电向萧雪睢疾速而来，刺目的光亮将她整个人笼罩其中。

沈望春像是与她一同受了这雷，怔怔看着她，双手握拳，神色凝重。

许久后，他长舒一口气，靠着身后的粗壮树干，闭上眼睛。

春风拂过他的面颊，他好像听到来自多年前的海浪拍打礁石的声音。

多年前，空相大师无意间与他说起过瞿昙境，他说里面藏有宝塔三千、经书万卷，还有一颗赊梦珠。

赊梦以藏魂，只要能将一个人的魂魄藏住，就总有办法救回来。

沈望春睁开眼，他现在有点想将那颗赊梦珠取来把玩把玩了。

只是瞿昙境不在魔界，他若去了，怕是一两日回不来。好在今天萧雪睢刚引过一次雷，她需要时间将这雷电的力量化解吸收，一两日内她不会再引下第二道，他得尽早出发了。

沈望春召来陆鞅，简单地交代他两句，并不打算告知萧雪睢。

她在幽冥宫里，应当不会出事，她的剑使得极好，一般魔族奈何不了她。

当然，他不是关心萧雪睢，他只是……

浩荡春风拂面而来，沈望春抬头看向远处的萧雪睢，没来由地低笑了一声。

不重要，都不重要。

他转身踏出幽冥宫，离开望乡城，去往极西之地的瞿昙境。

沈望春御风而行，缩地成寸，在第二天黎明到来之前来到瞿昙境外，这里有不少和尚在苦修，沈望春隐去自己的身形，悄悄进入瞿昙境。

却不想刚进瞿昙境不久，他就遇见一位熟人。

瞿昙境共有三重，第一重里，无垠的沙漠中矗立着三座通天宝塔，但只有一座会出现在世人眼中，宝塔前坐着一个和尚，答对和尚的问题才能进入宝塔里，然后钻研塔内佛经，开悟之时，便是第二座佛塔出现之时。

那熟人此刻站在宝塔前，身穿一身黑色劲装，长发高束，长着一副非常讨人厌的面孔，正是秦弈。

沈望春心说真是晦气，不过这也怪他自己，他这次出门又忘了看皇历。

怎么一点不长记性呢！

秦弈注意到有人过来，侧头看去，见沈望春目光有些怪异，他挑了挑眉，主动开口问道："这位道友见过我？"

"没有。"沈望春面无表情地道。

秦弈直觉眼前这人说的不是真话，他这几年好人好事做了许多，修真界里认识他的道友不在少数，只是不知道来人是敌是友。

对方没给自己好脸色，他自然不会笑脸相对，秦弈的脸色冷了冷，问道："道友来瞿昙境是为何呀？"

沈望春不想理他，抬步走到那和尚面前。

和尚抬头看他，问："施主，痴狗为何？"

沈望春皱了皱眉，这和尚说什么呢？

听不懂，根本听不懂。

和尚以为沈望春没有听清他的问题，很贴心地为他重复一遍："痴狗为何？"

吃狗？他更疑惑了，和尚不是吃素的吗？怎么还吃狗了？

见他答不上来，旁边看热闹的秦弈幸灾乐祸地笑了一声。

沈望春转头看他，问："你知道？"

秦弈："……"

他也不知道，不然现在也不至于被拦在塔外，他想过找外面的和尚问答案，结果回来后，这位大师又换了个问题。

他想找个和尚与他做伴，一同进塔，可外面的和尚们说他们都进过了，不能再进。

他这好不容易等来一个有头发的，结果跟自己半斤八两。

秦弈道：“他的问题都跟佛经有关，要是能把佛经都记下来，应该就能答出问题进塔了。”

用他说这废话。

沈望春也就是跟空相大师同行的时候听的佛经多一些，但空相大师每次念经的时候，他都想睡觉，哪里能记住。

要他把那些佛经全都背完，估计要等到下辈子，他可没有那个时间。

和尚在这里拦门，把和尚赶走就是。门上有锁，那就把锁给拆了。

很简单的。

沈望春的掌心瞬间聚起一道白光，向那门锁轰去。

秦弈吓了一跳，哪想到这人答不出题就把卷子撕了。他暗骂了一声，见那和尚毫无反应，稍作犹豫，跟着沈望春一起撕。

那耀眼白光落在石锁上，只听“轰隆”一声巨响，眼前的烟尘散去，石锁断裂，塔门居然真的被打开，门口浮着一层波纹。沈望春急着取赊梦珠，没有多想，先一步踏了进去。

身后是和尚的一声低吟：“阿弥陀佛。”

石塔之内，一盏盏莲花灯将这里照得明亮，放眼四周，是一排连着一排的书架，每一排书架上摆满了佛经。

沈望春眨眨眼睛，他感觉自己所看到的一切都不太对，他的身体好像变小了。

他抬手——

等一下，他的手不是这样的吧？

低头看去，他抬起的竟是一只毛茸茸的……爪子？

“汪？”

“汪汪汪？！！”

2

沈望春此时的心情异常复杂，在进瞿昙境之前，他想过各种自己可能遇见的危险，就是没想过自己会变成一条狗。

真是长见识了。

不过想到不是自己一个人变成狗，他心里顿时好受多了。

沈望春仰头看向书架上的一卷卷经书，猜测等他们明白老和尚问的“痴狗”是什么意思，他们大概就能从这里出去了。

但问题是，这里的经书这么多，他们要翻到猴年马月去，而且，他们努努力应该也就能跳到第三层，再往上的经书要怎么看。

秦弈是一条长毛的黄色狮子狗，体形不大，一看就很名贵，在人界向来是要进贡给皇家的。

不知道自己现在是什么品种。

算了，管他什么品种，还不都是狗。

秦弈“汪汪”叫了两声，沈望春动了动耳朵，发现自己竟然能听懂他在狗叫什么。

随即他想起来，自己也是狗了。

那不奇怪了。

秦弈还在疑惑自己为什么会变成这个样子，沈望春懒得理他，跑到距离他最近的书架前，伸出一只雪白的小爪，扒拉下一卷佛经，硬着头皮翻看起来。

秦弈暂时也没有别的办法，只能跟他一起翻阅这些佛经。

两只小狗认真钻研起来，一时间塔内只剩下他们翻动经卷的声音。不知过了多久，他们觉得头晕脑涨，眼前的字好像都飞了起来。

塔内的景象扭曲变换，最后变成一座寂静的小镇。沈望春环顾四周，突然觉得腹中饥饿难忍，他沿着眼前的街道缓慢前行，很快闻到一股诱人的香气。

他停下脚步，蹲在墙脚，抬头看着街上来往的行人，远处传来鞭炮声和欢快的鼓乐声。他听到行人说今天镇上的狗大户要为老母亲祝寿，大摆宴席。

听到这话，沈望春只觉得肚子更饿了，或许他应该先去那狗大户家吃上一顿。

只是他刚拐过一个弯，就看到萧雪睢提着剑从长街的另一头走来。

理智告诉他，萧雪睢不该出现在这里，可是他无法违背自己的心意，他摇了摇身后那条细细的尾巴，欢快地跟了上去。

很长的一段时间里，萧雪睢都没有发现跟在自己身后的这条小狗。他们走过小镇外凋败的竹林，走过那片荒芜寂静的田地。后来，萧雪睢看到他，她喂了他一点食物，然后摸摸他的头，又挠了挠他的下巴。

沈望春摇摇尾巴，忽然觉得做条小狗好像也没什么不好。

可是他太饿了，再也走不动了。他倒在地上，感觉自己的五脏六腑正在互相蚕食，熟悉的疼痛再一次袭来，而萧雪雎离他而去，再没有回头。

沈望春闭上眼睛，他的意识开始消散，好像到这里就是终结。

在一片混沌过后，一切重新开始，他遇见萧雪雎，追随她而去，又死在这条漫长的没有尽头的路上。

这样不知重复了多少次，有个跛脚的老和尚从他身边经过，突然大喝一声，高举起手中的木棒。

木棒向沈望春的头顶挥去，沈望春轻轻一跳，灵巧地躲避开来。

他不屑地看了老和尚一眼，威风地抖一抖身上的皮毛，然后迈着四条小短腿，颠颠地向萧雪雎追了过去。

老和尚看着他们远去的背影，摇头叹道：“痴儿，痴儿。”

痴儿？

沈望春动动耳朵，回头看了那老和尚一眼，迟疑片刻，继续追着萧雪雎而去。他明知道结局依旧如此，仍不知疲惫，不顾生死，只要萧雪雎摸一摸他的脑袋，对他笑一笑，他就喜不自胜，把什么都忘了。

这一次，沈望春正仰着头等待萧雪雎的抚摸，然下一刻，却听到耳边传来一道清越女声：“破——”

沈望春一怔，随即眼前的萧雪雎随着他们身后的小镇、竹林、山脉，一同缓慢地破碎了。再然后，一场大风吹过，眼前的画面几经转换，他回到塔内。

之前的那些，都不过是他的一场迷梦罢了。

只是不知唤醒他的人是谁，沈望春抬起头向上看去。

他怀疑自己出现了幻觉，或是还没有从梦境中醒来。

他看到萧雪雎一身白衣，手执长剑，正站在他的面前。

他使劲眨眼，又晃晃脑袋，她还是站在这里。

萧雪雎怎么会来？她不是应该在幽冥宫里吗？

沈望春一时想不到答案，便蹲在原地，静静看着她。

不远处的秦弈与他同时清醒过来，他看见萧雪雎的时候可比沈望春热情多了，目光炯炯，一脸兴奋，他相信萧雪雎一定是来救自己的。

“汪汪！”

“汪汪汪！”

萧雪雎听不懂秦弈在狗叫什么，但沈望春可以，他听着他“雪雎、雪雎”叫个不停。

秦弈确定萧雪雎就是为他来的，他忍不住炫耀的心思，那张嘴一刻也不停。

人类的悲喜并不相通，沈望春只觉得无比心烦，想把他变成哑巴。

于是他转身向秦弈扑过去，秦弈猝不及防之下直接被扑倒，吓了一跳，心里忍不住骂了一声，这人有病吧。

秦弈自然不想在萧雪睢面前挨打，立刻奋起反抗，结果被打得更重了，他全无还手之力。

秦弈被打得脑袋发蒙，他既不明白对方为何突然对自己出手，也不明白自己怎么会被这么一只小小土狗压制。

可能他是真的狗！

萧雪睢有些迷惑地看着眼前这一幕，她上前一步，问："怎么打起来了？"

沈望春将秦弈摁在地上，弓着腰，警惕地盯着萧雪睢看。

她是不是要为秦弈出气了？

萧雪睢对上他的眼睛，叫了一声："沈望春？"

沈望春动作僵住，随即更加凶恶地瞪着萧雪睢，"汪汪"了两声。

萧雪睢本来是不太确定他的身份的，毕竟这只黑背白肚白爪的小狗只是比另一只尾巴摇得更勤快些罢了。

但眼下他在叫完后，还对她龇了龇牙，他自以为叫得凶狠，身后的尾巴却仍是摇个不停。

萧雪睢忽然明白平日里的沈望春在她面前到底是什么模样了。

她弯起嘴角，蹲下身，对沈望春道："好了，知道是你了。"

沈望春："……"她怎么就知道了！

萧雪睢笑得眉眼弯弯，沈望春很少看到她笑，更是从来没见过她笑得这样开心，身后的尾巴不受控制地摇得只剩下一片残影。

萧雪睢看着他的尾巴笑了好一会儿，待她笑完了，轻声问他："你怎么变成这个样子？"

沈望春哼了一声，不情不愿地伸出爪子在地上划拉两下，却留不下任何痕迹。

萧雪睢倒是根据笔画大概猜出他要说的话，问他："痴狗？"

沈望春点头，缩回爪子，乖巧地蹲在原地。

萧雪睢问："你就是因为这个，变成这副样子的？"

沈望春又点头。

秦弈看看萧雪睢，又看看那条小土狗，所以萧雪睢不是为他来的是吗？所以他们一人一狗就真的没人在意他的想法是吗？

怎会如此！

秦弈有些自闭，他趴在地上，思考起来。

萧雪雎对佛经也有涉猎，《大品般若经》里是将不向富裕的地主乞食，反而向佃农乞食的狗称为痴狗。在佛经中是指那些不修大乘佛经，反而钻研小乘佛经的修炼者，再做延伸，便是指那些被世间声色迷惑满足的世人。

“……弃深般若而攀枝叶，痴狗者。”萧雪雎对他解释道，这是《大品般若经》中的原文。

明悟了吗？

恍惚中，沈望春好像听到梦中的跛脚老和尚向自己问道。

可是沈望春想，何为般若？何为枝叶？

他仰头看着萧雪雎，一言不发。

佛家讲，得到般若就能消除一切痛苦，得到解脱。

要得到般若，就要先学会放下。

而在那梦境里，他明知结果，还是一次又一次地踏上那条注定要痛苦的路。

他如何才能放下？

是爱是恨，他都无法解脱，也不想解脱了，就让他永远留在那片苦海里吧。

沈望春用尾巴拍拍地面，他笑了一声。

听在萧雪雎的耳中，却好像是小狗压抑的呜咽。

3

萧雪雎看了看蹲在地上的沈望春，她弯下腰，一把将沈望春从地上捞了起来，抱进怀中。

沈望春整条狗都是傻的，小小的身体僵硬得像块石头，他仰头对萧雪雎叫道：“汪？”

她抱他干什么？吓死他了，他又不是走不了了，用不着她！

沈望春抬起爪子，小心翼翼地在她的胳膊上拍了一下。

萧雪雎低头看他，沉默一会儿，安慰他说：“放心，会出去的。”

谁问她这个了！

沈望春又“汪”了一声，声音不大，有些像是小猫在叫，一双眼睛亮晶晶的，很是乖巧。

萧雪雎伸手抚过他的头顶，沈望春瞪着一双圆溜溜的黑眼睛，直勾勾地看着她。

萧雪雎笑起来。

沈望春哼了一声，有这么好笑吗？

他的尾巴摇得飞快，萧雪睢看了看他的尾巴，到底再没有说其他，抬步向里面走去。

秦弈蹲在地上，歪着脑袋看着眼前的这一幕，很是费解，自己的毛发又长又直，摸起来还很柔软，颜色也不错，不比那条小土狗好多了？

萧雪睢怎么就看上那只土狗了呢？

一开始的时候他还能安慰自己，萧雪睢只是认错人了，可现在他已经听到她叫了对方的名字。

所以，这沈望春是什么人？

这名字好像有点耳熟，秦弈觉得自己应该是听过的，只是一时间实在想不起来。

也可能是他变成狗了，脑子也跟着缩小了，所以那些不太重要的记忆就暂时封存起来了。

秦弈的爪子在地上划拉两下，用不甚灵光的脑袋分析，也许萧雪睢不知道他也在这里，所以没有认出他来，要是知道自己的身份，她肯定想也不想，会直接把怀中的那只土狗给丢出去。

一定是这样。

秦弈很快说服自己，他骄傲地扬起头，快跑两步跟了上去。

就算不考虑其他的原因，他现在这个样子，跟在萧雪睢的旁边，至少能保证安全。

别的暂且不说，萧雪睢这个人他是信得过的。

另外，他倒要看看，这个沈望春与萧雪睢到底是什么关系。

沈望春趴在萧雪睢怀中，鼻间都是她身上传来的淡淡草木香。他从来没有与她这样亲近过，很不习惯，而且他太讨厌萧雪睢了，所以她一靠近，他的心脏就控制不住地加速跳动，热气扑面而来。

沈望春有些庆幸自己现在只是一条小狗，所以大部分表情变化都被皮毛遮盖，萧雪睢一点都不会察觉。

萧雪睢的嘴角一直噙着若有若无的笑，他仰头看了她好久，想她为什么会这样开心。

这么喜欢小狗的吗？

沈望春深沉地想，喜欢也没用，他是自由的小狗，绝不会被萧雪睢的一点糖衣炮弹打动。他这时候该狠狠地咬她一口，让她知道自己的厉害，把自己放下。

沈望春低下头，盯住她左手手腕，良久后，他低低地“嗷呜”了一声。

塔内处处都是迷障，处处都是陷阱，萧雪睢却能准确地避过所有危险，根据那些沈望春读都读不通顺的句子，找到线索，一路走到通往第二座高塔的长桥前。

附近没有灯火，一片昏暗，无数的亡魂从桥下拥来，萧雪睢恍若不察，径直向对面走去。

这三座佛塔于萧雪睢而言好像没有一点难度，她来时说自己对佛家典籍只是稍有涉猎，她实在是谦虚。

沈望春老老实实窝在她的怀里，时不时地“汪”一声，提高一下自己的存在感。

而秦弈只能在地上不停地奔跑，四条小短腿倒腾得挺快，舌头都吐出来了，一看就是累得不轻。

沈望春看得十分痛快，身后的尾巴不禁摇得更有劲儿了。忽然，头顶传来萧雪睢的一声轻笑，他的身体一僵，随后转过头，若无其事地看向别处。

萧雪睢低头看着沈望春，没有戳穿他，只对他说：“等从这里出去，你们应该就能变回去了。”

沈望春动了动耳朵，他想萧雪睢应当还不知道后面跟着的那条长毛狗是秦弈，如果她知道，她会怎么做？会把自己扔下，抱起秦弈吗？

好烦。

好想咬萧雪睢啊。

沈望春悄悄磨了磨牙，咬住她的一点衣角，只是好半天过去，萧雪睢都解开两道谜题了，他也没能把那袖子咬破。

不过他也没有松嘴，就这样一直将衣角叼在嘴里，直到萧雪睢停在一座高大的菩萨像前，她仰头看向那眉眼低垂的菩萨，半晌没有其他的动作。

“汪？”沈望春叫了一声。

萧雪睢回过神来，安抚他道：“没事。”

她只是想起一些往事，想起她师妹一直戴在身上的那枚菩萨坠子。

她找到师妹的时候，那枚坠子也零碎得拼不完整了。

这三座佛塔没什么难的，从头到尾都是告诫世人，只要放下，就可以摆脱所有痛苦，达到超脱的境界。萧雪睢也有很多事还放不下，不过她却可以在短时间内屏蔽本心，骗过佛塔中的意识。

世间万物，都有对应，有生必有死，有阴必有阳，放下痛苦，便也没了快乐可言。

虽然自她师父师妹离开后，她得到的快乐也不是很多了。

萧雪睢低头看着沈望春，小狗正对她凶狠地龇着牙，身后的尾巴却好像要摇出一朵花来。

萧雪睢抿着唇，竟又笑起来。

沈望春不懂她为什么发笑，他也不想去懂。

走过最后一座佛塔，萧雪睢终于如他所愿，将他放到地上，当他们从佛塔中出来的刹那，一切恢复正常。

沈望春看到萧雪睢的眼中似乎有遗憾一闪而过，他在她脸上很少见到这样的情绪。

就这么喜欢小狗？

那也没办法了。沈望春一脸冷漠地想。

希望萧雪睢能够尽快认清现实，没有小狗了。

陆鞅在塔外等候多时，如今看到萧雪睢带着人出来，松了一口气。

秦弈恢复人形后，发现自己没能在萧雪睢的脸上看到惊讶的神色，一边觉得失望，一边又觉得理所当然。他不得不承认，那个叫沈望春的确实有一张不错的脸蛋，不过萧雪睢从来不是那种会被色相迷惑的人，到底是怎么回事？

他刚要开口询问，猛然想起来，魔界有一个魔君好像就叫沈望春。

不会就是他吧？

萧雪睢不会真与魔族勾结了吧？

秦弈欲言又止地看了她好一会儿，终是忍不住问道：“雪睢，你与这位道友是什么关系啊？你居然抱了他一路。”

陆鞅可不知道他们在塔里都变成小狗，听得这话一脸震惊地看向沈望春，只觉得他们君上忒强，怎么做到的！

沈望春站在原地，眺望远方，一言不发，很是高傲的样子。

能被萧雪睢抱了一路，他们君上现在的确是有高傲的资本！

萧雪睢没说话，秦弈有些尴尬地摸摸鼻子，不过他对姑娘的耐心向来更多一些，脸皮也更厚些，又问：“雪睢，你不打算再回青霄宗吗？”

萧雪睢道：“时候到了，我自会回去。”

时候？什么时候？

秦弈提议道：“雪睢，不如这样，我去找青霄宗的掌门和几位长老说说情，商量商量，咱们都坐下来好好聊一聊，有什么误会大家说开了就好了。”

萧雪睢冷声道：“没有误会。”

秦弈还要再说什么，萧雪睢却先开口道：“好了，可以去第二重了。”

她说罢就抬步往前走去。

一直“冷眼旁观”的沈望春坐不住了，他急忙伸出手，拉住萧雪睢的衣袖，问她：“萧雪睢，你怎么会来这里？”

萧雪睢转头看他，道：“我问了陆鞅，他说你在这里。”

陆鞅连忙摆出一个大大的笑脸。

“你找本座有事？”

萧雪睢道：“没有，只是觉得你进了瞿昙境，可能一时出不来。”

沈望春：“……”说得很好，不要再说了。

他松开手，对萧雪睢道：“你回去吧，剩下的本座自己就可以了。”

“你确定？”萧雪睢问，她语气平静，不带任何感情。

但沈望春觉得自己被深深地嘲讽了。

想起自己在佛塔里翻阅佛经时的绝望，他沉默了。

而另一边的秦弈突然开口道：“雪睢放心，我会保护好你的。”

有他什么事！

沈望春眯了眯眼，真后悔刚才在塔里没有把秦弈毒成哑巴。

萧雪睢没理会秦弈，她问沈望春：“你来瞿昙境要做什么？”

“与你无关，”沈望春冷声说，他看了萧雪睢一眼，思来想去，终是有些无奈地道，“走吧。”

他的确是不想萧雪睢同他一起到第二重，毕竟萧雪睢在的话，会很影响他的发挥，但第二重如果还像第一重那样，全是些佛学问题，萧雪睢不在的话，那他的发挥等于没有发挥。

现在想起看过的那些佛经，沈望春还头疼。

作孽啊！

4

之前守在佛塔前的老和尚留下一串佛珠，然后走入佛塔之中。他留下的佛珠正是开启瞿昙境第二重的钥匙。

沈望春上前捡起钥匙，看了秦弈一眼，他觉得，自己或许可以借此机会把这人给甩掉。

萧雪睢似是看穿他的意图，在旁边淡淡道："还不知道第二重是什么样，多个人没有坏处。"

沈望春"哦"了一声，随即意识到跟自己说话的人是萧雪睢，转过头去："哼。"

萧雪睢："……"

秦弈放慢脚步，走在后面，他看看沈望春，又看看萧雪睢，这两人的关系跟他想象的好像不太一样，没有那么好，也没有那么坏，但就是好怪。

他盯着他们两人的身影，越看越怪。

他可是见识过在佛塔里面沈望春把自己那条尾巴摇出一片残影的模样，现在他倒是端出一副目下无尘的高傲态度。

欲迎还拒啊这是！

可见这个男人心机颇深，萧雪睢不知人心险恶，对上他怕是要吃亏。

秦弈心中十分担忧，不管以后如何，目前他作为萧雪睢的好友，他认为自己很有义务让她看清这个人的真面目。

秦弈只稍作犹豫，便加快脚步追了上去，问沈望春："阁下可是望乡城的魔君？"

沈望春侧头看他，冷着一张脸问："有事？"

既然没有否认，那便是了，萧雪睢竟然真的与魔族有关系。秦弈笑道："无事，只是想与阁下交个朋友。"

沈望春冷淡道："本座不需要朋友。"

秦弈心里骂了一声，这种话向来只有他能说。

不过眼下他要暂且忍一忍，秦弈勉强保持笑脸，继续问沈望春："之前是阁下救了雪睢吗？"

"救她？"沈望春好似听到什么好笑的笑话，转头看向秦弈，露出一个满是恶意的扭曲笑容，道，"本座怎么会救她呢？本座做梦都想她生不如死呢。"

秦弈被他这突然变化的表情和阴恻恻的语气吓了一跳，回过神后他立刻看向另一边的萧雪睢，却见萧雪睢表情依旧淡定，她停在一块白色巨石前面，那巨石上有一处凹陷，她转身对沈望春道："把佛珠给我。"

沈望春"哦"了一声，抬手就把佛珠交到萧雪睢的手上。

整个动作行云流水，非常流畅，没有半点犹豫。

秦弈："……"这就是做梦都想她生不如死吗？他们魔界可真有意思。

看不懂了，他们两个的关系是真的很怪。

而陆鞅对此早已是司空见惯，关于萧雪睢的问题，他们君上的话听听就行了，谁要是当了真，那他可真是个棒槌。

萧雪睢将佛珠放到凹槽里的瞬间，霎时地动山摇，狂风骤起，整片天空仿佛都压了下来，所有的生灵将于此沉睡。

沈望春下意识抬手想要护住身边的萧雪睢，却见一双如水的眼眸倒映出他此时的脸。

他看见萧雪睢的嘴唇动了动，好像是叫了自己的名字。

沈望春笑了起来，以自己的身躯挡在她的身前。

再睁开眼，他们已经到了瞿昙境的第二重。萧雪睢醒得比他早些，此时正站在一座瀑布前，湍急的河水从天而降，飞溅起一簇簇雪白的水花。

萧雪睢拔剑而起，凛冽剑气纵横四方，下一刻山崩川竭，摇落万里星辰。

陌生的白发白须老者站在她的身侧，抚着胡子频频点头。

沈望春静静看着她，幼年时，他背过许多舞剑的诗，想着有朝一日，自己能成为一位颇负盛名的剑修，背着那些名句从天而降，匡扶世人。

可最后，他一事无成。

萧雪睢倒是做了他曾经想做的一切，可惜她没有背诗的爱好，要不下次再有这样的事，他在她后面帮她营造一下氛围。

想到这里，沈望春失笑，有什么下次？

他这样和萧雪睢哪里还有下次？

这样就很好了。

萧雪睢收了剑，随即那老者也消失不见，瀑布逐渐干涸，露出后面通向第三重的石门。

直到这时，秦弈才回过神来，他跑过去，大惊道：“你什么时候领悟的剑道？”

未等萧雪睢回答，他拍拍脑袋，恍然大悟道：“我知道了，那天晚上悟道的人原来就是你。”

若是没有萧雪睢勾结魔族，被青霄宗逐出宗门这一出，应该会有很多道友往她身上猜的，可是她被青霄宗追杀，碎了丹田，没了修为，谁能想到在这种情况下，萧雪睢居然还能感悟剑道。

待来日青霄宗知晓此事，不知道他们会不会后悔。

萧雪睢停在那入口处，回头问沈望春：“你来瞿昙境到底是为了什么？”

沈望春看了她一眼，嘴唇微动，用只有他和萧雪睢能听到的声音道：“赊梦珠。”

“你要这个做什么？”萧雪睢问。

沈望春抿了抿唇，最后回了她一句：“反正跟你没关系。”

萧雪睢只是看着他的眼睛，没有说话，沈望春不自在地转过头，避开她的视线。

萧雪睢没有追问，她抬手推开眼前的门，眼前的景象再次变换，他们四人被分开，分别站在东南西北四个方位，无尽威压落下，逼得几人只能以自身灵力抵挡。

萧雪睢如今虽已领悟剑道，但还没有达到至高的境界。她师父曾说过，若要实现真正的人剑合一，光是悟道并不够，还需要一份机缘，可能很快，也可能要等上几十年，甚至是几百几千年。

只是不管如何，在如此威压之下，以她现在的修为，她绝不会像现在这样轻松。

萧雪睢能感受到那威压来势汹汹，只是临到头来，却又轻轻落下，实在诡异。

西边的陆鞅明显是支撑不住的模样，单膝跪地，嘴角溢出鲜血，而沈望春和秦弈看起来倒是轻轻松松。

秦弈其实并没有他表现出来的那般容易，只是出于某种好胜心，他想自己绝对不能在萧雪睢面前被这个叫沈望春的比下去。

真巧，沈望春也是这样想的。

他看到萧雪睢向自己看来，瞬间将腰背挺得更直，脸上露出散漫的笑容，她又移开目光。

萧雪睢经历的秘境数不胜数，经验比较丰富，长风掀起漫天黄沙，遮挡他们彼此的视线，沈望春看不清她在那里做了什么，只见天地再次化为混沌，万物归于永恒沉寂。

长久的黑暗过去，沈望春睁开眼，他们回到瀑布前面。

他听到不远处的萧雪睢开口，向秦弈问道：“秦道友，你来这里做什么？”

秦弈倒也没有瞒她，直接道：“我想要赊梦珠。”

说完，他一连咳嗽了好几声，连忙给自己服了颗丹药，但脸色依旧有些难看，刚才他在里面着实伤得不轻，没有几个月怕是恢复不好。但看萧雪睢好像一点事都没有，许是她找到什么关键的窍门了。

若是只有他和萧雪睢一起，此时他定要装个可怜，可现在还有个沈望春。秦弈清了清嗓子，说自己是刚才被沙子呛到了，然后同她解释道：“其实这是姬姑娘要的。”

萧雪睢点点头。

秦弈原本是想看看如今萧雪睢对他和姬馥然的态度，结果看她一点反应都没有，意识到自己这一步大概是走错了，连忙道：“不是你想的那样。”

萧雪睢疑惑地看了他一眼，她并未多想什么。

秦弈还想再为自己解释，只是没等他开口，萧雪睢已转身走开，她来到沈望春面前，对他说：“我们回去吧。”

她边说边伸出手，借着袖子挡住后面秦弈的视线，将一个圆溜溜的东西迅速塞到沈望春手里。

沈望春垂眸看去，正是那颗他要找的赊梦珠。

“你——”

他想问她什么时候拿到的，萧雪睢却打断他的话，道：“走吧。”

秦弈奇怪地看着他们，问：“你们这就走了？”

萧雪睢“嗯”了一声，对他说：“我们的事已经解决了，秦道友，多保重。”

秦弈本还有许多话要叮嘱萧雪睢的，这下是都来不及说了。

瞿昙境外，和尚们一如他们来时那般沉默，春风拂过树梢，几片嫩绿的叶子微微颤动。

沈望春如愿以偿地拿到了赊梦珠，只是从瞿昙境出来后，他便一句话都没说。

直到他独自回了幽冥宫近来常住的宫殿，关上门后，猛地吐出一口鲜血来。

他想，他的噬心蛊大概是真的出了问题。

他握着那颗赊梦珠，又低下头看着地上的那摊血迹，咧嘴笑了半天。

5

沈望春抬手擦去嘴角的血迹，再一抬手，地面上的血也都消失，没留下一丝一毫的痕迹。

他就地坐下，透过窄窄的门缝看向外面，春回大地，万物复苏，魔界各处却没有太多改变，好似寒冬格外眷恋这片土地。

沈望春把玩着手中的赊梦珠，接下来他要用这颗赊梦珠，配以十方阵法，建一座传说中的金翎台。

“朝登金翎台，夜游蓬莱宫，悠悠人间事，一梦复还生。”沈望春低声念着书中的诗句，刚要动用体内灵力，结果又是一口鲜血吐了出来。

他按了按发疼的胸口，长长地叹了一口气，这次在瞿昙境里伤得确实有些重了。

不过也没什么，一时半会儿死不了，还有很长的时间呢。

他正想着，忽然听到外面传来一串“轰隆”雷声，沈望春腾地站起来，推开门，仰头看向阴沉沉的天空，这雷不会是萧雪睢引下来的吧？

除了她，还有谁呢？

沈望春深吸一口气，在瞿昙境里受的伤的确不足以要他的性命，但他现在很可能要被萧雪睢气死。

就这么急吗？

为什么不能再等一等？

等他……

沈望春摩挲着手里的那颗赊梦珠，突然低笑了一声。

没关系的，他在幽冥狱里待了十年都还活得好好的，这点伤又算得上什么呢？

他走进蒙蒙细雨中，远处，萧雪睢一身白衣，剑指苍穹。

沈望春停留在原地，看着那银白的闪电从天而降，将她整个人都笼罩其中。他的双手攥拳，指甲深深地嵌入掌心，也不觉得疼。

闪电转瞬即逝，只是过了许久，萧雪睢才从地上站起身，她踉跄了一步，差点摔倒。

沈望春下意识伸出手，扶住一把虚空，他才回过神来，她离自己其实还很远。

他来到萧雪睢的前方，看她缓缓向自己走来，她身上的衣裙都已湿透，鲜红的血落在裙摆上，被雨水晕染开来，像是盛开了大片的木槿。

雨水和汗水混在一起，正顺着她的脸颊滑下，乌黑的发丝贴在脸颊两侧，衬得她的脸色格外苍白。

沈望春只觉得胸口针扎似的疼，他的嘴唇张张合合，半晌也没能吐出一个字来。

“你想说什么？”萧雪睢走来问他，她刚受过雷击，此时也没什么力气，全身的骨头仿佛正在碎开又重塑，所以话音比平日虚弱了许多。

沈望春撑开伞走到她身边，对她说：“本座打算在这儿修个台子，这几日你不要再引雷了。”

萧雪睢侧头看了他一眼，问：“为什么？”

沈望春道：“你的雷声太吵，很影响这里的风水。”

他这话说得很是无理取闹，萧雪睢却也没有多加言语，只是问他：“需要几天？”

“一个月——”沈望春话说到一半又改口说，“算了，半个月也够了。”

“好。”萧雪睢应下。

沈望春“嗯”了一声，这是他的地盘，也容不得她说“不好”。

雨水滴落在纸伞上，滴滴答答，吵吵闹闹。沈望春手指微动，萧雪睢裙摆上的血迹便渐渐消失了。

他正想着那金翎台该从何处建起，毕竟如果想要将手里的赊梦珠发挥出最大的威力，这四周要设下许多阵法，他对这些不算擅长，也就是之前布置结界的时候多接触了一些，眼下怕是还要再多学习学习。

半个月的时间，也不知道够不够。

萧雪睢问他：“你要修什么台？”

“金——”沈望春的声音陡然停下，他转头看向萧雪睢，正色道，“萧雪睢，请你认清自己的身份，不该你问的事，不要问。”

萧雪睢掩唇咳嗽了两声，沈望春握着伞柄的手猛地收紧，紧张地看向她。

她放下手，缓了一会儿，才再开口，向沈望春问：“我是什么身份？”

沈望春抿了抿唇，她的身份，还用自己再说吗？

这么久了，萧雪睢她自己还没有自觉吗？

从前修真界许多道友都评价她是冰雪聪明，现在看来都是瞎说。

沈望春哼了一声，仿佛是不屑回答萧雪睢的问题。

萧雪睢侧头看他，他身上的衣裳湿了许多，正抬头看着前方，很是冷傲的模样。

萧雪睢收回目光，望着远处连绵的宫墙，轻声问道：“这些年，我遇见很多的人，与他们接触得久了，自然就会对他们有些了解，知道他们想要什么、不想要什么，可是沈望春，我不懂你。你明明说着恨我，为什么还要救我？为什么要为我做那么多事？你想要的究竟是什么？”

萧雪睢觉得自己隐隐有些明白，却又不太明白。

这样一直糊里糊涂下去倒也不是不行。

他既说着恨她，不愿见她，那她正好可以与他一拍两散，一走了之，再不相见。

可真的是这样吗？

若真是这样，她今日又如何会站在这里。

而沈望春仿佛一只奓毛的猫，立刻激烈地反驳道：“萧雪睢，你又自作多情，本座什么时候——”

他的话还没说完，便被萧雪睢打断，她问：“到底是我自作多情，还是你口是心非呢？”

她语气平静，却直戳沈望春的心口。

沈望春张了张嘴，那些声音明明就在他的嘴边，他却发不出来，最后只能恼怒道：“当然是你自作多情。”

他说完，把整把纸伞挪到自己这边，还对着萧雪睢挑了挑眉。

可是此时雨已停了，天也晴了，温柔的春风拂过树梢，新生的枝叶抖落身上的雨滴。

“真的吗？”萧雪睢问他。

沈望春沉默下来，一直到他们回到寝宫前，他都没有回答萧雪睢的问题。

萧雪睢站在寝宫前的石阶下，仰头看着他手中那绘着两条锦鲤的伞面，莫名笑了起来。

沈望春看着她，目光深邃，似藏有千言万语，可他始终不知道自己到底该与她怎么说。

他恨萧雪睢，他必须要恨她。

沈望春收起伞，转身去定金翎台的选址。

他本打算让陆鞅过来帮忙的，只是陆鞅在瞿昙境受了很重的伤，差不多让他没了半条命，接下来的几个月他都要老老实实地闭关养伤。

他若是还在之前的那几个魔君手下做事，伤成这样，跟死了也没两样，估计用不上几日，就连一根骨头都不剩下了，沈望春却不在意，既然伤了，就慢慢养着吧。

他也没想着再为自己找个下属，少陆鞅一个，也不会出现太大问题，就是他自己要多操心一点罢了，不算什么。

他要将金翎台建在黑河河畔，他一边查阅各类古籍，一边在四周布置阵法。

萧雪睢不修炼的闲暇时间，会过来看一看他，或许是那日她没有从沈望春的嘴里问出个结果，所以想要自己找到答案。

沈望春席地而坐，在那些名贵的石料上刻下符文，听到萧雪睢来，就嘟囔着：“萧雪睢，你好烦啊。”

萧雪睢并不应声，只站在一旁看他。

沈望春想当她不在，但对他来说，这太难了，明明离得不算近，可是光里的影子是她，风里的呼吸是她，萦绕在鼻间的气息也是她。

等她走了，他脸上又难掩失落。

建造金翎台不是一件容易的事，从瞿昙境出来后，沈望春身上的伤本就没有好，结果他不仅没抓紧时间养伤，还为了金翎台耗费了如此多的灵力，到后来吐出的血颜色都淡了，沈望春居然还有心思去想，这个颜色也不错。

不知道为什么，在建造金翎台的时候，他总觉得自己在被时间追赶着，想着要再快些，再快些。

转眼到了二月十五，沈望春这段时间一直忙着金翎台的事，也忘了要把宫殿里的结界再加固一番，不过他现在这副模样，就算是疯魔了，真的出了结界，也折腾不出什么来。

说不定萧雪睢看到他，一挥剑，直接将他再送进幽冥狱里。

那可就太好笑了，只想一想，他就能笑出声来。

沈望春转过头，看向镜子里的自己。

他“啧”了一声，这是谁啊，笑得可真难看。

第十一章 诛魔

不要哭啊

1

夜空上挂了一轮皎洁的满月，晚风轻柔拂过树梢，树叶的影子在地面上摇曳。

萧雪睢听到推门声，抬眼看去，沈望春站在门口，他披着一身如水的月色，神色狼狈，眼眸暗淡，脸色苍白，仿佛是跋涉了千万里，终于来到她的面前。

萧雪睢问他：“怎么过来了？”

沈望春没有说话，他抬步缓缓走来，到了萧雪睢的床边，然后蹲下身，仰头看着床上的萧雪睢，就像是仰望夜空那轮至高的明月。

他沉默地看着她，痛苦地看着她，好似要将她永久地印在他漆黑的双眸里。

他久久都没回应她。

要如何才能追上天上的月亮？

萧雪睢垂眸，迎着他的目光，她以为他又醉了，可是并没有在他身上闻到任何酒气。

寝宫中安静得可怕，那缕轻薄月光掠过他的发尾，倏忽不见，许久之后，沈望春歪了歪头，向萧雪睢叫道：“汪。”

萧雪睢愣住，她对上那双湿润的眼睛，心脏好似被什么轻轻撞了一下。

她缓缓伸出手，落在他的头顶。

他呆呆地看着她，眼睛里饱含泪水，汇成晶莹的水珠，从他的眼角滑落，晕湿了脚下猩红的地毯。

他清醒的时候绝不会做出这样的事。

萧雪睢见到那泪珠，猛地回过神来，她这样做着实不太妥当。

沈望春见她收回手，却是颇为失落，萧雪雎恍惚看到他脑袋上面有一对毛茸茸的耳朵耷拉下来。

她轻叹一声，干脆下了床，在沈望春的身边坐下，这样他就不必总仰着头看她了。

沈望春眼睛一眨不眨地盯着萧雪雎看，当看到萧雪雎在他的身边坐下时，他暗淡的眼眸里再次出现光彩。萧雪雎想，他的尾巴若是还在，此时一定会疯狂摇起来。

她低声问道："沈望春，你到底想要什么？"

沈望春没有回答她，他仿佛仍旧是在瞿昙境里，他是窝在萧雪雎怀中的小狗。

他又"汪"了几声，可是萧雪雎不再摸他的头了，也不会像在瞿昙境那样将他抱住。于是他桀桀怪笑起来，然后执起她的手，在她的手腕寻找自己曾经留下的痕迹，可他注定什么也找不到。

就像他在她的漫长人生里，无论怎样，最后都是一个可有可无的过客。

萧雪雎坐在那里，任由他摆弄自己的手腕。

很久之后，沈望春抬起头来，满目哀伤地问她："为什么没有了呢？"

"什么？"萧雪雎问他。

沈望春却好似沉浸在自己的世界里，其实他还想问问她，这一次，她能记住他吗？

可是记住了能怎样，记不住又怎么样？

只要他记得要恨她就够了。

萧雪雎、萧雪雎、萧雪雎……

沈望春低下头，再一次咬住她的手腕，只是这回，他的牙齿在那里磨了很久，始终没有刺破她的皮肤。

萧雪雎看着他，他发冠上的玉石映着月光，像是初春时没有来得及融化的霜雪。

她静静地坐在沈望春的身边，他温热的呼吸扑在她的皮肤上，他叼住一块皮肉，一会儿轻一会儿重地咬着。

是有一点疼，但对萧雪雎来说，实在算不得什么。

沈望春咬了一会儿，又伸出舌头，小心地舔一舔。

萧雪雎无奈地看着他，依稀听到外面晚风吹动檐下铃铛的声音，有流星划过天空，远处的湖面上升起袅袅的白烟。

漫漫长夜终将过去，黎明到来，明媚春光洒满大地，只是魔界的白昼要晚一些到来。

随着晨曦的光透过薄薄的窗纱照射进来，沈望春终于醒来，他睁开眼，随即意识到眼前的景象过于熟悉。

一转头，看到他身边正在打坐的萧雪雎，沈望春吓得差点从地上跳起来。

果然是又回了这座寝宫。

沈望春有些烦躁地揉了揉额角，他实在低估自己了，都这样了居然还能破开结界出来，看得出来，自己的确是很有潜力。

不过昨晚自己都做了什么？又把萧雪雎给吓哭了吗？

沈望春是一点都想不起来了，他看着萧雪雎，她手脚俱全，能喘气，活得好好的。

他摸着下巴，深沉地想，看来自己还是不够残暴。

如果萧雪雎知道他现在在想些什么，大概会挽起衣袖，让他好好看一看他昨晚在她手腕上留下的牙印。

微小的尘埃在金色的光束中浮游，一支简单的木簪绾起她乌黑的长发，沈望春仿佛嗅到了一股茉莉花的清香。

萧雪雎睁开眼，看到的便是沈望春那张正在出神的脸。

见到萧雪雎在看自己，沈望春立即转过头去，轻哼了一声。

萧雪雎见惯了他这副模样，直接问他："昨晚怎么回事？"

这是第二次了，上一次好像也是一个月圆夜。

沈望春对她装傻道："什么怎么回事？"

萧雪雎平静道："你知道我问的是什么。"

怎么回事跟她萧雪雎又有什么关系！

沈望春完全可以理直气壮地撑回去，只是不知为何，对着萧雪雎的那双眼睛，这话如何也说不出来，最后只能恼怒道："本座梦游不行吗？"

"梦游？"萧雪雎问，她明显不相信沈望春的这番说辞。

沈望春"嗯"了一声，莫名心虚地避开萧雪雎的眼睛，看着窗外随风摇晃的柳枝。

金翎台即将建成，至于后来那几方阵法，沈望春其实已有些力不从心，不过他想着自己连那结界都能破开，布下这阵法也不成问题。

这期间有魔族混进幽冥宫，被沈望春抓个正着，然后就被做成花肥了。

他出了幽冥宫，到望乡城找出几个总想惹事的魔族，当着众魔族的面，将他们全都杀掉，手段极其血腥且残忍，就连平日里嗜杀成性的魔族，看着这一幕也是后背发凉。

沈望春甚少出手，以至于这些魔族都忘了这位魔君是从幽冥狱里出来的，他折磨人的手段定不会少。

这是沈望春第一次用这样残酷的手段，算是杀鸡儆猴，希望这些没脑子的魔族在接下来的几个月里能消停点。

只是稍微有点不巧，好像把刚从修真界回来的林砚也给吓到了。

但转念一想，这哪里是不巧了，这分明是时机正好，巧得不能再巧了。

沈望春看着人群中面色惨白的林砚，嘴角微微扬起，待回了幽冥宫，林砚一定会把这件事告诉萧雪睢，到那时候，萧雪睢会露出怎样的表情呢？

沈望春认为这应该是一件很值得期待的事，只是胸腔里的那颗心脏不知怎的被悬在了半空，四周一片虚无，找不到着陆的地方。

他看着林砚，几度想要开口，又觉得没什么好说的，他早就入了魔道，成为魔族，魔族杀个人，再正常不过了，不是吗？

他本来就是想让萧雪睢怕他、怨他、恨他，要她听到他的名字，就能想起他，要她再也忘不了他。

曾经的他没有做到，现在可以了。

明明该是很圆满的故事，可他的心仍旧悬在那里，无法降落。

林砚已经按照萧雪睢的嘱咐将莫言思等人送到一个既安全又隐蔽的地方，那里与世隔绝，灵气浓郁，十分适合修炼。林砚想着，他师姐去那里养伤或许会更好一点。

魔界的条件对正道修真者来说不可谓不艰苦，而且这里的魔君，最近精神状态好像也不太稳定，师姐留在这里，他多少有些不放心。

他知道这位魔君救了他师姐的性命，若他师姐想要报答，日后总会有机会的。他试着对萧雪睢委婉地提了一下：“师姐，你要是还不放心的话，要不跟我一起去看看？”

沈望春闻言看了林砚一眼，林砚心里的那点小九九在场的人都能听明白。

自己人还在这里呢，他就想帮那个莫言思挖墙脚？当他是死的？

“不必了。”萧雪睢说。

她的回答在林砚的意料之中，只是刚才在望乡城里看到的那一幕对他的冲击实在是太大了，林砚小心提议道：“师姐，你再考虑考虑？”

萧雪睢则道：“不用，我相信你。”

这不是相不相信的事，算了，待这位魔君走了，他再与他师姐细说吧。
林砚语气中满是遗憾地道：“好吧。”
沈望春撩开眼皮又看了他一眼，只觉得林砚在望乡城里受的惊吓还是小了。
该再吓吓他才好。
林砚又道：“对了，师姐，我回来的时候遇见阆风阁的阁主，她跟我说……”
萧雪睢问他：“什么？”
林砚看了沈望春一眼，欲言又止。
于是不等萧雪睢开口，沈望春转身就走。
他一点都不想在这里多待，毕竟他讨厌死萧雪睢了。
林砚看着沈望春离去的背影，有些不好意思。
他抿了抿唇，回过头，对萧雪睢低声道：“孟阁主说，最近修真界有人与魔族勾结，请师姐小心。”
要她小心？
萧雪睢应了一声，又听林砚问道：“师姐，你是怎么想的？”
萧雪睢淡淡道：“兵来将挡，水来土掩。”
想要她性命的人从来不少，若只是这事，林砚没必要把沈望春支开吧。
林砚犹豫了一下，还是忍不住提醒萧雪道：“师姐，我回来的时候，看到那位魔君在望乡城里屠杀魔族。”
萧雪睢抬眸看他，问：“你就是因为这个想让我离开？”
“不只是这个。”不管是出于哪方面考虑，林砚都不认为她继续留在幽冥宫是个正确的决定。
他也实在想不到她必须留在这里的理由，即便她要偿还沈望春的恩情，也不用一直待在这幽冥宫。
萧雪睢道：“我知道。”
见她仍没有要离开的意思，林砚也只能应道：“好吧。”
随后，他听到萧雪睢问他：“从前你有没有见过沈望春？”
“不曾。”林砚回答得很快，他第一次见到沈望春的时候，就想过这个问题，不然他无缘无故为何要救他的师姐？
他说他恨她，为何而恨？他一次又一次地帮助她的师姐，又是为何？
而且林砚觉得，像沈望春这样的人，他若是见过，一定不会忘记。
师姐居然还不知道他们过去有什么牵扯，林砚顿时觉得她留在这幽冥宫里更危险了。

林砚问她：“师姐，你真的要留在这里？”

萧雪睢点头：“没事的，只是有些事总想不明白。”

林砚道：“想不明白就不要想了，师父说，有些事，该明白的，时候到了，自然就都明白了。”

虽然长陵剑尊是为了一坛子酿酸了的桂花酿才说的这话，但道理总是没错的。

萧雪睢看着林砚，她道：“阿砚，你长大了。”

林砚的嘴角弯起，回道：“师姐，我长大很久了。”

从师父与二师姐接连死去，长陵峰上只剩下他和大师姐两人，他就已经长大了，只不过他软弱的一面，大多留在了萧雪睢面前。

和煦的南风里夹杂了燕子的呢喃，有嫩绿的新叶飘转而下，长陵峰上的桃花想来也该开了，只是今年的桃子，怕是不会有人吃了。

林砚不想在萧雪睢面前流露出任何感伤的情绪，他深吸一口气，向萧雪睢问道：“师姐以后有什么打算吗？”

萧雪睢抬起头，望着那一树在风中微颤的花苞。

青霄宗的事还没有完，师父的仇她也总要清算。

至于其他的，她还没有想过。

也许，她会留在幽冥宫里，弄清楚沈望春到底在想些什么。

她欠他良多，她究竟该如何去还。

2

半月一过，金翎台成，萧雪睢直到这个时候才知道这金翎台是为她建的。

当然，沈望春嘴硬得很，坚称这地方是他用来折磨萧雪睢的，只要她上了这台子，定然会求生不能、求死不得。

林砚完全被他唬住，刚回到望乡城时看到的那血腥场面在他的脑海中浮现，他伸手悄悄抓住萧雪睢的衣袖，小声道：“师姐，我先上去看看吧。”

“不用。”萧雪睢抬眸看了沈望春一眼。

沈望春站在那里，微扬起下巴，眉眼上翘着，很是得意的模样，像极了话本里细心雕琢的反派。

萧雪睢收回目光，抬步登上金翎台。

她总是搞不清楚他心中的想法，譬如他在她手腕上咬下的痕迹，他喂她吃下的“噬心蛊”，再譬如眼前的这座高台。

很多次，她觉得自己就快看到他的心了，但随即他又遮掩了过去。

金翎台高一丈四尺八分，以赊梦珠为基石，四周列好各种固魂的阵法。

林砚站在下面一脸紧张地看着她，而萧雪睢手执悬光剑，面色沉静，白衣胜雪，随风翻飞。

她抬手挽起一个剑花，随后一剑挥向无尽苍穹，跃身而起，长剑如虹。

她手中的剑舞得越来越快，越来越快，到最后肉眼已经无法看清她的动作，只见剑光流转，骤如闪电，隐约看到一黑一白两条在她的周身游走，剑尖所指之处，可见雪浪滔天，雨落纷纷。

萧雪睢的剑术已臻化境，若她不曾被废去修为，若她的剑骨还在，修真界怕是少有人能是她的对手。

但现在这样，只要再给她些时间，她同样能够达到顶峰。

悬光剑向天一指，霎时风云变色，乌云滚滚而来，天地昏暗，风声猎猎，九重天上，十方闪电严阵以待。

林砚瞪大双眼，身体不可控制地战栗，眼下他无法同师姐说话，只能问沈望春："我师姐她是在做什么？"

沈望春平静道："你看不出来吗？"

林砚当然能看得出来，可是他不明白师姐为什么这样做。

"她……"林砚的声音有些哽咽，他问，"她是在用这种法子修炼吗？"

沈望春"呵"了一声，没有说话。

"这太危险了，怎么能这样？稍有不慎，稍有不慎她就……"余下的话，林砚实在不敢说出来。

他看向沈望春，问他："你这台子到底是做什么的？"

沈望春斜睨了他一眼，淡淡道："本座不是说了吗，要她生不如死。"

他这般闲适的模样，好像一点都不在意萧雪睢的生死。

林砚眉头紧皱，紧张地看着台上的萧雪睢，嘴里不停地念叨着该怎么办。

沈望春听得头疼，厉声喝止："闭嘴。"

林砚的念叨戛然而止。

沈望春仰头看向金翎台上的萧雪睢，乌云如墨，一线天光直射下来，罩在萧雪睢的身上。

沈望春心脏"怦怦"跳得难受，他想，自己就不该来看她，一看她，什么都不好了。

这到底是在折磨萧雪睢，还是在折磨他自己？

或许是他的身体出了点毛病，他该去裴素问那里开个方子，好好调理调理才是。

天空一连劈落数道闪电，那些闪电汇成一股，从天而降，巨大的光亮笼罩在整个幽冥宫的上方，阵阵雷声由远及近，世界仿佛陷入一片浓重的白中，什么也看不到了，什么也听不到了。

这等毁天灭地的力量萧雪睢真的可以将之收为己用吗？

若是不能，赊梦珠有用吗？

就算有用，也只能用一次，下一次要怎么办？

沈望春安慰自己，没事的，没事的，他还没有看到萧雪睢落下眼泪，她必须要活下来。

白光散去，金翎台上，萧雪睢白衣染血，伏倒在地。

林砚想要上去，却被沈望春一把拉住。

“老实等着。”他冷声说，然仔细去听，却能从他的话音中听出几分颤意。

许久许久之后，萧雪睢坐起身，双腿盘起，双手掐诀，双目闭合，将体内暴动的力量全部梳理好，这才摇摇晃晃地站起身，然后一低头，就看到沈望春站在台下，正看向她。

她微微一怔，弯起唇角，微笑起来。

下一刻，沈望春飞身而上，来到她身边，瞪着她道：“还笑！”

萧雪睢没有说话，她的嘴角仍是上扬的。

沈望春那颗在不久前剧烈跳动的心脏直到此刻都没有平复下来，他拿出帕子，面无表情地用力擦去她嘴角殷红的血。

不知是染过血，还是沈望春的力气太大，她的双唇似乎比平日里要红润几分。

林砚站在金翎台下，仰头看向台上的两人，沈望春把他拦住，自己倒是飞上去了。

刚才他是怎么说的？说这台子能让她师姐生不如死？

他嘴里有一句能听的话吗？

沈望春将萧雪睢脸上的血擦拭干净，收起帕子，她清澈的眼眸里倒映出他此时的模样，沈望春动作一顿，动了动唇，却是什么话也没说，若无其事地看向别处。

萧雪睢开口说：“没事了，我很好。”

沈望春回过头，道：“谁要问你了？”

萧雪睢"嗯"了一声，也没反驳，只说："是我想跟你说的。"

沈望春轻哼了一声，算是勉强接受萧雪睢的这个说法。

萧雪睢缓慢走下金翎台，沈望春跟在她的后面，紧紧注视着她的背影。

她说自己没事，可刚才那一道闪电的力量是何等惊人，她从来不会示弱，受了伤都藏起来，就算痛极了也是一声不吭。

她现在当真没事吗？

不过，她既然能好好地站在这里，比他想过的最坏的结果已经好出很多很多了。

沈望春摇头苦笑，他这是在想什么，他只是想要报复萧雪睢，这些与他有什么关系呢？

林砚见萧雪睢下来了，一个箭步冲上去，握住她冰凉的手，问她："师姐你怎么样了？有没有事？"

"我没事。"萧雪睢道。

林砚的眼泪一下就下来了，他泪眼婆娑，声音哽咽，问萧雪睢："师姐你知道你在做什么吗？"

萧雪睢抬头看着他，拍拍他的肩膀，对他说："当然。"

于是，剩下的话林砚也没法说出口了。

说不说结果都是一样的，师姐决定的事，就算他把嘴皮子给磨破了，也不会有任何改变。

萧雪睢安慰他说："好啦，别哭了，前不久还夸过你长大了。"

"长大了不能哭吗？"林砚抱住萧雪睢，趴在她的肩头，哭得直打嗝，刚才他实在是被吓坏了。

沈望春看得心烦，转头走到不远处的树下，由他们师姐师弟哭去吧。

林砚哭了一会儿，见沈望春不在，他小声问萧雪睢："师姐，你现在与那位魔君是什么关系？"

萧雪睢没有回答他的问题，而是问他："怎么了？"

"没怎么，"林砚挠挠头，有些困惑道，"就是感觉有些怪。"

刚刚他站在金翎台下，看着台上的两人，有那么一瞬间，他居然生出师姐是不是喜欢沈望春的怀疑。

萧雪睢看了远处的沈望春一眼，浅浅一笑，不再言语。

春风吹了几万里，修真界早已是郁郁葱葱的景象，而望乡城内则终于能够看到两分春意了。

时光白驹过隙，匆匆而过，沈望春垂眸看着地上被萧雪睢一剑结果的魔族，心中生出几分困惑来，这么久了，他真的报复了萧雪睢吗？

他到底是在做什么？

从魔族腹部流出的鲜红的血一直蜿蜒到沈望春的脚下，萧雪睢收了剑，弯下腰在尸体上检查着什么。

沈望春抬手盖在自己的眼睛上，他的世界陷入一片黑暗，他仿佛在温柔的长风中听到熟悉的吟唱。

像是多年前，春日里，岳阳城里迎花神时的祝颂，又像是幽冥狱里，幽魂们哀苦的长叹。

他自己也不知道。

3

半月之后，萧雪睢再次登上金翎台，上去之前，她同沈望春和林砚说："这应当是最后一次了，时间会久一些，你们不必担心。"

沈望春抬头看着金翎台上被吹起的落花，漫不经心地问她："要多久？"

"三日。"萧雪睢道。

沈望春"嗯"了一声，只懒洋洋地应道："知道了。"

萧雪睢弯起嘴角。

沈望春看她，有些困惑，这有什么好笑的？

她快步登上金翎台，端坐在金翎台的中央，一脸肃穆。

这一日万里无云，碧空如洗，魔界少有这样晴朗的日子，萧雪睢仍旧着一身白衣，不知从哪里飘来的淡黄花瓣，落在她乌黑的长发上。

沈望春靠着身后的宫墙，半合着眼，好似已经熟睡。

日光穿过头顶新生的枝丫，在他的脸上留下一串斑驳的光影。

望乡城往日里总是冷清的街道上拥来许多魔族，他们在金色的阳光下手舞足蹈。

有些破旧的药庐里，裴素问正在给一个中了毒的魔族针灸，明媚日光跃过门窗，落在那魔族的背上，裴素问低头看着针头闪耀的光芒，怔了怔，转头看向窗外，翠绿的叶子在风中轻轻摇摆。

她也有很久没有见过这样的日光了。

可惜这样的好光景只是昙花一现，短短几个呼吸后，太阳被云层遮蔽，魔界又恢复成往日里那般昏暗的模样。但直到两日后，魔族们还在讨论那短暂却温暖的阳光。

他们认为这是上天给他们的预示，他们魔界就要兴盛起来。不过魔族们普遍认为，在这之前必须先统一魔界，只是不知道哪一位魔君能做真正的魔界之主。望乡城里的魔族们谈到这一话题时，忽然沉默下来，突然觉得未来希望渺茫。

这魔界之中，谁都可能统一魔界，可他们这位魔君几乎没啥可能。

沈望春不是不强，但他缺少对权势和力量的渴望，整日过得比和尚还要和尚，指望他，不如看看哪天太阳能从西边升起来。

鹿城的薛孤禅是个真和尚，每日的早晚，鹿城的诵经声隔了几里地都能听到。

天圣宫的乐善比这两位倒是显得稍微正常一点，奈何这位最喜欢看乐子，他要是当了魔君，底下的魔族怕是也不会好过。

至于血魔宫的魔君……

那人至今还没露过面，不过这种情况下，赤勒滩居然一点风浪都没有掀起来，可见这位魔君是有些手段的。

这些魔族正说得起劲，天边突然传来一声巨响，紧接着脚下大地剧烈震动，林中的魔兽仓皇逃窜，魔族们从室内跑到街上，只见数不清的身影出现在西方的天际。

药庐里的裴素问正在给一魔族施针，即使是听到震耳的轰响，她的手一下都没抖，地面开始颤动时，她稳稳地把银针扎到穴位上，然而原本在床上沉睡的魔族被这可怕的动静吓到，猛地从床上弹起，那银针被深深扎进肉里，下一刻，魔族发出一声凄惨至极的号叫。

裴素问皱了皱眉，面无表情地拔出银针，转身出了药庐，她站在门口，眺望远方，许久没有动作。

魔族骂骂咧咧地穿好衣服从里面出来："外面怎么了？疼死老子了，要是让老子知道谁在惹事，老子非要他——"

他的声音戛然而止。

成千上万的魔族闯进望乡城来，黑压压的一片，他们高高挥舞起手中的兵刃，毫不在意地残杀城中的魔族。

一时间，整个望乡城充斥着凄惨的哀号，鲜红的血洒遍这里的每一条街道，树都倒了，房子也塌了，大火迅速向四周蔓延而去，望乡城里的大魔们大多没有反抗，他们当场叛变，与这些攻进望乡城的魔族一起向着幽冥宫而去。

看来这魔界是真的要变天了。

裴素问微微一笑，两柄大锤瞬间出现在她的手中，她提着锤子，向街口走去。

多年前，她的姐姐练功出了岔子，入了魔道，修真界再没有她的容身之处，她不得不到魔界来。

然而仅仅过了两个月，裴素问就收到了姐姐的死讯。

一开始，她姐姐的伤并不严重，只是一直拖着，她在魔界根本找不到大夫，也不告诉自己，拖到最后，她永远地闭上双眼，再也不需要大夫了。

裴素问知道，她姐姐会去世不仅是因为身上的伤，她心里也有病了，修真界容不下她，她又无法适应魔界的生活，这样对她来说，未尝不是解脱。

但裴素问无法解脱，于是她来到魔界，她的师长们都说她是入了歧途，自甘堕落，可她只是希望，如果以后还有姐姐那样的人，她能救下他们。

头顶的天空早已阴云密布，凉凉的雨丝飘落在裴素问的脸上。

她迎面对上那些魔族，一锤一个，倒也痛快。

雨越下越大，恍若天河倾泻，眨眼之间，地上的血水已被冲刷干净。

九天之上，数道紫色闪电在云层间穿梭，连成一片，浩大的声势仿佛可以毁灭这世间的一切。

金翎台上，萧雪睢浑身湿透，双目紧闭，如一尊无言而悲悯的神像。

杀伐之声混着雷霆声如潮水一般涌入幽冥宫，连绵的宫墙在风雨中摇晃，而后“轰隆隆”地成片倒塌。

粉色的雨水一路流淌到沈望春的脚下，他低下头，看着水面上自己扭曲的倒影，转过身去。

赤勒滩和万刃城的魔族们已经攻进幽冥宫，幽冥宫内的魔族被沈望春清洗过，如今已不剩下几个，根本无力抵挡。

他们问出沈望春与萧雪睢的下落，便长驱直入来到黑河边上，河水滔滔，漫天雷光照亮此间惨淡的光景。

沈望春抬头看着金翎台上，这些魔族可真会挑时候，想来出门前是看过皇历的吧。

萧雪睢仍端坐在那里，眉毛都没有动一下，仿佛完全将自己隔绝在世界之外。

这是最关键的一日，也是最后一日了。

沈望春低头笑笑，他站在金翎台前，伸出右手，一把长剑瞬间现于他的手中。

远处数不清的魔族不要命地向他拥来，凛冽剑光如同一条条白练，在人群中穿梭游荡，所过之处，只留下一地残破的尸体。

温热的血与冰冷的雨水一同溅在沈望春的脸颊上，天地昏暗，不见光亮，恍惚间，他好像又回到幽冥狱里。

回过头去，萧雪睢仍旧坐在高台上。

风雨如晦，白衣胜雪。

瓢泼大雨“噼啪”抽打地面，碎石穿空，黑河汹涌，眼前的魔族无穷无尽，杀了一个，又冒出来许多。

不远处的林砚已有些勉强，他从来没有杀过这样多的魔族，人已经杀得麻木了，身上的衣服被鲜血浸染，只能机械地使出各式剑招。

不知过了多久，这场大雨丝毫没有要减弱的趋势，天空中的闪电汇聚在一起，却迟迟没有落下。林砚被数十魔族夹击，他抬剑格挡，然与此同时，左侧的魔族举起大刀向他的脖颈砍来。

林砚避无可避，下意识闭上眼睛，等待自己的头颅掉落，然而预期的死亡并没有到来。

他睁开眼，是沈望春帮他杀了那个魔族，只是他自己身上也因此中了一剑。

林砚微微一愣，没想到沈望春会出手，更没想到他会为了救自己受伤。

“多、多谢。”他说。

沈望春没有说话，他似感觉不到疼一般，面无表情地拔出胸口的残剑。

“啪啪啪”，一连串的巴掌声在身后响起，沈望春回过身，见万刃城的魔君乐善正坐在一堆废墟上，脸上满是笑意。

他说：“沈兄，又见面了啊。”

沈望春没有理会他，只专心屠杀面前的魔族。

乐善也不在意，他装模作样地叹了口气，道：“沈兄，我也不想这样的，只是赤勒滩的那位威胁我，我若不派人攻打望乡城，那位就要灭了我的万刃城，实在抱歉。”

他嘴上说着抱歉，脸上全是看戏的好兴致。

“沈兄，你看起来受伤不轻，不如让我帮你一把吧。”

乐善说罢，从废墟堆上一跃而下，他张开双臂，霎时，有巨大的黑影从他的脚下蔓延出来，黑影贪婪地吞噬地上的血肉，很快就成长为一只巨大的怪兽，携着这漫天风雨，向沈望春呼啸而来。

沈望春与这怪兽缠斗在一起，同时还要注意不能让魔族上了金翎台，干扰萧雪睢。他不知道自己这样还能支撑多久，他在瞿昙境里受的伤一直都没有恢复。

眼见着沈望春渐渐落了下风，乐善脸上的笑容愈加灿烂，都说望乡城的这位魔君十分厉害，可今日他就要死在自己的手中，这着实是一桩值得庆祝三天三夜的大喜事。他正想着事成后要如何快活，然下一刻，他的笑容僵在了脸上。

在幽冥狱里的那些年，沈望春不知吞噬了多少上古大魔的残魂，如今那些残魂正从他的体内疯狂涌出，到处肆虐，乐善祭出去的怪物很快消融，魔族的哀号从四面八方响起。

天地惶惶，百鬼哭号，血流成河。

直到乐善死去时，他脸上都是那一副惊愕的表情。

厚厚的雨幕将一切都变得模糊，尸体堆了一层又一层，鲜血和雨水融在一起，汇成湍急的溪流，流向奔涌的黑河之中。

裴素问倒在街头，她太累了，手中的锤子再也提不起来，她合上双眸，这一次，她要去见她的姐姐了。

林砚躺在金翎台下，手中紧握着他的佩剑，裸露在外的伤口被雨水冲刷，隐隐泛着白色。

沈望春的力量都已耗尽，他坐在茫茫血水里，举目望去，眼前密密麻麻的都是尸体。

他抬起头，仰望着金翎台上。

萧雪睢还是萧雪睢。

沈望春笑了起来。

他也不知道自己在笑些什么。

他以为这场战斗终于结束了，一切都要结束了。

只是再一抬头，却见半空中停了数百魔族，他们手持诛魔箭，对准金翎台上的萧雪睢。

魔族竟然用诛魔箭来诛杀萧雪睢，这未免太好笑了些。

破空之声响起，金色的箭矢似流星一般划过昏沉天际，箭光与雷光交错，仿佛可以颠倒这片天地。

当沈望春回过神来的时候，他已经站在萧雪睢的身前，为她挡下这些诛魔箭。

无数箭矢插入他的身体，五脏六腑绞成一团肉泥，一边燃烧，一边腐烂，恍惚间，他以为自己回到了幽冥狱。

他低下头，萧雪睢好好地端坐在他面前。

他苦笑了一声，原来他就是这样恨着萧雪睢的。

鲜红的血从那些伤口滴落，落在萧雪睢苍白的脸颊上，他来不及擦去她脸上的血，身体就微微一晃，踉跄倒下。

沈望春无力地望着头顶的天空，数不尽的闪电汇聚在一起，深深映入他漆黑的眼眸。

世人都说，入了魔道的人更容易被欲望操控，他们总是无法克制心中渴求。沈望春曾以为自己与那些魔族并不相似。

可他若是愿意回头看一看走过的这一路，便会明白，其实他与那些魔族并无不同。他所做的一切同样在受他的欲望操控。

他的欲生于他的爱，他对萧雪睢说出一百句、一千句、一万句的恨，他的心却还是把他的爱意源源不断地捧出，被封印进幽冥狱没有关系，被轻慢、被无视也没关系。

他只想她能快乐。

沈望春将视线移到萧雪睢的脸上，对上她那双刚刚睁开的双眸。

半空中的魔族纷纷落下，高声叫喊着向他们杀来，却见萧雪睢站起身，手中的悬光剑高举，九天之上，银白的闪电好似一轮白日，从天而降，伴随着震耳欲聋的轰响，刺目的光芒贯入整个魔界。

眼前的魔族们被这雷电震慑，他们停在原地，踌躇不前。

直到雷雨停息，白光散尽，萧雪睢再次睁开双眼，她看到不远处那些又是惊恐又是兴奋的魔族，看到横陈了一地的尸体，还有倒在她脚边的沈望春。

他身上血肉淋漓，插满诛魔箭，鲜血汩汩流出，不多一会儿，就把身下染得一片鲜红。

可他还在对她笑着。

萧雪睢不知为何，看见他笑却是眼眶一热，眼泪先落了下来。

沈望春痴痴地看着她，他总说要报复她，要她痛，要她悔，要她流下泪水。

现在，他终于看到她为他落泪了。

可他仍旧觉得不快活。

他的心好似被丢进火炉里，他宁愿自己仍在幽冥狱中，也不想看她这样。

他想抬起手，擦去她脸颊上的泪水。

他做不到了。

为什么要哭呢？

不要哭啊。

青山如黛，白云悠悠，不知从哪里吹来许多柳絮，像是下着一场纷飞的大雪。

鲜红的血不断地从他嘴角溢出，沈望春张了张唇，许久后才发出一点轻微的声音，他艰涩地说：“不要哭，不值得的，我只是萧姑娘的一条小狗。”

瞿昙境里，他小小的一只，窝在她的怀里，摇一摇身后的尾巴，她就能对自己笑起来。

不要为小狗伤心。

“汪。”他轻轻叫着。

他的声音低不可闻，他不想再看到她的泪水了。

笑一笑吧。

笑一笑吧，萧姑娘，不要哭啊。

云销雨霁，春风如昔，漫天霓虹化作七彩流光，萦绕在她的周身。

她还是哭了。

她的泪水缓缓落下，滴落在沈望春的脸颊上，沈望春只觉得那泪水好像一直流淌到他灵魂深处的土地，那里原本就干涸的花儿，从此更加枯萎了。

沈望春就这样哀切地望着她，他至死也未能合上双眼。

4

萧雪睢站在金翎台上，沉默地看着血泊里的沈望春。

长风带着缱绻的叹息，轻轻吻过她乌黑的长发。

她的嘴唇微动，似乎有话要说，然许久之后，她依旧不知自己该与他说些什么，只有眼泪顺着她的脸颊缓慢滑落，滴在他渐渐冰冷的眉心。

那里已经有些干涸的血被她的泪水晕开，流淌到他的眼角，好似流出了血泪。

好在，这一次沈望春看不到了。

漫天的柳絮飘落下来，浸在血泊里，像是一只只垂死的鸟儿。

而那高高的苍穹上，有十三只灰色的大鸟排成一排，张开翅膀，在他们头顶不断地盘旋。

许久后，萧雪睢弯下腰，伸出手，温柔地合上沈望春的眼眸。

为什么要这么做呢？

到最后，他还是没有给她答案。

萧雪睢的掌心聚起一团白光，白光将沈望春的身体罩住，又很快消失不见。

风中夹杂着雨后泥土的芬芳和浓烈的血腥之气，萧雪睢依稀记得，多年以前，她走出血魔宫时，闻到的也是这样的味道。

万丈金光倾泻而出，压在碎石间的小树伸出新生的柔软枝条，在风中招摇。

金翎台下的魔族们此时纷纷清醒过来，领头的魔族高声喊道：“都愣着做什么！给我上啊！杀了萧雪睢！踏平幽冥宫！”

魔族们仰头看着金翎台上的萧雪睢，他们中很多人都曾见过她诛杀魔族时的风姿，至今对此心有余悸。

但如今萧雪睢修为散尽，剑骨已去，即便她又可以重新修炼，想来也不足为惧。

况且，他们这么多人呢，即便是从前的萧雪睢，遇见他们也不一定能从他们的手上占到便宜。

“杀啊——”

前排的数十魔族腾空而起，手中高举各种各样的法器，又有上百魔族紧随其后，杀气逼人。

今日若真能将萧雪睢就地诛杀，日后说出去也够他们炫耀一段时间了。

金翎台上的萧雪睢直起身，她看起来与当年好像并无不同，依旧是面若桃李，冷若冰霜，只是眼角多了一点微红。

不少魔族心中暗道可惜，若不是魔君下了死命令，这样的美人该留在身边才是。

但很快，他们便没有了这样的念头。

萧雪睢抬起头，她手中的悬光剑在日光下闪出一抹冷冽的光。

只见银芒一闪，最前面的魔族觉得脖子一凉，他下意识想要抬手去摸，然下一刻，这具没了脑袋的身躯就从半空轰然坠落。

旁边的魔族吓了一跳，瞪大双目，骇然地看向眼前的萧雪睢，他们停在半空，竟一时不敢上前。

而萧雪睢的神色依旧冷淡，不言不语，她提剑而起，杀入众魔族当中。

这里有许多在魔界中都令人闻风丧胆的大魔，可眼下他们在萧雪睢面前与那手无寸铁的残废无甚区别，像是砧板上的鱼肉，连她的动作都没有看清，就已经成为她的剑下亡魂。

曾经与萧雪睢交过手的大魔们万分费解，不是说萧雪睢沦为一个废人了吗，她这明明是比从前更加厉害了。

如果这都能叫作废人，那他们又是什么？

萧雪睢并不理会这些魔族的困惑，她手中的剑越来越快，那些魔族像是枯叶般从半空坠落，哀号声、咒骂声、鲜血喷洒声，还有远处传来的魔兽呼啸声连成一片，人间炼狱，不过如是。

只眨眼间，脚下的尸体又堆了一层，茫茫苍穹，如泣如诉。

悬光剑宛若游龙在萧雪睢手中几经翻转，数道剑光冲天而起，汇在一起，如同一柄擎天的巨剑，向那湛湛青空而去，又骤然降落，十方闪电携着磅礴的气势劈裂大地，仿佛可以撼动日月，扯落星辰。

不久前那副气势汹汹的模样早已看不到了，其余魔族见势不妙，转身仓皇逃窜。

但太晚了，他们甚至来不及喊出一声“救命”，就已在那剑锋下化为一缕缕幽魂。

到最后，黑河上翻涌出淡色的血沫，脚下的土壤血红一片，放眼望去，但见断壁残垣，横尸满地。

萧雪睢的白衣被鲜血浸染，她收了剑，穿过这一地的尸体，回到金翎台上。

沈望春仍旧静静躺在这里，双目微合，好似在做着一场不愿醒来的梦。

萧雪睢弯下腰，一把将他抱起，然后飞身跃下金翎台。

她缓步走到下方林砚的身边，指尖洒下几点流光，掉落在林砚的头顶。

昏睡中的林砚打了个哆嗦，惊醒过来，他看着眼前的这一幕，惊诧地瞪大双眼，过去的这段时间里，究竟发生了什么。

他连忙从地上爬起，激动道：“师姐，你练成了？”

萧雪睢点头“嗯”了一声。

林砚目光下移，看见萧雪睢怀中抱着的沈望春，又问：“他这是怎么了？哪里受伤了？”

萧雪睢抿着唇没有说话，林砚立即意识到自己可能失言了，他小声问：“要不我来抱吧？”

“不用。”

萧雪睢抱着沈望春，踏过这满地的血肉，她在一片废墟之中，终于找到一座还算完好的宫殿。

推开宫殿的门，她把沈望春安置在屏风后的软榻上。

林砚一直跟在她的后面，看着她的背影欲言又止，终是什么也没说。

没过多久，殿门又被推开，陆鞅风风火火地从外面闯进来，口中呼道：“君上，属下救驾来迟，罪该——”

然他一抬头就看到站在自己眼前的并非沈望春，而是萧雪睢，他的君上此时正在榻上躺着。

陆鞅的声音戛然而止，他咧开嘴角，僵硬地笑着，尴尬道：“萧、萧姑娘好啊，君上这是怎么了？”

陆鞅这几日都在闭关养伤，那些魔族攻进望乡城的时候，他立刻藏进地下的密室，直到那些声音逐渐平息，才敢冒出头来。

他也庆幸自己提前躲藏了起来，不然以他现在的实力，不死都没天理。

萧雪睢没有回答他的问题，只是淡淡问他："沈望春从瞿昙境带出来的那颗赊梦珠呢？"

陆鞅眼睛盯着榻上的沈望春，轻声答道："君上应当是把那颗赊梦珠藏在金翎台下了。"

萧雪睢一怔，转过头看向殿外远处那座安然矗立的金翎台，心中倒也没有几分意外，甚至有一种"果然如此"的感觉。

她道："我知道了。"

陆鞅收回目光，抿了抿唇，试探着问萧雪睢："君上这样，还有救吗？"

萧雪睢垂眸看着榻上的人，道："有没有救，总要救了才知道。"

只是，若赊梦珠真的保住了他的魂魄，她又该怎样去寻？

赊梦珠会以他的记忆构建出新的天地，而天地这样大，找一个人何其不易。

所以，她要知道这世间的哪些地方对他来说是不能忘怀的。

她问了陆鞅。

陆鞅则不确定地道："幽冥狱……吧。"

"除此之外呢？"萧雪睢问。

沈望春曾说过，是她亲手将他封印进幽冥狱里的。

陆鞅摇了摇头，沈望春的前尘往事，望乡城里无人敢向他问起，自然也无人知晓。

萧雪睢转头看向林砚，对他说："等会儿我去一趟阆风阁，阿砚，帮师姐照顾好他。"

5

阆风阁依山而建，草木幽深，四面白水环绕，云烟浩渺，恍若人间仙境。

这里的阁主名为孟逐音，为人八面玲珑，百面千相，极其善于敛财。

阆风阁建立至今已有三百余年，世人却仍不知她的来历，也不曾见过她的真实模样。

今日她穿了一身月白色的长袍，腰间坠着一枚圆形玉佩，下面红色的流苏垂下，随着微风轻摆，长发束起，头戴金冠，面若白玉，像是一位多情的风流公子。

萧雪睢过来的时候，她正坐在亭中抚琴，弹的是《高山流水》，琴音清越悠扬，闭上双眼，好似可见高山之巍峨，又听泉水淙淙，如佩环叮当，满庭的草木抖擞，一副欣然之态。

一曲毕，孟逐音的双手落在琴上，她抬起头，见到来人是萧雪睢，微微笑道：“看来萧道友是神功大成了，可喜可贺，可喜可贺啊。”

萧雪睢站在那里，没有说话。

孟逐音放下手，问道：“不知萧道友来我这阆风阁有何贵干？”

萧雪睢道：“我想向你打听一个人，是——”

“哎，先别说，”孟逐音抬手制止了萧雪睢接下来要说的话，“让我猜猜你要打听的是谁。”

她说着站起身来，走到萧雪睢面前，对着萧雪睢促狭地眨眨眼，而后问她：“萧道友，你要问的是望乡城的魔君沈望春，是也不是？”

萧雪睢颔首：“是。”

孟逐音一下子就笑了起来，双眼弯弯，她得意道：“我就知道你要问他。”

“若是别人向我打听沈望春，我至少向他要这个数，”孟逐音边说边伸出一个巴掌来，然后在萧雪睢的眼前晃了晃，又道，“不过，以我与萧道友间的情谊，谈钱未免就太伤感情了。”

若有旁人在场，听到孟逐音的这番话，非要笑出声来不可，孟逐音这个女人嘴里居然也能说出“情谊”二字，可见太阳都要打西边出来了。

萧雪睢面色不变，她总是这样。孟逐音也不介意，她继续道：“去年这位沈道友刚从幽冥狱出来，杀了望乡城的前任魔君时，我就派人查过他的来历，可惜那时我这里从魔界搜罗来的信息太少，查了大半年也没查出什么来。”

世上叫沈望春的修士并非只有他一个，而且他与其他一上位就大杀四方的魔君不同，他表现得极为低调，整日缩在幽冥宫里不出来，即便阆风阁神通广大，遇见这样的人，也多少有些无从下手。

孟逐音顿了一顿，看向萧雪睢的目光里多了点意味深长，她道：“后来我得知他居然出手从青霄宗的手下把你救下，想着此人的过去或许与你有什么关系，于是顺着这个思路调查起来，倒是真让我们查出许多有意思的事来。”

孟逐音说完，仔细观察萧雪睢的表情，却发现她的表情从始至终都没有变化，心下不禁感叹，这人还是一如既往的无趣。

她叹道：“很多年前，萧道友曾见过他，可能是一面，也可能是很多面。”

温柔春风拾起一片落花，别在萧雪睢的发间，头顶的树叶沙沙作响，仿佛在唱着一首欢快的小曲儿。

萧雪睢微微抬头，轻声道："我想不起来。"

平静的语气中隐隐透出几分愧意。

孟逐音笑笑，继续道："那时候的沈魔君可不是现在这副模样，我听说如今这位魔君喜怒无常，十分残忍，是真的吗？"

萧雪睢没有回答这位阁主的问题，她只是淡淡道："是真是假，阆风阁的阁主会不知道吗？"

孟逐音"扑哧"一声笑了起来，道："你这话我就当是夸我了。"

她笑了一会儿，突然敛去脸上的笑意，对萧雪睢道："他有向萧道友表达过对你的爱慕之意。"

萧雪睢一怔，看向孟逐音的双眸中透出几分茫然。

孟逐音顿觉好笑，今日能看到她露出这副表情，也算是值了。

修真界中爱慕萧雪睢的修士能从青霄宗的山顶一直排到山脚下的城门口，而这些人里，向她表达的心意也从不在少数。那时的沈望春比之其他人，也就是皮囊出色些，然萧雪睢其实是有一点脸盲症的，英俊与否，她是不大能分辨出来。

孟逐音问她："萧道友可听说过岳阳城的沈家？"

萧雪睢回过神来，摇头答道："不曾。"

孟逐音道："没听说过也正常，不过是个不起眼的小门派罢了，几十年了也没出过什么了不起的人物。修真界里，这样的小门派没有个一千，也有八百。

"沈望春的父亲是沈家的家主，只是在他年少的时候，他的父母便去世了，之后沈家就由他的五叔接管了，不过沈望春依旧是沈家的少主，在小小的岳阳城里还是有些威风的，就这样过了很多年，直到他遇见了萧道友你。"

那是周朝五十七年的春天，他站在风雨飘摇的大船上，她踏着月光，白衣胜雪，翩然而至。

一眼万年。

后来的后来，他喝了黄粱散的酒，向萧雪睢说了那些话，从此，他的人生好像就走上了另外一条与过去截然不同的路。

直到许多许多年以后，沈望春依旧说不清，这条路走得是好还是不好，是劫难还是救赎。

孟逐音说起那日白日里萧雪睢在试剑台上无双的风采，说起那个晚上言笑晏晏的众多宾客，又说起昏黄灯光下，微醺的沈望春痴痴地望着她，借着黄粱散的药力，才敢走到她的面前，最后却也只是对她说了一句"我喜欢你"。

孟逐音说："这对萧道友来说，并不值得注意，只是——"

她顿了一顿，想要故意吊起萧雪睢的胃口来，然而萧雪睢并没有给出孟逐音所希望的反应，她颇为失望地叹了口气，道：“只是唐云承唐道友大概觉得自己被冒犯了，那天晚上，他挑断了沈望春的手筋脚筋，又毁了他的丹田，将他送回岳阳城的沈家，威胁沈家家主将他逐出家门。

“这之后，沈望春就离开了沈家，阆风阁目前查到的只有这些了，还有诸多遗漏，恐怕要萧道友你自己去找了。”

毕竟这些事距离今日已有十多年了，那时的沈望春实在是太不起眼，原本就没什么人注意到他，后来他被废去修为，离开了岳阳城，就更没人记得他。

他是怎么入的魔道，又是怎么被封印进幽冥狱里的，阆风阁查了很久，也没查出个结果来。

萧雪睢“嗯”了一声，对孟逐音道：“多谢。”

孟逐音作为阆风阁的阁主，不仅知道近日赤勒滩与万刃城的魔族联合起来攻打望乡城，还知道这其中有修真界这些正道的影子，但她确实没想到萧雪睢会到这里来。

现在的萧雪睢怕是要比以往更加厉害了，修真界，今日在这里卖她一个人情，日后少不了他们阆风阁的好处，她看人的眼光可从来没错过。

作为贩卖消息这一行的头子，孟逐音自然也是八卦得厉害，她问萧雪睢：“我能问一下，萧道友为什么要问这些吗？”

萧雪睢道：“只是想知道罢了。”

这话说了跟没说没两样，真是没劲儿。

萧雪睢说了告辞，转身离开。

“萧道友——”孟逐音忽然出声叫住她。

萧雪睢脚步一顿，听到背后的孟逐音道：“我觉得，萧道友若是真想知道他离开岳阳城后去了哪里，发生了什么，不妨想一想萧道友你那段时间是在哪里。”

萧雪睢沉默片刻，轻声回道：“我知道了，多谢。”

第十二章 七魄六缺一

1

山下的小镇外有一片桃花林，春风一过，乱红如雨，铺了一地。

萧雪雎临走前，在宫殿前后布下两道结界，若是有人硬闯，她会在第一时间知晓。

沈望春此时静静躺在宫殿的软榻上，面色苍白如纸，双眸微合，早已没了气息。

陆鞅同林砚一起守在他的身边，见他这般模样，只能在心中暗暗叹气。就在几个月前，这样躺在床榻上，命悬一线的人还是萧雪雎，如今却成了他们君上。

他说萧雪雎是他的仇人，他要报复萧雪雎，这就是他的报复吗？

不知待他们君上醒来又会是怎样的一番说辞，陆鞅一颗八卦之心蠢蠢欲动，然眼下，已无人能够给他解答。

林砚抱剑坐在一旁，忽然他的耳朵动了一动，抬头压低声音对陆鞅道：“我好像听到外面有人来了。”

陆鞅连忙竖起耳朵听了一会儿，好像确实能听到一些动静，他说：“我出去看看，你在这里照顾好君上。”

林砚点点头，不必陆鞅多说，这些话他的师姐已经交代他了。

“你小心些。”他低声道。

陆鞅点点头，临走前看了一眼软榻上的沈望春，有点想不明白自己这是在做什么，他们君上看起来人都凉了，死透了，他还留在这里干什么。

他一个魔族，居然也有忠心这种东西？

太难得了吧！

日后魔界如果评选十大优秀下属，他一定榜上有名。

陆鞅轻手轻脚地推开门，走了出去，那一场浩大的风雨已经终结，不算温暖的光照在这一片废墟之上，无数魔族的尸体横七竖八地倒在他的脚下。

陆鞅没急着处理这些尸体，毕竟说不定等会儿还有一场恶战，现在还是省点力气为好。

他从那些尸体间走过，想着他们这位君上其实挺不错的。那些人总说这位君上喜怒无常，杀人如麻，但其实沈望春是陆鞅经历过的几位魔君里，最容易伺候的一位，准确地说他几乎没用陆鞅伺候过。

话少事少，也就是萧雪睢来了后，要求稍微多了些，但是大多关乎萧雪睢的事，他都自己做了。

陆鞅觉得，如果这次沈望春真的醒不过来，他怕是再难以遇见这样的魔君了。

他长长叹了口气，开始考虑要不要把头发剔了，到鹿城去做和尚。

他往前又行了一段距离，突然，他的脚步一顿，远处有数百魔族踏过早已倾倒的宫门，如同一片乌黑潮水，涌了进来。

幽冥宫当中勉强还能住人的宫殿只剩下那么零星几座，一只手都能数得过来，那些魔族如同蝗虫过境，所到之处，草木凋败，宫室倾倒。

陆鞅躲在暗处，来的魔族太多，他定然不是他们的对手，他是有那么一点忠心，但这点忠心还不足以让他搭上自己的小命。

他打算先回去向林砚说明外面的情况，看看那座宫殿里还有哪里可以藏身的，结果不慎被闯进幽冥宫的魔族发现。

他们在这里搜查了这么长时间，好不容易遇见一个会喘气的，当然不肯轻易放过。陆鞅且战且退，从幽冥宫的南边一直打到西边，又跑到了东边，最后实在没有办法，陆鞅不得不退回萧雪睢布置的那道结界之中，与此同时，那些魔族也来到宫殿外面。

陆鞅的心脏还在"怦怦"剧烈跳动着，他看着外面的魔族使出各种招式招呼上来，而结界上随之荡起一圈圈涟漪。陆鞅不免担心起来，萧雪睢布的结界能行吗？

这结界若是破了，他们可就真完了。

林砚从后面走上来，问他："我们就这样看着吗？"

陆鞅侧头看了他一眼，问他："那你有别的法子吗？"

林砚倒也实诚，直接摇头道："没有。"

陆鞅又问他："你师姐什么时候能回来？"

"不知道。"

陆鞅深深叹了口气，对林砚道："祈祷吧。"

林砚的嘴唇抿成一条直线，紧张地看向外面。

各色神光击打在结界上，发出一声声震耳的轰响，连同他们脚下的地面都跟着一同震动。

魔族们已然将他们两个看作砧板上的鱼肉，一边施法，一边放肆地大笑，甚至开始讨论起等下找到沈望春，要如何羞辱他。

林砚无法就这么干站着，眼睁睁地看着那些魔族攻打进来。他蹲下身，在地上画出新的结界，他知道自己没有师姐厉害，但能多抵挡一刻也是好的。

结界发出微弱的光亮，似乎马上就会破碎，外面的魔族笑得更大声了，林砚却好像能将这些声音完全隔绝在外面。

他蹙眉凝神，画得十分认真，陆鞅则在他的身边走过来又走过去，很是焦躁，到后来，那结界每震响一声，他的心脏就跟着漏停一拍。

林砚的动作一停，他抬起头对陆鞅道："我师姐回来了。"

"你怎么知道——"

陆鞅的话还没说完，只听从天边传来"铮"的一声剑鸣，好似风动碎玉，鹤唳九霄。

陆鞅下意识抬起头，向声音传来的方向看去，天边有人影长身而立，一剑落，便有万千银芒挥洒而下，似流星洒满苍茫大地。

宫殿外面的那些魔族茫然地看着眼前的这一幕，随后，他们便在这数不清的剑光中成为一具具尸体。

萧雪睢从天而降，她手中的悬光剑再次挥起，堆积在结界外的尸体瞬间化为齑粉，随风而散。

这是陆鞅第一次见识到萧雪睢修为恢复后的力量，看着石阶下那空荡荡的一片，他只觉得后背发凉，怪不得之前萧雪睢会是修真界第一人。

"沈望春怎么样了？"萧雪睢收了剑，走过来问。

林砚忙起身道："还是之前那样。"

萧雪睢走过去看了沈望春一眼，摸摸他的额头和脖颈，而后前往金翎台。

她一掌落下，那金翎台摇摇晃晃了半晌，随后"轰隆"一声，像是从内部炸开，从外到里一层一层簌簌剥落下来。待到一切声音都平息，那颗被嵌在最里面的赊梦珠就这样显露了出来，在昏暗的天色下，发出幽幽的光亮。萧雪睢抬起手，那珠子飞入她的掌心。

萧雪睢低下头，看着掌心的赊梦珠，上面模糊地映出她的面容。

沈望春这一生遭遇的诸多厄运，似乎都是因她而起。

如果他不曾遇见过她，也许他现在还在岳阳城里做他的沈家少主，春风得意，无忧无虑。

他还会遇见一个很好的姑娘，平淡却幸福地度过这一生。

一切值得吗？

萧雪睢握紧手中的赊梦珠，转身往回走去。

晚风撩起她乌黑的发，仿佛想要将她留在温柔的夜色里。

远处群山连绵，明月如钩。昏暗的大殿中，一红衣女子坐在高高的王座下，低头望着下方的魔族，她的指尖缠绕一缕发丝，轻声问道：“怎么会这样？”

那望乡城的魔君沈望春确实是如她预想的那般，受了重伤，结果派去数千的魔族却还是有去无回，成了萧雪睢的剑下亡魂。

下面的魔族小心地问道：“这会不会是青霄宗与萧雪睢联合起来，故意诓骗我们？”

女子抬起头，露出一张极为妖艳美丽的面孔。她的眉心处画着一枚红色花钿，一举一动，莫不妩媚多情。她道：“若真是如此，代价未免也太大了。”

萧雪睢被抽了剑骨，又毁了丹田，这中间任何一个环节出了差错，这位青霄宗的首徒怕是都要死无全尸。

那些个名门正道，不至于如此吧。

“主人，我们还要再派人去幽冥宫吗？”

女子摇头道：“不用了，死的已经够多了，如今这形势，去得再多，也是给萧雪睢磨剑。”

“那我们下一步该如何？”

“萧雪睢为什么会和沈望春在一起？”女子问。

“属下不知。”

“废物。”

下方的魔族垂下头去，过了一会儿，才小心回道：“属下只是听闻望乡城里的那些魔族说，萧雪睢是沈望春的仇人，他抓了她，是要报复她的。”

女子轻笑了一声，轻蔑道：“报复？”

如果真的是要报复萧雪睢，那沈望春可真够废物的，他报复来报复去，竟报复出这么一个结果。

2

深邃的夜空中闪烁着几颗星子，黑河翻涌起白色的浪花，向远方奔腾而去。

望乡城的殿中亮着一盏昏黄灯火，几个影子映在屏风上，随火焰摇曳，而沈望春仍旧躺在软榻上，好似熟睡一般。

他的三魂仍在，接下来萧雪睢需要做的是在赊梦珠造出的梦境里，找到他余下的七魄。

七魄分别代表人的喜、怒、哀、惧、爱、恶、欲，它们多半会停留在记忆里这种情绪最为浓烈的那一刻，所以要找到它们最好的办法是先了解沈望春的这一生。

只是，时间终究过去太久，萧雪睢返回望乡城前，还去了一趟岳阳城，不过十几年的光景，沈家竟是连当年的那点风光也没有了。

沈家的旧人说起沈望春，说的也大多是在岳阳城里的事，至于他离开沈家后去了哪里，做了什么，就不得而知了。

那之后的故事，只能等萧雪睢自己去了他的梦里，才会知晓。

入梦前，林砚抓住她的袖子，嘴唇张合几番，最后说了一句："师姐，小心。"

萧雪睢"嗯"了一声，在沈望春的身边盘膝坐下，合上双眼。

风中好似带着拙贝罗香的淡淡香气，萧雪睢睁开眼，夜凉如水，明月生辉，她站在寂静的街口，小楼的影子蔓延过来，将她整个人笼进黑暗之中。

萧雪睢抬头望去，眼前的一些建筑她在白天里才见过的，这里应当是十几年前的岳阳城。

现在，沈望春会在哪里呢？他留在这里的又会是哪一魄？

找到他的七魄后，还需要使它们自愿融合，到时可能还要费上一番心力。

不过眼下想这些还为时尚早，萧雪睢仔细走过岳阳城内的每一条街道，她去了沈家，又去了从前他常去的酒楼，到处都是人影，却始终没有见到沈望春。

上个月沈家家主与夫人双双遇难，沈府各处挂的丧幡才撤下去没多久。

萧雪睢试了几次，终于在他的梦里现出身形，她从沈家下人的口中问出沈望春的消息。

沈家的祖坟里，月色苍白，松柏森森，萧雪睢穿过一片茂盛的竹林，在许多矮矮的坟丘间找到了沈望春。

那是年少时的沈望春，他身上的孝服还没脱下，脑袋靠着墓碑，泪水顺着他的脸颊一直滑到下巴，拢住一抹凄凉的月光。

风声吹动竹林，漫天竹叶飘转而下，萧雪睢放慢脚步，轻轻走到他的身边。

她才发现，原来不知什么时候，他已哭得睡了过去，晚风拂过他额前的碎发，他的眼角又有泪水渗出。

萧雪睢抬起手，想要擦去他脸上的泪，只是还没有触碰到他，他便从梦中惊醒。

少年沈望春瞪大一双黝黑的湿润眸子，像是一只小兽警惕地看着出现在自己面前的陌生人，他吸了吸红红的鼻子，沙哑地问她："你是谁？"

"萧雪睢。"萧雪睢答道。

沈望春皱着眉，他好像从来没有听过这个名字。他道："我不认识你。"

萧雪睢"嗯"了一声，对他说："我来接你回家。"

沈望春抬起袖子抹去脸上的泪，仰头问她："是五叔让你来的吗？"

"不是。"萧雪睢说。

沈望春眨眨眼睛，有些困惑地看着她，不知道为什么，他一看到眼前的这个人，就觉得亲切，好像在哪里见过似的。

一些又酸又涩的情绪涌上心头，然而他的语言实在匮乏，形容不好那种感觉。

但他还是不能同她一起走，他小声说："我的家就在这里。"

萧雪睢蹲下身，目光温柔地看着眼前的少年，对他说："也许要过一些年，这里才是你的家。"

沈望春问："要很久吗？"

"是的。"萧雪睢点头。

沈望春眼眶一热，又要哭了，他连忙转过头去，莫名不想让眼前这个人看见自己哭。他用袖子擦了擦眼角的泪，闷声闷气地说："我想爹爹和娘亲，我想和他们在一起。"

萧雪睢轻声说："可是你的爹爹和娘亲，不会这样想的。"

沈望春回头看她，期待地问："是爹爹和娘亲让你来找我的吗？"

如果她现在说一句"是"，想来接下来的事都会容易许多，可是撒了谎，就要想办法去圆，萧雪睢并不擅长此道。

"不是。"她说。

沈望春"哦"了一声，失望地垂下眼睑，风过竹林，留下一串沙沙响声，交错的影子铺满脚下的小路。许久后，萧雪睢听到沈望春哽咽着声音问："我要什么时候才能再见到他们？"

萧雪睢无法回答。在她师父师妹刚离去的时候，她也常常会想，她要如何才能见他们一面。

她再也没有见到他们，只是有那么几次，他们入了她的梦。

也许要等到来日身殒道消之时，又也许，至那时候，她也不能如愿。

她对沈望春道：“我不知道。”

月色如练，草丛间传来几声微弱虫鸣，沈望春的眼睛盈满水光，问她：“你也有想见的人吗？”

“有的。”萧雪睢道。

“你见到他们了吗？”

萧雪睢沉默了一会儿，她看着眼前的沈望春，目光深邃，好似一汪看不到底的深井，看得人心里无端难受。

过了好一会儿，她对沈望春说：“有些见到了，有些还没有。”

沈望春低下头，他的眼泪像断了线的珠子“啪嗒啪嗒”落下来，他说：“真好啊。”

他真的很为她高兴。

萧雪睢忍不住伸出手，摸摸他的头，然后问他：“可以跟我走吗？”

“去哪里啊？”沈望春带着哭腔问她。

“回家，”萧雪睢说，她顿了一顿，继续道，“不是回岳阳城的沈家，是回你现在真正的家。”

沈望春茫然道：“我不懂。”

萧雪睢道：“等你醒来，就会懂的。”

沈望春还是不大明白。如果眼前的沈望春再大一些，或许萧雪睢会与他说明真相，现在却怕吓到他，她改口说：“那我先送你回沈家，你在家等我好吗？”

沈望春从地上爬起身，将脸上的泪擦干净，而后直直地看着眼前的萧雪睢，问她：“我可以自己回家，你会回来找我的，对吗？”

萧雪睢点头：“当然。”

沈望春深深地望着她，好像要将她全都印进自己的眼眸里，他心中难受得厉害，就仿佛他曾被这个人丢弃过一样，于是他又哭了。

为什么会这样呢？明明这是他第一次见到她。

“那你要快些回来。”他可怜巴巴地说。

他极力想避免自己在她面前哭出来，可总是不行，他的两只眼睛红彤彤的，像只小兔子。

萧雪睢知道这是他的哀魄，比之常人更加悲观，更容易感伤。

看着他这副样子，她不免想到在幽冥宫里，他滚烫的泪水落在她的手背上，那时她没有察觉到的灼痛感，直到现在才姗姗来迟。

萧雪睢还是亲自把沈望春的哀魄送回沈家，而后去往他们初次相遇的岐海。

一轮明月悬在深蓝的夜空，蛟龙的血喷洒下来，染红了波光粼粼的海面。

萧雪睢是从孟逐音的口中知道这一桩的。

蛟龙已除，青霄宗的弟子们都离开了，船上劫后余生的人们来来往往，快速穿行着，收拾余下的秽杂，而沈望春站在甲板上，伸长了脖子望向萧雪睢离去的方向，迟迟不愿收回目光。

多年以后，萧雪睢终于能够在人群里一眼看到他了。

只是他还未能知晓。

银色月光洒向这片一望无际的海面，数只海鸟张开翅膀，似流星一般，飞快划过夜空。

这艘巨船似乎被凝固在这段时光当中，船上的人来了又去，去了又回，不断轮回。

而沈望春痴痴地望着远方，他隔绝了世间所有的声音，完全沉浸在自己的世界里。

萧雪睢穿过熙攘吵闹的人群，来到沈望春的身后，抬手拍了拍他的肩膀。

沈望春以为是路人不小心撞了他，没有理会，萧雪睢便又拍了拍。

沈望春皱了皱眉，刚才他已经说过不要来打扰他了，他只想安安静静地一个人待在这里，等待心中如潮水般澎湃的情绪渐渐退去，只要一小会儿就好。

只是那人不知为何不愿放过他，沈望春有些恼怒地转过头，张口道：“我说了我没事，等会儿就好——”

他的声音戛然而止。

温柔海风吹拂过来，宽大的衣袖随风起舞，皎洁的月光下，萧雪睢御风而来，就这样无声无息地落入他的梦境里。

海面蒙了一层银色的鲛纱，在月光下欢乐地翻涌。

沈望春怔怔地看着眼前的人，仿佛吃了有毒的菌子，唇舌不听使唤，话都说不清楚，他结结巴巴好一会儿，问出一句：“你、你、你不是走了吗？”

萧雪睢道：“我回来了。”

沈望春嘴巴张张合合，急得脑门都冒出汗来，他隐隐可以察觉出眼前发生的这一幕或许并不合理，却不愿再深想下去。

他怕自己想不明白，陷入死胡同里，这场梦也就醒了。

皎洁的月光沉进冰冷的海水里，晚风中好似飘荡着醉人的花香。沈望春好一会儿才发出声音来，他问萧雪睢："怎么回来了？是忘了什么吗？还是要找什么人？我能帮得上什么——"

萧雪睢开口打断他的话，叫他："沈望春。"

沈望春的话音陡然停下，他呆呆看着萧雪睢，发出一声疑惑："啊？"

"你怎么知道我的名字？"他问完就傻乐起来，两边嘴角都要咧到耳朵后面。

"是你告诉我的。"萧雪睢说。

沈望春的笑容僵在嘴角，看着眼前的萧雪睢，一脸茫然，他以为他今天是第一次见到她。

"我们从前见过吗？"他小心地问。

应当见过的，沈望春如是想到，不然为何他一见了她，一颗心就好像掉进了灶房角落放置多年的陈旧瓦罐里，里面酸甜苦辣一应俱全。

他一边挣扎着想要逃离，一边又沉溺于那一点点几乎尝不出味道的甜。

"见过的。"萧雪睢说。

"真的？什么时候？"沈望春紧张兮兮地问她。

若是见过，他为何完全没有印象，翻遍所有记忆，都找不见她的身影，难不成他也像话本里的那些主角，曾经失忆过，忘了她？

那完蛋了，沈望春在心中发出一声长叹，他一定会被萧姑娘嫌弃的。

萧雪睢看着沈望春站在那里，皱眉苦思，表情竟有几分凝重。

萧雪睢不懂他为何这样，只轻声答道："是在这之后的许多年。"

"之后的许多年？"沈望春重复她的话，这样的话那就不是他失忆了？

他更加茫然了，不明白萧雪睢这话是什么意思。

"我不明白。"他诚实地说道。

萧雪睢"嗯"了一声，此时的沈望春的记忆只停留在这一刻，从此刻往回看，他的人生一片坦途，除了父母的离去，几乎再没有遭遇过其他大的风浪。

他原本可以在岳阳城中，一直做他意气风发的沈家少主。

然而最终，他死在了望乡城。

萧雪睢微微垂眸，轻声说："我与你说了，或许你就明白了。"

"你说。"沈望春满脸期待地看向她。

一想到在许多年后，自己可以与萧雪睢有着千丝万缕的关系，沈望春胸腔里的那颗心脏就莫名地柔软下来，好像可以随着烈日下的饴糖一起融化。

萧雪睢对上他那双亮晶晶的眼睛，一时不知该与他从何说起。

要怎么说呢？

说他多年后入魔，被自己封印进幽冥狱中；说他恨自己入骨，想要她痛不欲生；说他言不由衷、口不对心……

那漫天的箭矢落下，鲜红的血早已浸染了他的衣衫。

他倒在金翎台上，至死也未能合上双眼。

那时的沈望春，到底在想着什么呢？

“萧姑娘，你……怎么哭了？”

泪水沿着萧雪睢雪白的脸颊滑下，映着月光，雪亮亮的。沈望春像是被吓到了一般，他想要擦去萧雪睢的眼泪，又怕自己冒犯到她。

“你别哭，我不问了就是，我不知道也没关系。”最后他只能这样说。

萧雪睢抬起手，摸了摸眼角，果然摸到一片湿润，她抿了抿唇，笑着对沈望春说：“没事。”

沈望春一点都不想看到她哭，她的泪水一落下，他的心脏就疼得厉害，像被丝线勒得紧紧的，每次呼吸都要扯着那线，他似乎这样很久了。

他摸了摸自己的胸口，还可以感受到那颗心脏的跳动，真奇怪啊，明明这是他第一次见到她。

沈望春放下手，不等萧雪睢开口说起那些以后的事，他便先问道：“萧姑娘，今日来这里找我是要我做什么吗？”

萧雪睢点了点头。

沈望春笑道：“你跟我说是什么事就好了，其他的以后再说也可以。”

或者不说，也没有关系。

萧雪睢一时无言，在被她封印进幽冥狱以前，沈望春究竟是怎样喜欢着她？

在被她亲手封印进幽冥狱后，又是怎样恨着她？

过去的许多画面在萧雪睢的眼前一一浮现，她的心脏终于开始后知后觉地发疼。

“沈望春……”她唤着他的名字。

“嗯？”沈望春等了很久，都没有等到萧雪睢说出余下的话，他问，“萧姑娘你怎么不说话了？”

萧雪睢动了动唇，问他：“你在什么情况下，会去修魔道？”

“啊？”沈望春没想到萧雪睢会问出这么一个问题来，他赶紧表明立场道，

“萧姑娘你可冤枉我了，我怎么会去修魔道？我们沈家跟魔族向来都是势不两立的，我要是修了魔道，我爹娘泉下有知，怕是会再不认我这个儿子的。”

“不信你看看我身上有没有魔气。”他说完又有点紧张，自己修炼向来是正正经经的，从没有走过那些歪门邪道。

应当没有……吧。

但萧姑娘为何会这样问他？

“我信。”萧雪睢说。

沈望春嘴角登时翘起，闪亮的星星重新落入他深邃的眼眸中。

不远处忽然传来一声调笑，问他：“少主，跟萧姑娘聊什么呢？这么开心？”

沈望春抬头去看，只见不知什么时候起，他和萧雪睢的身边围了许多年轻的玩伴，他忙敛去嘴角笑意，正色道：“我们在说正事呢。”

“哦——”那些玩伴故意拖长了声调，发出一串善意的哄笑。

虽然他们的确是在说正事，可是听着这些戏谑的笑声，沈望春的脸还是涨得通红，他忙挥起手赶人：“你们在这里干什么？不许偷听，快走快走！”

围过来的人群很快散开，只剩下萧雪睢与沈望春两个人，微凉的海风吹来，总算让他脸上的温度稍稍降了一些。

“他们……他们脑子有病，萧姑娘你别放在心上。”

沈望春说完抬起下巴，挺起胸膛，以证明自己绝不是瞎说。

萧雪睢大概是明白的。

沈望春梦里出现的人都在受着他的影响，或许他是希望有朝一日他和萧雪睢两人可以光明正大地出现在那些旧识的面前，却又在担心她会不喜。

萧雪睢要带他回岳阳城的沈家，与那缕哀魄会合。

于是他亦步亦趋地跟在萧雪睢的身后，无论萧雪睢何时看他，他的脸上都洋溢着灿烂的笑容，萧雪睢有时会怀疑这是沈望春的喜魄。

只是，为何欢喜呢？

在他原本的记忆里，她并没有回过头。

在那之后的很多年里，她都没有回过头。

3

回去的路上，萧雪睢与沈望春说明了他如今的处境，他并非完整的沈望春，他只是他的七魄之一。

沈望春默默听着她的诉说，他不是没有疑问，其实他很想问一问她，为什么会这样，只是又怕自己问了以后，会惹得萧雪睢伤心，他实在不想再看到她落泪了。

他以为自己已经做好所有的准备，但当他在岳阳城的沈家看到年少时的自己，整个人还是有些蒙的。

他竟然真的只是他的七魄之一。

皓月当空，流光千里，萧雪睢站在月洞门下，向他们告别，她要去找他剩下的五魄。

沈望春的哀魄泪眼婆娑，抽抽搭搭，而大一些的那个，虽然心中同样难受，但他知道，这一次她终会回来。

萧雪睢从岳阳城离开后便一路向着青霄宗而去，孟逐音说自那夜之后，沈望春就一直在追随她的脚步，如果想知道沈望春都走过什么地方，不妨想想她自己去过哪里。

然而萧雪睢早已记不清十多年前她离开岳阳城后走的是哪一条路，这一路上又都发生过什么，她只能先直接回到青霄宗。

这里果然不见沈望春的身影，可能是他来这里的次数并不多，所以青霄宗上下好似笼罩了一层缥缈的白雾，群山错落间，只见一二身着道袍的弟子。

萧雪睢不作耽搁，立即动身前往白凤山。比起青霄宗，这里明显要热闹许多，试剑台上各色神光交错，衣袂翻飞，台下的道友群情激昂，面色通红，口中的欢呼声一阵接着一阵，没有片刻的停息。

不远处的杜鹃花海一直连绵向那天尽头，恍若漫天的烟霞。

萧雪睢在人群中寻找沈望春的身影，她的目光掠过一张张或熟悉或陌生的面孔，却始终不见沈望春。

试剑台上的道友长剑一落，扬起一片茫茫的落花，好似还未来得及融化的残雪。

萧雪睢转身离开，她刚走了两步，听到身后有人叫她的名字，回头看去，一道淡淡的身影执剑站在试剑台上。

多年前，她在这里夺得大比的头筹，赢得众人喝彩。

那时候，沈望春是否也站在台下，这样仰头看她。

须臾间，台上的身影已经被风吹散，只余下满地的落花。萧雪睢收回目光，向山下的小镇走去。

她知道他是在这里被唐云承挑断手筋，毁去丹田，只是究竟是在哪一处，孟逐音也没能说个明白。

没关系，她可以慢慢地找，她是很有耐心的。

纵然他不在这里，总会在其他的地方。

阳光晴好，几只灰色的鸟雀排成一排站在绿色的琉璃瓦上，一边梳理背上的羽毛，一边叽叽喳喳，叫个不停。

萧雪睢在小镇的街道上快速穿行，她遇见了许多的人，都不是沈望春。

小镇上长街短巷交错纵横，萧雪睢走过大半日，头顶的那轮太阳却没有丝毫转移，看不清面目的人们从她身边匆匆掠过，一眨眼，便不见了踪影。

萧雪睢已经将小镇走过大半，眼前所见景物越来越细致，沈望春果然是留了一魄在这里。

迈入一条小巷，一股冷气袭来，白昼瞬间化为无尽长夜，冷冷的月悬在天边，洒向石板路的光仿佛凝固成永恒的霜雪。

沈望春躺在地上，半合着双眼。从他身体中流淌出来的鲜血好似古老的图腾，正在蠕动着吞噬他的生命。

他听到脚步声正向他靠近。这个时候，除了唐云承，他想不到还有什么人会来。

唐云承果然还是不想放过他。

沈望春轻笑了一声，他当然是怕死的，他还很年轻，有大好的年华，有许多许多的事想做，死有什么好呢？

只是要让他向唐云承求饶，还不如让他死了算了。

况且就唐云承那个伪君子模样，就算他求饶了，也不一定会放过他。

他睁开眼，模糊地看见一道白色的身影，或许是失血太多，大脑都变得迟钝，沈望春想着唐云承回去就换了件衣服，什么毛病他这是？

无尽的恶意自心底蔓延而出，月光暗淡，昏沉的小巷变得更加昏沉。沈望春想，若他今晚真的死在这里，他必要化为厉鬼，让唐云承血债血偿。

她在他的面前弯下了腰，而沈望春的视线也终于清晰起来。

白衣胜雪，踏月而来，暗香盈袖。

那不是唐云承。

是他日思夜想的人。

“萧姑娘？”他喃喃出声问，心中的那些恶意仿佛在一瞬间全都散尽。

萧雪睢为什么会出现在这里？

“我是在做梦吗？”他轻声问。

除了做梦，他想不到她出现在这里的理由。

她总是看不到他。

他在她的身后走了一路，她看不到他；他来到她的面前，说了那些爱慕的话，她还是看不到他。

沈望春的确是在梦中，但与他现在以为的梦可能不大一样。

萧雪睢低头检查他身上的各处伤口，她无法改变过去发生的一切，但至少可以了解他的过去。

唐云承下手极重，沈望春的丹田碎得彻底，身上的伤口更是触目惊心。

地上的他却是忘了疼一般，眼睛一眨不眨地盯着眼前的萧雪睢看，生怕自己一个错眼，萧雪睢就会消失不见。

直到此刻，他仍以为他所看到的，只是他的一个梦。

老天也算待他不薄了，弥留之际，还能让他再见她一面。

沈望春小心翼翼地问："你怎么会来这里？"

她从来都是连他的梦都很少光顾的。

萧雪睢回答说："我来找你。"

"找我？"沈望春迷茫地看着萧雪睢，萧雪睢怎么会来找他呢？

他突然想到什么，想抬起双手遮住自己的这张脸，然而双手软绵绵的，没有一点力气，最后只能别过头去，对萧雪睢道："别看我。"

萧雪睢连忙问他："怎么了？"

她知道眼前只是沈望春的一缕魂魄，那些伤痛停留在他的记忆里，她是没有办法医好他的。

沈望春小声说："好难看。"

他的身上全是血，为赴宴精心准备的衣服也变得破破烂烂，一定是很狼狈、很不体面的。

既然是做梦，为何不能让他以光彩照人的面貌出现在她的面前？

他都要死了，老天还要让他再多留下一份遗憾吗？

明明见到她是该高兴的事，突然却让人难过起来。

"没有，"萧雪睢拿出帕子，将他脸上的血迹仔细擦拭干净，她说，"还是很好看的。"

她顿了一顿，又说了一句："和从前一样好看。"

沈望春的眼睛仿佛在刹那间被注入一道光，他回过头看向萧雪睢，问她："真的吗？"

“真的。”萧雪雎说。

说完她把沈望春从地上一把抱起，沈望春做梦都不敢这样想，他瞪大双眼，忍不住叫道：“萧姑娘——”

萧雪雎只道：“你走不了，我送你回去。”

沈望春明显感觉到自己的脸颊和耳朵都在发烫，他怔怔看着萧雪雎的脸庞，低声说：“但、但也不必这样。”

萧雪雎低头同他对视了一眼，问他：“那要我把你放下吗？”

沈望春张了张唇，半晌没有回应。

他到底是贪心的，他舍不得她的怀抱。

虽然这样好像有点不太对劲。

在萧雪雎即将踏出这条小巷时，沈望春忽然开口道：“你不要嫁给唐云承，好不好？”

“嗯？”萧雪雎一时没反应过来他在说什么。

沈望春根本不知道萧雪雎究竟是怎样看待唐云承的，他的声音几不可闻：“唐云承不好，他这个人很坏的，我这样都是被他害的。”

萧雪雎“嗯”了一声。

见她神色如常，不像是生气的模样，沈望春鼓足勇气，继续说：“那个秦弈也不行，萧姑娘你不要被他骗了。”

这话说得很没来由，毕竟今天是他第一次知道秦弈这个人，但不知道为什么，只听到这个名字就觉得这个人讨厌得很。

其实即便他再讨厌这个人，也不该说给萧雪雎听，可是他忍不住。

萧雪雎会怎样想他？会不会觉得他很烦？

随后他听到萧雪雎轻声应道：“知道了。”

沈望春的一双眼睛彻底亮了起来，萧雪雎看了他一眼，道：“我不喜欢他们。”

她停顿片刻，又道：“沈望春，如果……”

她的话只说到这里就停下了。

“什么？”沈望春屏住呼吸，紧张地问她，他表情凝重，生怕从她的口中听到一句嫌恶的话。

萧雪雎低头看他，最后道：“算了，等你醒了再说吧。”

月色朦胧，树影婆娑，晚风拂过高高的枝头，叶子摇摇晃晃，蹁跹而下，飘落到萧雪雎的肩头。

沈望春看见了，他想拂去她肩上的落叶，只是他的手脚废了，他做不到。

他的眼睑垂下，眸中闪过一丝失落，今日唐云承对他做的，来日他定要原原本本还回去。

只是他凭什么让唐云承还呢？

沈望春抿着唇，他第一次与萧雪睢如此靠近，实在不该去想这些晦气的事情，他抬眸望着眼前的萧雪睢，月辉洒落进她的眼眸，他好像在里面看到一场盛大的春天。

落英缤纷，溪水潺潺。

沈望春问她："萧姑娘，我们要到哪里去？"

他好像忘记自己身上的伤，也忘记了疼，只希望这条路可以长长久久地走下去，永远都不要结束。

萧雪睢回答他说："回岳阳城。"

"啊？"沈望春愣了一下，随即才反应过来岳阳城是什么地方。他害羞起来，萧雪睢竟然知道他是从岳阳城来的吗？

但他又怕是自作多情，也许她只是碰巧要去那里，他忐忑地问道："萧姑娘是要送我回家吗？"

萧雪睢沉默了一会儿，看向远方连绵的山脉，她说："不只是送你回家。"

"那还有什么？"沈望春追问。

萧雪睢低下头，对他说："还有……让你醒来。"

沈望春望着她的眼睛，有些哀伤地说："我不想醒来。"

"为什么？"萧雪睢问他。

沈望春低声道："我知道，一旦醒了，你就会离开的。"

萧雪睢怔住，她轻叹一声，对他说："不会。"

"真的吗？"沈望春紧紧注视着她的眼睛，似乎想要找到某些她不会离开的证据。

"真的。"她说。

沈望春紧张的神色有所缓解，似乎是信了萧雪睢的话，只是过了一会儿，他小声说："可我还是有点怕。"

他总觉得，他好像已经被她丢弃过。

他一时不见她，就再也见不到了。

萧雪睢还没说话，又听他问了一句："为什么呢？"

萧雪睢问："什么为什么？"

他问："你为什么会来救我，为什么会送我回岳阳城？"

萧雪睢抱着他乘风而起，雪白的衣袂在月光下勾勒出一抹温柔的弧度，她说："不是我来救你，是你救了我。"

沈望春不明所以，他什么时候救过她呢？

眼下萧雪睢带着他一起御剑回去，也做不了其他的事，正好能与他说一说梦外的那些故事，也省得他回去后看到一大一小两个自己，再吓一跳。

比起之前，萧雪睢已经可以平静地说完这段故事了，沈望春安安静静地听着她说完这段往事，到最后，他居然笑了起来。

不是讥笑，也不是苦笑，是那种很开心很满足的笑。

萧雪睢看了他半晌，直到最后也没问出口他为何而笑。

沈望春身上的郁气仿佛在知道真相后消散干净，他想了想，问萧雪睢："也就是说，现在的我，只是我的一缕魂魄？"

萧雪睢颔首，沈望春又问："那剩下的你要到哪里去找？"

"还不知道，"萧雪睢说，"一点点来吧，总能找到的。"

可惜他无法行动，不能与她一起，但也许他可以帮她做些什么。

喜、怒、哀、惧、爱、恶、欲，萧雪睢说他的七魄大多会留在对应的感情最为浓烈的那一刻，沈望春将自己过去的记忆翻了又翻，细细比较，除却萧雪睢已经找到的，好像也没有其他惊心动魄的故事了。

他的前半段人生，真的没有任何值得称道的事了。

沈望春想了半天，最后踌躇开口，对萧雪睢说："或许在慈竹园里，还有我的身影。"

就是不久前他对萧雪睢说了喜欢她的那处园子。在那里，他从来没有那么渴望得到她，只恨不得将她嵌进自己的骨头里，融进自己的血肉里，一生一世永生永世都不分开，但最后他只是小心翼翼地对她说了一句"我喜欢你"。

如果刚才在宴会上他真的依了自己的心意行事，后来可能就完全是另外一个故事了。

沈望春隐隐意识到自己那时的状态不正常，但是，那时又何尝不是他对萧雪睢的欲望最强烈之时呢？

萧雪睢"嗯"了一声，回道："等把你送回去了，我再去看看。"

"我……"沈望春话一出口，便觉得奇怪。

那确实是他，但又不是他。

他改口说："他要是言行无状，冒犯了你，你不要生气。"

宴会上的沈望春混混沌沌，脑子里全是萧雪睢，本来被泼了一盆冷水稍稍冷静下来，现在见到她回来找自己了，他会做出什么事来，沈望春实在不敢想。

她现在说的话又是那样好听，很难保证他不会犯糊涂。

萧雪睢道："不会的。"

沈望春眨眨眼睛，望着萧雪睢发呆，是相信自己不会做出，还是不会生他的气？

他的嘴唇抿成一条直线，认真地思索了片刻，而后一本正经地对萧雪睢道："他要是真的冒犯了你，你就狠狠揍他，不要手软。"

萧雪睢闻言，低头看了他一眼，没说好或是不好，只是轻轻笑了起来。

她将沈望春送回岳阳城的沈家，其余二魄见他是被萧雪睢抱着回来的，眼中的羡慕几乎要化为实质，等萧雪睢一离开，他们就围了过来，问个不停。

4

素月流天，花香馥郁。

萧雪睢踏入慈竹园中，这里的沈望春的确如他自己所说，精神状态很不稳定，原本应该是很热闹的宴会，却听不到任何声音，她经过的每一个人，面目都是扭曲的、模糊的。

只有树下的"萧雪睢"，一身白衣，孑然而立，如梦似幻。

萧雪睢在人群中寻找沈望春的身影。酒香弥漫，灯火迷离，她走过流水小桥，穿过觥筹交错的宴席，终于找到了他。

他穿了一身月色的华服，静静趴在桌上，好像熟睡了一般。

萧雪睢快步走到他的身边，俯下身，在他耳边轻声呼唤他的名字。

然而沈望春不知是陷入了怎样的梦里，萧雪睢叫了他很久，他都不愿醒来。

萧雪睢端详他片刻，抬手掐诀，指尖瞬间聚起一团白芒，点在沈望春的眉心。

顷刻间，四周的场景好似被飓风撕扯，更加扭曲，又在下一刻，骤然清晰。

落花纷飞，繁灯如昼，沈望春已经来到树下，对着梦里的"萧雪睢"再一次说出那句："萧姑娘，我喜欢你。"

一如当年的模样。

萧雪睢早已不记得他曾对自己说过这样的话，却又好像看到在自己离开后，他无措地站在原地，像只失落的小狗，尾巴都耷拉在地上。

幽冥宫里，他在她面前总是做出一副凶恶姿态，却又在月圆之时，来到她的面前，一边说恨她，一边对她流泪。

他梦里的“萧雪雎”站在那里，没有说话，却也没有径直走开。

于是沈望春将话又说了一遍，眼睛亮晶晶地看着面前的“萧雪雎”，即使她没有任何回应，他也乐此不疲。

可惜就连这样简单的愿望，也只是他的一个梦罢了。

但在多年后，她终于又一次听到他的告白。

何尝不是上天怜悯他一片情深呢？

萧雪雎看着眼前的这一幕，出声道：“沈望春，我在这里啊。”

树下的沈望春猛地回过头，漫天落花纷纷而下，再回身望去，他原来看到的“萧雪雎”已经不见了。

萧雪雎缓缓走到他的面前，轻声道：“我听到了，沈望春，我听到了。”

霎时，沈望春泪如雨下。

这是该高兴的事啊。

为什么会哭呢？

沈望春看着眼前的萧雪雎，他自己也不明白。

就好像走了千万里路，走得筋疲力尽，衣衫褴褛，囊空如洗，却还在寻着她的方向，找不到她。

明明他只是从岳阳城来到白凤山，见到了她，就得到了她的回答。

为什么会觉得这样呢？

他不明白。

他痴痴地看着面前的萧雪雎，她会明白吗？

萧雪雎抬起手轻轻抱住他，她说：“醒来吧，沈望春。”

沈望春的身体猛地僵住，他不可置信地瞪大双眼。

萧雪雎抱住了他……

她竟然会抱他。

这是真的吗？

他怎么更想哭了，也更想……

随后他有些不自在地偷偷扯了扯身上的袍子，想要掩饰什么，又实在舍不得她的怀抱。

更为澎湃的情欲化作滔天白浪，汹涌而来，只在顷刻间就将他的理智尽数淹没，他身上的每一块骨头、每一根血管都在饥渴地叫嚣着萧雪雎的名字。

他的呼吸急促起来，紧张地问：“萧姑娘，我可以……”

“嗯？”萧雪雎疑惑地看着他。

沈望春的一张脸红彤彤的，绯色一直蔓延到耳后，萧雪睢对此已见怪不怪，她见过的他的每一缕魂魄，都会在她面前露出如此情状。

“我可以亲你一下吗？”

沈望春说完就后悔了，他怎么可以说出这样冒失的话，他急忙道：“我什么都没说，我不知道我是怎么了，我就是想……你打我吧，萧姑娘，我脑子坏掉了——”

“可以。”萧雪睢说。

“啊？”沈望春不敢相信自己听到了什么，他呆滞地看着面前的萧雪睢，完全不知道自己该说什么，又该做些什么。

“头低一点。”萧雪睢说。

沈望春像是一只任人摆布的木偶，只要萧雪睢一个口令，他便乖乖听从，绝不反抗。

他低下头，莫名有些不敢看眼前的萧雪睢。

萧雪睢仰起头，下一刻，她微凉的唇印在沈望春因吃惊而微微张开的嘴唇上。

昏暗的世界霎时变得无比明亮耀眼，茂盛繁花如雨飘落，铺了一地，时光剪下这片美丽的光影，藏进深深的水底，从此再不会褪色凋败。

萧雪睢柔软的唇贴在沈望春的嘴唇上，晚风徐徐，冷香袭人，沈望春的大脑和身体同时都在发热，他情不自禁地抬起手，将萧雪睢揽入怀中。

他从来没有与姑娘如此亲近过，此时却无师自通地撬开她的唇齿，掠夺她的呼吸。

他用力地抱紧她，一丝一毫的空隙也不要有，只怕旁人夺走了她，只怕一恍神又不见了她。

他的世界仿佛在刹那间盛开了巨大的烟火，万千流光簌簌而落，伴随阵阵轰响，照亮天地。

许久后，夜空中纷飞的花瓣都已掉落，灯火明灭，不远处的河水停止流淌。

萧雪睢推了推他的胸膛，沈望春却恍若未觉，丝毫未动，依旧沉浸在这个甜蜜的深吻中。

萧雪睢原是想掐他一把，让他清醒过来，只是当她的手落在沈望春的胳膊上时，又变了念头，由他去了。

直到树间繁花全都掉落，葳蕤灯火也不再明亮，沈望春终于结束了这个吻。

他的两只手还环在萧雪睢的腰间，她的唇比之刚才红润许多，泛着莹莹水光，琉璃般的双眸里倒映出自己此时疯狂的模样，恍惚间沈望春觉得自己是要溺死在里面了，他还想再亲亲她。

沈望春羞赧地看着她。

他可太佩服自己了，刚才那个情况下他居然还能够放开手。

萧雪睢的发间落了些许花叶，沈望春抬手一边小心为她摘去，一边小声问她："萧姑娘，你也是喜欢我的吗？"

萧雪睢看了他一会儿，忽然笑了起来，她没有回答沈望春的问题，而是问他："你觉得呢？"

沈望春手中动作一顿，回望萧雪睢的双眸，他半张开唇，却不知要怎么说。

他想，她应当是喜欢自己的，不然怎么会同意他那般无理的请求。

可是，她喜欢自己什么呢？

在萧雪睢面前，沈望春总是自卑的，他家世普通，天赋寻常，那些话本里主角才有的奇遇从来都与他没有关系。

这世间爱慕她的人那么多，她怎么会喜欢自己呢？

萧雪睢见他莫名其妙地沮丧起来，便对他说："你该醒来了，沈望春。"

沈望春本来失去一部分光彩的眸子，一下子变得更加黯淡，他望着眼前的萧雪睢，喃喃道："果然是梦吗？"

萧雪睢却同他道："你想知道的答案，等你醒了，我亲口告诉你。"

沈望春痴痴地看着她，嘴唇微动，似有话要说。

萧雪睢继续道："我知道你想说什么，我不会走，我会陪在你的身边，直到……"

她的声音顿住，后面的话她还没想好要怎样去说，也许要等到沈望春死而复生，才能明白。

说罢，萧雪睢抬起手，泛起白芒的指尖再次落在沈望春的眉心。

长风骤来，扬起漫天落花，目光所及之处，慢慢地，都被这些花遮蔽，最后被淹没在这花海之中。

沈望春从睡梦中猛地惊醒，他睁开眼，下意识地环顾四周，然后他竟真的见到萧雪睢来到他的身边。

繁花似锦，白衣胜雪。

他热切地看着她，又困惑地看着她，他明明记得，就在不久前，她无情地从自己身边走过。

"萧姑娘？"沈望春忙站起身来，问她，"你怎么在这里？"

萧雪睢道：“过来找你的，走吧。”

沈望春一时间无法分辨自己是否仍在梦中，只能傻傻地问她：“去哪里？”

“回家。”萧雪睢说。

“回家？”沈望春彻底摸不着头脑了。

萧雪睢“嗯”了一声，道：“走吧，路上我与你说说是怎么回事。”

面对萧雪睢，沈望春是半点警惕心思也没有的，不管她说什么，他无不听从。

即使离开了慈竹园，沈望春仍无时无刻不想要与萧雪睢亲近，他紧紧贴在她的身边，想与她永不分开。

萧雪睢将他送回岳阳城后，立刻动身前去寻找他余下的三道魂魄。天地这样大，要找到一个人从来不是件容易的事。

三山五岳，五洲四海，淅淅沥沥的春雨浸润了大地，远远看去，烟柳成行，燕子双飞。

城中百姓往来不绝，萧雪睢走过这条旧时的路，过去的许多记忆在她脑海中浮现出来，那时候她的师父和师妹还在，每次回到长陵峰，都能听到师妹银铃般的笑声，还有师父喝醉了酒，哼着轻快的小曲儿。

她试图从里面找出沈望春的身影，只是无论怎样，都见不到他。

纵然那时她有见过他，也不会记得他。

北风呼啸，皑皑白雪覆满这山河，她将这方天地寻遍，始终不见他的身影。

萧雪睢不确定是否还有遗漏之处，只是想不到这人间还有何处可去，也许她该去幽冥狱中找一找他。

那魔界之中，一派昏然景象，风中满是鲜血的味道，野兽沙哑的哀号从日出响到日落。幽冥狱外，那些魔族都已丧失理智，一边虎视眈眈地看着她，一边从自己的身上撕咬下肉来。

她想，她该早点到幽冥狱来的。

她以为，即使她在这里找不到沈望春，也能找到一些与他有关的事，可她根本进不得这个地方。

人间不知又到了什么时节，万千灯火升至高空，回首看去，熊熊燃烧的烈火从脚下一直连绵到山脚，即使有三天三夜的大雨降下，也不能将其全部熄灭。

他还会在什么地方呢？

萧雪睢眺望着夜空中明明灭灭的灯火，忽见远处一道白色光柱直插云霄，赤勒滩上高大巍峨的血魔宫，轰然倒塌。

萧雪睢微怔，他也曾跟在自己身后，一起来到魔界吗？

当年，他究竟是为何入了魔道？

萧雪睢向着血魔宫御剑而去，皎洁的月光下，她的裙摆随风起舞，仿佛一朵盛开的幽昙。

然而血魔宫中依旧不见沈望春的身影。

放眼望去，横尸遍地，血流成河，富丽堂皇的血魔宫已成一片废墟。

那一年，她击杀申屠烈，身负重伤，命悬一线。

后来……

萧雪睢顺着记忆里的那条路慢慢走着，后来她体力不支，五脏俱损，再醒来时，却是五感尽失，大脑混沌，整个人好似沉入深海，一直在下沉、下沉，没有尽头。

当她再次感受到自己的存在，看清眼前的人，已是在神墓秘境当中。

如今，她终于可以从另一种视角，去看这一段往事。

神墓之下，沈望春身上的衣服破破烂烂，沾满血迹，他是经历了多少磨难，才来到她的身边。

她看到他跪在她的身边，捧着她的手腕，吸取了伤口里的魔气。

这一刻，萧雪睢僵在原地，觉得全身的血液都凝固了。

天地寂然，万物凋落，所见化为黑白，只有沈望春嘴角的血，无比鲜红。

她一直以为，当年从血魔宫出来后，是秦弈救的她，在秘境中他们同心合力，破了魔障，所以……

她怎么能够想到？

她怎么能够想到呢？

而在不久后的除夕，她亲手将他封印进不见天日的幽冥狱中。

她终于明白沈望春在她面前说的那些恨。

他想她生不如死，想她后悔莫及。

他的确是该恨她的。

他比所有人都该恨她的。

然而到最终，他却一次又一次地救下了她。

她想起那个月圆之夜，他来到她的面前，目光哀切地看着她。

对她说："你怎么会知道呢？"

她从来都不知道。

沈望春虚张声势的背后，是他再也无法说出口的爱语。

在他被封印进幽冥狱后的许多年，萧雪雎终于愿意去了解一个魔族的故事，愿意为那些魔族抽去剑骨，自毁前程。

却都不是为他。

暮色沉沉，北风呼啸，数只灰色的大鸟在神墓上方不断地盘旋、鸣叫，沈望春又一次割破手指，把自己的血喂给怀中的人。

山川肃穆，枝叶萧瑟的影子如同鬼魅般在风中摇曳。

萧雪雎沉默地看着他，说不出一句话。

在幽冥狱里那些痛苦煎熬的岁月里，沈望春在想些什么呢？

他是怎样恨着她的？

又是怎样爱着她的？

5

夜幕四合，远方几点蓝色鬼火在风中摇曳，猿猴的哀啼断断续续，沈望春脱下外袍，盖在“萧雪雎”的身上。

他就这样守在她的身边，几天几夜没敢合眼。

他总怕自己一不小心睡着了，萧雪雎就会消失不见。

从找到垂死的她，到她睫羽微颤，她终于要醒来了。

也许是冥冥中某个神明在闲暇的时候听到过他的祈愿，成全了他，故而他可以长久地停留在这一段时光当中，陪在她的身边。

萧雪雎静静地站在原处，看了他许久。

她从来没有想过，那一年在魔界，真正救下她的人会是沈望春。

这一幕对她的冲击实在太大了，很长一段时间里，她都有一种虚无的感觉，仿佛自己也是他梦中的一部分。

她不是无法接受救下她的人会是沈望春，也不是不能面对自己犯下的错误。

只是……

她的心开始钝钝地疼着，那里密密麻麻地生出一片悔意。

沈望春在被她亲手封印进幽冥狱的那一刻，望着天上的她与秦弈，在想些什么呢？

若她能够早些知道，若她能够在多年前的那个除夕夜前就找到他。

又会如何呢？

萧雪雎也说不明白，终究没有人能够沿着这条时光之河溯游而上，看清每一个结局。

一切早已发生，一切不可更改。

眼下她要做的，是找到他的七魄，让他醒来。那么她现在看到的会是他的哪一魄呢？

哪一魄都没有关系，她总要带他回去的。

萧雪睢抬步向着沈望春走去，长风吹动她宽大的衣袖，猎猎作响。

沈望春听到脚步声时，想给怀中之人再找一处藏身之地已经来不及了。若是魔族来了此地，为何会没有天雷警示？他来不及去细想，脑子一边转得飞快，一边将盖在“萧雪睢”身上的衣服往上拉了拉，使来人不能看清她的模样。

随后他又做出防备姿态，手里紧攥着仅剩下的两道符咒，这才抬头看向来人，然后他就愣住了。

月光下，萧雪睢白衣如旧，不似凡人。

沈望春刚才还高速运转的大脑好像断了弦般，直接停工，不过好在他马上就回过神来，赶紧低下头看向怀里的人，“萧雪睢”仍旧好好地待在他的怀中，双眸闭合，熟睡一般。

沈望春再次抬起头，向朝自己走来的萧雪睢看去，他使劲眨眨眼睛，她仍在那里，也在他的怀中。

沈望春一时间彻底迷惑了，他是不是在做梦？或者吸了迷烟出了幻觉？

不然他为什么可以看到两个萧雪睢？

孰真孰假？

沈望春发现自己根本分辨不出来，两个萧雪睢看起来都像真的。

但这怎么可能呢？这世上怎么会有两个萧雪睢呢？

直到萧雪睢来到他的面前，他仰起头，怔怔看着她，她纷飞的裙摆好似海浪拂过他的面颊，是谁在月宫中唱了一首古老的歌谣？

他出声问：“萧姑娘，这是怎么回事啊？”

“我来找你。”萧雪睢如是说道，她的声音沙哑。

“找我？为什么呀？”沈望春疑惑地看着她，问完后又觉得比起眼前出现两个萧雪睢，她来找他好像也算不得什么。

可是他有什么值得萧雪睢找来的呢？

沈望春脑子一下子清明过来，好像明白了什么，他再次看了眼自己怀中的人，问萧雪睢：“你是来找……她的吗？”

“不是，我是来找你的，沈望春。”萧雪睢在他面前蹲下身，定定看向他的眼睛，她如海水般深邃的眼眸里，只倒映出他一个人的身影。

她郑重地说：“只是来找你的。”

他是岳阳城沈家的少主，轻衫积翠，山水逍遥，可现在却为她在魔界跋涉千里，弄成现在这副样子。

而这一场苦难在许多年后的今天都不曾终结。

泪水从她眼角滑落，沈望春呆呆看着她，惊慌地问：“你怎么哭了？”

萧雪睢低下头，擦去眼角的泪，轻声问他：“沈望春，值得吗？”

沈望春不明所以，他觉得自己真的太笨了，怎么总是听不懂她在说什么，可他也只能老老实实地问她：“什么？”

“救下我，值得吗？”萧雪睢说。

怎么会不值得呢？

沈望春觉得这是他人生中做得最对的一件事了，等到几十年或是更远的以后，他的头发白了，牙齿脱落了，想起来都能从梦中笑醒。

他忍不住笑了起来，露出两排雪白的牙齿，重重地点头，对萧雪睢说：“当然值得。”

萧雪睢动了动唇，良久，终是什么都没有说。

此时的沈望春什么都不知道，何必让他为难呢？

远处的群山在黑夜里留下一道深色的轮廓，神墓下有点点萤火四处飞舞。

萧雪睢轻轻地一挥手，沈望春怀中的人便化作流光消失了，沈望春茫然地看着自己空荡荡的怀中，“萧雪睢”不见了，他该是伤心难过的，但那些情绪好似在此之前都被抽离了出去。

萧雪睢对他说：“她不是真的，我才是。”

“可是、可是……”沈望春也不知自己要“可是”什么，他莫名觉得不该是这样的。

那又该是怎么样的呢？

沈望春想要想个明白，然他突然间头疼得厉害，好像有烧红的铁针扎进他的头皮，穿过坚硬的颅骨，在里面疯狂搅动。

他感觉自己的头越来越大，越来越大，最后“砰”的一声，像是从高处掉落的西瓜，炸得四分五裂。

萧雪睢一惊，没想到到了这时候还会出事，顿时有些后悔，自己刚才动手前应该让沈望春有个心理准备的。她伸出手，正要定住他的魂魄，倏地一道白光闪过，眼前的沈望春居然分裂出一个新的自己来。

萧雪睢的手顿在半空，这是她没有想到的。

她看着眼前的两个沈望春，能一次找到两道魂魄，算是一件幸事了，只是她高兴不起来。

他们一个眼中含泪，满目惊惶；一个如释重负，喜极而泣。

这是他最难忘的恐惧与欢喜，他们都陷在这段神墓下的回忆里。

他因自己力量的微小和她的垂死而生出无尽的恐惧，也因能救下她而无限欢喜。

如此便觉得满足，便觉得欢喜吗，沈望春？

萧雪睢的一颗心好似泡进了苦水，而沈望春早已在苦水里浸泡了多年。

等到沈望春的这两道魂魄稍稍稳定，萧雪睢带着他们回到岳阳城。

他们总是很听她的话。

沈家的后院里吵吵闹闹，待萧雪睢一踏进去，那些声音就全消停了，他们纷纷围过来，数只眼睛亮晶晶地看着萧雪睢。

只是看到她又带了两个沈望春回来，似乎都不太高兴。

萧雪睢问他们哪里不舒服，一个个却都摇着头，表示自己很好，大家相处得非常愉快。

萧雪睢狐疑地看了他们一眼，但想着他们毕竟都是沈望春的魂魄，这里又是他自己的梦境，应当不会出事。

她叮嘱了他们两句，便匆匆离开，去寻找剩下的最后一道魂魄。

魔族的地界比人间小上许多，但其中的艰险却要更为复杂，加之萧雪睢不常来此，对这里的地形不够熟悉，所以找人格外不易。

她没有想到，他的最后一魄，会停留在多年后他再一次见到她的地方。

北风呼啸，黄沙漫漫，一点昏然的日头悬在天边，那时她伏在地上，身上的衣衫早已被血浸染，奄奄一息。

从幽冥宫出发前，沈望春曾跟陆鞅说，他是要去接他的新娘的。

而现在，那些人要当着他的面杀死他的新娘。

虽然他表现得还算平和稳重，只将他们草草驱逐，可谁知道他的心中压抑着怎样汹涌的怒火，才没有将那些青霄宗的弟子削成肉泥，掩埋进这万里黄沙之中。

就像此时的萧雪睢还不太懂得，沈望春的最后一道怒魄，为何会停留在这里。

这是沈望春的七魄里唯一一道生于他被封印进幽冥狱的那个除夕之后的。

这已经很了不起了，他总觉得，在幽冥狱的那些年，他的爱恨都被磨灭，也无甚悲喜。

原来，只是不曾见到她。

那些悬在半空中的剑颓然掉落，青霄宗的弟子们仓皇而逃，沈望春转过头，看着不远处早已昏死过去的“萧雪睢”。

他抬步向她走去，停在她的身边，弯下了腰。

他以为他的一颗心早就在幽冥狱里练就得坚硬如铁、百毒不侵了，然而并没有，总有那么一点柔软的地方，一触即伤。

他伸出手，想要探知她此时的情况，只是还没有碰到她，她就化作细碎的星屑，随着茫茫黄沙滚滚而去。

沈望春垂眸看着自己空荡荡的掌心，半晌没有动作。

萧雪睢明明就在他的眼前，为什么会突然消失不见？

他一次又一次地错过她，一次又一次地与她分别，眼下其实也没有什么不同，他不过是又一次没留住她罢了。

这有值得在意的吗？

他早已放下她了，他早就知道，他与萧雪睢从来都是无缘无分。

况且，在幽冥狱里待了十年的人，要怎么样才会还爱着那个将他封印进幽冥狱里的人呢？

沈望春想，他对萧雪睢只剩下无穷无尽的恨意，是对她的恨支持他一步步走到今日。

胸腔里心脏猛地紧缩，惶惶跳动，他仿佛突然间失去了根脚，天地浩大，无他可以停留之处。

很久之前便是这样了。

此后便一直如此。

他直起身，看着刚才“萧雪睢”停留过的地方，如果那不是萧雪睢，真正的萧雪睢又在哪里呢？

身后传来清脆的铃铛声，沈望春回过头，有人一身白衣从黄沙之中缓缓走来。

待她走得近了，沈望春才得以看清她的模样。

怎么会是她呢？

狭长的双眸微微眯起，他一字一顿地叫出她的名字：“萧、雪、睢？”

全修真界都在说，萧雪睢与魔族勾结，铸成大错，青霄宗铁面无私，大义灭亲，废去她的修为，将她囚禁在天一牢中。

可现在，她好好地站在他的面前。

沈望春那颗惶惶不安的心竟是莫名安定下来，大概是看到仇人高兴的吧，萧雪雎把自己送到他的面前，他即将大仇得报，如何能不高兴呢？

于是沈望春笑了起来，他点点头，对萧雪雎道："萧雪雎，你搞出这么大的阵仗就是为了引本座过来？可真是难为你了。"

萧雪雎却道："不是。"

沈望春问："你不是来找本座的？"

萧雪雎道："不，我是来找你的。"

沈望春随即冷笑道："那不是什么？难不成是来找本座谈旧情的吗？"

萧雪雎反问道："如果我说是呢？"

沈望春一时语塞，驼铃声正渐渐远去，茫茫黄沙，一望无际，他冷声道："真是笑话，本座何时与你有旧情？"

"真的没有吗？"萧雪雎问他。

真的没有吗？

萧雪雎知道她在说什么话吗？

什么旧情，是将他封印进幽冥狱里的旧情吗？

怕只怕，她连这都不知道。

沈望春上下打量着她，讥讽道："萧雪雎，你是不是在青霄宗摔了个跟头，脑子坏掉了，居然会问这种问题？"

萧雪雎平静地看着他，丝毫没有生气。沈望春被她看得无端烦躁，继续冷嘲道："你还是赶紧去找大夫吧，本座可不会治病。"

眼前的这个沈望春倒是萧雪雎比较熟悉的，这样的话她曾在幽冥宫里听过许多，那时她觉得他脾气古怪，总捉摸不透他的想法，如今才晓得几分他的伤心。

萧雪雎轻叹一声，向他走近两步，对他说："我以为你会想见到我的。"

沈望春"呵呵"冷笑，撩开眼睑又看了萧雪雎一眼，反问道："本座会想见到你？"

萧雪雎淡淡道："那沈魔君就当我是自作多情好了。"

沈望春："……"

他是想说这话的，没想到这话会被萧雪雎抢先说了，而且不知为什么，总感觉这话到了她嘴里就变了味道。

奇奇怪怪的。

萧雪睢究竟是怎么了？

她怎么了与他又有什么关系呢？

沈望春轻哼一声，道：“本座回去了。”转身便要回他的望乡城幽冥宫。

正道、魔道向来势不两立、水火不容，若是让人看到他和萧雪睢这样和和气气地说话，怕是第二天整个修真界都要传出他就是萧雪睢勾结的那个魔族的八卦来。

他倒不是担心萧雪睢日后要怎么在修真界行走，他担心的是这会大大打击他作为幽冥宫魔君的威望。

索性就不要理她了。

哪知萧雪睢竟然还要跟他一起回去。

他记得他出门前看过皇历，皇历上没写这一出啊。

沈望春脚步停下，回头看向萧雪睢，无奈问道：“萧雪睢，你到底要做什么？”

萧雪睢只说了一句：“我自作多情。”

沈望春下意识地皱起眉，他当然知道这五个字的含义，但此时此刻，他好像听不懂了。

沈望春张了张唇，想再讥讽她几句，只是一对上她的眼睛，那些略显轻佻的话他终究还是说不出口。

萧雪睢又问他：“你真的恨我吗？”

沈望春狐疑地看了她一眼，反问道：“萧雪睢，你不会连这点自知之明都没有吧？”

他话音刚落，萧雪睢把手中的悬光剑送到沈望春的面前。

沈望春被她吓了一跳，谁人不知道这是萧雪睢的本命剑，她向来是剑不离身的。

沈望春问她：“你干什么？”

萧雪睢淡淡道：“既然恨我，那便报复我吧，怎么样都可以，随你开心，我绝不还手。”

沈望春盯着萧雪睢看了半天，他着实是想伸出手摸摸她的额头，看她是不是真的病了，但最后他只能憋出一句：“萧雪睢，你别以为本座不敢动手。”

萧雪睢没有说话，只将手中的剑向沈望春面前又送去几分，甚至还贴心地将剑从剑鞘中抽出。

沈望春低头看着她递到自己面前的那柄剑，雪白的剑刃上清晰地倒映出他惊愕的脸，他心中却没有半分大仇即将得报的喜悦。

“萧雪睢，你真的、你、你……”沈望春“你”了好半天，不知要怎么说她。

他颓败地低下头，整个人被一股无力感裹挟，他喃喃道：“这世上怎么会有你这样讨厌的人？你想要我怎么报复你？我是该把你送进幽冥狱中，让你受尽折磨，还是把你扔进魔窟里面，让万千厉鬼撕咬？”

狂风掀起满地黄沙，呼啸而来，遮天蔽日。

萧雪睢没有说话，她沉默地收了悬光剑，上前一步。

然后，在漫天飞舞的黄沙中，抱住了他。

沈望春的声音戛然而止，他的身体僵硬，好像化作一尊石雕，冰冷坚固的外壳下，他的灵魂在不停地战栗。

风停沙止，天地寥寥，不知过了多久，沈望春终于找回自己的声音，他哑声问：“萧雪睢，你在做什么？”

没等萧雪睢开口，他便自顾自道：“堂堂青霄宗首徒，竟然也会使出这种手段？你知道本座是谁吗？你知道——”

萧雪睢打断他的话，她抬起头，直视沈望春的眼睛，对他说：“我知道，沈望春，我知道。”

沈望春半张着唇，那些已经到了嘴边的话，再说不出来，许久后，他的声音低沉下去，他问：“你怎么会知道？”

这个问题，从前的萧雪睢不能给他回答，但现在可以了。

她轻声说：“我知道你是谁，知道你为何而来，知道那年在神墓下，是你舍命救我，也知道，是我把你封印进幽冥狱里……

“我都知道了，沈望春，对不起，我知道得迟了很多年。”

她抬着头，坚定地望向他，目光中没有一丝退却。

昏然红日早已坠入无边天际，皓月当空，流光千里，她站在他的面前，比明月更胜三分。

第十三章 旧账

行天道事

1

沈望春垂眸，那些被囚在幽冥狱的岁月里，他偶尔也会去想，如果萧雪睢知道当年的真相，是否还会这般无情地将他封印进幽冥狱中，只是到后来，他便不会想这些了。

多年以后，她到底是知道了。

他仍旧觉得眼前发生的一切都太奇怪了，好像一场光怪陆离的梦境，他会在某个时刻惊醒过来，然后发现自己仍身在幽冥狱当中，永永远远都无法出来。

皎洁月光流淌进眼前这片无垠的沙地，黄色的角蝰在月下快速穿梭，发出一片窸窸窣窣的声响，美丽的蜃景缓缓浮现。

似乎是那年海上，明月高悬，繁星点点，她剑斩蛟龙，浩荡春风携着雪白的海浪向他涌来。

沈望春声音低低地问她：“你都知道了？”

萧雪睢点头，回道：“我都知道了。”

沈望春“哦”了一声，垂下了头，不知在想些什么。

萧雪睢也不着急，就这样安静地等他，晚风轻拂过她的发梢，她听到沈望春开口，问她：“所以你现在这样，是因为同情、因为愧疚吗？”

萧雪睢放开双手，后退了半步，她抬眸看向沈望春，黑色的眸子映着月光，无比深邃，她轻声说：“沈望春，如果只是因为同情和愧疚，我刚才不会抱你的。”

沈望春心跳骤停，刹那间，天地万物仿佛都失去声音，他的耳边只剩下萧雪睢的话音，不断地回响，叩问他的心。

若不只是因为同情和愧疚，还会有什么呢？

他呆呆地看向萧雪睢，迫切地想要得到一个答案，他问：“那是因为什么？”

然而萧雪睢这时却对他卖起了关子，对他说：“现在还不能告诉你。”

沈望春微微凝眉，模样看起来竟有些委屈，他问她：“为什么？”

萧雪睢没有回答他的问题，只是对他说：“跟我回岳阳城吧，沈望春。”

萧雪睢居然都知道岳阳城了？

她的确知道了许多，只是难不成就因为她的一句“知道”，自己就要任她驱使吗？那些被封印进幽冥狱里的岁月又算是什么呢？

他已经不是过去的沈望春了，萧雪睢莫不是以为凭她几句似是而非的话，他就能把过去的一切都放下？那他也太没志气了。

沈望春哼了一声，他对萧雪睢道：“还回岳阳城做什么？本座现在可是幽冥宫的魔君，跟你们正道势不两立，别以为你知道那些过往，本座就能当作什么都没发生过。如今你是正道的魁首，是本座的死对头，萧雪睢，我们之间只能这样了……”

他的声音渐渐低沉下去，他们终究走上了两条截然不同的道路。

只要萧雪睢与他一起，必然要受人诟病，本来修真界就在传她与魔族有勾结了，若是让人知道这个魔族还是个魔君，那些话只怕是要更难听了。

萧雪睢耐心地听完沈望春这一长串的牢骚，等他把能说的话都说完了，她又问了他一遍：“那回吗？”

沈望春张了张嘴，萧雪睢是不是根本没把他的话听进去，对面的萧雪睢直直看着他，等待他的回答。

于是那些到了嘴边拒绝的话便怎么也说不出口了，沈望春最后只能答道：“回。”

说完后他又赶紧解释了一句：“本座不是为你，本座就是想回去看看。”

萧雪睢颔首，也没拆穿他，她转过身眺望林砚背着她走过的那一路，问沈望春：“你怎么知道我会出现在这里的？”

沈望春随她的视线一起看去，群山连绵间，几点灯火忽明忽暗，他漫不经心道：“本座怎么可能知道你在这里？不过是看了皇历，今天是个适宜出行的好日子罢了。”

萧雪睢“嗯”了一声，问他：“你那皇历上都说什么了？”

沈望春顿时沉默下来，萧雪睢以为他是随口乱说的，没有追问，抬步向人间走去。

她走了几步，听到沈望春在后面小声说：“皇历上说，冬月初五，忌动土，宜远行，宜嫁娶。”

萧雪睢停下脚步，回头看他，琥珀色的月光下，沈望春的脸庞染上一抹微红，他佯装淡定，好像也不是很把皇历上的话放在心上。

萧雪睢看了他良久，沈望春抿了抿唇，先移开了目光。

于是萧雪睢弯起嘴角，轻轻笑了起来。

天空飞下细雪，像是夏日河边飞舞的萤火，长风吹过，竟带了几分暖意。

这个漫长的冬天，似乎终于要结束了。

走出这片茫茫的沙漠，沈望春抬手拂去肩头的几粒沙子，像是随口向萧雪睢一问："他们说，你是为了一个魔族叛出青霄宗的，是本座吗？"

萧雪睢脚步未停，她侧头看向身边的沈望春，坦诚道："不是。"

沈望春脸上的表情顿时有些僵硬，他咧嘴笑了笑，又向萧雪睢问道："那个人是谁？"

萧雪睢答道："莫言思，你还不认识。"

"魔族？"沈望春问。

萧雪睢道："也不算吧。"

"萧雪睢，你这个人……"沈望春看着萧雪睢，再一次意识到自己的语言真是匮乏至极，他酝酿了好半天，最后只能说出一句，"实在讨厌。"

萧雪睢则道："下次为你好不好？"

"不好。"这次他答得倒是干脆。

他仰起头，望向夜空中的那轮明月，月亮高高在上，清清冷冷，无情地照耀人间，永远不会坠落。

"有什么好呢？"他转过头看着萧雪睢，如是说道。

如此，沈望春的七魄全部找齐，接下来只需将他们融合，就可以准备唤醒他了。

多年后，沈望春再次来到岳阳城，心中倒也无甚感想，他更在意的是萧雪睢对他的过去究竟知道几分。

只是这还未踏进沈府，沈望春远远就听到几个人在争吵，那声音着实耳熟，沈望春很不想承认这些声音的主人与他有关。

但讲道理，这应该也怪不得他们，来时的路上萧雪睢说的那些话他都仔细听了，所谓一山不容二虎，一个沈府怎么可以容得下七个沈望春呢？

后院里，有人正酸溜溜地道："……那是萧姑娘心善，你这副模样，不把你抱回来，还能把你拖回来不成？”

他话音一落，就有人接茬道：“早知道我也装自己腿脚不好了。”

“然后我就告诉萧姑娘你是装的！”

“你就是我，我就是你，你拆穿我，对你有什么好处？”

“看你不爽啊！”

“你们在吵什么？我好害怕，你们能不能小点声，看看小哀都被你们吓哭了。”

小哀是个什么东西？

沈望春腹诽着，听到另一个自己道：“他不是一直在哭吗？”

“你又蹲在那儿傻乐什么呢？”

“我乐不行吗？我乐有什么错？”

“真不知道你有什么好乐的？萧姑娘也抱你了？”

“那没有，但是萧姑娘她……她……”

他说了半天也没说出萧雪睢到底对他如何，只是语气越来越荡漾，听得一众沈望春拳头都硬了。

“他脑子是不是出问题了？”

“这是傻魄吗？”

“七魄里还有这一魄吗？”

“按理说是没有的，但说不好有浑水摸鱼的。”

就在这个时候，突然有人轻嗤一声，道：“真是没出息，萧姑娘都亲过我了，我也没像他这样。”

那些杂乱的声音霎时全都停止，短短的一瞬过后，只听他们异口同声问道：“你说什么？”

而与萧雪睢一同回来的沈望春也在听到这话后猛地转过头，问她：“你亲他了？”

萧雪睢轻轻“嗯”了一声。

沈望春深吸一口气，都是沈望春，凭什么只有他可以？

自己……

他的嘴唇张张合合，欲言又止。

这一路上他都在跟萧雪睢强调他不是过去的沈望春了，他和他们是不一样的，他不会被她轻易蛊惑的，眼下他又能说什么呢？

到最后他闭上嘴巴，双唇抿起，撸起袖子，向后院大步走去。

萧雪睢嘴角含笑，慢悠悠地跟在他的后面，也走了进去。

2

小小的一座院子里，一下子挤进了七个“沈望春”，他们年纪不同，经历有长有短，性情也有差别。

他们也算得上是最了解彼此的人，一个个都很清楚怎么往对方的心口上戳，只是有时候不免会伤到一大片，于是更多的“沈望春”加入进来，场面愈加控制不住。

小小的哀魄被挤到一边，似懂非懂地看着眼前的混乱，眼泪大颗大颗落下来。

只是待萧雪睢一踏进这后院，“沈望春”们好似背后都生了眼睛，一瞬间全都偃旗息鼓，乖乖巧巧，仿佛刚才发生的一切只是一场幻觉。

萧雪睢的目光从他们身上一一掠过，她说：“接下来我会使七魄归位，你们准备好了吗？”

“沈望春”们点点头，他们心中不舍，却也明白，如果他们一直这样漂泊在这场幻梦当中，那么就永远没有办法得到一个结局。

最后回来的那位沈望春双手环胸，懒洋洋地站在树下，在萧雪睢抬手施法时，突然开口叫住她：“萧雪睢……”

萧雪睢停下手，看向他，黑夜般深邃的双眸里似浸了一湾春水，她等了他一会儿，也没能等到下文，便主动问他：“还有什么事吗？”

他问：“等我醒了，你也会在吗？”

所有的“沈望春”齐齐抬头，目光炯炯地盯着萧雪睢看。

萧雪睢点头：“会的。”

他继续问：“你说，有些话要等我醒了，才能告诉我，也是真的吗？”

“真的，”萧雪睢回答道，顿了一顿，又跟了一句，“如果那个时候你还想知道的话。”

沈望春终于满意，明明嘴角都止不住地上扬起来，却还嘴硬道：“其实本座也不是一定要知道，但既然你要说，到时本座姑且就听听吧。”

他这话还没说完，在场的其他几位“沈望春”纷纷对他怒目而视，这又是哪位，说话怎么这么气人？刚才为什么没有先把他狠狠揍上一顿？

萧雪睢却不生气，甚至眉眼间还带了些许的笑意，她“嗯”了一声，道：“我知道。”

沈望春放下双手，嘴唇微动，似有话要说，他这样看了她良久，最后他说：“萧雪睢，若是救不活我，就不要救了，我这一生，已经很好了。”

“怎么会很好呢？”萧雪睢垂下眸，不等沈望春有所回应，她的双手掐诀，瞬间泛起耀眼白光，白光向着沈望春们蔓延而去，他们的影子在那白光中渐渐模糊。

天地颠倒，乾坤又定，长风吹过万里山河，一朵合欢从枝头飘落，顺着潺潺溪水，流向这满山遍野的葱茏绿意中去。

陆鞅听到声响，出去查看了一圈，赤勒滩与万刃城的魔族居然还没死心，偷偷摸摸地来打听消息，他手起刀落干脆利索地清除掉那几个杂鱼，再回来时，发现萧雪睢已经醒来。

只是沈望春仍旧躺在那张榻上，还是他离去前熟睡中的模样。

陆鞅忍不住向萧雪睢问道："萧姑娘，我们君上怎么样了？"

萧雪睢站起身来，点了沈望春身上的几处穴位，而后转过身道："快好了，我要去一趟青霄宗。"

强撑了几日，在旁边已经打起哈欠昏昏欲睡的林砚一听这话登时精神起来，问道："师姐，你回青霄宗做什么？"

萧雪睢淡淡道："他的魂魄已经聚齐，接下来需要枫木幡和回魂枝来固魂。"

陆鞅忙问："这两样东西要去哪里找？"

"青霄宗就有。"

别处应当也有，但找起来难免又要费上一番功夫，不如直接回青霄宗取。

林砚从地上爬起，拍拍身上的尘土，握紧手中长剑，对萧雪睢道："师姐，我陪你一起回去吧。"

萧雪睢拒绝："不必，我很快就回来。"

林砚张开嘴还想再说两句，又马上意识到现在的自己对师姐来说可能是个拖累，他只能嘱咐道："那师姐你要小心。"

萧雪睢微微颔首，在此处宫殿中又设下两道结界，这才御剑乘风而去。

再次回到青霄宗，萧雪睢已不需要像之前那样躲藏遮掩，守山的弟子们见到她回来，不可置信地瞪大眼睛，嘴唇哆哆嗦嗦，最后竟是叫出一声"师姐"来。

萧雪睢点头，就这样光明正大地拾级而上。

几个守山的弟子面面相觑，他们拦，还是不拦？

如今的魔界至少没了两位魔君，又有大量魔族死在幽冥宫里，青霄宗的宗主连夜邀请各大门派的主事人前来商讨接下来是否要趁机攻打魔界。

众人正各抒己见，忽有弟子冲进殿中，口中叫道："宗主！宗主！大、大、大师姐她回来了！"

殿中众人的议论声霎时全都停息，静悄悄的一片，鸦雀无声，落针可闻。

一时间，所有人的目光都集中在这名闯进大殿的弟子身上。

“大师姐？”宗主任淮生眉头微蹙，沉声问道，“是雪睢回来了？”

弟子连连点头。

“她怎么会来？”任淮生又问。

在场还没有人能够回答他。

殿中沉寂良久，终于有人开口劝道：“任宗主，雪睢这个时候能回来未尝不是一件好事，我听闻前不久，就是她在魔界诛杀了千万魔族。”

说话的是留香谷的谷主，他话音刚落，问天院的院长也道：“这之前的事会不会有什么误会呀？雪睢这孩子我们多少也是了解的，她怎么可能与魔族有勾结？”

“是啊是啊，我们也觉得这其中有些蹊跷。”

殿中附和之人不在少数，眼下他们正想攻打魔界，若能有萧雪睢相助，踏平魔界，永除后患，怕也不是幻想了。

任淮生面色沉静，耐心地听着众人的议论。待他们说得差不多了，他点了点头，转过头吩咐道：“江鸿，你带弟子们去看看。若雪睢有悔过之心，便将她带上来吧。”

江鸿刚想开口反驳，见任淮生面色不悦，又把到了嘴边的话默默咽下，拱手应是。

他觉得宗主未免太过心慈手软，萧雪睢做的事可不仅是勾结魔族那么简单，更是在打他们青霄宗的脸。

况且，这还不是她第一次擅闯青霄宗了，萧雪睢是把青霄宗当成什么地方，想来就来，想走就走？但凡她有一点悔过之心，都不可能如此莽撞行事。

江鸿憋着一肚子气，叫上刑罚堂的弟子，气势汹汹地向山下而去。

脚下的石阶共有六千七百九十九级，萧雪睢缩地成寸，眨眼已走过大半，山中做早课的弟子们听到动静，纷纷赶来。

领头的是一位黄衣师妹，见是萧雪睢来，整个人直接傻住，半张着嘴巴，进不得，又退不得。

随即又看到萧雪睢手中的悬光剑，师妹倒吸一口凉气，发出一声惊呼：“啊！好强的剑气！”

说罢捂住胸口，踉跄倒下。

萧雪睢：“……”

她手中的悬光剑到现在都还没有出鞘，她抬步走过去，经过那师妹的身边，低头道了一句：“演得太夸张了。”

师妹睁开一只眼睛，看了看萧雪睢，然后恍然大悟似的“哦”了一声，又把眼睛闭上，脑袋一歪，昏死过去。

见她如此，身后的许多弟子也有样学样，没等萧雪睢出手，他们自己就先倒下一片。

青霄宗内的不少弟子都受过萧雪睢的教导，过去的十多年里，也总是她带着这些师弟师妹外出试炼。

萧雪睢被囚禁在天一牢中，他们并不知情。

等他们知道的时候，林砚已经带着萧雪睢逃到千里之外，他们想帮也帮不上了。

他们从不相信萧雪睢会与魔族勾结，就算真与魔族有联系，这其中也定然有什么他们不清楚的隐情。

况且，就在最近，他们又听闻大师姐在魔界诛杀了数不尽的魔族。

大师姐永远是他们的大师姐。

江鸿一过来就看到这些弟子躺在地上，毫不阻拦萧雪睢，气得胡子都要吹起来了，他横眉竖目，骂道：“胡闹！真是胡闹！”

回头看了眼跟在自己身后的弟子，江鸿大声道：“你们还一个个都愣着干什么？上啊！”

刑罚堂的这些弟子倒是听从江鸿的吩咐，亮出兵刃，上前阻拦，只是最后的结果与那些先一步倒下的弟子也没什么区别。

萧雪睢也不要他们的性命，她手中的悬光剑始终不曾出鞘。

素手翻转，白衣翩跹。

六千七百九十九级台阶隐入云霄，日月摇光，长风肃杀，满目草木尽俯首。

3

眼见着刑罚堂的弟子如此不争气，萧雪睢的剑还没出鞘，就已倒下大片，江鸿眉头紧皱。萧雪睢这架势，哪有半分要悔改的模样？想来她这次回青霄宗也没什么好事。

江鸿拔剑而起，事已至此，他也无须对萧雪睢手下留情了，还有这些弟子，待此事了结，要好好地教训一番才是。

萧雪睢抬眸，看向已经站在自己面前的江鸿，她的目光淡然，仿佛眼前的江鸿与她刚才交手过的弟子都是一样的。

江鸿瞬间感觉被轻视，无论怎么样，他都是萧雪睢的长辈，也比她多修行许多年，萧雪睢这副做派未免太过自负了。

“拔剑。”他道，萧雪睢终究是个小辈，他无意占她的便宜。

“不必。”萧雪睢道。

“不识好歹。”江鸿冷声道，既然如此，也怪不得他了。

江鸿起身一跃，长剑直刺萧雪睢的眉心，那双漆黑的眸中倒映出凛冽的剑光，萧雪睢侧身躲避，并反手以剑鞘拍向江鸿的后背。

她身姿轻盈，宛若游龙，雪白衣摆在空中翻飞，流光飞舞，似一朵盛开在午夜的幽昙。

等到江鸿回过神的时候，他已然摔倒在地上，手中长剑掉落在一旁，身上没有半点力气。

他看着萧雪睢翩然离去的背影，心中大骇，萧雪睢的修为究竟何时增长到如此可怕的地步？

此前他对萧雪睢在魔界诛杀了上千魔族的传闻不以为意，旁人或许不知情，他却是知道的，那时候萧雪睢在天一牢里是何等狼狈。

如今好像由不得他不信了。

怎么会呢？怎么会呢？

江鸿想不明白。弟子过来小心将他扶起，问他：“师父，我们接下来要怎么办啊？”

眼下来的弟子再多，也是拦不住萧雪睢的，江鸿心中清楚，以萧雪睢如今的修为，即便是宗主来了，怕也不是她的对手，但好在今日青霄宗内还有修真界的诸多大能，他不信这么多人，都制服不了一个萧雪睢。

他厉声吩咐弟子道：“还不快去回禀宗主。”

然而萧雪睢却是比那些弟子先一步到了灵宝殿外。灵宝殿朱甍碧瓦，巍峨矗立，檐下宝铎随风“叮当”作响，一如往昔。

任淮生带着诸多道友来到殿外，便见萧雪睢站在石阶尽头，一袭白衣，长身而立。

任淮生看着她，轻叹一声，似有万千感慨，他道：“雪睢，你回来了。”

萧雪睢回望向他，颇为冷淡地应了一声：“任宗主。”

任淮生道：“今日贫道与几位掌门在此商讨要事，你若有事找贫道，待我们商讨出一个结果，贫道再与你慢慢商量，你看如何？”

萧雪睢却道：“不必，今日我来此只为两件事，一是取回我师父的乾坤袋。”

当日萧雪睢被囚天一牢，林砚亦不知下落，任淮生便下令封了长陵峰，将其中各种法器灵药收缴上去，其中便有长陵剑尊的诸多遗物。

当着众人的面，任淮生倒也没有否认此事，只道：“你师父的乾坤袋的确在贫道这里，但是在你没能证明自己的清白之前，贫道不能把它交给你，不然，便是贫道有负你师父的嘱托了。”

萧雪睢看着任淮生，平静道：“我是否清白，任宗主你我都心知肚明，我无意在此做无谓的争论。”

她的话音落下，众人只听“铮”的一声，悬光剑终于出鞘，剑气如虹，剑刃雪白，雪亮剑光晃过无数双眼睛，恍若冬日里冷冽而尖利的冰凌。

任淮生双眸寒光微闪，向来喜怒不形于色的脸上也显露出几分不快。他沉声问道：“雪睢，你是要跟师伯我动手吗？”

顿了一顿，任淮生又道：“雪睢，回头是岸，你不是贫道的对手。”

任淮生认为萧雪睢此番实在太不知天高地厚了些，她没了剑骨，又是废去修为重新修炼，再厉害又能厉害到哪里去呢？

若她真有本事，当日在天一牢中也不会那般凄惨了。

怕不是青霄宗的这些弟子敬她是大师姐，不好对她出手，她便真以为自己没有敌手了。

况且在场的这些掌门也不是吃素的，谁借她的胆子敢到青霄宗来放肆！

萧雪睢表情冷漠，只道：“任宗主不妨一试。”

任淮生笑了起来，眼中却无笑意。他道了一声“好”，走上前来，伸出右手，一柄长剑出现在他手中。他冷声道：“那贫道今日便试上一试。”

悬光剑与任淮生手中之剑陡然相击，一声锵然响彻天地，流光纷飞，随即各色神光交织缠斗，只看得人眼花缭乱，目不暇接。

白衣如雪，青衣缭乱，东风一起，摇落满树金盏。

青山如黛，绿水长流。

不过是几盏茶的工夫，萧雪睢手里的悬光剑已横在任淮生的颈上，那凛冽剑气甚至削去他大半胡须，却未伤及旁观者半分。

众人骇然万分，连连惊叹，任淮生同样不可置信。

再无人会怀疑萧雪睢那则在幽冥宫诛杀了上千魔族的传闻。

此时萧雪睢脸上不见丝毫得意之色，她问：“任宗主现在可以把乾坤袋交出来了吗？”

任淮生眼睑垂下，看着那剑，问道：“贫道若是不拿出来，萧雪睢，你今日真要杀了贫道不成？”

萧雪睢没有言语，只将手中悬光剑一送，任淮生脖颈上瞬间多出一道红痕，鲜红的血顺着那伤口渗出。

任淮生满是惋惜地叹道：“萧雪睢，你可曾想过，你师父若还在世，看到这一幕，心中会作何感想？”

然他这话出口后，脖颈上的伤口却是又深了两分，鲜血汩汩而出，领口的那一点白转眼间就红了一片。

任淮生正要再开口，人群里突然有个蓝衣的姑娘跳出来，高声喊道：“萧雪睢，乾坤袋在我这里，你快放开我爹爹！”

说话的正是任淮生的独女任雨瑶，她将乾坤袋高高举起，走到萧雪睢的面前。

任淮生没想到她会突然出现，有些恼怒道：“瑶儿！”

萧雪睢侧头看了任雨瑶一眼，空着的左手向上一抬，任雨瑶便觉得手中的乾坤袋似有万钧之重，竟再拿不起来。

她的手一松，便只能眼睁睁地看着那乾坤袋就像是有了自我意识一般，飞入萧雪睢手中。

任雨瑶咬了咬唇，问道：“乾坤袋你已经拿到了，现在可以放了我爹爹吧？”

萧雪睢道：“我说过，今日来青霄宗有两件事，眼下可以办另一件事了。我有一个问题一直想问任宗主。”

“什么？”任雨瑶问。

萧雪睢看向任淮生，问：“当年我师父的死，与任宗主你是否有关？”

她此言一出，在场众人一片哗然，他们谁也没想到，今日在这青霄宗竟然还能听到这等秘闻。

当年长陵剑尊之死，难道还有其他隐情？

江鸿一上来，就听到萧雪睢这话。没等任淮生开口，他倒是急不可耐先扬声道：“萧雪睢，知道你对天一牢之事心生怨怼，但你焉能红口白牙，来污宗主的清白？”

萧雪睢不做理会，只看着眼前的任淮生。

灵宝殿前，在场的数十双眼睛也都落在任淮生的身上。

任淮生皱眉，道：“雪睢，你怎么会这样想？可是那些魔族对你说了什么？”

萧雪睢道：“我后来从一些魔族和幻境碎片中得知，当年在我师父动身前往赤勒滩前，申屠烈就已提前从青霄宗得到消息，布下埋伏，而后来致使我师父陷入迷障之中的，正是任宗主你在他临行前送给他的那壶天星竹酿。”

任淮生道：“且不说此事真假，单说那时知道你师父要去赤勒滩的人也不止贫道一人，接触过那壶天星竹酿的人也不是只有贫道一个，如何断定就是贫道所为？”

萧雪睢则道：“此事至今已过去十余载，当时在场的魔族都已作古，化为尘土，再要查起也无从下手，任宗主若当真问心无愧，今日便当着众掌门的面，以心魔起誓，当年不曾加害过先师，如何？”

任淮生还没开口，一旁的江鸿又忍不住冷嘲道：“萧雪睢，你以为你是什么人，凭什么你说如何便要如何？”

萧雪睢看了他一眼，淡淡道：“只凭我的剑再进一步，任宗主性命不保，够吗？”

清风吹拂起她雪白的衣袖，鲜血顺着悬光剑流淌下来，滴落在她脚下，似绽了簇簇红花。

4

灵宝殿前，萧雪睢与任淮生对峙许久，剑拔弩张的氛围让原本只想看个热闹的众掌门都坐不住了。

萧雪睢见任淮生一直没有开口，冷声问：“任宗主是不肯了？”

任淮生沉声道：“贫道乃堂堂青霄宗的宗主，岂可凭你三言两语就发下心魔大誓。”

眼看着事情要向不可控的方向发展下去，其他门派的几位掌门与青霄宗的长老们纷纷上前劝阻。

“且慢且慢——”最先开口的是留香谷的谷主曲蓉，这位谷主如今已经两百多岁了，在外人看来却是个中年美妇，一身紫色华服，云髻高耸，很有风情。

曲蓉语重心长道：“雪睢啊，任宗主怎么说也是青霄宗的宗主，当着这么多人的面，你多少还是要顾及他的面子的，这等事最好还是私下与他商量。”

曲蓉的话一说完，便看到任淮生脖子上刚刚有些愈合的伤口再次崩裂开来，鲜红的血汩汩涌出，萧雪睢是真敢下手啊。

年轻人是听不进劝的，曲蓉叹了一声，转头对任淮生道：“任宗主，不过是以心魔起誓罢了，你身正不怕影子斜，今日不如在此应了雪睢，也省得传出不好的闲话来。”

任淮生却是同样不为所动，青霄宗的几位长老也过来劝道：“宗主，雪睢年纪尚轻，行事有不周到的地方，你别跟她一般见识。”

任淮生森冷的目光从他们脸上掠过，凛然道：“贫道是青霄宗的宗主，一言一行都关乎青霄宗的脸面，怎可轻易受她胁迫？”

紫竹峰的峰主常不平走过来，他与长陵剑尊、任淮生、江鸿是同一个师父所教。他常年闭关，甚少出门，为人沉默寡言，即使遇见宗门大事，他也不怎么出头，这次不知为何却愿意站出来。

常不平劝任淮生道："宗主，我们修炼之人，何必在意这些，况且当着众多道友和弟子的面，宗主你今日给雪睢一个结果，对宗主你未尝没有好处。"

江鸿瞪了萧雪睢半天，眼睛都瞪得酸了，也没能让萧雪睢的眉头皱一下，正如常不平所说，萧雪睢在众目睽睽之下问出那番话，而任淮生一直回避不答，即便萧雪睢的剑饶过他，但修真界此后怕是要生出许多闲言碎语来，众口铄金，不管是对任淮生，还是对他们青霄宗，都是极为不利的。

宗主师兄可能是被愤怒冲昏了头脑，一时没有想明白这其中的道理，而且这样白白受萧雪睢挟制，的确很让人恼火。江鸿脑子一转，开口道："萧雪睢，若是宗主师兄真以心魔起誓，当年之事确实不是他所为，你又当如何？"

萧雪睢直接回道："我同样以心魔起誓，不曾与魔族有过勾结，之前的事，我们一笔勾销。"

"好！"江鸿想也没想，一口应下。如果之前的事确有隐情，那的确是他们青霄宗亏欠于她。

如此两边都退一步，宗门师兄脸上也会好看许多，这下师兄该满意了吧。

他觉得自己当真是聪明极了，想着事了之后要如何向任淮生邀功，结果任淮生却是面色不善地瞪了他一眼。

"师兄，你不同意吗？"江鸿不解地问。

这下不只是他困惑了，在场原本不信任淮生会做出这等恶毒之事的道友也渐渐生出几分怀疑来。

倘若任淮生真的问心无愧，在这种情况下，为何还不愿意发誓？

他不在意自己的性命也就罢了，正如他所说，他是青霄宗的宗主，身上背负青霄宗的重任，无论如何，该为青霄宗考虑才是。

也许当年长陵剑尊的死，的确是与他有关的。

任淮生抬眼望去，四周围观的众人神色各异，他仿佛可以听见他们心底是如何议论自己的，他苦心经营多年的名望就要毁于一旦。

任淮生的目光重新回到萧雪睢的脸上，他问："萧雪睢，你真以为你能杀得了贫道？"

萧雪睢回："不然呢？"

任淮生看着萧雪睢，不久后，竟是笑了起来，他道："萧雪睢，你未免太高看自己了。"

下一刻，他不顾横在自己脖子上的那柄利剑，张开双臂，千纵峰上狂风乍起，卷起一地落叶，纷飞飘转而来，浩浩乎如漫天黑鸦。

须臾之间，原本晴朗的天空，已是阴云密布，远处群山连绵不绝，昏暗天色中，似盘踞着一条深色巨龙。

一条条闪电如同挥舞的鞭子抽打在那巨龙身上，“轰隆”雷声由远及近，突然间，黑云遮蔽的天空甩下一道粗壮闪电，直直劈向众人所在的山头，巨大的光亮将整个千纵峰照得雪亮。下一瞬，光亮散去，整个千纵峰隐入了更深沉的黑暗当中。

任淮生脚下似有一双大手将他托起，腾空而上，一束明光撕破沉沉天幕，落在他的身上。

四周顿时响起一片惊呼，众人议论纷纷间，又听江鸿高声道：“宗主师兄这是要度劫了！”

任淮生的修为卡在瓶颈已有数十年，修真界中，如他一般的修士不在少数，他们中的大部分人，终其一生，都只能停在这一境界，但只要突破了这一境界，便能成为修真界中数一数二的人物。

萧雪睢收了剑，仰头看去，见任淮生的身上泛起淡淡的金光，一道闪电撕裂苍穹，迎头劈下，却未伤到他半分。

任淮生脸上满是得意之色，此后天下还有谁会是他的对手？

当年他因被他那师弟处处压着，世人只知青霄宗有长陵剑尊，而不知他宗主任淮生，差点酿成心魔，此后都不会再有了。

人群中有人叫道：“是功德金光！任宗主身上有功德金光！”

只有身负大功德的修士在度劫时才会有此金光护体，他们修真界已有数百年不曾见过这样的人了。

这任宗主是做了何事，才会有这样大的功德，他们怎么会一点风声都没听说过？

灵宝殿前众人看看天上的任淮生，又看了看站在原地的萧雪睢，不管当年之事如何，这下萧雪睢怕是都难从任淮生这里要到一个说法了。

萧雪睢神色未变，她低下头缓缓擦去剑身上的血迹，而后竟一跃而起，冯虚御风，来到半空。

闪电的光亮同样照亮她的脸庞，冷若冰霜，白衣猎猎。

“雪睢你疯了！快下来！”下方有人冲她喊道。

许多这样的声音交杂在一起，所有人都认为萧雪睢是昏了头，失去理智，要知道修士度劫时，若有人擅自干扰天道，必遭反噬。

而眼下任淮生又有功德金光护体，萧雪睢要承受的反噬怕是要百倍千倍不止。

萧雪睢恍若未听到，一人一剑，凭空而立。

任淮生看向她，唇角微勾，目光轻蔑，萧雪睢自寻死路，他当然不会阻止，他高兴得很。

萧雪睢抬起手，那柄悬光剑直指向天，随后便见原本该落到任淮生头顶的闪电竟悉数被引到剑尖之上，下一刻，她手中悬光剑分出无数道剑影，在黑暗中发出炫目的光。

任淮生看着眼前这一幕，心中突然涌出一股不妙的预感。

萧雪睢不言不语，合上双眼，天地怆然，大雨倾盆，万剑归一。

世界陷入一片无尽黑暗中，唯有那剑如晃晃白日，照耀四方。

剑落。

悬光剑携万钧雷霆之力，穿过过去与未来的重重雪涛，以日月不朽的光阴、星辰永恒的运转，行天道事。

天地不过一剑。

许久许久之后，这片死寂中传来一点轻微声响，众人恍若从梦中惊醒过来，睁开眼睛，只见任淮生护体的功德金光竟轰然碎裂，化作漫天星屑，散落下来。

萧雪睢冷眼看他。

这世上总有人喜欢自作聪明，以为可以欺瞒过天道，殊不知天网恢恢，疏而不漏。

任淮生的雷劫还未结束，已成死劫。

萧雪睢亦不必再等他的心魔大誓了。

她收起悬光剑，挥袖而去。

5

萧雪睢离开青霄宗，挥一挥衣袖，不带走一片云彩。

而千纵峰上，这场声势浩大的雷劫仍在继续，只是这下任淮生没有了功德金光护体，数道天雷直直劈在他的身上，下一刻，青霄宗上下都听到了那杀猪一般的惨叫声，声音凄厉哀痛至极，听得人心头发颤。

这场雷劫，任淮生定然是度不过去的，此时众人心下已有了结论，数道天雷过后，任淮生若还能保住他的一条性命就算是万幸了。

脑子稍微灵活一点的道友此时已完全明白，任淮生身上的功德金光定是有问题的。当年长陵剑尊的死，怕与他也是脱不开关系的。不过任淮生身为青霄宗的掌门，这么多年与他们交情不浅，而且眼下他们正要征伐魔界，任淮生就此陨落，于他们而言并无益处。

但问题是他们不是萧雪睢，这种情况是万万不敢上前的，就只能眼睁睁地看着任淮生在雷劫中受尽折磨。

任雨瑶不忍见父亲受苦，想要上前为任淮生挡下这漫天雷劫，却被同门死死摁在原地。她哭得梨花带雨，求众人帮帮她的父亲，救救他吧。

没人应她。

任雨瑶没有办法了，只能转头看向江鸿，双眸噙满泪水，她哽咽道："江师叔，你救救爹爹吧，求你救救爹爹吧……"

在青霄宗里，江鸿对他的这位宗主师兄最为崇敬、最为亲密。往日无论任淮生做了什么、说了什么，江鸿总是无条件支持。

只是他也没有想到，任淮生居然会与长陵剑尊的死有关。在他心中，这位师兄向来是为了青霄宗劳心劳力，公正严明从无私心的，他怎会做出如此之事呢？

江鸿想不明白，可终究有这么多年的情谊，他安慰自己，也许当年还有其他隐情，宗主师兄也是没有办法的。

江鸿深吸一口气，不管身后弟子们的劝阻，走上前去。在场众人的目光被他这番动作吸引，心中猜测，这位江长老莫不成也要效仿萧雪睢，干扰天道行事？

他们青霄宗的一个个可忒大胆了，怪不得能混成修真界第一门派呢。

只是没等江鸿靠近，一道天雷轰然劈落在他的前方，将那青石板地面劈出一道深不见底的沟壑。江鸿来不及躲闪，他前面的衣摆直接被烧去大块。

众人不敢想象刚才他如果快了一步，现在会是什么样子。

江鸿同样呼吸一滞，脊背发凉，吓出一身的冷汗。他仰头看向被困在雷劫中的任淮生，再没勇气往前踏出一步。

这场雷劫不知要到何时才能结束，被困在雷阵中的任淮生已不剩多少声息，被同门拉住的任雨瑶，也早已哭得昏厥过去。

魔界对此毫不知情，望乡城里的那些断壁残垣少了许多，只几天过去，就有新的魔族来到此地定居下来，世事更转，沧海桑田，千百年来，魔族们对这等事已经司空见惯。

萧雪睢不在的这段时间，还是有不怕死的魔族偷偷来到幽冥宫打探消息，可惜运气实在是不大好，没等摸到沈望春的影子，就先被陆鞅了结了性命。

想来想去，到现在还不愿意消停的，恐怕就只剩下赤勒滩的那位了。

萧雪睢推开门，昏然日光与长风一起漫进这座寂静宫殿，而沈望春如她离去时一般，静静躺在软榻上。

林砚一见到萧雪睢回来，起身跑来问她："师姐，怎么样？有没有受伤？"

萧雪睢道："没事，都解决了。"

林砚一直悬着的心这下终于可以放下来了，不过此时他还只以为萧雪睢说的“解决”单是指拿回那些旧物。

直到几日后他才知道，萧雪睢不仅是取回乾坤袋，她这一趟，顺便连当年师父的仇也一起解决了。

第十四章 醒来

久违的阳光

1

那场浩大雷劫过后，任淮生从半空坠落，没死，但一身道骨碎了个彻底，从此没法修炼，人也疯了，衣衫不整，蓬头垢面，抱着一把剑，见到人就喊长陵剑尊算什么东西，自己才是天下第一。

江鸿在雷劫将要结束时，上前为任淮生挡下两道天雷，受了重伤，闭关去了，没个十年八年是不会出来的。

青霄宗乱成一团，几位长老整日头疼要怎么选出一位合适的新宗主，收拾这堆烂摊子。

不过这些暂时与他们也无甚关系。

萧雪雎从乾坤袋中取出枫木幡和回魂枝，盘膝坐下，双手结印。枫木幡“嗖”的一声，凭空而起，落在沈望春的眉心处，随着萧雪雎手势变换，越转越快，越转越快，发出飒飒的风声。

回魂枝不知何时被点燃，星火明灭间，袅袅青烟蜿蜒而上，像是风中散开的轻纱裙摆。

与此同时，沈望春的身上浮出一层薄薄金光，金光引着青烟融入他的身体之中。

陆鞅已有几日没合眼，看了半晌都没能看出其中门道。他打了个哈欠，小声问身边的林砚：“你说君上什么时候能醒过来？”

林砚疑惑地看了陆鞅一眼，他哪里知道。

陆鞅重重叹了一声，刚叹完，忍不住又打了个哈欠，随后便听到萧雪雎道：

“快了。”

陆鞅微微打起精神来，他想着，既然如此，他一定要守到君上醒来，让君上看看他的忠心。

魔界中那一轮昏沉的红日悠悠落下，明月惊雀，河水滔滔。

陆鞅这一守又是两天两夜，沈望春还是没醒来，他那两只眼睛里全是血丝，红彤彤的，看着都吓人。他觉得这位萧姑娘对“快”这个字的理解可能是有一点问题的，但他实在没力气与她掰扯了。

陆鞅真的撑不下去了，他打算小寐一会儿，只小寐一会儿，应当不会错过他们君上复生这等大事吧。

没过多久，殿中就响起陆鞅轻轻的鼾声。

林砚闻声看了他一眼，然后走到萧雪雎身边，俯身道：“师姐，要不我来吧？”

萧雪雎摇了摇头，回魂枝只剩下一点就要烧尽了，立在沈望春眉心上的枫木幡也在渐渐停息，萧雪雎收回双手，开始调息。

林砚来到榻边，将手指搭在沈望春冰冷的手腕上，过了约有一盏茶的工夫，林砚突然开口喊道：“有了有了！师姐有了！”

萧雪雎睁开眼，起身来到榻边，林砚自觉后退两步，给她让出一块地方。

榻上的沈望春沉沉睡着，一副在梦里不知今夕何夕的模样。萧雪雎无声地看着他，此时的这一幕好像与旧日时光里的某个画面重合在了一起，那个时候沈望春就这样守在她的床边，等她醒来。

他在想些什么呢？

是想着要怎样去报复她吗？

浓密的睫羽微微颤动，萧雪雎心下竟也无缘由地跟着一颤。她对林砚说：“阿砚，你先出去。”

林砚“哦”了一声，乖乖退下，临走时还贴心地把正呼呼大睡的陆鞅拖了出去。

沈望春感觉自己做了一场长长的梦，梦里他所有的遗憾都被弥补，他得到了从来不敢奢求的圆满，若这是死亡的恩赐，那还有什么可怕的呢？

只是……

这场死亡来得也太迟缓了，他等得心脏重新跳动，血肉开始温热，死亡都迟迟没来。

沈望春睁开眼，眼前是一片模糊光点，良久后，萧雪雎的身影才渐渐变得清楚。

她站在榻边，弯着腰，轻声问他：“醒了？有没有觉得哪里不舒服？”

沈望春张了张唇，却没有发出声音来。

他不知眼前是真是幻，不知天意是否真的还能转圜。

萧雪睢安静地看着他，耐心地等他开口，仿佛过了一个冬天那样漫长，沈望春终于叫出她的名字：“萧雪睢……”

“我在。”萧雪睢回应道。她的头又低了一些，微凉的气息拂过沈望春的面颊，她说：“沈望春，我说了，我会等你醒来。”

于是沈望春笑了起来，然而眼角却有泪水滑落，打湿了干枯的月亮。

2

萧雪睢抬起手，擦去他眼角的泪。

沈望春怔怔看着她，好一会儿才反应过来，自己居然在萧雪睢面前哭了，这着实是大大的不该。

可萧雪睢现在又是在做什么呢？

过去的这段时间里，又都发生了些什么呢？

他明明应该死去了，怎么还能再看见她？

梦里的场景在他的脑海中轮番上演，哭的、笑的，悲的、喜的，统统交融在一起，让他没有片刻安宁。沈望春张了张唇，酝酿半天，对萧雪睢说出一句：“本座眼睛进沙子了……”

他才没有想哭。

萧雪睢落在他眼角的手指微微一顿，随即“扑哧”一声笑了出来。

沈望春抿唇看她，他感觉自己的脸颊有些发热，也许是要起风了吧。

萧雪睢收回手，敛去唇角笑意，对他“嗯”了一声，点点头，道：“我知道。”

沈望春嘴唇微动，想问她知道什么，却听萧雪睢强调似的又说了一遍：“我真的知道。”

沈望春望向她，她流转的眼波里倒映出他此时的身影，他隐约想起来，梦里的她好像也说过这样的话。

萧雪睢问他：“眼睛里还有沙子吗？”

沈望春垂下眸，低声道：“……没有了。”

他的思绪乱糟糟的一团，金翎台上，他曾对萧雪睢剥去自己所有的伪装，将一颗心都剖给她看。

如今，他死而复生，却宁愿一切还是从前那样，萧雪睢什么都不要知道，她只当他是恨着她的。

或许是觉得只有这样才是最安心的。

不会失望，也不必担心失去。

她在这里自然是很好的，可若是不在了，也没有关系。

但眼下，一切都失去了控制，他想自欺欺人下去，萧雪睢就陪着他欺下去，可这终究是不一样的。

萧雪睢握住他的手，他能清晰地感受到她的灵力正在他的身体里游走，然后顺着血液流淌到身体的每一个角落。

是温暖的、明亮的，带着晒了一个秋天的麦草的甜香。

是他久违了四千多个日夜的阳光。

殿中寂静一片，微弱的光亮透过轻薄窗纱，落在她背后如瀑的长发上。

萧雪睢收回手，嘱咐他说：“你的身体已经没有大问题了，只是魂魄还不够稳固，在这里先好好休养一段时间，望乡城里的事你暂时也不要操心了，有什么要做的，交代陆鞅去做就行了的。他若做不了，我帮你做。”

他在望乡城能有什么事呢？

从前沈望春活蹦乱跳的时候，也没为望乡城的建设做出一点贡献，如今就更没兴趣了。

他躺在榻上，默默看着她，没有应声，用自己闲置了一段时间、不大灵光的脑袋，去思索萧雪睢每一句话的含义。

当听到萧雪睢说要帮自己的时候，沈望春真想摸一摸她的额头，看看她是不是被那日的诛魔箭气昏了头。

萧雪睢怎么可以帮一个魔族呢？

萧雪睢低头与他对视一眼，继续道：“只是……你的修为可能一时半会儿恢复不了。”

他伤得这样重，几乎赔上了一条命，日后若遇不见什么机缘，想只凭正常修炼就把修为恢复到全盛之时，怕是至少也得个十年八年。

这段时间对一个修炼之人来说其实也算不得很长，但总归也是三千多个日月交替。

沈望春却好像没有听到她的话一般，他看着眼前的萧雪睢，始终没有说话。

他不知道自己该说什么。

梦境里的那些画面在他脑海中不停地闪现，她温柔地抱起他，与他在茂盛的花树下拥吻，陪他将那一条条旧时的路又走了一遍。

可那是真是假，沈望春既分辨不出来，也不敢开口问她。

“如果你觉得……”萧雪睢的声音忽然顿住，殿内陷入一片奇异的寂静当中，好似落了一场大雪，吞噬了天地间的所有异响。

沈望春下意识抬眸看她，等着下文。结果她接下来说出的话，差点没惊得他直接从榻上滚下去。

她就站在那里，淡淡说道："不过如果你想快点恢复的话，我这里还有一本双修的功法，可以试试。"

她说得一本正经，神色坦然，沈望春在她的脸上找不到丝毫玩笑的痕迹。

她说什么？双修的功法？

是他不懂"双修"这两个字的意思吗？为什么萧雪睢可以如此轻易地说出口？

又也许是他脑子有些乱，都出现了幻听。

沈望春直直望向萧雪睢的眼睛，沉声问她："萧雪睢，你知道你在说什么吗？"

萧雪睢"嗯"了一声："当然。"

她说得这样肯定，以至于沈望春愈加怀疑的确是自己出现了幻听，于是他问："你刚才说了什么？"

萧雪睢脾气很好地向他重复了一遍："我说我这里有一本双修的功法，如果你想快点恢复修为的话，我们可以试试。"

沈望春很确定自己没有听漏半个字，只是这些字连成一段话，他好像就不太懂得是什么意思了。

难不成当今修真界的双修还有另外一种解释？

原本就不太清醒的脑子这下更加凌乱了，那些旖旎缱绻的画面与萧雪睢的声音糅在一起，在他的心脏上一下又一下重重捶打着。

他的嘴唇张张合合，最后吐出一句："萧雪睢，你疯了？"

萧雪睢居然还问他："为什么这么说？"

沈望春的嘴唇都在颤抖，他真的无法理解，她怎么会对他说出这样一番话来？

他的声音沙哑，甚至带了些许不易被察觉的哽咽，他问："萧雪睢，你把我当成什么人了？"

萧雪睢握住他的手，一边用自己的灵力为他调息，一边回答他说："沈望春。"

"什么？"沈望春不解，疑惑地看着她。

"没把你当成什么人，只是因为你是沈望春。"她说。

他是沈望春？只是这样吗？

可他还是不明白。

萧雪睢怎么会要与他双修？只是为了能快点恢复他的修为？

“为什么？”他问。

萧雪雎松开了手，认真地看着他，问：“什么为什么？”

沈望春嘴唇张开，又默默合上，如是几次，他才把心中的话问了出来：“如果是别的什么人如我一般救下你，你是不是也会……也会这样？”

萧雪雎轻叹了口气，她说：“沈望春，这么多年来，对我有救命之恩的，并不是只有你一个，我从来不会想要与他们双修的。”

所以，她这样做，不是为了报答自己，不是因为愧疚吗？

沈望春眼睛一眨不眨地紧紧注视着眼前的萧雪雎，他觉得自己就要明白她的心意了，只差一点点，就能全明白了，只是此时他的脑中一片空白，根本无法运转，最后他只能傻傻问她：“那是因为什么呢？”

话音一落，沈望春昏昏沉沉的脑袋像是被撕裂出一道狭长缝隙，缝隙中透露出一线天光，终于有什么是清明的了。

他猛地想起来，其实他在梦里就在等她的回答了，她说过，等他醒来，她就会告诉他答案的。

萧雪雎抿了抿唇，似乎一时间也不知道该怎样回答沈望春，片刻后，她竟俯下身来，在沈望春的唇上印下一个轻吻。

稍纵即逝。

沈望春呆若木鸡，整个人愣在那里，好半晌都没有回过神来。

他是不是仍在梦境当中？

不过眨眼间，漫天红霞已晕满沈望春的脸颊，这一张脸红得比熟透了的浆果还要艳上三分。

萧雪雎本来还有些羞赧，毕竟这不是在梦里了，但现下看他这样，她倒是自在了许多。

她弯了弯嘴角，轻声问他：“你觉得呢？”

3

你觉得呢？

沈望春望向眼前的萧雪雎，怔怔出神。

他觉得，她好像是喜欢上自己了。

一想到这里，沈望春鼻尖一酸，竟是差点忍不住又要落泪。

距离那年春天海面上的初遇，已过去十余载了，岳阳城外妫水河畔的桃花开了又谢，谢了又开，比之当年更加繁盛。沈府门前的两尊石狮子，一尊没了一半耳朵，一只少了只爪子，不复从前的神气，而那条被萧雪雎斩杀的蛟龙，早已连一根完整的骨头都不剩下了。

原来，已经过了这样久了。

但好像又不是很久，他只是做了一场梦，梦醒后他就如愿以偿了。

上天终究还是怜悯他的。

沈望春有些吃力地从床上坐起身，他看着萧雪睢那双黝黑的眸子，轻轻问她：“萧雪睢，我现在不是在做梦，对吗？”

其实，即便是梦，对他来说也已经足够了。

“当然不是。”萧雪睢道。

可沈望春仍觉得很不真实，怎么会呢？

见他似乎还是不敢相信，萧雪睢抬起手，在他的脸颊上轻轻掐了一下，问他：“疼吗？”

沈望春眨了眨眼睛，好半天才回过神来，他摇摇头，对萧雪睢说：“不疼。”

萧雪睢：“……”

虽然她没怎么用力，但也不至于一点感觉都没有。

沈望春看着她，小声说：“可能是我脸皮厚，你再用力些。”

萧雪睢莞尔，真依着沈望春的意思，将手落在他的脸颊上，只是，还没等她再掐他一把，就被沈望春给抓住。

他握住她的手，不敢太紧，也不敢太松，怕弄疼了她，也怕留不住她。

他目光锐利，像是一支燃烧的箭矢，直直望进萧雪睢的眼底，他用一种从没有过的郑重语气问道：“萧雪睢，现在说的话，都是出自你的真心吗？”

萧雪睢敛去嘴角的笑意，她回望沈望春，两道目光交织在一起，她正色问道：“不然呢？你觉得我会这样骗你吗？”

沈望春沉默片刻，便笑了起来，眼中似有泪光闪烁，他轻声说：“当然不会。”

他低下头，空着的左手拇指与食指轻轻搓捏了两下，一根细长红线便出现在他的指间。

那是在万刃城外得到的红线，双喜境里，他与萧雪睢一个有情似无情，一个无情亦无心，最后不得善终，倒也在情理之中。

即便没有乐善身边的那只鸟儿，他们之间也不会有另外的结果。

况且那只鸟儿，从始至终，也并未对他产生什么影响。

或许它的确吞噬了他的许多爱意，可他的爱有那样多，纵然被吃去许多，可是一见了她，又总会有新的生出。

他以为，他到最后能留下的只有这一根红线。等到多年以后，回首往昔，除却那些痛苦的、遗憾的、悲哀的，或许还有双喜境中，她一身大红嫁衣，夺人心魄，但那终究不是穿给他的。

他们就像两个世界的鸟儿，一个向北，一个向南，也许有缘可以相会，但只有那么短短一瞬，一旦分开，从此就再不会相逢了。

但现在，也许他们可以长长久久地在一起了。

沈望春低着头，认真地把那红线系在萧雪睢的手腕上，泛着白光的指尖在红线两端各点了一下，那红线微微一闪，便看不见了。

他压低声音对萧雪睢说："萧雪睢，如果有一天，你不喜欢我了，不要告诉我，将红线断了，我就知道了。"

他们才刚刚开始，他就已经想到分开的那一日。

他不敢想象，未来有一日，萧雪睢亲口对他说，她不喜欢他了，不想要他了，他会怎么样。

萧雪睢等了他一会儿，再没听到他开口，寂静的宫殿里隐约能够听到外面呼啸的风声，萧雪睢轻声叫他："沈望春……"

沈望春略带疑问地"啊"了一声，然后就听到萧雪睢问他："你是不是又要哭了？"

沈望春耷拉了好久的脑袋一下子抬起来，他反驳说："怎么可能！"

如果他的眼圈没有那么红的话，他此时的反驳可能会更有力度一些。

沈望春大概也意识到自己的话没什么可信度，他解释说："我都说了，刚才是眼睛进沙子了。"

萧雪睢"嗯"了一声，没有拆穿他，一副他说什么就是什么的模样，可其实他们两个都很清楚，宫殿里怎么会有沙子呢？

沈望春轻呼了一口气，努力调整好自己的情绪，对萧雪睢说："我没有那么爱哭，我只是……"

只是如何呢？

他一时之间也没有办法向她准确地描述出自己的感受，可是萧雪睢说："我知道。"

沈望春张了张唇，正要说话，萧雪睢又说了一遍："我真的知道。"

沈望春"嗯"了一声，没有再说下去，萧雪睢低头看向自己的手腕，好像是在看着那条已经看不到的红线，她开口说："过去的事——"

本已沉默下来的沈望春立即打断她的话："不要说了，都过去了。"

虽然她只说了这四个字，但沈望春就是莫名知道她想说什么。

可萧雪睢还是将那句"对不起"说出了口。

其实她该同他说的，又何止这一句“对不起”？

她说的果然是这句，沈望春摇头，对她道：“我不想听。”

几盏宫灯无声亮起，萧雪睢有几缕乌黑的长发散落在床铺上，她明亮的眼眸里映着一点跳跃的烛光，温柔地问他：“那你想听什么？”

沈望春的指尖不知何时又缠上了她的一缕发丝，想了想，他说：“我想听的，都已经听到了。”他得到的，已经够多了。

“我喜欢你，沈望春。”

萧雪睢的这一句喜欢是与沈望春的话同时说出口的。

两人话音落下，殿内登时沉寂下来，沈望春完全没想到她会亲口对自己说出这句话，他傻傻看向萧雪睢，脸上刚褪去的红晕一下子又爬了上来。

“你怎么、怎么……”他人都结巴起来，“怎么”了半天，也没能说出一句完整的话来。

“你想听的是这个吗？”萧雪睢问他，眉眼间没有丝毫玩笑的痕迹，她说这话的时候是认真的。

梦里梦外，沈望春不止一次希望她亲口说出这句话。

梦里她没有回答他，醒了之后直到刚才，其实她都没有肯定地告诉他她喜欢他，这对他是不公平的。

沈望春嘴角疯狂上扬，一双眼睛闪闪发亮，就这样盯着萧雪睢看。

萧雪睢温和地问他：“还有其他想听的吗？”

沈望春抿了抿唇，他有些不好意思开口，刚才他没有听清楚，想让萧雪睢再说一遍，最好是用留音符将她的声音保存下来，这样以后时时刻刻都能听到了。

他想着想着，又乐起来，他何德何能，能听到萧雪睢说喜欢他？

萧雪睢喜欢自己什么呢？

他想问又不敢问，一旦让萧雪睢发现自己其实没什么值得她喜欢的，可怎么是好？

萧雪睢见他欲言又止，应当还是有话要说的，便主动问他：“你想问双修的事？”

沈望春的那张脸瞬间更红了，他赶紧摆手澄清道：“不是这个。”

萧雪睢不是话多的人，虽然在亲近的人面前偶尔会活跃一些，但也甚少与人玩笑。

今日大概是看到沈望春醒来，一直紧绷的神经终于能松懈几分，情绪便外放了些许。

而且沈望春越是这副难为情的模样，她越忍不住打趣他几句，就像现在这样，萧雪睢问他："你不想？"

他不想吗？怎么可能呢？

只是……

沈望春感觉自己的这张脸都要烧起来了，他看了萧雪睢一眼，又低下头，小声说："太快了吧。"

4

"师姐，我能进来了吗？"殿外忽然传来林砚的声音，沈望春赶紧调整好自己的表情，保证自己看起来还是那位冷酷无情的魔君大人。

萧雪睢看了他一眼，没说什么，转头对门外道："进来吧。"

林砚轻轻推开门，外面的天色不知何时阴沉下来，无星无月，晚风撩起他灰色的衣角，又吹得殿内烛火摇曳，映在墙上的两道影子愈加缠绵。

陆鞅跟在他后面一同进来，抬眸偷偷打量榻上的沈望春，大概是在估算自己还能在这位魔君的手下干多久。

不久前，陆鞅睁开惺忪睡眼，人还没彻底清醒过来，就从林砚口中听到一个天大的噩耗：沈望春已经醒过来了。

当然，严格来说也不能算是噩耗，这事若是搁在前些时候，望乡城高低得来一个大赦，庆祝个三天三夜。

陆鞅心痛得直拍大腿，自己苦熬了这么长时间，就等着这个时候在君上面前露露脸，结果就这么睡过去了，他直埋怨林砚为什么不早点把他叫醒，哪怕给他一巴掌也行，而不是让君上听到他的鼾声。

林砚觉得陆鞅完全不必如此，就算他早点醒了，结果也不会有什么不同。

陆鞅听后顿时沉默下来，根据他们君上的性子判断，确实如此。

但……不在君上面前表现自己忠心的下属，人生还能有什么意义！

已经过去的事是没法重来的，只能以后多多注意了，于是陆鞅很是注意地偷偷打量着沈望春，然后发现他们君上脸色红润，双目有神，似乎很有精神的模样。

可是再仔细看看，就会发现摇曳的灯火下，他这脸庞红润得多少有些不太正常了。

虽然没能让君上在醒来后的第一时间看到自己的忠心，但现在献殷勤也不算太晚，陆鞅连忙上前一步，关切地问道："君上，您的脸怎么这么红？是不是哪里不舒服？要属下给您叫大夫吗？"

沈望春："……"自己的脸真的很红吗？

沈望春想找面镜子看一看，然而当着这么多人的面，他还是比较注意自己的身份的。他看看萧雪睢，萧雪睢眉眼温柔，带着浅笑。

沈望春一个恍神，又听陆鞅道："君上，您的脸更红了。"

陆鞅能在那么多魔君手下当过差，可见那些魔君根本不像传说中那样暴戾无道，至少对待陆鞅，一定是十分宽厚的。

他看了陆鞅一眼，幽幽开口道："你太吵了。"

陆鞅疑惑，他吵吗？他进门后就问了两句话，哪里吵了？

所以是他说的哪句话惹到君上了？可他只问了一个问题，所以说，君上这脸红得还另有隐情？

难不成是因为萧姑娘？

陆鞅的脑子总算是开始工作了，随之还有一颗八卦之心蠢蠢欲动，君上与萧姑娘真好上了？

望乡城的魔君与青霄宗首徒在一起了，这等消息卖到阆风阁，定然可以大赚一笔。

陆鞅一双眼珠滴溜溜转个不停，但思来想去，为了自己的小命着想，他还是打消了这个可怕的念头。

不让提脸红，别的总让提吧，陆鞅小心问道："君上，这幽冥宫是不是该找人来修缮修缮了？"

总不能一直这样，会被其他地方的魔族笑话吧！

沈望春对自己的住所向来是没有要求的，只是如今多了一个人，他看向萧雪睢，萧雪睢察觉到他的目光，回望过去，问他："看我做什么？"

沈望春本来想问萧雪睢喜欢什么样的，但在刚要开口的时候，又想起她大概是不会长久地待在魔界中的，便对陆鞅说："你看着办吧。"

"是。"陆鞅觉得眼下他们君上应该也不需要他在这里了，多半还会嫌他碍眼，便很有眼色地道，"那属下先退下了。"

沈望春"嗯"了一声，陆鞅转身退下，只是他刚走到门口，又听沈望春叫住他。

陆鞅回身问："君上还有事吗？"

沈望春道："既然要重新修缮，就再留一间厨房出来吧。"

陆鞅觉得完全没必要，就他们君上那个厨艺，十座厨房都不够他折腾的。不过在萧姑娘面前，他还是要给他们君上留几分面子的，只答："是。"

"那再多种些花草吧。"沈望春问萧雪睢，"你有喜欢的花吗？"

萧雪睢摇头。

"要多留几处练剑的地方吗？你喜欢在哪里练剑？"

"都行。"萧雪睢并不挑剔，练剑这种事，有块空地就行。

“那住在哪里呢？”沈望春又问。

萧雪雎道：“之前那座宫殿就挺好的。”

不用沈望春开口，陆鞅就连忙保证自己一定会尽可能把那座寝宫复原出来。

林砚站在边上，越听越觉得不对劲，看看沈望春，又看看他师姐，眉头皱得紧紧的，但一时又不好插嘴，等沈望春把事情都交代完了，他才开口，轻轻叫了两声“师姐”。

萧雪雎看了他一眼，没有回他，直接转头对榻上的沈望春道：“我和林砚出去说会儿话。”

沈望春抬眼看了看林砚，又把目光放回萧雪雎身上，有些不舍道：“好哦。”

“很快就回来。”萧雪雎对他说。

沈望春应了句“知道了”，然后就眼巴巴地看着萧雪雎带着林砚一同离开。

殿门闭合，隔绝了那一地的清冷月光。

刚出门没走几步，林砚开口问道：“师姐接下来有什么打算？”

萧雪雎说：“暂时还没有。”

“没有？”林砚转头看她，叹了口气，风中传来树叶抖动的沙沙声，好似跟着他一起叹气。

他下了石阶，停下脚步，转身问她：“师姐，你不会想一直这样留在这魔界里吧？”

萧雪雎想了想，回答道：“等会儿我问问沈望春有什么打算吧。”

林砚刚舒展不久的眉头这下又皱起来，问她：“为什么要问他？”

“因为……”萧雪雎犹豫片刻，还是选择对他坦诚道，“以后他可能就是你姐夫了。”

林砚瞪大眼睛，嘴巴半张，喝了一嘴的凉风，呆愣愣地站在那里，好像根木头。

他被萧雪雎这句话砸得好半天都没回过神来，他只以为他师姐这些天都是为了报答沈望春的救命之恩，怎么突然变成姐夫了？

这发展得未免太快了些，他稍微有点跟不上，他有错过什么吗？

“他……”林砚来回踱了两步，把萧雪雎看了又看，却不知从何说起。

沈望春是个普通魔族也就罢了，但他可是望乡城幽冥宫的魔君，无人不知，无人不晓。

他们两人的身份实属不相配，以后定然会惹来许多的麻烦和非议，本来修真界就在传他师姐与魔族勾结了。

林砚只觉得这也不好，那也不好，但最后问出口的却是：“师姐是真心喜欢他的吗？”

“当然。”萧雪睢道。

林砚看着萧雪睢，抿了抿唇，轻声说：“我怕师姐是为了报恩才和他在一起的。”

萧雪睢伸手在他额头上轻轻点了一下，就像是他小时候她会对他做的那样，她笑着说：“怎么会呢？”

“那就好。”林砚道。

只要是真心喜欢的，那其他的都不重要了。

萧雪睢道：“还有一桩事，我放心不下，当日那些魔族是从哪里得到的诛魔箭？”

林砚：“师姐是说，修真界有人与魔族勾结？”

萧雪睢“嗯”了一声，道：“这么多年过去，赤勒滩那位新任魔君一直不曾露面，我怀疑他在修真界可能还有一重身份。”

林砚问：“要不我去赤勒滩探一探吧？”

萧雪睢摇头，她的师父和师妹都死在赤勒滩，她怎么能放心让林砚独自一个人到那里去。她对林砚道：“此事倒也不急，你且留在这里好好养伤。”

林砚“哦”了一声，乖乖点头。

5

同林砚说明白后，萧雪睢转身往回走去。

林砚站在石阶下面，仰头望着萧雪睢的背影，月光下，她就这样渐行渐远了。

十多年前，他刚到长陵峰的时候，就常常看着她这样离开。

良久后，林砚低下头，轻轻叹了口气，师父在天有灵，知道师姐有了意中人，应当也会为她高兴吧。

沈望春这人除了是魔君这一点不好，好像也没什么不好的。

林砚抬起头，漆黑的夜空闪烁着几颗星，最艰难的时候已经过去了，一切都要好起来了。

萧雪睢轻轻推开殿门，从外面走进来，沈望春还坐在榻上，听到声音立刻抬起头，一双眼睛亮晶晶地看着她。

萧雪睢走过来问他：“怎么不躺下歇会儿？”

“我不累，”沈望春说，“你不用担心，我现在很好。”

萧雪睢没应声，直接把手指搭在他的手腕上，她的医术不算高明，但大概情况还是可以知道一二的。

“躺下吧。”萧雪睢把床边刚叠好的毯子又给放开，盖在沈望春的身上。

他现在魂魄不够稳固，闭目静息算是最容易做到的养神法子了，今晚好好地睡上一觉，明天醒了就会好上许多。

但看起来，这个最容易的法子也不是那么容易了。

见沈望春听话躺下，萧雪睢又道：“把眼睛也闭上。”

沈望春却好像没听到一般，那双乌黑的眼睛瞪得好亮，一眨不眨地看着萧雪睢。萧雪睢同他对视了一眼，正要开口，听到他说：“萧雪睢，我总怕眼前的这一切都是我的一场梦，一醒来你又不在了。”

就像多年前的神墓下面，他以为自己至少抓到一点月亮了，可一错眼，就再找她不到了。

萧雪睢垂眸，轻声说：“当年是我不好。”

沈望春摇摇头：“与你无关。”

怎么会无关呢？

任何一个人都可以对沈望春说这句话，但是萧雪睢不可以。

他扬起嘴角，对萧雪睢说：“不要说这些了。”

那些岁月并不值得他们回首，比起过去，他更喜欢当下，只是当下又太过美好了，他总觉得不真实，就像随时会醒来的梦。

沈望春看着她欲言又止，犹豫几番，还是没有忍住，向萧雪睢问道：“你是真的喜欢我吗？”

“真的。”萧雪睢低下头看向他的眼睛，她认真地说道，没有丝毫敷衍。

“我喜欢你，沈望春。”萧雪睢俯下身，几乎要贴在沈望春的耳边，温热的气息厮磨过来。

沈望春听到自己的心脏“怦怦”跳动，擂鼓一般，就要冲破胸膛，而她似乎毫无察觉，还把那话又说了一遍。

“我喜欢你。”她说。

她的声音好像浸满甜蜜的汁水，淅淅沥沥落入沈望春的心田，那里开出大片大片的鲜艳花朵。

沈望春脸上的红晕褪去还没有半盏茶的工夫，现在一张脸连同两只耳朵，又红成一片。

萧雪睢无声地笑了一下，转身就要离开，沈望春下意识伸手拉住她的袖子，萧雪睢回看过来，他赶紧松开手，问她：“你要做什么去？”

萧雪睢回道：“看你又要哭了，我去找张干净的帕子来。”

“我没有，”沈望春连忙澄清道，“我没那么爱哭。”

他在幽冥狱中那么多年，真正落泪的次数，怕是一只手都能数得过来。

萧雪睢“嗯”了一声，附和他说：“只是眼睛进沙子了。”

沈望春：“……”萧雪睢好像在哄小孩子呀。

“好了，我不去了，你快睡吧。”她又说。

这下更像了。

沈望春盯着萧雪睢看了一会儿，她站在床边俯身吹灭烛火，似乎确实没有要离开的意思。沈望春动了动唇，低声问她：“你晚上不休息的吗？”

他既不想萧雪睢离开，也不想她这么一直守在自己身边。

可是萧雪睢道：“我今晚留在这里打坐。”

沈望春还想再说点什么，却被萧雪睢抢先道：“赶紧睡吧，有事叫我。”

沈望春躺下来，看萧雪睢走到宫殿中央盘膝坐下，然后一挥手，便将殿内所有的烛火都熄灭了。

偌大的宫殿瞬间陷入黑暗当中，四周静悄悄的一片，连呼吸声都不大能听见。

沈望春老老实实躺在榻上，不久前萧雪睢说的那一句“我喜欢你”，到现在都还在他的脑海里回响，这让他怎么睡得着？

沈望春觉得过去的时间已经有一个冬天那样漫长，可不知是怎么回事，魔界的夜晚还没结束，也许今天是个阴天，所以即使一夜过去，太阳也没有出来。

外面的风停了，一点声音都不剩下，像是冬日里落满雪的寂静长街，万籁俱寂。

似乎又过了很长的一段时间，沈望春再也忍不住，轻轻翻了个身，然后偷偷睁开眼，看看萧雪睢是不是还在这里。

微弱的月光透过窗纱在地面上留下一块轻薄光影，正极力要够到她的裙摆。萧雪睢端坐在那里，脊背挺直，双眸闭合。

沈望春微眯着眼看她，似乎是怕自己的目光惊扰到她。

只是他一睁眼，萧雪睢便察觉到了，本以为他会有什么事，结果他就这么静静看着她，若是她一直不出声，估计他能看到明天早上。

萧雪睢睁开眼，转头看过去，问他：“沈望春，你为什么还不睡？”

沈望春脸上多了一丝被抓包的尴尬，他抿了抿唇，问她：“萧雪睢，你以后有什么打算吗？”

萧雪睢回问：“哪方面的？”

“你想留在魔界吗？”沈望春问她。

萧雪睢道：“应当不会。”

对此沈望春毫不意外，他本来也没想着要与萧雪睢一直留在魔界里，他问：

“你喜欢什么地方？我可以让陆鞅提前去置办几处房产。”

萧雪睢道：“到时候再说吧，先把你的伤养好。”

沈望春“哦”了一声，他沉默了一会儿，又问：“萧雪睢，以后我们会成亲吗？”

萧雪睢反问他：“为什么不会？”

沈望春一下子没控制好表情，又傻笑起来，不过好在很快反应过来，咳了一声掩饰过去，问她：“那成亲的时候会邀请宾客来吗？”

萧雪睢道：“如果你想的话，可以。”

沈望春想了想，又低声说：“我担心，他们知道了，会说你。”

毕竟他是个魔族。

萧雪睢却不以为意：“他们现在也没少说，快睡吧。”

她说完后，沈望春好长一段时间没有开口，只是直勾勾地看着她。

萧雪睢问：“还有什么事？”

沈望春试探性地问她：“我以后能叫你阿雪吗？”

萧雪睢一愣，没想到沈望春会问这个，同她比较亲近的好友和长辈都是叫她“雪睢”的，叫“阿雪”的倒是第一个，但这也没什么不可以的。

“可以。”萧雪睢道。

“那……”

沈望春还想再说，却被萧雪睢直接打断：“睡觉。”

沈望春“哦”了一声，闭上眼睛，此前脑子里一直回荡的萧雪睢那句“我喜欢你”终于听不到了，但却变成了自己在那里“阿雪、阿雪、阿雪”地叫个不停，以至于到最后还叫出声来：“阿雪……”

“什么事？”

“……没事，”沈望春大概也觉得自己好像有点过于闹人了，没什么底气地说，“就想叫叫你。”

萧雪睢颇有些无奈地道：“快睡吧。”

只是沈望春哪里睡得着，多年的美梦在这一晚终于成真，他兴奋得连发丝都恨不得能飞舞起来，在榻上闭着眼睛酝酿大半天，还是没有半分睡意。

于是，他的眼睛又亮起来，然而刚要开口，就听到萧雪睢平静地道：“沈望春，你再睡不着就起来双修吧。”

黑暗中，沈望春感觉自己整个人都要烧起来，从头红到了脚，像是只煮熟的虾子。他赶紧捞起毯子，直蒙到头顶，对萧雪睢：“我睡了。”

萧雪睢抬眸看他，莞尔。

第十五章 圆满

雪落春山

1

沈望春不记得后来自己是怎么睡着的，再醒来时，已经是第二天的晌午。

他坐起身，环顾殿内，却不见萧雪睢的身影。沈望春望着门口，在榻上呆坐了一会儿，表情从刚醒来时的欣喜，渐渐变成茫然，还夹杂着一丝不易被察觉的惶恐。

他实在是怕昨晚听到的那一声声喜欢，到头来是一场黄粱美梦，梦醒之后，一切如旧。

沈望春低下头，看着空荡荡的双手，好像找不到一点不是梦的证据。

殿门“吱嘎”一声，突然被人从外面推开，一缕凉风吹起浅黄的纱帐，沈望春抬头看去，萧雪睢一身浅蓝长裙，一部分头发高高盘起，仅用了一支木簪固定，余下的披在脑后。

她背光站在门口，该是高高在上的九天神女。

萧雪睢抬头与他对视一眼，而后关上身后的殿门，向他走来。

“什么时候醒的？”她走到床边，右手很自然地搭在沈望春的手腕上。

沈望春的一双眼睛几乎要粘在她的身上，他回答说：“醒了没多久，你干什么去了？”

萧雪睢回答道：“去看了看阿砚身上的伤。”

“怎么样？严重吗？”沈望春忙问道。

“已经没事了，吃两粒丹药很快就好。”说到这里，萧雪睢顿了一顿，道，“我听阿砚说，那天你还帮他挡了一剑。”

沈望春有些不自在地低下头，小声说：“这有什么好说的。”

那还有什么是该说的呢？

萧雪雎心中暗叹了一声，沈望春不想说这个，她也不会故意逆他的意，问道：“比昨晚好多了，要出去走走吗？”

“好呀。”沈望春点头道。

萧雪雎收回手，正要起身给他取件衣服来，却又被沈望春一把抓住。萧雪雎抬眸向他看来，目光中带着两分困惑，问他：“怎么了？哪里不舒服吗？”

沈望春摇了摇头，嘴唇翕动，过了好久才唤出一声：“阿雪……”

萧雪雎“嗯”了一声，对他说：“不是梦，我在这里。”

于是沈望春笑了起来，抬起双臂抱住萧雪雎，她是真实的、温热的、鲜活的，她就在他的怀中。

沈望春的一颗心好像在这一刻终于安定下来，千山万水，得见归途。

萧雪雎愣了一会儿，缓缓抬起手，回抱住他。

天边的重重乌云被撕出一道窄窄的口子，一束金色暖阳顺着那缝隙流淌下来，滴落在幽冥宫的残垣断壁间。

魔界中建筑毁了重建都是常事，当日赤勒滩与万刃城的魔族大举来犯，望乡城被毁了七七八八，如今过去不过两月，这座城池已然焕然一新。

只是在那场大战中死去的魔族，大多无法回来了。

受陆鞅征召来到幽冥宫做工的魔族们，一边慢吞吞地打着地基，一边窃窃私语打听魔君的情况，他们很想知道接下来望乡城会落入谁的手中。

都说沈望春在那场大战中伤得极重，多半是活不了，在魔界这等恶劣的环境中，重伤的魔君要么自然病死，要么被人锤死，一般情况下，不会再有第三种可能了。

但怪就怪在这里，这么长时间过去，他们既没有等到沈望春康复，也没有等到新魔君登基的消息，望乡城的未来实在是很让人揪心。

按理说，那日最后的胜者是很明显的，但总不能让萧雪雎做他们望乡城的新任魔君吧？

好像也不是不可以，说出去还挺酷的。

陆鞅过来的时候正好听到他们的各种梦话，他在他们身后站了一会儿，听他们在那里胡言乱语，忍不住冷笑一声。正聊得起劲儿的魔族们身体瞬间僵硬，机械地转过头去，看到来人是陆鞅，又纷纷松了一口气。

他们知道他脾气好，对着他讨好地笑笑，问他魔君现在怎么样了。

陆鞅冷着一张脸训斥道：“干好你们的活，君上的事少打听！”

魔族们忙灰溜溜地干活去了。

沈望春牵着萧雪睢的手，沿着黑河慢慢地走，他与她说起夏日里岳阳城外的接天莲叶，说起庙会时人头攒动摩肩接踵的盛况，还说起他小时候买下的几处宅子、古董字画……

而关于那些年他追着萧雪睢从岳阳城到白凤山，从神墓到幽冥狱的故事，都被他刻意忽略，始终没有提起。

萧雪睢在旁边安静地倾听。

萧瑟秋风起，在陆鞅的监工督促下，幽冥宫以一种不可想象的速度重建完成。

幽冥宫建成的那日，魂魄彻底稳固下来的沈望春终于出现在众人面前，魔族们看到他，心里都默默感叹一声，君上居然真的没死呀。

但他身边的萧雪睢是怎么回事？居然没有趁着他们君上虚弱，宰了他们君上？

这个世界真是越发让人看不明白了。

魔族们被陆鞅清退出幽冥宫后，这里又来了一位不速之客，正是秦弈，他是来找萧雪睢的。

来时的路上他听说萧雪睢在幽冥宫还不敢相信，现下亲眼见到她，才不得不信了。

萧雪睢干吗要留在这种地方？只是没等他问出口，萧雪睢先开口问了他的来意。

庭间秋叶飘零，漫天飞舞，像是一群灰色的蝶，秦弈抬手摸了摸头，有些不好意思地道：“馥然不见了，我来这儿找她。”

萧雪睢问他：“她怎么会到魔界来？”

秦弈摇头：“是被魔族给挟持来的，我一路追踪到这里就没了消息，知道你在这里，所以想过来问问。”

当然也不仅是为了姬馥然，只是他的一番心思还不好对萧雪睢明说。

萧雪睢问他：“魔族挟持姬馥然做什么？”

秦弈叹了口气，答道：“我手上有一份魔界宝藏的地图，不知怎么回事被魔族知道了，他们用她威胁我把地图交出去，地图我给出去了，但他们没有放人。”

他们还耍了秦弈一通，这话他当然不会跟萧雪睢说。

萧雪睢回头看了眼身后宫门，点点头，对他说：“我知道了，我会帮你注意的。”

秦弈手上有那份地图的复刻版，大概知道那些人会往什么地方去，目前他还有些纠结要不要告诉萧雪睢，邀她跟自己同往。

“谢谢你，雪睢。”秦弈一脸郑重地说，“我听说了千纵峰的事，你的修为应该完全恢复了吧？你还要继续留在魔界吗？”

萧雪睢又回头看了一眼，对秦弈敷衍道：“看情况，你快去找姬姑娘吧。”

秦弈大概察觉到萧雪睢的心不在焉，忙解释说：“你不要误会，我与馥然，我们只是朋友。”

萧雪睢淡淡道：“我没有误会，你不必同我解释。”

秦弈张开嘴刚想再说点什么证明自己的清白，一抬眼却见望乡城的那位魔君一身玄色华服从宫门后走出，玉佩琼琚，轩然霞举，风姿无双。

他见到萧雪睢立刻扬起笑脸，只是余光瞥见秦弈，那笑容又僵了一僵。他快步走来，然后十分自然地握住萧雪睢的手，靠在她的耳边轻声亲昵地问：“阿雪，你们在说什么？”

他声音不高，但秦弈却能听得清清楚楚。

他说什么其实不重要，重要的是，他凭什么牵萧雪睢的手，又凭什么贴在她耳边说话？

而且，萧雪睢竟然还没一剑结果了他！

萧雪睢侧头看向沈望春，顺便抬手帮他把头上玉冠正了正，道：“没什么，他来询问姬馥然的消息。”

沈望春点点头，看着秦弈意味深长地“哦”了一声，问：“姬馥然就是他的那位红颜知己吧？”

秦弈：“……”

“不是，萧雪睢，你与他……你们……”秦弈一时间都不知道该从哪里说起，最后从牙关里挤出一句，“你们现在是什么关系？”

沈望春将自己与萧雪睢十指紧扣的手举到秦弈面前，晃了晃，问他：“看不出来吗？”

萧雪睢也任由他炫耀着，眉眼含笑。

2

秦弈一时惊得瞠目结舌，若不是当着萧雪睢和沈望春这两人的面，他都想狠狠掐上自己一把，看看自己是不是出现了幻觉。

他低头看着两人十指紧扣的手，又看了看萧雪睢那张向来冷若冰霜的脸，希望能看出什么破绽来，证明眼前的人并不是萧雪睢。

但结果却令他失望，眼前的人确实是萧雪睢。

她是被沈望春下蛊了不成？

好像也没有啊。

半晌过去，秦弈对着萧雪睢终于问出一句："是我昏了头眼花了，还是萧雪睢你疯了？"

萧雪睢并没有回答他的问题，只是淡淡说道："秦弈，你该去找姬姑娘了。"

秦弈知道萧雪睢的性格，她做了决定，无论自己说什么她都不会更改的，从前他们关系最为亲密的时候尚且如此，现在不会比那时更好了。

可秦弈思来想去还是忍不住，他不能眼睁睁地看着她跳进火坑里，他沉声提醒说："萧雪睢，你可想清楚了，他是望乡城的魔君。"

沈望春张开嘴，想要反驳，然而心中没有底气，毕竟他的这个身份的确是不太光彩的。

"那又如何？"萧雪睢反问。

"如何？"秦弈眉头皱得快要能夹死苍蝇，他恨铁不成钢地看着萧雪睢，"萧雪睢，你是真的不懂，还是装的？"

萧雪睢只觉得秦弈很没必要，她知道他在担心什么，可这与他并无关系，萧雪睢也不欲与他有更多的牵扯，只冷淡道："秦弈，你应该走了。"

萧雪睢都说得如此直接了，秦弈也不会厚着脸皮在这里赖下去，他就是多余来这一趟，亏他还担心萧雪睢是被迫留在魔界中的。

"好！萧雪睢，你——"他本想说"萧雪睢你别后悔"，只是到最后，他还是将到了嘴边的狠话咽了回去。

他冷哼一声，拂袖而去，他的身影很快就从幽冥宫中消失。

秦弈离开后，沈望春侧头看着萧雪睢，两三片微黄的叶子被风吹落，辗转飘转到他的脚下，他低头看着那落叶，小声对萧雪睢说："你要是不喜欢，这魔君我不做了。"

本来他也没多喜欢做这个魔君。

只能说一切都是巧合，是那望乡城的前任魔君自己找死，撞到他面前，他杀了老魔君，那些魔族便自动奉他为新魔君。

"这些不重要。"萧雪睢说。

"不重要吗？"沈望春轻声重复她的话。

萧雪睢"嗯"了一声，后退了半步，将眼前的沈望春从头到脚扫了一遍，没有说话。

沈望春奇怪她怎么突然这样看着自己，正当他以为是自己身上哪里有问题的时候，忽然听到她说："你今天穿这身很好看。"

“啊？是吗？”沈望春嘴角情不自禁地上扬起来，他的脸颊慢慢染上一层薄薄的绯红。

“怎么突然说这样的话？”他的耳朵红红的，很不习惯萧雪睢这样夸赞自己，甚至想要找块帕子把自己的脸蒙上。

虽然萧雪睢没有说谎，这身玄色长袍衬得他比平日里更有威仪，长发如墨，萧萧肃肃，只是他这一笑起来，就多了几分傻气。

“因为确实是这样的，”萧雪睢抬手，摘下他肩头的落叶，对他说，“想问什么就问吧。”

沈望春抬头疑惑地看着她，一时想不明白她怎么会说这样的话，他说：“我没什么想问的。”

“是吗？”萧雪睢问他。

沈望春看着萧雪睢平静的双眸，心脏好似被猫爪挠了一下，他轻叹一口气，承认道：“好吧，你跟秦弈……”

他的话音停住，看了看萧雪睢，似乎不知道要怎么说下面的话。

萧雪睢问：“我跟秦弈怎么了？”

沈望春抿了抿唇，回答说：“当年他们说，你是因为秦弈，才取消了与唐云承的婚约。”

说完后，他脑子一抽，居然又补充了一句：“我不是吃醋。”

萧雪睢忍不住笑了声，对沈望春道：“不是，唐云承对我师父出言不逊，正好被阿砚听到了，便有了之后的事。”

唐云承果然该死，沈望春突然觉得自己那天晚上下手还是轻了些，他又问道：“那如果没有这桩事，以后你会与唐云承成亲吗？”

“应当也不会吧，”萧雪睢说，“本来就是长辈们的玩笑话。”

“唐云承怕是不这么认为的。”沈望春说完觉得自己这话听起来酸溜溜的，如今不管是唐云承还是秦弈，都没有机会了，他这般着实不太应该。

他该做个大度的男人。

于是这个大度的男人又问道：“那你与秦弈是怎么认识的？”

他们自然是在白凤山上的试剑台上认识的，沈望春真正想知道的必然不是这个，至于后来……

后来便是在神墓下的秘境里了，她和秦弈两人被困在里面，那时她的眼睛还没有完全好，日夜相对，之间难免生出些非比寻常的情谊来。

秘境与现实中的时间流速不一致，他们以为已经过去了大半年，事实上，人间过去的不过是三两日。

从秘境中出来后，她又同秦弈结伴料理了修真界的几桩心病，这一路上，她也看清自己与秦弈并不合适，他们也许可以做个普通朋友，但秦弈明显不是这样想的，那就连普通的朋友也做不成了。

所以到后来就渐渐地疏远了。

这些事没有哪里是不能说的，沈望春要问，她便与他说个清楚。

只是当年神墓下面，终究是她对不起他。

她怎么想得到呢？

会有那么一个人，与她非亲非故，却为她跋涉千万里，赴刀山火海，九死不悔。

萧雪睢抬起手，轻轻落在沈望春的面颊上。

沈望春不解她为何突然做出这样的动作，但动作比大脑快了一步，下意识地先蹭了蹭她的掌心。

萧雪睢轻笑，问道：“还有其他要问的吗？”

沈望春抬眸看她，眉眼间的笑意恍若化作融融春光，星星点点散落进他的心里，他觉得，一切都不必再说了。

于是沈望春摇摇头。

下午，萧雪睢前往阆风阁，独留沈望春一个人坐在檐下，仰头望着头顶盘旋的灰色大鸟。他挥一挥手，那十三只大鸟便挥起翅膀，飞向远方。

几朵落花随风飘到他的脚下，沈望春拾起一朵，百无聊赖地放在手中赏玩。

陆鞅过来的时候，就看到他们君上一边扯去花瓣，一边嘟囔着：“阿雪今天回来，阿雪今天不回来……”

陆鞅嘴角抽了抽，严重怀疑萧雪睢在复活他们君上的时候少了两道程序。

萧雪睢是在两日后才返回望乡城的，因为中途还去了一趟赤勒滩，不过她每日都会给沈望春飞来至少一只传音的纸鹤。

回到幽冥宫的时候，已经是月上中天，这一路上都没有看到沈望春，直到她来到往日居住的寝宫，才发现沈望春正跪在寝殿中央，披头散发，一身黑色长袍也凌乱散开，他小声喃喃着：“哪儿去了？到哪儿去了？”

“沈望春？”萧雪睢开口叫他。

沈望春听到她的声音，抬起头来，猩红双目直直看向，涌动的泪光似血一般。

萧雪睢心头一紧，她猛地想起来，今日是十五，月圆之夜，她竟忘了他还有这个毛病了。

萧雪睢快步走到他面前，向他伸出手，想拉他起身。沈望春仰头看她，眯了眯眼，良久后，他缓缓握住她的手，然后一个用力，将完全没有防备的萧雪睢拉得一个踉跄，倒入他的怀中。

他低下头，凶狠地瞪着怀中的萧雪睢，像是要从她身上咬下一块肉来。

萧雪睢也由着他来，没有半点反抗，只是心里思索着他这病要如何治。

沈望春的脑子乱得很，一会儿是幽冥狱外她决绝离去的背影，一会儿又是她俯身吻在他的唇上。

他该怎么办？他该怎么办呢？

那些画面交错重叠，明明灭灭，幽冥狱里，百鬼号哭的声音逐渐将萧雪睢的声音尽数淹没。

不管怎样，他总是要报复她的。

他要狠狠地报复萧雪睢。

月光入户，沈望春看着怀中的萧雪睢，咧开嘴角。

他阴恻恻地笑了一声，仿佛已经预见到她被自己报复后的凄惨模样。

然后，他低下头，在萧雪睢的唇上轻轻啄了一口。

萧雪睢愣住。

他又啄了一口。

3

萧雪睢一怔，沈望春如水的眼睛里倒映着自己的影子。

他披散下来的长发拂过她的面颊，萧雪睢不禁想要知道，他现在是在想什么呢？

“沈望春……”她轻轻唤着他的名字。

沈望春低头看她，随即歪了歪头，疑惑为什么自己都报复了萧雪睢，她看起来好像一点都不难过。

他还能怎样报复她呢？

他究竟要怎样去做，才能让脑海中百鬼的哭号停下，得到一丝安宁？

沈望春的眼睛上蒙着一层薄薄的水雾，仿佛一眨眼，就会有眼泪落下。

明明是要报复萧雪睢的，怎么到最后要哭出来的却是他？

沈望春深深凝望着眼前的萧雪睢，他不明白，为什么到了这个时候，他还是不快活。

他低下头，脑袋埋在萧雪睢的脖颈间，然后张开嘴，他该狠狠地咬上一口，让她皮肉绽开，流出鲜血，让她和自己一样痛苦，也许他就能好起来了。

他的牙齿在那处皮肉上磨了很久，到最后也没能咬下，他发出一声低低的呜咽，像一只绝望的小兽。

萧雪睢许久没有见到他这副模样了，过去她总不明白他为何会这样，如今全都明白了，于是心脏只剩下钝钝的疼。

他在幽冥狱里的那十年，究竟是怎样度过的？才能让岳阳城里那个不知愁苦的少年，变成现在这副模样。

萧雪睢抬起手，搂着他的脖子。

一声浅浅的叹息在宫殿里荡开，像是风过千山，吹起湖面层层涟漪。

寝殿之内一片黑暗，柔软的纱帐无声飘舞，有灯盏亮起，烛火摇曳几下，又骤然熄灭。

星河流转，月落日升。

待沈望春彻底清醒过来，已经是第二日的中午，这日不巧是个阴天，人间的天空都是灰沉沉的，魔界就更阴沉了，沈望春刚醒来时一度以为还是夜晚。

沈望春按了按额角，对于昨晚发生了什么他竟是一点都不记得了。

向来如此。

萧雪睢端着一碗汤药推门进来，沈望春抬头看她，小心问道："昨晚……昨晚我没伤到你吧？"

"没有。"萧雪睢说。

沈望春又将她打量几番，却实在看不出什么异常来，他心中暗叹一声，自己这个毛病怕是好不了，他对萧雪睢道："以后再看到我发疯，就别管我了。"

过去的许多时候，都是他一个人过来的，没什么不可以的，萧雪睢陪在他身边，他反而要担心，他实在怕他昏了头，控制不住自己伤到她。

"怎么可能不管你呢？况且，也不算是发疯。"萧雪睢一边说，一边把手中汤药送到沈望春面前，沈望春接过后，也没问问这药是干什么的，直接仰起头一饮而尽。

萧雪睢垂眸，见那碗中干干净净，一滴也不剩下，她又撩开眼睑，看着沈望春，默不作声。

沈望春被她看得有点发毛，问她："怎么了？这药有什么不对吗？"

萧雪睢问道："沈望春，你味觉是不是……"

沈望春表情微僵，怎么也没想到萧雪睢要与他说这个，随即他敛去脸上的异色，恢复如常，淡定自若道："没事。"

萧雪睢却没有错过他的表情变化，又问他："是在幽冥狱里落下的？"

沈望春只说："真没事，我现在这样不是挺好的吗？"

萧雪睢却根本不理他，继续问道："多久了？"

"有些年了吧，不记得了，"见萧雪睢还要继续问下去，沈望春又开始顾左右而言他，他问，“我听陆鞅说，他从人间移来的荷花都开了，等会儿我们过去看看怎么样？”

萧雪睢道：“等我把手上的这桩事了了，找大夫来给你看看。”

沈望春一听这话，赶忙问她：“还有什么事？”

萧雪睢道：“明日我要去一趟九头山。”

九头山处在魔界的西北方，是一座多年不曾喷发过的火山，山上黑漆漆的一片，寸草不生。

沈望春追问：“你去九头山做什么？”

没等萧雪睢回答，沈望春又问她：“你是要去找秦弈吗？”

萧雪睢把药碗放到不远处的矮柜上，回头看了沈望春一眼，有些疑惑，对他说：“这么说也可以，不过主要是为了找姬馥然。”

沈望春是在萧雪睢和秦弈口中听说过姬馥然这个人的，对她并没有太多了解，只是从秦弈的只言片语中隐隐察觉到，后来萧雪睢与秦弈之间渐行渐远，同这个姬馥然也有些关系。

如此看来，姬馥然真是个大好人！

沈望春问道：“她怎么了？”

萧雪睢没有回答他的问题，反而问他：“你见过赤勒滩的魔君吗？”

沈望春摇头，脑子一转，差不多就明白萧雪睢话中的含义，他问：“你怀疑她是赤勒滩的魔君？”

萧雪睢点点头，道：“孟逐音给了我一些消息，正好与她对得上，眼下她被人挟持，可能也是在故意设局，引秦弈上钩。”

“目的是什么？”沈望春问。

如果对方只想捉弄秦弈，他们完全没必要去管这事，说不好是人家小两口的情趣，总不可能是萧雪睢对秦弈旧情难忘吧。

那必然不可能。

哪有什么旧情！

沈望春眼睛一眨不眨地看向萧雪睢，萧雪睢道：“秦弈手上的那张藏宝图不仅是一张藏宝图，孟逐音分析，那上面很有可能还记载了上古天魔的葬身之地，若去到那里，就可以得到天魔残余的力量。”

若真有魔族得到这份力量，到时候处理起来怕是会更加棘手。

可如果姬馥然真的是赤勒滩的魔君，那必然不会是个好对付的角色，秦弈又向来缺心眼，到时候还不一定会偏向谁。

沈望春思来想去，总觉得不能让萧雪睢孤身前往，他的修为虽然没有完全恢复，但是紧急关头还是能顶一顶用的，便道："那确实要去看看了，我要跟你一起去。"

"你现在……"萧雪睢其实是不想沈望春跟自己一起去涉险的，她担心到时自己会无暇顾及他。

但是依着沈望春的性子，自己不同意，他说不定还要偷偷跟上去，倒不如让他在自己眼前。

"好吧。"萧雪睢道，她顿了一顿，又嘱咐沈望春说，"到了九头山，无论遇见什么事，不要逞强。"

沈望春想，这话应该是他对萧雪睢说才是，他可不会在众人围攻下还抽去自己的剑骨，更不会迎上满天雷电，重铸道骨。

若是让陆鞅听到沈望春的这番腹诽，怕是得好好问一问他：不会吗？

不会个屁啊！

可惜陆鞅不在现场，而萧雪睢话锋一转，忽然问道："你怎么知道我去九头山是找秦弈的？"

沈望春一愣，他半张开唇："啊……这个……"

萧雪睢看着他，也不催他，沈望春自知避不开，这个问题总要回答，道了一声："好吧。"

他从床上起身，来到寝宫外面，对萧雪睢道："你看天上。"

萧雪睢仰起头，顺着沈望春手指的方向看去，只见十余只灰色的大鸟张开翅膀，飞快地掠过阴暗长空，留下一道道残影。

"是它们告诉我的。"沈望春说。

萧雪睢仰头看着那些大鸟，她长久地沉默着，沈望春以为她不喜欢这些鸟，抿了抿唇，同她道："要是你不想见到它们，我就把它们都放了。"

萧雪睢终于开了口，只不过她说的却是另一桩事，她说："阿砚带我逃出青霄宗后，好像在路上看到过它们。"

黑云压城，那些大鸟在云层间来回穿梭，洒下点点流金，像是时光里掉落的斑驳碎片。

沈望春转头看着萧雪睢的侧脸，长风拂过，有雨丝飘落，远山没入一片氤氲中。

良久后，他轻声答道："是的。"

4

九头山上，满目焦土，嶙峋的怪石沉默地蛰伏在山麓，千年万年，屹立不倒。

沈望春走在萧雪睢的身侧，他一边看着萧雪睢，一边偷偷牵起她的手来。

萧雪睢侧头回看了他一眼，没有说话，只反手握住他的手。

沈望春的嘴角情不自禁地上扬起来，他们快步向山上走去，一路上，沈望春都留意着四处的痕迹。将到山顶时，他对萧雪睢道："有人来过这里了。"

萧雪睢"嗯"了一声，从地上的脚印来看，在他们之前，至少来过两伙人，先是姬馥然等人，之后又是秦弈，或许还有别的什么人，只是眼下他们还不知晓。

来到山顶，沈望春极目远眺，一轮昏然的红日浮在远处波光粼粼的海面上。他问道："我们现在要到哪里找姬馥然？"

在找人这方面，萧雪睢的经验比起沈望春还是要丰富些的，只要有人经过，就总会留下痕迹的，况且秦弈是后来者，他不会想到要毁去这些痕迹。

沈望春跟在她后面，一时好像也帮不上什么忙。萧雪睢迅速从一堆乱石中找到入口，回头看向沈望春，还没开口，就听沈望春道："我跟你一起去。"

萧雪睢道："那走吧。"

山洞狭窄，一次只能容得一人通过，沈望春本想走在前面，却被萧雪睢一把拉到身后。

他嘴唇微动，最后还是一句话都没有，老老实实地跟在她的后面，往山洞深处走去。

山洞里漆黑一片，萧雪睢不知从哪里变来一盏灯火，提在手中，沈望春默默跟在她的身后，看着她的背影，他无端想起许多年前，她提着灯从城外走来，身后跟随了无数的百姓。

那时他倚在门边，偷偷看她，多希望自己也能走在她身后的人群里。

如今也算是达成了当年的心愿，而且这一回萧雪睢身后只有他一人。

"笑什么呢？"走在前面的萧雪睢忽然出声问他。

沈望春这才意识到自己是笑出了声，他忙道："没什么。"

说完后又觉得自己的这个回答似乎有些敷衍，跟了一句："想起一些过去的事。"

于是萧雪睢问他："什么事？"

沈望春有些犹豫要不要说，只是在萧雪睢又问了一遍后，还是说了出来。

过去的很多时候，他都是那样站在人群里仰望着她，他也没有其他的妄想，萧雪睢可以永远这样被人簇拥着、崇敬着，而他就这样平凡地度过一生，也没什么不好。

只是，世间种种机缘巧合，又岂是凡人可以琢磨得透的。

萧雪睢轻轻叹了口气，正要开口，就听见沈望春说："你不要说抱歉，这些本就与你无关。”

她要说的倒不是这个，时隔多年，抱歉的话说得再多也无用了，她说：“前面的路不太好走，你小心些。”

沈望春“哦”了一声，脸颊有些微微发热，他低头注意脚下，问她：“阿雪，待这桩事了了，你想好要做什么吗？”

他顿了一顿，继续道：“你是要留在望乡城，还是回青霄宗去？”

虽然之前萧雪睢被任淮生逐出青霄宗，可如今真相大白于天下，任淮生身败名裂，他发出的命令，应当也算不得数了。

萧雪睢道：“暂时还没有想好，前段时间青霄宗的确是传了信给我，让我回去。”

“你要回去吗？”沈望春紧张地问，她若是要回青霄宗，自己这个魔君总不太好跟着一同前往，很容易被人打出来。

到时他们就只能私会了。

萧雪睢答道：“再说吧。”

她也知道沈望春会担心什么，所以在说完上面那句后，紧跟了一句：“若是回去，会带着你一起回去的。”

沈望春眼睛一亮，随即又推辞说：“不太好吧。”

其实他心里觉得好得不得了，他恨不得跟魔界和修真界的每个人炫耀他与萧雪睢在一起了，只是又担心旁人会说些不好听的，让她心烦。

“没什么不好的。”萧雪睢说。

她不是没被人说过与魔族勾结，说来说去也就那样，无甚要紧。

山洞里的机关被秦弈毁得七七八八，除却两侧石壁滚下的碎石，走起来还是比较轻松的。

直到他们走到一座高大的石门前，石门紧闭，是条死路，萧雪睢抬手在石壁上敲了两下，回头对沈望春说：“往后些。”

沈望春听话地连退了六七步，问她：“这里可以吗？”

萧雪睢估算了下距离，“嗯”了一声，然后亮出手中悬光剑，对着石门猛地劈下。只听“轰”的一声巨响，石门上出现数道裂纹，又一剑落，石门崩裂，“哗啦啦”地碎了一地。

逼仄的空间充满烟尘，沈望春屏息走来，石门那侧是一条长长的吊桥，吊桥之下是深不见底的万丈深渊，两岸石壁泛起诡异的红光，似有熊熊烈火燃烧，而在对岸，无数诡谲植物无风起舞。

萧雪睢对沈望春伸出手，沈望春立刻将自己的手交过去。

与此同时，九头山的山腹之中，秦弈被人五花大绑，放在祭坛中央，他脸色苍白，嘴角溢出鲜血，仰头看着面前的女子，皱眉道：“馥然，你这是做什么呀？”

姬馥然一身红衣如火，笑靥如花道：“笨蛋，我做什么，你现在还猜不出吗？”

往日里听到姬馥然叫自己“笨蛋”，秦弈只当是她对自己的爱称，如今才听出这明明就是嘲讽。

自己为了手里这张藏宝图奔波数载，到头来，却是被她耍得团团转。

“秦弈，我是很喜欢你的，但眼下只有你的血才能开启这血魔阵，”姬馥然挑起秦弈的下巴，端详几番，有些不舍道，“但是你放心，你死以后，我一定会为你服丧三年的，算是报答你了。”

秦弈瞪着她道：“姬馥然，你当真如此狠心？”

姬馥然蹙眉道：“我也不想的，可是没有办法，我想做这魔界之主，只能如此了，劳烦你为我死上一死咯。”

正在此时，身后传来长剑破空之声，姬馥然转过头来，就见守在外面的几个下属被人一脚踹了进来。

她倏地起身，见一雪白衣角翻飞，随后一男一女并肩走了进来，姬馥然眯了眯眼，叫道：“萧雪睢？”

“是。”萧雪睢语气平淡地道。

随后姬馥然的目光又移到萧雪睢身旁的沈望春身上，问道：“这位便是望乡城的魔君吧？”

不等沈望春回答，姬馥然自己已有了回答，她感慨地说：“真没想到呀，堂堂望乡城的魔君，居然甘愿做萧雪睢身边的一条狗。”

她这样说，沈望春也不恼，只说：“本座也没想到，赤勒滩的魔君原来会是阁下。”

他看向秦弈，“啧”了一声，感慨地说：“看样子，秦道友大概也是没想到的吧。”

秦弈：“……”这个时候就不必提起他了吧。

姬馥然登时咯咯娇笑起来，她垂眸看了秦弈一眼，脸上的笑意又添几分，道：“我可要多谢秦道友的信任啊。”

秦弈：“……”

萧雪睢抬步上前，手中悬光剑在墙壁上映出一道雪白的影子。

姬馥然歪着头，故作疑惑道：“萧姑娘，你今日为何会找到这里来？难不成是对秦道友旧情难忘？”

话是对萧雪睢说的，但姬馥然双眼看向的却是沈望春，并且摇摇头，似乎是为沈望春不值。

奈何沈望春没有半点反应，好像根本没听到姬馥然这话，姬馥然心下不禁有些恼火，他们魔界怎么就出了这么个不争气的魔君？实在魔界大大的不幸。

萧雪睢继续向她走来，姬馥然敛去唇边笑意，冷声道：“萧雪睢，这可是你自己来找死的。”

她知道萧雪睢的修为恢复了，先是在幽冥宫中诛灭上千魔头，后又到了青霄宗大出风头，这世间怕是鲜有人会是她的对手，但倘若她能借到天魔之力，萧雪睢又当如何？

姬馥然回头看了一眼祭坛上的秦弈，对他说：“现在可是你心心念念的萧姑娘急着想要你的性命，等你到了九泉之下可别怨我。”

秦弈怒目而视，咬牙骂出一句：“你放屁！”

姬馥然叹了口气，素手翻转，一柄寒气逼人的匕首出现在她掌中。她举起匕首猛地向秦弈的胸口刺去，秦弈死死瞪着她，眼睛一眨不眨。

预想中的疼痛并没有到来，只听“当”的一声，姬馥然手中的匕首被悬光剑拦下，火花迸射，散落四方。

姬馥然低头看着断裂在地上的匕首，勾起唇角微微一笑。九节鞭瞬间出现在她手中，她转身扬臂一挥，带着烈火的鞭子直向萧雪睢面门袭来。

萧雪睢不躲不闪，以悬光剑做格挡，与姬馥然缠斗在一起。

沈望春见这边自己插不上手，便打算将秦弈先解救出来，省得等会儿萧雪睢动起手来还得顾及他，只是他刚有所行动，就听到萧雪睢喝道：“别过去！”

沈望春登时停下脚步。

姬馥然见状，失望地叹了口气，低声道：“真是可惜呀，现在的我的确不是你的对手，但很快就不是这样了。”

四道白光如闪电般在众人眼前闪过，随即祭坛上的秦弈发出一声惨叫，鲜红的血从他的四肢汩汩涌出，沿着祭坛上的凹槽快速流淌，顷刻之间就将他身下的符文填满。

祭坛碎裂开来，发出刺耳的“轰隆”鸣响，一道血红光亮冲天而去，无尽妖魔乘着滚烫风浪，呼啸而来，吞噬一切。

姬馥然跳到祭坛前方，张开双臂，双目闭合，承受这来自上古天魔的巨大力量。

5

沈望春来到萧雪睢身边，看着她被火光照亮的侧脸，鸦羽般的睫羽微垂着，不知在想什么。

不过片刻，萧雪睢收回目光，握紧手中悬光剑，与其等到姬馥然将天魔残余力量全都吸收消化，为何不现在就动手呢？

悬光剑雪白剑身上似覆了一层冷冽霜雪，萧雪睢起身一跃，手中的剑直直向着姬馥然的脖颈砍去。

可惜这一剑未能彻底砍下，有一股无形的力量在保护姬馥然，萧雪睢毫不意外，只继续持剑向姬馥然各处要害刺去。

姬馥然没想到萧雪睢会在此时动手。萧雪睢剑术精妙，变化无穷，世间已少有人是她的对手，虽然一时要不了她的性命，但姬馥然也无法专心吸取这份天魔之力了，实在够叫人恼火的。

她仰头张口，发出一串诡异且刺耳的鸣叫，像是禽类将死时发出的最后一声悲鸣，又像是新生命来到世间后的第一声问询。随后众人耳边响起一片嘈杂的脚步声，顺着声音传来的方向看去，只见萧雪睢与沈望春来时的入口处已经挤满魔族。

赤勒滩上的魔族竟然全被姬馥然召唤至此。

不过，也不算什么，萧雪睢看了眼手中的悬光剑，前些时候，赤勒滩与万刃城联手攻打望乡城，数千魔族弹指间也都飞灰湮灭。

更遑论而今赤勒滩剩下的这些甚至比不得当日的，只是处理他们多少要耽误一二刻，这段时间也够姬馥然猛吸几口的。

沈望春伸手，白芒凝成一柄长剑出现在他的掌心，他转头看了萧雪睢一眼，对她道："外面的这些魔族我来处理吧。"

"能行吗？"萧雪睢不大放心地问道。

沈望春点点头，他的修为确实比不得从前了，但对付这些魔族应当不成问题。

当年在幽冥狱里，他的修为比现在要差劲许多，不也把那些妖魔残魂绞杀吞噬，没道理过了几年，反倒打杀不了这些杂鱼了。

沈望春提剑而去，杀入万千魔族当中。

无数狰狞的鬼脸猛地出现在萧雪睢面前，萧雪睢连眉头都没皱一下，悬光剑挥去，那些鬼脸就消散个干净，并有一道凛然剑光从姬馥然头顶穿过。

姬馥然心知这剑光伤不了她，却还是下意识避开，她咬了咬牙，道："萧雪睢，你欺人太甚——"

四周的烈火愈加猛烈，化为四条长龙，呼啸而过，姬馥然五官扭曲，长发飞舞，一身红衣仿佛要与烈火融在一起。

只听数道“轰隆”巨响，火龙骤然熄灭，天地昏暗，万物颠倒，成千上万的妖魔来到人间，放肆狂舞。与此同时，来自上古天魔的威压倾盖而下，恍若一块千钧重石压在萧雪睢的背上。

萧雪睢长身玉立，脊背倒是不曾被压弯分毫，只是再无法像之前那般来去自如。

黑暗中传来姬馥然的一声轻嗤，她恍若置身于上古天魔的殿堂之中，世人梦寐以求的力量对她来说不过是唾手可得之物。

然而当姬馥然抬手要好好享用这些力量的时候，却发现它们正以一种古怪的方式向另外一个方向流走。姬馥然疑惑地看去，然后她看到了沈望春。

他正和自己一样，在吞噬着这份天魔之力，而且他的速度似乎比自己快上许多。

到头来，自己这是为他人做了嫁衣？

姬馥然气得差点一个仰倒，沈望春察觉到她的目光，抬头看了她一眼，没有半点不好意思。

萧雪睢见此，放了心，干脆盘膝坐下调息。

姬馥然：“……”

她只觉得自己的太阳穴突突跳动，疼得厉害，出声道：“萧雪睢，我吞噬天魔之力，你要阻拦也就罢了，现在你看到了，沈望春也在吞噬天魔之力，你难不成就这么放任不管吗？”

沈望春动作一顿，有些僵硬地转过头，看向萧雪睢。萧雪睢睁开眼，正好对上他略微忐忑的目光，她“嗯”了一声，对姬馥然道：“我徇私。”

姬馥然满腹要嘲讽的话就这么被堵了回去，世人皆以为这位青霄宗大师姐大公无私、铁面无情，没想到她居然……居然能为沈望春如此！

更过分的是她说得还挺理直气壮。

姬馥然简直想骂人。

可眼下她的速度本就不及沈望春快，再耽搁下去，更是一点好处都捞不到了。

毕竟沈望春在幽冥狱中积累了丰富的经验，姬馥然与他相比，还是太嫩了。

赤勒滩的魔君，看来今日是要陨落在此了，下辈子投胎记得好好做人，出门前多看看皇历。

姬馥然心中清楚眼前的形势对自己大为不利，别说一统魔界了，她这条性命能不能保住都是两说，她得想个法子及时脱身。

可再多的办法，在绝对的实力面前都是无用的，只几招变化，姬馥然便被沈望春制服，被她吞噬的天魔之力源源不断进入沈望春的身体当中。

红颜白发，不过转瞬。

秦弈一醒来就看到姬馥然那张衰老的面庞，一时于心不忍，也忘了自己刚才差点在祭坛上丢了性命，动了动嘴唇，忍不住出声对萧雪睢道：“雪睢，你能不能饶了她——”

他话没说完，萧雪睢抬手在他后颈上拍了一下，秦弈应声而倒，脑袋“咚”的一声撞到石头上，听起来都疼。沈望春抬头看过来，萧雪睢淡淡说道：“他失血过多，脑子坏掉了，不用管他。”

沈望春嘴角立刻上扬起来，脸上都写满了开心。

姬馥然垂下头颅，红衣白发，最后不得善终。

昏暗的石室被照亮，染血的祭坛化为一堆废墟，一剑破空，无数魔族的尸身就此湮灭，露出一条通向外界的坦途。

这桩事，到最后竟然这么轻易就收了场。

萧雪睢收了剑，转头对沈望春道：“我们走吧。”

沈望春走过去，牵起她的手，脚步轻快地向外走去。

曲折昏暗的地道里，萧雪睢的声音空灵而缥缈，她问：“你的修为都恢复了？”

沈望春回答说：“差不多吧。”

结果萧雪睢继续问他：“那回去不用双修了？”

“啊……”沈望春沉默，随后又小声说，“……好像还有点问题，阿雪。”

“知道了。”

走出山洞，天色熹微，萧瑟寒风中竟夹杂了簌簌落雪。

而九头山这片荒芜的土地上不知何时生出一朵红白相间的小花，很快，更多的花木从地下钻出，连成一片，恍若山洪倾泻，向着山下奔涌而去，绚烂辉煌。

蓬转九万里，雪落春山上。

番外一　之后

双修这等事，沈望春是一点经验都没有的，虽然萧雪睢说她那里有一部双修的功法，但沈望春总不太好意思主动同她提起。

其实现在这样也是很好的，沈望春已经很满意了。

他着实没想到，自己带着一身风雪从外面回来，就看到萧雪睢身着一袭单衣盘膝坐在床上。

沈望春连忙捂住眼睛，后退几步，红着一张脸道：“我、我忘了敲门。”

他回自己的寝宫哪里还需要敲门，萧雪睢抬眸看了他一眼，对他说：“双修的功法在桌上，看一下。”

沈望春直接呆在原地，好一会儿才应了一声：“啊。”

他不是在做梦吧？还是他出现幻听了？

沈望春有些僵硬地转头，竟真看到萧雪睢说的那本双修功法。

他几乎是同手同脚地走过去，拿起那部功法，脑子里乱哄哄的一片，好像有几十个沈望春在一起激动号叫，根本无法静下心来阅读手上的这部功法。

萧雪睢见他大半天过去还停在第一页，问他：“怎么，看不懂吗？”

“不是……”沈望春微抿着唇，一张脸红得快要滴出血来。

萧雪睢同他道：“过来一起看吧。”

“我还是觉得……”有点快了，沈望春刚来到床边，后面的话没来得及说，萧雪睢一把扯过他的领口，将他整个人拉到床上。

……

沈望春月圆之夜发疯的毛病没好一点，之前发疯抱着萧雪睢哭，自从与萧雪睢双修过后，他倒是不哭了，换了个法子在床上发疯。

沈望春向来是比较温柔的，萧雪睢还是第一次见他这般，好像要将她整个人融入他的身体中去。

萧雪睢被撞得后背有些发疼，让他轻点，沈望春红着一双眼睛，“阿雪、阿雪”叫个不停。

见他听不进去，萧雪睢也放弃，由他折腾去了，反正也就这一晚上，很快就过去了。

不过没过多久，萧雪睢就有些后悔了，沈望春今晚实在是太能折腾了。

直到天亮，沈望春的动作渐缓，萧雪睢把被子往上一拉，昏昏沉沉地睡去。

等到沈望春清醒过来，一掀被子，就看到自己在萧雪睢身上留下的大片痕迹。

沈望春一惊，自己昨晚是何等的畜生啊，他忙偷偷下床，找来之前准备好的药膏，给她上药。

萧雪睢毕竟是修行之人，昨晚的事对她来说算不上什么，只是后来稍有些累，歇一会儿也就好了。

她醒来时，沈望春正将药膏抹到她的腰上，那里的指印清晰可见，见她醒了，与她对视了一眼，沈望春立即心虚地低下头去。

萧雪睢不冷不热地笑了一声。

沈望春的脑袋瞬间埋得更低了。

……

翌年春来，望乡城内居然也开了几枝桃花，萧雪睢陪着沈望春回了岳阳城，十几年过去，这里物是人非，早不是从前的模样。

沈家渐渐落败，沈家的人逃的逃、走的走，只剩下一座寂静的沈府，许久没人来打理。

沈望春推开沉重的大门，穿过长廊，带着萧雪睢来到他小时候居住的院子，然后从墙角的大树下挖了个箱子出来。

这么多年过去，这些东西居然还在这里。

打开箱子，里面除了古董字画，还有十多张地契，要是有一天，沈望春不做魔君了，也能回到老家做个富家翁。

“什么时候攒下的？”萧雪睢问。

“是我爹娘留给我的。”沈望春答道。

那个时候，沈家家主大概知道自己这个儿子天赋平平，日后难成大器，提前为他备好这些，免得他以后连生计都维持不下去。

阴差阳错，当年谁又能想到，那个在岳阳城里整日逗鸟遛狗的少年成了望乡城的魔君。

沈望春带着萧雪睢去了沈家的墓地，祭拜了他的父母。

萧雪睢上过香后，想了想，对他说："等来日，我带你去见我师父和师妹。"

沈望春顿时有些忧心，问道："他们会喜欢我吗？"

要是看不上他的话，会不会来他的梦里打他呀！

萧雪睢笑道："没事，我喜欢就行了。"

于是沈望春也笑起来。

……

从岳阳城回去没多久，青霄宗派了人来，想请萧雪睢回去主事。

自任淮生疯魔后，修真界中关于青霄宗的风言风语就一直没有断过，他们很需要一位能够服众的宗主，众位长老商量多日，一致认为这个宗主由萧雪睢来做最为合适。

萧雪睢明白对方的来意后倒是也没有推辞，只说："要我回去也可以，但我会带着沈望春一起。"

那长老表情一滞，问道："雪睢，你说的沈望春不会是望乡城的魔君吧？"

萧雪睢似乎完全不觉得自己这个要求有什么值得惊讶的，淡然道："是他。"

长老沉吟半天，最后说道："我回去与几位长老再商量一下吧。"

萧雪睢应了一声，本也没指望他们能一口答应下来。

只是，待半个月后，这位长老再来到幽冥宫，没能找到萧雪睢，倒是先撞到沈望春了。

沈望春见到他，一脸喜色地问道："你们怎么知道本座要与阿雪成亲？"

长老人都傻了。

上次还只是说要带沈望春一起回青霄宗。

这次就要成亲了？

他们哪里知道了？

他们不知道啊！

番外二 眷侣

鲜红的血从她的身体里滴滴答答落下，在水面上晕染开，顺着天河缓慢漂向了远方。

那三十二颗赤炎钉打入她的体内，相思夜也跟着一同发作，她仰头倒进冰冷刺骨的天河水中，下沉、下沉，不断地下沉，河底放置了成百上千的黑色坛子，她在那些坛子里，看到了沈望春苍白而绝望的脸。

他在轻声叫着："阿雪、阿雪……"

萧雪睢从梦中醒来，房间里一片寂静，皎洁的月光透过窗纱倾洒进来，桌上的烛台仿佛被涂了层闪亮的银漆。

她侧过头，沈望春就睡在她的身边。

萧雪睢静静地看着他，半晌后，她伸出手，轻轻抚过他俊朗的眉眼。

望乡城……沈望春……

那些久远的记忆在她的眼前缓缓浮现，带着野菊花微微的苦涩。

幽冥宫里深蓝色的烛火无声地跳动，奇异的香气弥漫在宫殿里的每个角落，她自无尽的梦魇中醒来，睁开眼，便看到他站在自己的床边。

她在很久以前就见过他了，不止一次地见过他，却从来不记得他。

在那座寂静而幽深的幽冥宫里，她是第一次认真打量起他的模样。

他站在床边，对她冷冷笑着，说了长长的一段话，然而萧雪睢根本没大听清，她只是想知道他是谁，她问了出来。

于是，他再次开了口，声音依旧冷冽，满是嘲讽，他说："本座沈望春，幽冥宫之主，萧姑娘可千万要记住了。"

他嘴上说着这样的话，神色却好像悲哀到了极点。

这是萧雪睢第一次记住他的名字。

她早该知道他的，她早该记住他的。

他一遍又一遍地说着恨她，于是萧雪睢相信了他的话，以为这个人的确是恨极了自己的。

她这半生除魔无数，若是说有那么一桩，或者几桩旧事得罪了这位望乡城的魔尊，想来也是再寻常不过的了。

她做好了承受任何虐待和凌辱的准备，可他又做了什么呢？

他为她找来大夫，给她准备解闷的话本，又为她寻了雪萼芙蓉，解了她身上的相思夜。

他轻易地放她离开，说要喂她吃下噬心蛊，却是和蜜饯一样甜的噬心蛊。

浩大的沧溟境里，他的神魂凭空出现，为她挡住致命的一击。

萧雪睢被他的那道神魂护在怀中，她抬起头，怔怔地看着他。

她想，这就是他的恨吗？

他到底因为什么恨她？又是在怎样恨着她的？

她再次回到了望乡城，想要知道所有问题的答案。

在那个风雪交加的夜晚，他闯入她的宫殿，拙贝罗香的香气霎时被寒风吹散，他像是一条失去理智的疯狗，紧紧注视着她。

他垂着脑袋，絮絮叨叨与她说着各种残酷血腥的刑罚，萧雪睢却不觉得害怕，甚至想伸手摸一摸他苍白冰冷的脸颊。

最后，他抓住她的手，在她的手腕上咬下深深的伤口，鲜红的血染红了他的唇，使他整个人看起来更疯癫了，也更加可悲了。

萧雪睢好像感受不到手腕上的疼痛，她只是静静地看着他。

泪水顺着沈望春的脸颊流淌，就是在这个夜晚，他的泪水就这样无声地一直流进了她的心里。

他嘴上依旧在说着恨她，好像说了这样的话，他做的一切就都是在报复她了。

可是沈望春，望乡城的魔君陛下，这世上哪有这样报复一个人的？

萧雪睢想要知道他的心事，可一旦戳破他的伪装，他就像一只被踩了尾巴的猫，全身的毛都要奓起来。

只是看似凶狠，实则外强中干，轻轻一戳，他就会丢盔卸甲，藏到谁也找不到的地方。

萧雪睢不忍心。

她三岁学剑，十三岁有成，十六岁登上试剑台，再无敌手。修真界中，到她面前向她表明心意的男子没有一千，也有八百了。

她总是转过头就能忘记这些人的模样，他们汇入熙熙攘攘的人群里，与无关的旁人并没什么两样。唐云承是她的未婚夫，秦弈与她并肩除魔多年，她也并没有在意他们许多。

她以为除了师父和师弟，不会再有第三个男人走进她的心里。

他进来了，是顺着他的泪水一起进来的，是过了很久以后，萧雪睢才后知后觉发现的。

他为她寻得帝休舍利，为她种下不夜蛊，最终，为她死在那高高的金翎台上。

他却说，不要哭，不值得的。

萧雪睢垂眸看着血泊里的人，那颗心像是掉进了沸腾的苦水里，疼得厉害，也苦得厉害。

他不是恨着自己的吗？

沈望春，你就是这样恨着一个人的吗？

如果你能再醒过来，让我来恨你吧。

映在窗纱上的竹影随晚风摇动，熟睡中的人浓密纤长的睫羽轻轻颤了颤，萧雪睢收回手，然后见沈望春嘴角微微扬起，露出一抹笑容，“唰”地睁开了眼睛。

“做了什么梦，笑得这么开心？”萧雪睢开口问他。

“没有做梦，”沈望春道，“听到阿雪你说想我了。”

萧雪睢笑道：“那你应该是做梦了。”

“是吗？”沈望春握住她的手，问她，“那是谁大晚上不睡觉，摸我的脸，是不是突然发现夫君我英俊潇洒、举世无双？”

确实是英俊潇洒、举世无双，但在这个时候、这个地方，还是不要让他太骄傲了。

萧雪睢道：“我是想摸摸你的脸皮是不是越来越厚了。”

“摸出来了吗？要不要再摸摸？”沈望春眼睛明亮，期待地问道。他恨不得萧雪睢再多摸他几下，早知道他刚才该继续装睡。

“不摸了，早点睡吧。”萧雪睢道。

沈望春叹了口气，佯装忧愁道：“被阿雪你摸醒了，现在睡不着，有点饿了，想吃甜的，阿雪你得负责。”

“你的味觉恢复了？”萧雪睢问他。

沈望春翻过身，覆在萧雪睢的身上，他低下头在她的唇上轻轻啄了一下，笑道：“甜甜的。”

萧雪睢：“……”

如水的月光倾泻下来，长陵峰上万籁俱寂，小广场上数座石碑高高矗立着，上面的剑痕历经了千百年的风霜。

沈望春跟萧雪睢在望乡城举办了大婚典礼后，就随她一起回了青霄宗。青霄宗上下原本对这个魔君是有些忌惮的，见他整日虽然跟在萧雪睢的身边，但是从不插手青霄宗内的事务，也渐渐放下心来。

这年冬天，青霄宗有几个弟子不小心违反青霄宗禁令，擅自闯入后山的剑冢，差点死在里面。按照青霄宗历来的规矩，他们应该去思过崖思过，抄完三百卷经书才许出来。

萧雪睢坐在主座上，看着自己一群苦着脸的师弟师妹，面无表情，一言不发。

那可是三百卷经书，至少得抄上小半年，他们还想参加来年春天的修真界大比呢。

眼看着萧雪睢不为所动，这群师弟师妹把眼珠子一转，居然把主意打到了沈望春的头上，向坐在一边，正在研究茶艺的沈望春道："姐夫，你帮我们跟大师姐求求情吧。"

现在萧雪睢已经成为青霄宗的宗主，不过这些师弟师妹还是习惯称呼她为"大师姐"，萧雪睢也没有特意让他们改口。

沈望春动作一顿，抬头，有些稀奇地看向他们，那些师弟师妹眨巴着一双双清澈的大眼睛，目光充满希冀。

这还是第一次有弟子要从他这里走关系，作为能干的宗主的没用夫君，沈望春感觉自己身上的责任重大。

他们好不容易求自己一回，总不好让他们失望吧。

沈望春略微沉吟，他放下手里的茶壶，转头对萧雪睢提议道："阿雪，我最近在学几道新菜式，不如就让他们在我身边，帮我试菜吧。"

"帮你试菜？"对于沈望春的厨艺水平，萧雪睢是有充分认知的。他之前在幽冥宫的时候做过几次，听到众人的点评后大受打击，之后很长时间都不进厨房了。

如今不知怎么想的，又要下厨了，还要做新菜式？

在萧雪睢看来，给沈望春试菜，不如在思过崖多抄三百卷经书。

不过她的这几个师弟师妹明显对此认知不足，见萧雪睢态度有所松动，他们立刻狂点头，叫道："大师姐，这个我们可以！"

萧雪睢看向他们的目光多了几分怜悯。

"不许浪费。"萧雪睢说，她顿了一下，觉得这样对他们可能太过残忍，又补充了一句，“如果反悔了，可以来找我，我送你们去思过崖。”

怎么可能反悔呢？

三天后，这些个弟子抱着经书老老实实进了思过崖。

他们严重怀疑，宗主的这位夫君是故意把食物做得那么难吃的，亏他们还叫了他好几声“姐夫”呢，果然是魔界出来的人，那心是真的脏啊！

知道的是他们在试菜，不知道的怕是要以为他们被下毒了。

他们提出疑问的时候，沈望春还很惊讶地说了一句：“有那么难吃吗？”

然后他竟是面不改色地将自己面前的那碗东西全都吃掉。

弟子们见此心中大骇，宗主的这位夫君，当真是个狠人！

雪落春山